NAQUELE FIM DE SEMANA

SARAH ALDERSON
NAQUELE FIM DE SEMANA

TRADUÇÃO DE
MARIA LUIZA X. DE A. BORGES

EDITORA RECORD
RIO DE JANEIRO • SÃO PAULO
2021

EDITORA-EXECUTIVA
Renata Pettengill

SUBGERENTE EDITORIAL
Mariana Ferreira

ASSISTENTE EDITORIAL
Pedro de Lima

AUXILIAR EDITORIAL
Júlia Moreira

COPIDESQUE
Marina Albuquerque

REVISÃO
Mauro Borges
Renato Carvalho

CAPA
Renata Vidal

DIAGRAMAÇÃO
Abreu's System

TÍTULO ORIGINAL
The Weekend Away

CIP-BRASIL. CATALOGAÇÃO NA PUBLICAÇÃO
SINDICATO NACIONAL DOS EDITORES DE LIVROS, RJ

A335n

Alderson, Sarah
  Naquele fim de semana / Sarah Alderson; tradução de Maria Luiza X. de A. Borges. – 1. ed. – Rio de Janeiro: Record, 2021.
  23 cm.

  Tradução de: The Weekend Away
  ISBN 978-65-55-87260-6

  1. Ficção inglesa. I. Borges, Maria Luiza X. de A. II. Título.

21-72310
CDD: 823
CDU: 82-3(410.1)

Camila Donis Hartmann – Bibliotecária – CRB-7/6472

Copyright © Sarah Alderson 2020

Publicado originalmente na Grã-Bretanha pela HarperCollins*Publishers*, 2020

Texto revisado segundo o novo Acordo Ortográfico da Língua Portuguesa.

Todos os direitos reservados. Proibida a reprodução, no todo ou em parte, através de quaisquer meios. Os direitos morais da autora foram assegurados.

Direitos exclusivos de publicação em língua portuguesa somente para o Brasil adquiridos pela
EDITORA RECORD LTDA.
Rua Argentina, 171 – Rio de Janeiro, RJ – 20921-380 – Tel.: (21) 2585-2000, que se reserva a propriedade literária desta tradução.

Impresso no Brasil

ISBN 978-65-55-87260-6

Seja um leitor preferencial Record.
Cadastre-se no site www.record.com.br e receba informações sobre nossos lançamentos e nossas promoções.

Atendimento e venda direta ao leitor:
sac@record.com.br

Para Nichola

Prólogo

Rob não consegue disfarçar a expressão de puro terror.

— Vocês vão ficar bem? — pergunto, ansiosa.

— Claro — responde ele. — Vamos ficar bem. Vai lá e aproveita.

Marlow se agita no colo dele, estendendo os braços gorduchos para mim, e sinto uma vontade louca de mudar meus planos. Não tenho certeza se Rob vai dar conta, apesar de insistir que eu devo ir e aproveitar. É a primeira vez que o deixo completamente sozinho com nossa bebê, e, apesar de um fim de semana em Lisboa com minha melhor amiga ter parecido uma boa ideia antes, já estou começando a me sentir arrependida.

Mas agora é tarde demais para desistir. Kate já me mandou uma mensagem dizendo que está a caminho do aeroporto.

Marlow soluça, e estendo os braços para ela, deixando suas mãos grudentas tentarem agarrar meu cabelo.

— Não se esqueça de dar comida para ela — digo a Rob. — E da hora de colocá-la para dormir.

— Acho que consigo me lembrar disso — diz ele.

Beijo Marlow, apertando suas bochechas lindas e fofas como pão chinês, e dou um selinho em Rob.

— Não se preocupe — pede ele, vendo que estou visivelmente preocupada.

Faço que sim com a cabeça e pego minha mala. Ele está certo. É só um fim de semana. Apenas alguns dias. Nada que vá me matar.

Talvez eu até me divirta um pouco.

Capítulo 1

— Caramba, Kate, isso aqui é maravilhoso — digo, largando minha mala na entrada, andando, em choque, pelo apartamento, atraída como uma mariposa recém-saída do casulo para a visão brilhante diante de mim. O sol se derrama pelas enormes janelas francesas. Fico contemplando o amontoado de construções em tom pastel e, pelos espaços entre os telhados, um brilho azul não muito longe. Deve ser o rio, que acho que se chama Tejo. Seja qual for o nome, é uma visão muito mais convidativa que a cor de lama do Tâmisa.

Kate se junta a mim perto das janelas, que vão do piso ao teto e abarcam todo o comprimento da sala de estar. Ela dá um aperto no meu ombro e se vira para mim, sorrindo.

— Nada mau. — Ela ri e então se vira e vai direto até as malas. — Certo, onde está aquela sacola do Duty Free? Bora começar a festa.

Enquanto Kate pega a garrafa de Dom Pérignon que comprou no aeroporto, encontro o trinco da porta de vidro, abro-a e acabo saindo para a varanda. A adrenalina com toda aquela empolgação percorre meu corpo como uma corrente elétrica.

Levo um tempo para me dar conta de que a agitação que estou sentindo não é resultado do café que tomei no avião, e sim a empolgação ilícita da liberdade. Eu me sinto como uma prisioneira que cavou um túnel para fugir da cadeia, botou a cabeça para fora do buraco no chão e se deu conta de que conseguiu escapar com sucesso. Inebriada pela vitória.

Mas, assim que reconheço a origem do sentimento, sinto uma pontada de ansiedade que o cancela completamente. Como será que Marlow está? Será que Rob se lembrou de colocá-la para dormir na hora certa? Quinze minutos de atraso e ela vira um monstro no dia seguinte. Será que ele vai ouvir se ela acordar à noite? Ele dorme como uma pedra, normalmente. E se ele não trocar a fralda dela e ela ficar assada? Ah, meu Deus, e se ele der uva para ela sem partir ao meio e ela morrer engasgada?

Minhas mãos se contraem, procurando automaticamente meu celular. Então de repente me lembro de que ele está na minha bolsa, jogada em algum lugar perto da porta da frente. Resisto à vontade de procurá-lo e mandar uma mensagem. Não quero ser esse tipo de mãe ou esposa, Rob está bem com Marlow. Ele é um pai ativo e já tomou conta dela sozinho antes. Mas de fato ele pareceu nervoso por ter de cuidar dela sozinho durante um fim de semana inteiro. Não, digo firme a mim mesma, preciso parar com isso e me divertir. Não tenho por que me preocupar.

Fecho os olhos e respiro fundo, inspirando o cheiro de uma nova cidade e aproveitando o ar suave e quente contra a minha pele. Sinto mais uma vez a deliciosa sensação elétrica da empolgação. Por três dias não tenho ninguém com quem me preocupar, exceto eu mesma. Posso comer o que eu quiser, beber o que eu quiser, dormir até a hora que eu quiser, e basicamente voltar à vida que eu tinha antes de ter minha bebê, quando subestimava totalmente o quão maravilhoso é poder fazer xixi em paz, ou como é agradável usar roupas que não estejam manchadas de golfada de recém-nascido.

— Aqui!

Eu me viro e vejo Kate estendendo uma taça de champanhe para mim. E eu a aceito.

— Saúde! — diz ela.

— Saúde! — respondo, fazendo um brinde com ela.

— Isso aqui é maravilhoso — digo, apontando para a vista do apartamento. — Inacreditável esse lugar. — Corro os olhos pela varanda com seus móveis externos elegantes, suas espreguiçadeiras e... inclino a cabeça ao ver algo quadrado no canto. — Espera aí... aquilo é uma hidromassagem?

— É — responde Kate. — Não contei para você?

— Não. Senão eu teria trazido meu maiô.

— Não precisamos de maiô. — Kate ri, voltando para dentro para pegar a garrafa de champanhe.

Vou atrás dela, de repente me dando conta de que há um tempo eu provavelmente não pensaria duas vezes antes de ficar nua na frente dela ou de qualquer pessoa, mas agora ficar nua até na frente de Rob é algo que eu só faria sob ameaça de morte.

É que agora há muitas dobras que antes não existiam. Meus seios parecem dois balões de hélio, que antes flutuavam orgulhosos, mas que agora estão se enrugando nas beiradas e voltando a cair no chão. Minha barriga também ainda não voltou à sua forma plana inicial e meu abdome está coberto por uma camada macia de gordura que nenhum exercício parece conseguir eliminar. Se bem que, para ser justa, os cinco abdominais que consigo fazer uma vez por semana provavelmente não ajudam muito, nem o *pain au chocolat* que compro quase toda manhã quando levo Marlow ao parque ou a um grupo de mães e bebês. Tentei cortar o açúcar, mas descobri que doce é a única coisa que deixa esses grupos suportáveis, e às vezes é a única coisa que me abastece nas doze horas exaustivas sozinha com a minha bebê.

Ninguém diz o quanto é difícil ter filhos, ou o quanto é difícil recuperar a forma física, principalmente aquelas malditas celebridades, que posam de legging e top um dia depois de dar à luz. Acho que isso não é tão real assim; muita gente diz que ter filhos é difícil, mas essa noção é bem vaga antes de se ter um. É como ouvir que cumprir prisão perpétua numa solitária é desafiador. Você pode até imaginar aquilo, mas é só quando está de fato sentada sozinha em sua cela, olhando para as paredes, sabendo que será assim pelo resto da vida, que você começa a realmente compreender o *quão* desafiador aquilo é.

Enquanto Kate me serve mais uma dose de champanhe, dou uma olhada nela e não consigo evitar sentir vergonha de mim. Ela está tão chique e bem-arrumada, com jeans skinny enfiados em botas Louis

Vuitton, uma blusa decotada que exibe seus seios empinados de maneira tão injusta e seus braços tonificados. Sua maquiagem parece recém-retocada também, embora tenhamos passado cerca de seis horas viajando. Não consigo me lembrar da última vez que usei batom, muito menos de quando raspei as pernas. Meus antebraços perderam toda a definição que conquistei nas aulas semanais de Pilates e agora correm o risco de se tornarem completamente flácidos.

Kate e eu costumávamos ter mais ou menos o mesmo peso e a mesma forma, um metro e sessenta e quatro, e magras — o suficiente para podermos usar as roupas uma da outra —, mas agora somos muito diferentes. Nunca tinha sentido inveja da silhueta de Kate antes e tento não cair na armadilha de me comparar a ela. Eu pari uma criança, pelo amor de Deus! Vai levar um tempo até eu voltar a caber nos meus jeans skinny.

— Fiz reserva num restaurante que um amigo meu indicou — diz Kate, sem se dar conta de minha infeliz comparação entre nossos corpos. — A reserva é para as dez horas.

Dou uma olhada no meu relógio. São quase sete horas.

— Caramba! — digo, controlando um bocejo. — Normalmente durmo às dez.

— Você pode dormir quando estiver morta, Orla — diz Kate, colocando a taça na mesa e piscando para mim.

Solto um gemido. Essa costumava ser nossa rotina quando éramos mais novas e tínhamos vinte e poucos anos, morávamos juntas em um minúsculo apartamento em Stoke Newington e íamos para a balada toda sexta-feira e todo sábado à noite. Ficávamos na rua até o amanhecer, quando íamos para casa, parando para comer um bagel na Brick Lane ou um kebab na esquina da Old Street, nos empanturrando antes de cair na cama. A gente acabava dormindo até a tarde seguinte.

Kate deve ter notado minha expressão quando me dou conta de minha exaustão, me perguntando para onde foi aquela reserva de energia juvenil.

— Tudo bem — diz ela. — Tira um cochilo que eu acordo você às nove. — Ela sorri para mim. — Vem, vamos dar uma olhada nos quartos.

Corro atrás dela, nós duas agindo como criancinhas animadas ao abrir as portas e explorar o apartamento. A cozinha é brilhante e cheia de eletrodomésticos de ponta novíssimos, e tem uma mesa grande o suficiente para dar uma festa com um jantar para doze pessoas.

— Como foi que você encontrou esse lugar? — pergunto, maravilhada, abrindo as portas dos armários e admirando a linda porcelana e as delicadas taças de vinho expostas.

— Airbnb — responde Kate, abrindo a geladeira, onde há garrafas de água com gás, leite, ovos e café. — Acho que o proprietário mora no apartamento de baixo. Ele também é dono do outro e o aluga.

— Quanto foi? — pergunto, ligeiramente hesitante.

— Não se preocupe com isso. — Kate abre um sorriso malicioso para mim. — O Toby está pagando.

Dou uma olhada de lado para ela.

Ela dá de ombros.

— Ele se esqueceu de pegar um dos cartões de crédito comigo. Não se preocupe, ele não vai perceber.

Balanço a cabeça, mas não consigo segurar o riso.

— O filho da puta me deve isso — murmura ela, e concordo em silêncio.

Para começar, nunca gostei muito do ex de Kate, Toby, mas, depois que ele a traiu, parei de fingir que algum dia simpatizei com ele. Ele não é nem bonito, o que não significa que, se fosse, eu o teria perdoado... mas é difícil entender como um homem com uma aparência tão medíocre poderia trair uma mulher como Kate, que é visivelmente areia demais para o caminhãozinho dele.

Nunca entendi o que Kate viu em Toby, com sua cabeça careca em formato de domo e tufos contraditórios de pelo preto e grosso no corpo, embora ele tenha até um charme, e, como Kate gostava de brincar, homens baixos e carecas se esforçam mais para agradar na cama. Não que eu queira imaginar isso.

Há dois quartos enormes no apartamento: uma suíte master com um banheiro de mármore e outro quarto menor, que ainda é muito mais bonito que qualquer quarto de hotel onde eu já tenha ficado. Tudo é branco — o edredom, que parece uma nuvem, os travesseiros, as paredes, a poltrona Eames no canto, as cortinas de linho —, mas quem quer que tenha decorado o quarto também salpicou cores vibrantes para evitar que ele ficasse com cara de hospital. Almofadas com estampas em azul e amarelo estão perfeitamente alinhadas na cama, como se tivessem sido arrumadas com um transferidor, e há uma parede ladrilhada com azulejos de cerâmica com detalhes em azul. Algo que você encontraria na revista *Condé Nast*.

— Você fica no quarto grande — diz Kate.

— Ah, não. Estou satisfeita com esse aqui. É ótimo.

— Eu faço questão — contesta Kate. — Você merece. — Antes que eu consiga dizer qualquer outra coisa, ela arrasta sua mala de rodinhas para o quarto menor. A mala de Kate é tão grande que ela precisou despachá-la, enquanto eu trouxe só uma bagagem de mão. Ela disse que tinha muitos sapatos e vários itens de higiene para viajar apenas com uma mala de mão, o que é típico de Kate, que costumava usar o segundo quarto do apartamento onde morava com o Toby para guardar suas roupas, e o terceiro quarto, para sapatos e bolsas.

Puxo minha mala esfarrapada com uma rodinha quebrada para a suíte master, que é decorada com praticamente a mesma paleta de cores do quarto menor, e desabo na cama. Pela janela, vejo nuvens brancas infladas flutuando pelo céu alaranjado e roxo. É uma sensação maravilhosa só ficar aqui deitada, sentindo o estresse dos últimos dois anos começando a desaparecer. É incrível o que uma cama confortável e a perspectiva de um fim de semana repleto de risadas e dormindo até tarde podem fazer.

Kate já está no meu quarto no minuto seguinte e se joga ao meu lado na cama, seu braço roçando o meu. Ficamos deitadas ali em silêncio, olhando para as nuvens, que começam a ficar coloridas como algodão-doce.

— Estou tão feliz por termos vindo — digo, depois de um minuto de silêncio satisfeito.

— Eu também — rebate Kate.

Viro a cabeça em sua direção e sou pega de surpresa pela tristeza gravada em seu rosto enquanto ela olha pela janela. Por um momento, eu me pergunto se Kate esteve chorando, mas depois me dou conta de que é apenas a luz cor-de-rosa do entardecer se infiltrando no quarto. Kate não costuma ficar triste. Sempre que está chateada com alguma coisa, ela recorre ao humor ácido para sobreviver. Nunca se queixa. Antes de conhecer o Toby, quando um cara dava um fora nela, Kate nunca choramingava, só ria e soltava uma de suas frases: "Levanta a cabeça e bola pra frente, tem muito mais babacas por aí."

Quando perdia um cliente, ela pegava o celular e dava um jeito de fisgar outro ainda maior. Nem mesmo quando descobriu que Toby estava dormindo com acompanhantes em suas frequentes viagens de negócios para Seul e Xangai, ela chorou, nem passou dias na cama se empanturrando de sorvete, como eu teria feito. Não, ela pegou o cartão de crédito dele e comprou uma passagem de primeira classe para as Ilhas Maurício e passou uma semana no Four Seasons, deitada numa praia tomando coquetéis e fazendo sexo selvagem com o salva-vidas da piscina. E depois me contou que estava seguindo o sábio conselho de que a melhor forma de superar alguém era ficar debaixo de outro alguém. Ninguém no mundo lida melhor com a depressão do que Kate. Na verdade, eu provavelmente devia aprender com ela, mas meu cartão de crédito tem um limite muito mais baixo.

Mas agora, enquanto olho para ela no brilho dourado do pôr do sol, me pergunto se Kate não está escondendo a verdade de mim. E se, durante todo esse tempo em que pensei que ela estava bem, na realidade minha amiga estivesse sofrendo? Não seria de surpreender, considerando tudo pelo que ela passou. E, agora que estou pensando nisso, me dou conta de que fui estúpida por não ter cogitado a ideia antes. A questão com Kate é que ela é uma dessas pessoas que parecem seguras de si, mas que às vezes escondem rachaduras debaixo do papel de parede.

Agora, olhando mais de perto, ela de fato parece nervosa. Por baixo da maquiagem, percebo olheiras sob seus olhos, como se ela não tivesse dormido ultimamente. E ela passou o voo todo quieta. Ela estava mordendo a pele em volta das unhas dos polegares também — algo que só faz quando está ansiosa.

Então eu me dou conta de que tenho sido uma amiga de merda. Antigamente, Kate e eu contávamos tudo uma para a outra. Éramos mais próximas que irmãs, certamente mais próximas do que sou da minha própria irmã, que mora na Irlanda e quem raramente vejo. Quando me mudei de Cork para Londres, uma menina ambiciosa de vinte e dois anos, desesperada para sair da minha pequena cidade natal, fui morar num apartamento compartilhado em West Hampstead. Foi lá que conheci Kate. Ela alugava o outro quarto.

Desde o minuto em que nos vimos pela primeira vez foi como se nos conhecêssemos desde sempre. Éramos as duas sagitarianas, perdemos o pai aos oito anos, amávamos os livros de Richard e Judy, adorávamos ler revistas de fofocas e ir para a balada. Toda quarta-feira a gente comemorava o fato de ter chegado ao meio da semana nos nossos péssimos empregos temporários comprando uma garrafa de quatro libras de vinho Black Tower, que a gente decantava inteiro em duas taças enormes para evitar levantar do sofá para pegar mais. Depois a gente se acomodava para assistir a maratonas de *Buffy, a caça-vampiros*. A gente é o tipo de amiga que se interrompe o tempo todo, fala mais rápido que um trem-bala para Busan, e consegue se comunicar durante uma conversa inteira só com expressões faciais, se for preciso.

Moramos juntas por oito anos até que eu, por fim, fui morar com Rob. E, mesmo depois disso, a gente ainda se via pelo menos uma ou duas vezes por semana e se falava por telefone todos os outros dias. Mas agora eu me dou conta de que passamos semanas inteiras sem nos falar, e, quando nos falamos, estou sempre distraída ou tendo de desligar no meio de uma frase para lidar com uma crise relacionada à bebê ou alguma outra coisa.

Mas, para ser sincera, eu já não estava sendo uma boa amiga mesmo antes de ter Marlow. Três anos de FIV fracassadas me transformaram numa babaca escrota e rabugenta, como meu irmão gostava de me chamar. Fiquei deprimida, e provavelmente meio egocêntrica. Kate tentava ser compreensiva, mas eu percebia que ela não entendia de verdade. Ela não queria filhos e, por isso, era incapaz de compreender totalmente por que eu estava tão infeliz por não conseguir engravidar.

Depois que Kate rompeu com Toby, há seis meses, eu de fato passei a ligar para ela com mais frequência para saber como estava, mas Marlow era muito bebê e eu estava enfrentando as dores terríveis da amamentação e ficava tantas noites sem dormir que tinha a impressão de estar vivendo no fundo de um poço. E, além disso, Kate parecia tão de boa com relação à separação que eu sinceramente pensei que ela estivesse de fato bem. Ela estava no modo Kate — seguindo em frente sem olhar para trás. Mas é possível que eu não tenha conseguido perceber que era tudo conversa fiada — e que talvez ela não esteja tão bem quanto eu pensei.

— Senti falta dos nossos fins de semana só das garotas — digo, encaixando meu braço no dela.

Ela se vira para mim e sorri, a tristeza desaparecendo em um segundo, fazendo com que eu me perguntasse se havia imaginado aquilo tudo. Talvez eu esteja só projetando parte da minha própria infelicidade secreta nela.

— Sim — diz ela. — Há quanto tempo a gente não faz isso?

Preciso resgatar da memória.

— Pelo menos dois anos — respondo, fazendo a conta de cabeça —, porque no ano passado eu estava grávida.

— Tem mais tempo do que isso — diz Kate. — Você estava fazendo todas aquelas tentativas de fertilização. Acho que a última vez que a gente deu uma fugida foi há uns quatro anos, talvez.

— Não pode ter tanto tempo assim — digo, franzindo a testa, apesar de achar que talvez ela esteja certa. — Aonde a gente foi?

— Valência — responde ela, de imediato.

— Ah, isso mesmo. Foi maravilhoso — digo, me lembrando do hotel boutique em que nos hospedamos, com camas com dossel e lareiras.

— Você se lembra de Paris? — questiona Kate, reflexiva. — Ficamos naquele hotelzinho sem-vergonha no Marais.

Eu rio.

— Meu Deus, eu me lembro da musse de chocolate que a gente comeu naquele restaurante pequeno perto da Place des Vosges... Vou me lembrar disso pelo resto da vida. Foi a melhor coisa que já coloquei na boca.

— Não fala isso para o Rob. — Ela dá uma risadinha.

— Você disse para o americano na mesa do lado que você falava francês... Aí ele foi lá e pediu o que você falou que era pato e na verdade era focinho de porco.

Morremos de rir com essa lembrança.

— A gente sabe que isso tem muito tempo — digo — porque foi antes dos smartphones e dos aplicativos de tradução.

Ficamos ali deitadas, contando todos os lugares onde tínhamos ido juntas, começando por Paris. Pegamos o Eurostar. Foi minha primeira vez e me achei, oh, tão chique. Até comprei uma boina da Accessorize para ficar parecida com as parisienses. Depois que vi como as francesas realmente se vestem, escondi a boina na minha mala. Então comprei uma echarpe, mas nunca consegui descobrir como amarrá-la de um jeito tão elegante quanto as francesas.

Após essa viagem para Paris, Kate e eu decidimos que viajaríamos juntas um fim de semana por ano pelo resto de nossas vidas, sempre para uma cidade diferente. Rimos dizendo que, quando tivéssemos uns 90 anos, teríamos viajado o mundo todo e nos contentaríamos com duas cadeiras de praia na beira do mar em Margate. Fizemos essa promessa e a cumprimos por anos, a cada ano vendo um ligeiro aumento nos preços dos hotéis onde nos hospedávamos e na qualidade dos restaurantes onde comíamos e na bebida que comprávamos no Duty Free. Mas, basicamente, foi uma promessa que eu deixei de cumprir.

— Desculpa não termos conseguido viajar por um tempo — digo a Kate, uma onda de culpa me inundando.

— Não tem problema — diz ela, apertando minha mão. — Estamos aqui agora. Vamos aproveitar o máximo possível. — Então ela rola para fora da cama, pegando a taça vazia na mesa de cabeceira. — Vai cochilar e eu acordo você daqui a umas horas para a gente sair para jantar.

Capítulo 2

— Acorda, acorda — diz Kate, me sacudindo pelo braço.

Eu pisco com a visão embaçada e me esforço para me sentar, me sentindo grogue e desorientada. O quarto está escuro e, quando Kate acende o abajur da mesa de cabeceira, levo alguns segundos para me situar.

— São nove e quinze — diz ela. — Hora de levantar.

Bocejo e jogo as pernas para fora da cama, ignorando minha vontade de me virar, puxar as cobertas sobre a cabeça e voltar a dormir. Quando minha visão fica mais nítida, vejo Kate pronta para curtir a noite na cidade. Ela está deslumbrante em um minivestido preto com mangas franzidas e sapatos de salto alto dourados que ressaltam suas pernas queimadas de sol e tonificadas. Sinto um desânimo ao olhar as roupas na minha própria mala. Fui prática ao escolhê-las, sabendo que Lisboa era uma cidade construída sobre morros e pensando que íamos andar muito e fazer passeios turísticos. Não trouxe nenhum salto, só tênis e um par de sandálias baixas, e tenho certeza de que não coloquei na mala nada tão elegante quanto o vestido que Kate está usando. Para início de conversa, nem tenho nada tão bonito assim. Kate possui milhares de vestidos lindos, em parte porque gosta de roupas, de fazer compras e tem dinheiro para comprar coisas novas, mas também porque, sendo assessora de imprensa, frequentemente precisa ir a estreias e *after-parties* e, como a rainha, não usaria a mesma roupa duas vezes nem morta.

Enquanto Kate vira o resto do champanhe na minha taça vazia, abro o zíper da minha mala e vasculho o conteúdo: jeans, um vestido de verão, um short, uma blusa, um casaco de moletom com capuz, algumas camisetas e, por último, meu pijama de flanela xadrez. Há uma blusa meio brilhosa com lantejoulas da H&M, que eu tinha pensado em usar com meus jeans se saíssemos para jantar, mas eu não estava esperando nada com estrelas Michelin. Esperava que a gente fosse comer em pequenos restaurantes locais sem um código de vestimenta.

— Não tenho o que vestir — digo a Kate, me sentindo frustrada e enfiando minha blusa da H&M de volta na mala. Gostaria que ela tivesse me avisado que havia feito reserva em um restaurante chique.

— Quer alguma coisa emprestada? — pergunta ela e, antes que eu consiga responder, sai porta afora gritando sobre o ombro para que eu vá com ela.

Seu quarto não é mais um oásis branco, parece ter sido saqueado por um ladrão desesperado. Há roupas e sapatos espalhados por toda parte. Era exatamente assim quando morávamos juntas. Costumava me deixar louca o jeito como ela deixava sapatos, casacos, bolsas, pratos sujos e canecas espalhados pelo apartamento, como se tivesse sido criada em uma mansão e estivesse acostumada com empregados arrumando tudo para ela, quando, na verdade, havia crescido em um conjunto habitacional na zona norte de Londres.

Quando discutíamos por causa disso, Kate explicava que a vida era curta demais para perdermos tempo nos preocupando com um pouquinho de bagunça e me convencia de que seria melhor sairmos para ir ao pub ou às compras. No fim das contas, meu próprio TOC triunfava e eu começava a limpar o apartamento, e Kate, me vendo de quatro esfregando o chão do banheiro, acabava sempre se juntando a mim de má vontade e resmungando. Quando ela foi promovida e começou a ganhar mais, a primeira coisa que fez foi pagar uma faxineira uma vez por semana.

Agora eu vejo Kate jogar apressadamente algumas coisas de volta em sua mala e fechá-la, depois pegar um vestido no chão e me oferecer. É um minivestido de seda azul jacquard e, embora eu ache lindo, tenho zero dúvida de que, se eu tentasse passá-lo pelos meus quadris, ele ficaria preso e a cena viraria um esquete de comédia... eu me contorcendo para sair dele igual a uma lagarta lutando para sair do casulo. Kate vê minha expressão e joga o vestido de volta no chão e pega outro, um longo e bordado, com um decote profundo.

— Toma — diz ela, segurando-o contra o meu corpo. — Experimenta esse.

Eu o levo comigo para o banheiro e fecho a porta, sem querer tirar a roupa na frente dela. O vestido, de um estilista que eu reconheço, desliza pelo meu corpo e, para a minha grande surpresa, cai muito bem, embora seja de alcinha e eu precise tirar o sutiã. Imagino que isso não vá me favorecer, mas por sorte a cintura império do vestido levanta meus peitos de forma tão eficaz quanto um sutiã com aro. Nunca usei vestido longo, mas, contemplando meu reflexo, começo a me perguntar se não deveria reconsiderar meu estilo agora que cheguei aos quarenta.

A bancada está repleta de séruns, frascos, produtos de maquiagem e cabelo. Pego um babyliss e tento me lembrar da última vez que me dei ao trabalho de fazer alguma coisa com meu cabelo que não fosse só lavar e prender num rabo de cavalo ou num coque bagunçado.

Kate enfia a cabeça pela porta entreaberta.

— Ah! — exclama ela, entrando. — Ficou ótimo em você! Você tem que ficar com ele.

Começo a protestar, mas ela me interrompe.

— Não, eu faço questão. Fica muito melhor em você do que em mim. Olha esses peitos! Parecem melancias! Estou com inveja. Acho que eu devia ter um bebê. — Ela tira o babyliss da minha mão. — Quer que eu arrume o seu cabelo?

— Pode ser — digo. Ela empurra as roupas que acabei de tirar para um lado para ligar o babyliss na tomada. — Bonito — diz ela, levantando meu sutiã e jogando-o para mim.

— Rob me deu no Dia dos Namorados — digo, pegando-o no ar.

É um sutiã de seda acolchoado e, embora seja nude, que não é a cor mais sexy do mundo, é da marca Agent Provocateur. Rob nunca foi muito bom em escolher presentes, então eu tive que dar a ele pelo menos o nome de umas marcas. Normalmente ele me presenteia com meias da M&S, um voucher da Amazon, ou um perfume que ele claramente escolheu porque vem numa caixa bonita, mas que tem o cheiro de algo que Joan Collins usaria.

Enquanto esperamos o babyliss esquentar, Kate pega uma paleta de sombras e um pincel e começa a fazer minha maquiagem. Era assim que a gente costumava se arrumar para nossas altas saídas à noite, eu deixando bravamente Kate me tratar como uma tela e ela realizando seus sonhos de Picasso. Enquanto ela bate o pincel macio sobre minhas pálpebras, me dou conta do quanto senti falta de me arrumar. Quando eu tinha uma vida, antes de Marlow, costumava passar quinze minutos toda manhã seguindo uma rotina de skincare e maquiagem; agora, fico feliz se me lembrar de passar desodorante.

Quando termina, Kate me vira para o espelho e eu levo um susto, quase incapaz de me reconhecer. Ela pôs um tom de laranja escuro nas minhas pálpebras — não era uma cor que eu normalmente escolheria, mas ela acabou realçando o azul em meus olhos. Eles parecem quase cobalto, e seja o que for que ela tenha passado em mim tirou minha palidez de fantasma.

— Uma mamãe gostosa — declara Kate, triunfante.

Coro ligeiramente com o elogio. Faz muito tempo que não penso em mim como uma mulher sexy ou bonita — é difícil achar isso quando seus seios estão vazando leite e se você tem pontos na vagina. Mas agora estou considerando que talvez nem tudo esteja perdido, e eu talvez realmente ainda leve jeito para a coisa, ou, se não para "a coisa", pelo menos para alguma coisa. De pé ali, ao lado de Kate, posso não me sentir a Cinderela, mas também não me sinto mais a irmã feia.

— Vou chamar um Uber — diz Kate, pegando o celular.

Alguns minutos depois, saímos do apartamento e descemos os três lances de escada até a rua. Kate anda fazendo barulho com seus saltos e eu, atrás, com minhas sandálias, verifico se a porta está trancada e se tenho o endereço programado em meu celular para o caso de ficar bêbada e não conseguir lembrar onde estamos hospedadas.

Meu instinto maternal de sensatez foi ativado muito antes de eu ter Marlow. Estou sempre pensando à frente e me preocupando com algo, enquanto Kate se recusa a se preocupar com qualquer coisa que possa não acontecer. Talvez isso seja em parte uma questão de personalidade, mas tem a ver também com meu trabalho. Administro o RH de uma grande companhia de desenvolvimento habitacional com centenas de empregados, ou pelo menos administrava antes de sair de licença-maternidade, então preciso garantir constantemente que estamos seguindo as regras, que colocamos todos os pingos nos is e traços nos ts. A avaliação de risco é parte da descrição do meu cargo, e ser organizada é essencial. Enquanto isso, Kate passa a vida negociando, massageando os egos de atores e paquerando chefes de estúdio famosos. Ela precisa pensar rápido e lidar com crises constantemente.

Sinto uma onda de empolgação ao pensar no trabalho, mas a animação é imediatamente apagada pela culpa. Parece errado admitir, até para mim mesma, que não vejo a hora de voltar a trabalhar. Pensei que adoraria a licença-maternidade, e, embora Rob e eu tenhamos planejado que eu passaria um ano em casa depois que Marlow nascesse, agora me pergunto se nove meses não teriam sido suficientes. Não é, porém, uma coisa fácil de admitir normalmente que você preferiria estar no trabalho em vez de levar sua bebê às aulas na Monkey Music ou à academia para bebês.

Encontro refúgio on-line, às vezes, em salas de bate-papo com mães desabafando sobre a monotonia de ser a pessoa que fica em casa com a criança. E isso me faz sentir menos sozinha, mas ainda não me sinto confortável o suficiente para compartilhar minhas frustrações com alguém no mundo real. Tenho receio de que pensem que sou egoísta e horrível, especialmente depois da batalha que enfrentei para ter Marlow.

Quando Kate e eu passamos pelo apartamento abaixo do nosso, a porta se abre e vemos um homem saindo na nossa frente, bloqueando a passagem.

— Oi — dizemos Kate e eu.

O homem, de cerca de 35 anos, com cabelo ralo e óculos redondos, do tipo que os artistas usam, nos observa sem piscar, como uma coruja.

— Oi — diz ele, estendendo a mão magra para Kate. — Sou Sebastian, prazer em conhecê-las. Sou o proprietário do apartamento onde vocês estão. — Ele fala inglês bem, com apenas um leve vestígio de sotaque.

— Certo — diz Kate, apertando a mão dele. — Sou Kate, esta é Orla.

— Prazer — digo, também apertando a mão dele.

O olhar dele mergulha brevemente em meu decote. Isso me faz corar um pouco, constrangida, mas também sinto uma pontada de orgulho. Não me lembro da última vez que um homem olhou para mim desse jeito, nem mesmo Rob.

— São só vocês duas de hóspedes? — pergunta Sebastian.

Concordo com a cabeça.

— Sim, só nós.

— Vocês vão sair? — pergunta ele, embora isso esteja bem óbvio.

— Sim, para jantar — digo.

— É melhor irmos logo — acrescenta Kate, meio impaciente. — Nosso Uber está esperando.

Sebastian não se move.

— Bem, eu só queria dar um oi para vocês. Se precisarem de alguma coisa, o que quer que seja, falem comigo. Ficarei feliz em ajudar. Trabalho em casa e fico aqui durante todo o fim de semana, portanto basta me procurar, se precisarem de alguma coisa.

— Ótimo — digo. — Muito obrigada. Qualquer coisa, nós falamos, sim. — Tento passar por Sebastian, mas ele não se mexe.

— Se quiserem que eu mostre a vocês como usar a hidromassagem... — oferece ele, com sua voz ligeiramente aguda e esganiçada.

— Pode deixar, a gente se vira — diz Kate com um sorriso tenso, passando por ele, meio que empurrando.

Sorrio educadamente ao me espremer para passar também.

— Obrigada.

— Bom jantar para vocês — deseja ele, quando passamos.

No Uber, Kate retoca o batom usando a câmera do celular como espelho e olho pela janela, sentindo a cidade à noite, o castelo iluminado no alto de um morro e uma ponte deslumbrante sobre o rio, que é igualzinha à Golden Gate Bridge. Apesar disso, não há como confundir Lisboa com São Francisco. Lisboa é claramente europeia. Os prédios são uma mistura de arquitetura barroca, romana e até gótica. Sei de tudo isso porque li no guia. A região onde estamos hospedadas, Alfama, é a antiga parte moura da cidade, e um labirinto de ruelas de paralelepípedos que sobem e descem vários morros. É tudo muito bonito e fico extasiada pelo seu aspecto mágico, com suas escadarias íngremes, cascatas de buganvílias, rosas floridas e azulejos coloridos. É como voltar no tempo ou entrar nas páginas de um romance de fantasia.

Quando termina de retocar o batom, Kate coloca um braço em volta de mim e me puxa para uma selfie. Ela se vira e me dá um beijo na bochecha, deixando uma marca vermelha que ela precisa esfregar para tirar. Depois, Kate segura meu rosto com ambas as mãos.

— Você sabe que eu te amo, não sabe? — diz ela, seu tom e sua expressão ficando estranhamente solenes.

— Claro — digo, perplexa.

— Ótimo.

Fico surpresa com a súbita declaração de amor e amizade. De fato, a gente diz uma para a outra que se ama o tempo todo, mas, pensando bem, acho que não mais com tanta frequência assim, nos últimos tempos. Kate deve estar bêbada. Ela é até resistente a bebida, mas eu sei que, quando já está bem ruim, fica muito emotiva. Esse é um dos indicativos.

— Você é a minha melhor amiga — diz ela. Ela fala isso de forma enfática, como se eu fosse contestar.

— Você é a minha melhor amiga também — digo, rindo.

— Nunca se esqueça disso — pede ela, me olhando nos olhos de uma maneira tão estranha que meu riso some.

Capítulo 3

Chegamos ao restaurante, um lugar iluminado à luz de velas, com um teto de vidro e inúmeras plantas. Parecia uma estufa em Kew Gardens. Nosso garçom nos leva até uma mesa aos fundos, com toalha de linho branco, mas Kate insiste em ficar numa mesa no centro. Ela gosta de ver e ser vista, e eu não me oponho, porque decidi que hoje à noite quero aproveitar ao máximo minha liberdade e me divertir.

— Bem melhor — diz Kate, sacudindo seu guardanapo com um floreio e pedindo uma garrafa de champanhe.

Mordo o lábio ao dar uma olhada no menu e ver os preços. Só o champanhe é uma facada, quase duzentos euros a garrafa. Será que vem numa garrafa banhada a ouro? Eu ficaria feliz com um Prosecco, que custa só um quarto do preço e, pelo menos para o meu paladar não refinado, tem exatamente o mesmo gosto.

— O jantar é por minha conta — diz Kate, como se tivesse lido meus pensamentos.

Começo a argumentar com ela. Kate já pagou pelo apartamento e fez um upgrade para a primeira classe no nosso voo para cá.

— De verdade — diz ela, estendendo a mão e apertando a minha. — A gente merece e, além disso, é o Toby que está pagando, não se esqueça disso. — Ela pisca para mim e ri.

— Tem certeza? — pergunto. — Ele não vai ficar puto?

— Vai, mas ele não tem o direito de ficar puto depois do que aprontou. — Ela endireita os ombros e levanta o queixo, dando uma olhada ao redor. — E, de qualquer forma, o advogado diz que vamos extorquir o homem no divórcio, então pagar agora ou depois não faz muita diferença.

Toby tem a própria empresa de marketing e eventos, e organiza grandes lançamentos para marcas e espetáculos musicais. Imagino que ele ganhe um ótimo salário, considerando a cobertura maravilhosa onde os dois moravam e as férias de luxo cinco estrelas que ele e Kate costumavam tirar todo ano nas Seicheles e no Caribe.

— Ele vendeu a empresa dele, né? — diz Kate, quando o garçom chega com o champanhe num balde de gelo. — Para uma agência americana. Vai ganhar milhões. Meu advogado falou que ele vai ter que me dar pelo menos a metade. A metade de tudo.

Fico de queixo caído.

— Meu Deus! — sussurro. — O que você vai fazer com todo esse dinheiro?

Ela dá de ombros.

— Ainda não sei. Comprar uma casa, eu acho.

— Onde? — pergunto.

— Talvez Richmond.

Olho para ela, espantada. Ela sempre desdenhou de qualquer lugar fora da Zona 1 e, principalmente, de bairros que considera ricos e cheios de *playboys*. Kate é uma pessoa da cidade e gosta de estar no centro dos acontecimentos; ela diz brincando que, assim como um taxista negro, ela se recusa a ir para o lado sul do rio. Apesar de todo o dinheiro que tem e de seu estilo de vida, Kate cresceu na classe trabalhadora e zomba dos figurões e das peruas, e Richmond está cheio deles. Tenho dificuldade de imaginar Kate levando seu labradoodle para passear no parque com um casaco Barbour e galochas Hunter.

— Sério? — pergunto. — Você sairia da Zona 1 para morar no interior?

Ela fecha a cara para mim.

— Sim. Acho que está na hora de mudar. Não dá para viver a vida toda do mesmo jeito. Vai ser bom ter uma casa com um jardim. Talvez eu até comece a plantar minha própria horta.

— Só falta você dizer que quer dois filhos para completar a família modelo. — Eu rio, bebendo meu champanhe, percebendo que estou ficando um pouco tonta por beber de estômago vazio.

Kate chama o garçom com um movimento do queixo e em seguida se vira de novo para mim.

— Estou começando a pensar que talvez queira — diz ela.

Quase engasgo com o champanhe e preciso apoiar a taça na mesa.

— O quê? Você quer ter filhos? Sério? — pergunto, chocada até o último fio de cabelo. Nada do que ela me dissesse poderia ter sido mais surpreendente, nem se tivesse falado que estava desistindo dos homens e do capitalismo selvagem para entrar para um convento.

Kate parece ofendida.

— O que é tão chocante? — pergunta.

Balanço a cabeça, sem querer deixá-la chateada.

— Nada. É só que... eu não imaginava que você queria ter filhos.

— Eu não queria — diz ela, dobrando cuidadosamente o guardanapo no colo. — Até agora. E graças a Deus não tive nenhum com o Toby. Dá para imaginar? Ele teria sido um péssimo pai. O que você vai pedir? — pergunta ela, mudando de assunto e abrindo o menu. — O polvo parece bom, não é? Mas ouvi dizer que a barriga de porco é excelente também.

Fazemos o pedido. Kate acabou escolhendo o que tinha de mais caro no menu, ostras, e depois polvo; e eu, o prato mais barato, sardinhas, que ouvi dizer que são uma iguaria local.

Quando o garçom se afasta, Kate sorri para mim e ergue sua taça de champanhe de novo para um brinde.

— Um brinde a ser mãe.

— A ser mãe — concordo, tentando me acostumar com a ideia de Kate querer ter filhos.

Eu sempre imaginei que ela não quisesse. Kate dissera isso tantas vezes ao longo dos anos, falava que amava demais o trabalho e sua liberdade, deixando claro que achava insuportáveis aquelas amigas que falavam sem parar nos filhos. Depois de ouvi-la zombando das amigas, comecei a policiar minha falação sobre Marlow e a reduzi a um nível mínimo perto dela. E, embora tenha escolhido Kate como madrinha de Marlow, e ela a enchesse de roupas caras de grifes e brinquedos caros de madeira feitos à mão, nunca pedi à minha amiga que tomasse conta da minha filha ou que trocasse uma fralda. Sei quais são os limites de Kate, mas sei também — e argumentei isso com Rob, que tinha as reservas dele quanto a escolhê-la como madrinha — que, quando Marlow crescer, Kate vai desempenhar muito bem sua função de dinda, ou *doidinda*, como ela mesma gosta de se chamar.

Confesso que senti uma pontinha de inveja ao pensar nela como a figura da tia estilosa na vida de Marlow, com sua carreira brilhante, seu guarda-roupa invejável e suas viagens pelo mundo para filmar festivais e coisas do tipo, mas até agora nunca pensei que Kate é quem podia ter inveja de mim. Será que ela tem? Só de pensar nisso, acho esquisito.

Eu me pergunto se na idade de Kate, aos quarenta e um anos, seria crível que ela conseguisse engravidar. Eu tinha tido dificuldade, apesar de não ter sido só por causa da minha idade; também tenho um útero que não ajuda. Mas algumas mulheres conseguem conceber com muita facilidade, e quem pode dizer que Kate não seria uma delas? Seria típico dela. Minha amiga consegue tudo com facilidade: homens, sucesso, atenção. Por que não um bebê também?

— Eu congelei meus óvulos — diz ela, do nada.

— O quê? — pergunto, quase cuspindo meu champanhe.

— Há alguns anos — explica ela, com um dar de ombros. — Decidi que um dia poderia querer. Eu sabia que o Toby não queria ter filhos e não tinha certeza se eu queria também, mas aí, vendo tudo pelo que você passou, achei que devia fazer isso, só para o caso de mudar de ideia mais tarde.

Olho para ela, completamente atônita.

— Por que você não me contou?

Ela dá um sorriso como quem pede desculpas.

— Foi quando você estava fazendo as tentativas de fertilização, naquele período difícil, então não quis falar sobre isso, acho. Eu não queria deixar você chateada.

— Por que isso teria me deixado chateada? — pergunto, incomodada por ela ter escondido de mim um segredo como esse. Eu estava assim tão autocentrada? Eu teria ficado chateada? Sou obrigada a admitir, a contragosto, que talvez tivesse ficado chateada mesmo. Qualquer lembrete da fertilidade de outra mulher me irritava na época, até a foto de uma grávida no rótulo de vitaminas pré-natais me fazia sair correndo da farmácia, com lágrimas nos olhos.

Kate morde o lábio.

— Não sei. Desculpa. Não achei que fosse tão importante. Não era como decidir ter um bebê. Eu só congelei meus óvulos. Todo mundo faz isso hoje em dia. É o novo Botox. As pessoas fazem festa de congelamento de óvulos.

Minhas sobrancelhas se levantam. No meu mundo, não fazem, não.

— Não estou de sacanagem. É a última moda em Hollywood.

Hollywood. É claro. Kate vive e opera num mundo totalmente diferente do meu, e às vezes me esqueço disso. Tomo um gole de água, tentando recuperar meu autocontrole.

— Você acha que vai usar? — pergunto. — Os óvulos? — Não sei por que, mas, por alguma razão, a ideia de Kate ser mãe me incomoda.

— Não decidi ainda — responde ela, enquanto o garçom põe na mesa um prato de ostras.

— Você teria que parar de comer essas coisas — brinco. — E de beber também.

Ela inclina a cabeça para um lado.

— Você está dizendo que eu não conseguiria parar?

Balanço a cabeça.

— Não, é claro que não. Quer dizer, se *eu* consegui... — minha voz vai ficando mais fraca.

Eu não quis sugerir que ela não aguentaria nove meses de gravidez, mas acho que, inconscientemente, quis dizer isso, sim. Talvez seja isso que esteja me incomodando nessa história toda. A decisão dela parece tão súbita e tão impensada, tão típica de Kate. Será que ela tem alguma ideia do trabalho de criar uma criança? De como é difícil? Não é como decidir comprar um sapato novo. Não dá para devolver um bebê se descobrir que não gosta dele, nem dá para jogá-lo no fundo do guarda-roupa e se esquecer dele. Não é como quando ela se casou por impulso e fugiu para Las Vegas com Toby.

Não se pode simplesmente jogar crianças fora quando se cansa delas. E como ela se viraria sozinha, sem ajuda? Sei que tem dinheiro, porém, mesmo com todas as babás que o dinheiro poderia pagar, é difícil ser mãe solteira. Tenho duas amigas que são, e elas merecem um prêmio. Não acredito que eu conseguiria, e não imagino Kate tendo paciência para isso.

— Pega uma ostra — diz ela, empurrando o prato para mim.

Balanço a cabeça. Do jeito que tenho sorte, iria comer uma estragada e ter intoxicação alimentar.

— Pega logo — diz ela. — Estão ótimas.

Ah, que se dane, há anos que não como marisco nenhum. Quando estava tentando engravidar, fiquei morrendo de medo de comer alguma coisa que pudesse me fazer mal. Pego, então, uma, espremo um pouco de limão nela e permito que deslize pela minha goela abaixo, deixando na boca o gosto do mar.

— Isso foi gostoso — digo. — Obrigada.

Estou julgando demais. Kate é minha melhor amiga e eu deveria apoiar a escolha dela, seja qual for.

— Você vai ser uma mãe maravilhosa — digo.

Ela sorri.

— Obrigada.

— Você pretende arrumar um doador de esperma? — pergunto.

Ela desliza mais uma ostra para dentro da boca.

— Talvez. É uma opção. Apesar de eu não querer ser mãe solteira. Talvez eu encontre outro homem. Um decente dessa vez. Alguém que não durma com prostitutas, nem que me trate como merda.

Ela pousa o garfo e estende a mão para pegar sua taça de champanhe, que o garçom tem se esforçado para manter cheia.

— Um brinde a isso — digo, erguendo minha taça para um brinde.

Ela sorri quando nossos copos tinem juntos.

— Você realmente acha que vou ser uma boa mãe? — pergunta ela, e ouço a nota de ansiedade em sua voz.

Forço um aceno positivo com a cabeça.

— É claro. Olha como a Marlow ama você.

Ela abre um sorriso bem grande ao ouvir isso.

— Bem, Marlow e eu temos muitas coisas em comum. Nós duas gostamos de mamar numa garrafa e de ter alguém que faça tudo por nós!

Rio junto com ela, feliz de pensar em Marlow por um momento. E fico imaginando como ela e Rob devem estar se saindo.

— Enfim — diz Kate, interrompendo meus pensamentos e se recostando na cadeira para deixar o garçom retirar nossos pratos. — Como estão as coisas entre você e o Rob? Melhores?

Faço uma pausa enquanto o garçom substitui os pratos pelo nosso prato principal e coloca uma garrafa de Sauvignon Blanc na mesa.

— Está tudo bem — respondo. Eu tinha contado para Kate sobre alguns altos e baixos que nosso casamento sofreu nos últimos anos, mas tenho de admitir que talvez tenha amenizado a situação. — Melhorando aos poucos.

Devoro minhas sardinhas, que estão mais deliciosas do que parecem, deitadas grelhadas no prato, olhando fixamente para mim.

Kate serra com a faca um tentáculo de polvo coberto com ventosas pequenininhas.

— E voltaram à ativa? — pergunta ela. — Estão transando?

Direta ao ponto, como sempre.

— Sim. Quer dizer, não como antes...

— Como assim? Com que frequência? Uma vez por semana? Uma vez por mês?

— Provavelmente umas duas vezes por mês.

Ela arregala os olhos.

— Meu Deus — diz ela. — Estou impressionada que você não tenha voltado a ser virgem. Como você aguenta ficar sem ter orgasmos?

Coro e olho para trás para ver se alguém perto de nós consegue escutar, mas, por sorte, ninguém parece estar prestando atenção.

— Ando tão cansada — digo, tentando me explicar. — Com o serviço de casa e Marlow, a última coisa que quero fazer à noite é sexo. Além disso, queria ver você tentar fazer sexo depois de ter levado quinze pontos na vagina.

Ela faz uma expressão de dor.

— Não, obrigada.

— Bem, se você quer ter filho... — digo, rindo para ela. — É melhor se preparar. Eles não pulam para fora igual à rolha de uma garrafa de champanhe.

— Talvez eu prefira fazer cesárea — retruca ela, rindo.

— Não é nada melhor — digo a ela.

— Dá para fazer uma abdominoplastia junto. — Ela dá um sorriso largo. — Todas as celebridades fazem isso. Ou então contratam uma barriga de aluguel e pulam toda a parte de ficar gorda.

Baixo os olhos para meu prato; a sardinha, pousada ao lado de seu ninho de batatas, olha para mim de forma acusadora.

— Não que você tenha ficado gorda — acrescenta Kate, na mesma hora. — Além disso, só estou brincando — diz ela. — Não sou tão fresca assim para não aguentar um parto normal.

— Você pode ficar mais fresca se se mudar para Richmond.

Ela ri ainda mais alto e coloca mais um pouco de vinho em nossas taças, sem esperar que o garçom o faça. Levanto a mão para impedir que ela encha a minha, porque já estou me sentido bem bêbada, mas ela bate na minha mão para tirá-la da frente.

— Nem vem, hoje a gente vai se divertir.

Relutante, deixo que ela encha minha taça mais uma vez.

— Só não quero acabar agarrada num vaso sanitário mais tarde.

Kate sempre foi mais forte para bebida do que eu, e agora, depois de um tempo sem álcool, durante a gravidez e a amamentação, fiquei ainda mais fraca para beber. Dou um golinho e depois suspiro.

— Sinceramente, só não estou muito a fim.

— A fim de quê? — pergunta Kate. — De tomar champanhe? O que deu em você?

— Não, de fazer sexo com Rob, digo.

— Por que não? — pergunta ela. — Não sente mais atração por ele? Balanço a cabeça.

— Não. Não é isso. — Rob ainda é bonito, ainda está em forma, pois pedala todos os dias, e nós ainda nos damos bem como amigos e parceiros. Ainda nos amamos e sei que ele quer transar comigo, porque continua tentando. — Eu só nunca estou no clima — explico. — Não me sinto atraente, acho que esse é o problema. Não quero que Rob me veja nua. E ele é um cara visual. Gosta das luzes acesas.

Ela dá um sorriso malicioso.

— Mas que conversa é essa? Você está ótima! É uma mãe gostosona. Um cara ali no bar olhou para você assim que a gente entrou.

Dou uma olhada em direção ao bar, mas está cheio de gente, e não consigo descobrir de quem Kate está falando.

— Obrigada — digo, me virando de novo para ela. — Na maior parte do tempo, eu me sinto uma coroca de meia-idade brega e gorda.

— Bem, mas você não é. Você é linda. Como Rob está reagindo à falta de sexo?

— Até que bem — digo, embora na verdade eu não tenha certeza disso. Ele age como se estivesse tudo bem e é compreensivo, mas é claro que agiria assim, porque ele é um cara legal.

— Cuidado — diz Kate. — Olha o Toby, por exemplo. A gente tinha uma vida sexual ótima, e mesmo assim ele saiu aprontando por aí.

Meu garfo e minha faca pairam no ar.

— O que você quer dizer? Rob nunca teria um caso.

— Eu sei — diz ela —, não é isso que estou falando. Só estou alertando que, se um homem não tem sexo em casa, começa a procurar em outro lugar. Até os caras legais. — Ela deve ter notado a expressão em meu rosto, porque na mesma hora fala: — Mas não Rob. Não consigo imaginar Rob tendo um caso. Ele adora você. E Marlow. Desculpa. Só estou supondo.

Pouso meus talheres.

— Não, você está certa. Isso já me passou pela cabeça — confesso. — Mas só porque ele ficou meio distante por um tempo quando Marlow estava com alguns meses. Mas conversamos sobre isso. Ele disse que estava se sentindo excluído, sabe, porque eu estava amamentando e tinha que ficar em casa com a bebê enquanto ele tinha que sair para trabalhar. Acho que é muito comum os homens sentirem que estão sobrando nos primeiros meses... pelo menos é isso que os livros dizem. Mas, depois que a gente conversou, as coisas melhoraram. Quer dizer, ele diz que me ama o tempo todo e compra flores para mim, e, quando a gente transa, é bom. Bem, bom considerando que não tenho mais muito assoalho pélvico.

— Bem, então — diz ela, rindo — ignora o que eu disse. Afinal, o que eu sei de casamento ou relacionamento? Sou um desastre. Desde que você esteja feliz, é o que importa.

Faço que sim com a cabeça e olho para meu prato, tentando segurar uma vontade súbita de chorar.

— Você está feliz, não está? — pergunta Kate.

Ergo os olhos, engolindo em seco. Kate está me encarando, seus olhos estreitos. Ela me conhece melhor do que ninguém e viu além do meu autocontrole.

— Não sei — desabafo. O vinho soltou minha língua e penso comigo mesma que eu provavelmente não deveria dizer nada, mas as palavras pulam para fora antes que eu consiga segurá-las. — Sei que devia estar feliz. Tenho um marido maravilhoso e uma filha maravilhosa e tenho muitos motivos para ser grata, mas, por alguma razão, não me sinto feliz. Na verdade, eu me sinto bem pra baixo na maior parte do tempo.

Para meu horror, lágrimas escorrem dos meus olhos. Por que estou admitindo tudo isso? Kate me olha fixamente, seus olhos azuis se arregalando com surpresa diante dessa repentina confissão. Seus talheres retinem no prato e ela estende o braço e segura minha mão.

— Ah, meu Deus, por que você não me contou isso?

Mordo o lábio para evitar chorar mais.

— Não sei. Não contei para ninguém. Só continuo fingindo que está tudo bem, esperando que, se eu continuar fingindo, vai virar realidade. Mas me sinto tão cansada... eu sei que deveria estar feliz, e aí me sinto ainda pior.

Kate parece chocada.

— Não acredito que você não me contou que estava se sentindo assim! Eu teria apoiado você. Rob sabe disso?

Balanço a cabeça.

— Não. Ele me pegou chorando algumas vezes, mas não entendeu. Acha que são só os hormônios. Talvez seja isso mesmo.

— Você acha que é depressão pós-parto? — pergunta Kate.

Meus lábios hesitam. É a primeira vez que alguém me pergunta diretamente se estou deprimida, além do enfermeiro que fez o acompanhamento pós-parto, para quem eu menti, com medo de ser julgada.

— Talvez — respondo, com a sensação de uma pedra presa em minha garganta.

— Você falou com o médico?

Balanço a cabeça. Fico pensando em procurar ajuda, mas depois mudo de ideia. Não estou tão triste assim, só um pouco para baixo. E não quero tomar nenhum remédio. Quero eu mesma resolver isso. Como diz Rob, tenho certeza de que vai passar.

— Você não tem que ter vergonha disso, sabe? — diz Kate, lendo meus pensamentos. — Remédios podem ajudar.

Concordo com a cabeça. Se alguém sabe bem disso é Kate. Ela passou anos tomando antidepressivos de tempos em tempos.

— Por que você não marca uma consulta com o médico quando voltar? Fala com alguém. Procura ajuda. — Ela me encara com a testa franzida, consternada. — Eu realmente gostaria que você tivesse me contado antes.

Concordo com a cabeça e, com a mão trêmula, tomo um grande gole de vinho. Só de ter contado isso para Kate já sinto que tirei um peso dos meus ombros. Ela está certa. Eu devia ter contado isso para ela antes. Acho que tive vergonha por ter me sentido triste, depois de ter passado tanto tempo lutando para engravidar e sofrendo porque não conseguia. Parecia mesquinho e ingrato o fato de eu me sentir deprimida sendo que consegui o que queria, com uma bebê saudável e linda em meus braços.

— Agora, falando em outras drogas — diz Kate, pegando uma caixinha de comprimidos prateada da bolsa com um floreio.

— O que é isso? — pergunto, meus olhos correndo pelas mesas em volta porque eu já sei o que a caixinha contém. Ou, pelo menos, consigo imaginar com bastante segurança.

— Quer cheirar uma carreira? — pergunta ela.

— Cocaína? — sussurro, pasma.

Ela assente.

— Vai melhorar o seu humor.

— Como você conseguiu a proeza de embarcar com isso no avião?

— Ah, é fácil se você tiver a manha — responde ela, com uma piscadela e um sorriso. — É só embalar junto com o absorvente interno. Quer um pouco?

Olho em volta de novo, nervosa.

— O quê? Aqui? Agora?

— Sim — responde ela, impávida. — Vou cheirar uma carreira de cocaína na mesa na frente de todo mundo. — Ela balança a cabeça. — Não. Vou ao banheiro. Você vem?

— Estou bem — digo.

Ela aperta os olhos e me encara com aquele mesmo sorriso malicioso, o demônio tentador em meu ombro.

— Vamos. — Ela faz beicinho.

Houve um tempo em que eu diria sim para isso e para qualquer coisa que Kate me oferecesse. A gente nunca ia para a balada sem antes tomar ecstasy ou cheirar cocaína, geralmente os dois. Mas isso foi há muito tempo.

— Não posso — digo. — Eu ficaria totalmente fora de mim.

— Exatamente — diz ela, seus olhos se iluminando. — Vamos nos divertir um pouco. Ir para a balada. Meu amigo me falou de um lugar...

— Balada? — eu a interrompo, tentando não gaguejar. — Pensei que a gente fosse só jantar.

Ela faz uma careta para mim.

— Lisboa é conhecida pela vida noturna. Pensei de a gente ir para um bar do qual ouvi falar e depois para uma boate...

Minha expressão deve ter mostrado minha surpresa, porque o sorriso dela some.

— Ah — diz ela, um pouco desanimada. — Achei que você estivesse a fim.

Não sei o que dizer. Não quero deixar minha amiga chateada, mas definitivamente não estou a fim de ir para uma boate. Para falar a verdade, só quero ir para a cama. É minha primeira noite longe de Marlow em nove meses — minha primeira noite de liberdade desde que ela nasceu —, e a única coisa em que consigo pensar é pôr meu sono em dia.

— Eu realmente queria me soltar e me divertir — diz ela. — Os últimos meses foram bem difíceis com o divórcio.

Concordo com a cabeça, solidária.

— Eu sei. Sinto muito.

Ela me dá um meio sorriso.

— E bem que você está precisando se lembrar de como é ser livre e sem compromissos.

Suspiro, me deixando ser convencida.

— Está bem, podemos ir para um bar.

Mas não falo nada sobre a boate. Definitivamente não vou para a balada. Além disso, sem dúvida seríamos as pessoas mais velhas numa boate, como pais que vão à discoteca da escola para vigiar os filhos. Não é meio triste ainda estar agindo como adolescente aos quarenta anos?

Com um largo sorriso, Kate se levanta da mesa.

— Ótimo — diz ela. — Vou só ao banheiro. Volto num segundo.

Observo enquanto Kate faz curvas entre as mesas, me perguntando se ela ainda vai ser essa louca por farra daqui a dez anos ou se vai ser uma mãe careta como eu, que só quer ficar em casa, ler um livro e ir para a cama cedo. É difícil imaginar essa segunda opção. Imagino que, se ela de fato tiver um filho, vai ser a mãe mais estilosa na hora de buscar as crianças na escola. Todas as outras pessoas vão estar de moletom e calças de pijama enfiadas em botas Ugg, e Kate vai estar lá com seu cabelo escovado, usando seus sapatos Manolo. Sorrio ao imaginar essa cena.

Assim que Kate desaparece de vista, puxo meu celular para checar minhas mensagens. Vejo uma mensagem fofa de Rob desejando que eu me divirta muito. Ele enviou uma foto dele com Marlow. Ela está sentada em sua cadeira alta, coberta da cabeça aos pés de um molho laranja, parecendo um Oompa-Loompa. Até o cabelo dela está arrepiado, exatamente como o de Rob fica de manhã. Ao ver os dois, sinto uma pontada instantânea de saudade.

"Estou com saudade", escrevi.

"Também estamos com saudade", ele responde, com um emoji de coração.

"Não se esquece de cortar as uvas ao meio", digito e depois apago.

Quando Kate volta do banheiro, vem andando com um vigor perceptível. Ela parece mais animada; seus gestos, mais agitados, e sua voz, mais alta.

— Vamos pedir sobremesa? — pergunta ela, se sentando e pegando o menu.

Estou dividida. Minhas coxas não precisam das calorias, mas, como Kate me lembra, "o Toby está pagando", e os carboidratos extras podem ajudar a absorver todo o álcool, especialmente se formos para um bar depois.

Pedimos uma musse de chocolate e um pastel de nata, que estão indecentemente deliciosos, mas Kate mal toca neles. Ela está agora bem inquieta e fica o tempo todo olhando o celular. Ele vibra na mão dela, e ela franze a testa, seja qual for a mensagem que aparece, depois resmunga baixinho.

— Está tudo bem? — pergunto.

— Tudo ótimo — responde ela, digitando furiosamente uma resposta. — Só um cliente irritado. Quer o impossível. — Ela faz sinal para o garçom pedindo a conta, depois se levanta abruptamente quando o celular começa a vibrar mais uma vez em sua mão. — Preciso atender — diz ela, seguindo a passos largos para a porta.

Observo pela janela quando ela começa a andar para cima e para baixo na calçada em frente ao restaurante, gesticulando furiosa enquanto fala ao celular, e eu me pergunto sobre o que deve ser essa ligação. Uma parte de mim deseja secretamente que, seja o que for, estrague a ida para o bar e a aventura da balada que ela planejou.

Enquanto observo Kate, um garçom se aproxima e põe a conta na minha frente. Dou uma olhada nela, chocada com o valor — quase quinhentos euros, principalmente por causa do vinho e do champanhe, mas, ainda assim, aquela é a sardinha mais cara da história —, antes de deslizá-la para o lado da mesa de Kate. Eu me sinto um pouco mal por isso, mas ela mesma disse que pagaria. Ou melhor, que Toby pagaria.

Kate volta um minuto depois e se senta, enfiando o celular na bolsa. Seu rosto está vermelho, e o rímel, ligeiramente borrado.

— Quem era? O que aconteceu? — pergunto, alarmada. Não é a cara de Kate chorar. Na verdade, acho que, em todo esse tempo que a gente se conhece, só vi isso acontecer umas duas vezes, e uma delas quando a gente viu *A pequena sereia*, de ressaca, quando tínhamos vinte e poucos anos. E ela só chorou na época porque ficou chateada por Ariel ter dado sua voz por causa de um homem.

— Era o Toby — admite ela, limpando os olhos com leves toques. — A operadora do cartão de crédito ligou para ele. Detectaram gastos estranhamente altos.

— Ah — digo, tentando não olhar na direção da conta.

— Droga — murmura ela, mordendo a cutícula do polegar. — O filho da puta vai embora e ainda cancela o cartão.

Olho para a conta na frente dela. Ela nota a conta ali também, e em seguida cai na gargalhada.

— Merda! Se pelo menos ele tivesse esperado cinco minutos. — Ela remexe em sua bolsa à procura da carteira e saca outro cartão. — Vamos torcer para que esse funcione — diz ela, enquanto o apoia na mesa.

— Por que não posso ajudar? — pergunto. — A gente pode rachar.

— Não — diz ela, decidida, balançando a cabeça. — Deixa comigo. Fui eu quem quis vir aqui. Além disso, depois que o processo do divórcio acabar, vou ficar rindo à toa quando for ao banco.

— Quanto tempo isso vai levar? — pergunto, quando o garçom traz a máquina de cartão de crédito.

— Não sei. Meu advogado diz que pode levar um ano, talvez mais, se ele recorrer, o que ele vai fazer, porque é um idiota e acha que não mereço um centavo. Mas, após aguentar aquilo, eu sinceramente acho que merecia era tudo. Tive que fazer exame de herpes e gonorreia graças às escapadinhas dele. Meu advogado está colocando tudo isso no processo. O juiz com certeza vai dar uma sentença favorável a mim.

— Mas e até lá? — pergunto.

— Ganho o suficiente — diz ela, acenando com a mão. — Não se preocupe.

Ela digita a senha na máquina que o garçom está segurando, e por sorte o cartão é aceito. Dou um suspiro de alívio. Não que Rob e eu estejamos duros — nós dois ganhamos um bom salário, embora eu não esteja recebendo agora que estou no período estendido da minha licença-maternidade —, mas a prestação do nosso financiamento imobiliário é alta e estamos poupando para uma ampliação da casa. Ele ficaria furioso se visse que eu gastei quinhentos euros em um jantar.

— Ok, então — diz Kate, com um brilho perigoso nos olhos. — Vamos?

Capítulo 4

Quando entramos no Uber, o celular de Kate vibra de novo. Ela dá uma olhada rápida na tela.

— É o Toby — diz, bufando, então joga o telefone de volta na bolsa. — Ele está paranoico. Quer saber com quem estou aqui. Como se ainda fosse da conta dele com quem estou e o que estou fazendo. Pelo amor de Deus — diz ela, enquanto o celular continua tocando. — Desse jeito vou ter que mudar de número.

O motorista do Uber olha para a gente por cima do ombro.

— Qual o endereço? — pergunta ele, asperamente. É um homem na casa dos quarenta anos, de cabelo grisalho e uma barba por fazer no queixo que daria para ser usada para raspar a ferrugem do casco de um navio.

— Para um bar chamado Blue Speakeasy — responde Kate. — Conhece?

Ele assente e começa a dirigir.

— Tem certeza de que não quer um pouco? — pergunta ela para mim.

Olho para baixo e vejo que Kate está segurando a caixinha de comprimidos na palma da mão. Olho de relance para o motorista, depois de novo para Kate, balançando a cabeça e arregalando os olhos em sinal de alerta.

Na maior cara de pau, ela salpica um pouco do pó branco nas costas da mão e cheira, jogando a cabeça para trás para fungar, fazendo bastante barulho, depois esfrega a mão embaixo do nariz. Lanço outro olhar para o motorista e o vejo observando a cena pelo espelho retrovisor.

— Você é daqui? — solto, tentando distraí-lo, embora seja tarde demais para isso. Ele obviamente viu tudo.

— Não. Do Kosovo — responde ele, antes de voltar a olhar para a frente. — Mas — ele continua — estou aqui há muito tempo.

— Seu inglês é bom — elogio.

— Obrigado. — Ele olha para mim de novo pelo espelho. — Vocês são do Reino Unido?

— Irlanda — respondo. — Mas eu moro em Londres.

— Os irlandeses são gente boa — diz ele. — São bons de papo.

Eu rio.

— Sim, não dá para negar. A gente gosta mesmo de um bom papo. E de uma bebida! — falo, puxando papo, ciente de que Kate ainda está entretida com sua caixinha de comprimidos.

Ela está mesmo fazendo outra carreira de cocaína? Meu Deus do céu, como ela consegue ficar em pé?

— Há quanto tempo você é motorista de Uber? — pergunto, com excesso de entusiasmo.

— Há alguns anos. Paga as contas. — O olhar dele desliza para Kate, que tirou o celular da bolsa de novo e está ocupada digitando uma mensagem, martelando as teclas num frenesi enquanto resmunga para si mesma.

Alguns minutos depois, o motorista do Uber nos deixa no que parece ser um bairro da luz vermelha.

— O bar fica logo ali, naquele beco. — Ele aponta para uma viela estreita de paralelepípedos à nossa direita, que é inacessível para carros. — Tenham uma boa noite — deseja ele, quando saímos.

— Você também — começo a dizer, mas Kate bate a porta.

— Ele não vai ganhar gorjeta — comenta Kate, entrelaçando seu braço no meu enquanto ele sai com o carro.

— Por que não? — pergunto.

— Vi como estava olhando para mim pelo retrovisor.

— Você estava cheirando cocaína no banco de trás do carro dele, Kate.

— Ah, fala sério. Não é como se eu tivesse vomitado o banco inteiro.

A menção da palavra vômito faz com que eu perceba que meu estômago está embrulhado. O álcool está batendo de um lado para o outro com as sardinhas de estrelas Michelin, mas engulo corajosamente o gosto ácido de bile na minha boca e sigo Kate pelo beco.

Já é mais de meia-noite, e as ruas principais em volta estão cheias de gente. A maioria das pessoas é de turistas já meio embriagados, vagando entre bares e cafés ao ar livre e se aglomerando no meio da rua, ignorando o fato de que aquela área não é para pedestres, fazendo os carros tentarem passar espremidos entre eles.

O beco onde fica o Blue Speakeasy, porém, está bem sossegado, ignorado pelos turistas. Vemos várias pessoas em pé do lado de fora, debaixo de uma luz elétrica azul, fumando cigarros comuns e eletrônicos. Noto, mesmo à distância de uns cem metros, que a galera parece sofisticada e bem-vestida, como se fossem modelos posando para um ensaio fotográfico, ou artistas socializando do lado de fora da inauguração de uma nova galeria descolada.

Ao olhar para eles, quando chegamos mais perto, noto que são moradores locais, não turistas. Não é só a pele olivácea nem a ostentação do cabelo castanho, ou o fato de que são mais bonitos e muito mais estilosos que as pessoas que vemos reunidas na porta de pubs no Soho de Londres, ou caindo de bêbadas e tumultuando a Leicester Square. Elas parecem exalar exotismo de um jeito que me deixa, sendo bem sincera, com muita inveja. Posso ter herdado o dom irlandês da conversa, mas sem dúvida eu o trocaria por seja qual for o gene mágico que essas pessoas claramente têm.

Quando nos aproximamos — Kate seguindo à frente, com a cabeça levantada e os saltos dourados batendo nas pedras do calçamento como uma pederneira —, noto uma corda de veludo vermelho em frente à porta e um rapaz parado diante dela segurando uma prancheta como se fosse um escudo cerimonial. Meu estômago se contrai quando chegamos mais perto. Isso faz com que me lembre de quando eu tinha vinte e cinco anos e tentava furar a fila na Cargo flertando com o segurança — apesar de isso ter sido em outra época. Agora é diferente. Não tenho certeza se tenho colhão, nem a lábia ou a confiança da juventude para conseguir isso. Mas Kate diz algo para ele, que não ouço, depois entrega ao rapaz alguma coisa que não vejo, e de repente a corda é levantada e ganhamos acesso.

O bar está iluminado como o interior de uma cripta, as velas tremeluzentes nas mesas parecem velas votivas e sombras fantasmagóricas se mexem nas alcovas escuras. Kate abre caminho pela multidão, me conduzindo na frente dela, como imagino que ela faça com seus clientes famosos nas premières, ao tentarem passar pelos paparazzi ou para acharem o melhor ponto para a foto no tapete vermelho. O lugar está cheio e uma batida pesada batuca entre todos os corpos comprimidos, fazendo minha cabeça latejar e o suor brotar na minha testa.

Kate abre caminho a cotoveladas até a frente, consegue a atenção do barman e em seguida grita sobre o ombro para mim:

— O que você quer beber?

Lanço um olhar para as inúmeras garrafas atrás do bar e meu estômago responde com um *glub glub*.

— Água — grito em resposta, tentando ser ouvida sobre a batida percussiva da música e o ruído das conversas.

Kate revira os olhos para mim.

— Água?

— Sim, pode ser da casa — digo, olhando em volta.

Não parece haver uma mesa livre. Vamos ter que beber em pé em meio aos gritos de corpos superaquecidos? Espero que não. A ideia de que estou ficando velha demais para isso passa pela minha cabeça mais uma vez. Eu preferiria estar na minha cama, de pijama, lendo um livro, ou, nem isso, só dormindo. Kate me entrega um copo de água e, em seguida, com seu drinque na mão, abre caminho pela área do bar, me rebocando atrás dela, como um velho barco a remo preso a um iate de luxo.

Ela traça uma linha reta e vai diretamente para as cabines nas reentrâncias sombrias ao longo de uma das paredes, então para ao lado de uma delas. Dois homens estão sentados ali.

— Vocês se incomodam se ficarmos aqui com vocês? — pergunta Kate.

Começo a abrir a boca para me desculpar pela intromissão e empurrar Kate para longe dali — afinal, a cabine é pequena e teríamos de nos espremer junto deles nos bancos de couro —, mas um dos homens sorri e aponta para o lugar ao seu lado.

— É claro que não. Por favor, fiquem à vontade.

Kate se senta bem ao lado dele, obrigando-o a se encolher para abrir espaço. Envergonhada pelo atrevimento da minha amiga, eu me empoleiro do outro lado do banco, bem na beirada.

— Olá. Desculpa — digo, com um sorriso de desculpa, para o homem ao meu lado.

Ele sorri para mim.

— Sem problema.

— Espero que a gente não esteja... atrapalhando — digo, gaguejando na última palavra, enquanto meu cérebro processa o fato de ele ser ridícula e loucamente lindo, quase irrealmente lindo. Parece estar na casa dos trinta, tem cabelo castanho e grosso, pele queimada de sol e olhos verdes brilhantes, emoldurados por cílios tão longos e grossos que parecem até postiços. Eu me pergunto se ele é modelo ou ator. Ele é, sem dúvida, a pessoa mais bonita que já vi na vida real. A pele dele é macia como um creme, tão perfeita que é como se ele usasse uma base mágica.

— Não estão atrapalhando nada — diz ele, sorrindo para mim de um jeito que sugere que nossa interrupção foi a melhor coisa que aconteceu a noite toda.

Olho de relance para Kate, que está conversando com o outro cara. Ele é igualmente lindo; negro, olhos em formato de amêndoas e maçãs do rosto proeminentes. Todos os portugueses são assim tão lindos? Kate diz alguma coisa que faz o homem ao lado dela rir, e seus dentes brancos se iluminam na escuridão.

— Sou Joaquim — diz o homem ao meu lado.

Eu me viro para ficar frente a frente com ele e vejo que está estendendo a mão para mim. Eu a aperto.

— Orla — digo, notando a perturbação em minha voz.

Ele acena para o amigo.

— Este é o Emanuel.

Troco um aperto de mão também com Emanuel, que sorri para mim. Os dois estão usando roupas aparentemente caras: calças escuras e camisas bem passadas, com o botão de cima aberto. Começo a baixar ainda mais meu olhar, seguindo os botões, antes de conseguir me conter.

Ainda mais atrapalhada, eu me viro para Joaquim.

— Vocês são daqui? — pergunto, e, assim que digo isso, me dou conta de que parece uma cantada. Eu me encolho por dentro de vergonha.

— Somos — responde ele, sua voz melodiosa e rouca. — E vocês?

— Não. Dá para notar? Sou de uma cidadezinha da Irlanda. É mais um vilarejo, na verdade. Você não deve ter ouvido falar nele. As pessoas só ouvem falar de Dublin. Mas eu moro em Londres agora. Moro lá há quase vinte anos. Acho que agora é a minha terra. Apesar de eu ainda ter sotaque. — Fico tagarelando, meu rosto esquentando como uma chapa elétrica. Não consigo tirar os olhos dele, mas também estou impactada demais com sua beleza para sustentar seu olhar por mais de um segundo. Estou me sentindo praticamente uma tiete e, internamente, me recrimino por agir como uma adolescente presa no elevador com seu crush de uma boy band.

— Adoro Londres — diz Joaquim.

— Sim, é uma cidade ótima — digo, concordando com a cabeça, animada, e dando uma olhada para Kate. Ela está entretida na conversa com Emanuel, chegando a cabeça perto dele como se estivesse se esforçando para ouvi-lo, apesar de, neste canto, a música não estar tão alta.

— Quanto tempo vocês vão ficar aqui em Lisboa? — pergunta Joaquim.

Olho de novo para ele. Ele mudou o braço de lugar, que agora está apoiado ao longo do encosto do banco, atrás da minha cabeça.

— Só o fim de semana — respondo, pegando minha bebida. — Preciso voltar. — Eu me interrompo abruptamente. Estava prestes a dizer "para a minha bebê", mas pisei no freio por alguma razão.

— Vocês têm planos? — pergunta Joaquim.
— O quê?
— Vocês têm planos do que fazer por aqui nesse tempo?
— Er... temos — digo, extremamente constrangida pelo olhar dele.
— Vamos fazer um tour de bicicleta elétrica amanhã de manhã, para conhecer a cidade. Ouvi falar que a gente precisa de uma bicicleta elétrica. Não tenho muita vontade de subir pedalando todos esses morros! E depois, à tarde, vamos fazer um tour gastronômico.
— Lisboa tem restaurantes excelentes. Talvez eu possa lhe mostrar alguns lugares.
— Ah — eu disse —, acabamos de comer.
— Quero dizer amanhã.
Inicialmente, fico assustada demais para responder. Ele está me convidando para sair? Com certeza, não. Mas tive a impressão de que estava. Estou há tanto tempo sem praticar os joguinhos do flerte e do namoro que não faço ideia se estou ou não entendendo errado. Provavelmente, sim. Por que raios ele iria querer sair comigo? Além do fato de que nos conhecemos há menos de um minuto, tenho idade suficiente para ser mãe dele — ou quase —, e ele é tão bonito que poderia ficar com qualquer pessoa.
— Amanhã? — repito, tentando captar um pouco melhor as intenções dele.
Ele assente, com entusiasmo.
— Conheço um lugarzinho. Só gente daqui frequenta. Seria um prazer levar você.
— Hum... — fico meio atrapalhada. Agora provavelmente seria a hora de mencionar que tenho um marido. Mas, e se eu estiver entendendo errado e ele só estiver sendo simpático? Ele pode achar estranho se eu jogar a informação de que sou casada como uma bomba na conversa.
Olho para Kate, mas ela está completamente entretida com Emanuel — vejo sua mão roçar o braço dele enquanto ela joga a cabeça para trás e ri de maneira escandalosa. Então, a ficha cai. É por isso que estamos aqui, por isso que ela veio direto para esta mesa — Kate tem

a missão de pegar alguém! E parece que está conseguindo. A mão de Emanuel está na coxa dela, avançando devagar para cima. Nossa, foi rápido, eu penso, e então me lembro de como Kate era antes de Toby. Minutos depois de entrar numa boate, ela já havia localizado o homem mais gostoso da pista de dança e estava se jogando em cima dele. Ela era como um chamariz para homens gostosos.

Eu me viro de volta para Joaquim. Ele está olhando para mim com expectativa, um meio sorriso brincando em seus lábios. Está flertando comigo ou estou imaginando isso? Com todas essas mulheres aqui — a maioria parece que acabou de sair de uma passarela —, por que ele flertaria comigo? Ou será que é porque Kate está dando em cima de Emanuel tão descaradamente que ele acha que é isso o que eu quero também? Ou talvez eu esteja entendendo errado e os portugueses sejam sempre simpáticos assim.

— Quer comer mais eu? — pergunta Joaquim, dando um sorrisinho malicioso ao dizer isso, e me pergunto se o duplo sentido é inocente.

— Talvez — respondo, evasiva, e logo em seguida sinto um rubor de vergonha. O que há de errado comigo?! Eu não devia nem hesitar em dizer não. Tenho um marido em casa neste exato momento tomando conta da nossa bebê de nove meses. — Na verdade, agora que me lembrei, a gente vai estar ocupada o fim de semana inteiro — digo, sorrindo educadamente. — A gente já tem bastante coisa planejada. Tipo andar de bicicleta e outras coisas. Mas obrigada.

Tomo um gole da minha bebida, nervosa, e quase cuspo no colo de Joaquim.

— Meu Deus, o que é isso?! — balbucio.

— Gim-tônica — responde Kate, gritando do outro lado da mesa.

— Eu pedi água.

— Devo ter entendido errado. — Kate ri antes de se virar de novo para Emanuel.

Joaquim me oferece um guardanapo.

— Aqui.

Eu o pego e ele indica um pingo de gim no meu vestido. Eu dou uma limpada com o guardanapo.

— Com licença. — Joaquim está se levantando, tentando passar por mim. Saio da frente para que ele consiga passar e o homem desaparece apressado no meio da multidão. Fico pensando no que eu posso ter dito para fazê-lo sair correndo. Olho a hora. Uma e meia da manhã.

— Não acha que está na hora da gente ir? — pergunto a Kate, mas ela não me ouve; está ocupada flertando com Emanuel, tocando na coxa dele, mostrando exatamente o que quer. — Kate? — chamo, mais alto, tentando conseguir a atenção dela.

Ela se vira para mim.

— Oi?

— Vamos embora?

— O quê? — pergunta ela, franzindo as sobrancelhas. — Acabamos de chegar.

— Estou cansada — digo, frustrada e subitamente irritada com Kate por ter nos arrastado para esse lugar, por me empurrar mais álcool e agora por me ignorar enquanto ela se esforça para trepar com um estranho qualquer.

Ela faz uma careta. A mão de Emanuel está roçando o braço dela, os dedos dele traçando um círculo em seu ombro. Nossa, dessa vez o negócio andou rápido, até mesmo para Kate.

— Pede uma cuba-libre ou qualquer coisa — diz Kate. — Fala sério, vamos ficar. Está divertido.

"Pode estar divertido para você, mas não para mim" é o que quero resmungar. Eu não sou solteira. Não estou tentando pegar um estranho para fazer sexo casual. Faço menção de me levantar — decidida a ir embora sozinha —, mas, antes que eu consiga sair, Joaquim retorna com uma bebida na mão.

— Aqui — diz ele, oferecendo-a para mim. — É água.

— Obrigada — digo, agradecida e bastante surpresa.

— De nada — diz ele, com um sorriso que imediatamente desarma parte da minha raiva.

Eu me mexo para o lado para deixá-lo entrar na cabine, o cheiro de sua loção pós-barba penetrando minhas narinas e me deixando tonta. Minha dor de cabeça volta e me dou conta do quanto estou bêbada, a visão começando a embaçar. Tomo a água num só gole.

— Melhor? — pergunta Joaquim.

Faço que sim com a cabeça, notando que ele se sentou mais perto do que antes, sua coxa quase roçando na minha e seu braço repousando novamente atrás de minha cabeça. Normalmente, sou a primeira a ficar incomodada com homens espaçosos, mas há algo na autoconfiança e na languidez tranquila de seu corpo que acho sexy.

— Saúde — diz ele, tocando o copo no meu. — A novas amizades.

Bato meu copo vazio no dele. Decido esperar mais uns cinco minutos. Não quero que Joaquim me ache mal-educada.

— O que você faz, Joaquim? — pergunto, colocando o copo na mesa.

— Tenho uma empresa — responde ele e aponta para o amigo. — Emanuel e eu somos sócios.

— Que tipo de empresa?

— Design. E você? O que você faz?

Quase respondo que estou de licença-maternidade, mas, numa fração de segundo antes de soltar isso, mudo de ideia.

— Trabalho para uma associação habitacional — digo.

Ele olha para mim com cara de paisagem.

— Uma instituição de caridade — explico. — Tipo isso. Ajuda pessoas de baixa renda.

Ele se aproxima mais de mim, a cabeça inclinada para um lado, como se essa fosse a coisa mais interessante que já ouviu.

— Você ajuda os pobres. Isso é legal.

Estudo a expressão no rosto dele. Será que ele está sendo sarcástico? Acho que não. Parece sinceramente interessado. Estou tão acostumada com os ingleses e seu sarcasmo que, quando uma pessoa é realmente sincera, fico sempre desconfiada.

— Quer dizer, não é tão empolgante assim — acrescento, minhas bochechas se esquentando de novo sob seu olhar incessante. Será que ele tem alguma ideia do efeito que causa nas mulheres?

Quando Joaquim vai pegar mais uma bebida, sua mão roça no meu joelho, e meu coração pula e acelera como se eu tivesse sido açoitada com uma urtiga. Ele deve ter notado e eu fico morrendo de vergonha. Não sei mais flertar, e definitivamente não com alguém que não seja o meu marido.

— Você é casada? — pergunta Joaquim de repente, apontando para minha aliança de casamento.

— Ah — digo. Flagrada, levanto o dedo com a aliança como se eu mesma tivesse acabado de descobrir a existência dela e estivesse tentando entender como ela foi parar ali. — Sou.

Ele inclina a cabeça, com um sorriso brincando frouxamente em seus lábios.

— Mas seu marido não está aqui.

Faço que não com a cabeça e minha visão fica turva com o movimento repentino. Eu esperava que a água me ajudasse a ficar sóbria, mas, em vez disso, estou me sentindo ainda mais bêbada. Aquele gole de gim me empurrou do precipício de ligeiramente bêbada para completamente chapada. Preciso tomar mais água. Aos poucos, Joaquim vai chegando mais perto de mim, de forma que nossas coxas estão pressionadas uma contra a outra e sua mão repousa na minha nuca. Ah, meu Deus.

— Meu marido está em casa — solto. — Temos uma bebê.

Kate me interrompe de repente.

— Que tal todos irmos para o nosso apartamento?

Olho fixamente para ela, minha cabeça pesada.

— O quê? — falo arrastado.

— Podemos ir todos para a hidromassagem — sugere ela, batendo palmas de alegria.

Balanço a cabeça.

— Acho melhor não. Estou cansada e não estou me sentindo muito bem. — Arregalo os olhos para ela, tentando indicar que não apoio a ideia, mas Kate me ignora completamente e se vira para Emanuel, cujo braço está enroscado como uma cobra em sua cintura.

— Acho maravilhoso — murmura ele.

— Kate — digo, com toda a calma, através de dentes cerrados. — Não acho que seja uma boa ideia. Temos que levantar cedo amanhã para aquele tour de bicicleta. — Já estou preocupada com a ressaca que vou ter. Mesmo com uma bicicleta elétrica, não tenho certeza de que serei capaz de subir todas aquelas ladeiras.

— Vai dar tudo certo — diz ela, sem me dar importância. Ela se levanta, arrastando Emanuel pela mão. — Vamos. — E, assim, segue em direção à saída.

Corro atrás dela, cambaleante e com a cabeça pesada como uma bola de boliche. Meu pescoço parece um palito de dente segurando a cabeça em pé. Não quero esses dois em nosso apartamento. Isso não é uma boa ideia. Nós nem os conhecemos. Mas como posso impedir Kate? Afinal, ela está pagando pelo apartamento. Não posso mesmo impedi-los de entrar, pelo menos não sem parecer uma escrota.

Quando consigo chegar até o lado de fora, Kate já está no celular, pedindo um táxi. Emanuel se aproxima de Joaquim para falar alguma coisa e eu me aproximo rapidamente de Kate, tropeçando e a agarrando pelo braço para me apoiar.

— Kate — digo, num sussurro.

Ela me ignora, ocupada com o celular. Eu dou um puxão em seu braço.

— Você precisava mesmo convidar esses homens para o apartamento?

— Qual é o problema? — pergunta ela, olhando para mim, confusa.

— O problema é que não quero esses dois lá — rosno. — Eu só quero ir para a cama. Estou completamente bêbada. — Percebo que minhas palavras saem enroladas, como se minha língua tivesse dobrado de tamanho e de repente me sinto muito enjoada.

— Fala sério. Vai ser divertido — diz Kate, com um olhar malicioso.

Isso me faz lembrar de quando a gente tinha vinte e poucos anos. Era só irmos ao posto de gasolina da esquina comprar cerveja para uma festa que Kate começava a conversar com a pessoa na nossa frente na fila. E aí éramos convidadas para alguma outra coisa e de repente a gente mudava os planos e acabava indo para uma festa em uma casa, ou a uma inauguração de uma exposição de arte. Uma vez, fomos convidadas até para um casamento. Se eu começasse a argumentar dizendo que aquele estranho poderia ser um serial killer, Kate só dava de ombros e dizia: "Fala sério, vai ser divertido!" E o fato é que quase sempre ela estava certa.

A gente acabou tendo as aventuras mais loucas, e isso porque Kate era um chamariz para diversão e conversava com qualquer pessoa. Uma vez fomos a uma festa em uma mansão de estuque branco no Hyde Park que pertencia a um oligarca russo. Bisbilhotando o lugar, descobrimos que havia três andares no subsolo, inclusive um que abrigava um estande de tiro e uma piscina subterrânea, onde Kate insistiu que nadássemos nuas.

Também já fomos parar em um evento na embaixada da Colômbia, onde ficamos bêbadas com o vinho grátis que estava sendo servido e acabamos roubando uma bandeira, e só nos lembramos disso quando Kate acordou na manhã seguinte enrolada nela. Em uma outra vez, participamos de um protesto em frente ao prédio da Shell porque Kate gostou do cara com o megafone que estava inflamando a multidão. Nós o seguimos e a seus companheiros ecoguerreiros até a ocupação deles em Elephant and Castle para uma festa que durou o fim de semana inteiro. Olhando para trás, mal reconheço a pessoa que eu era naquela época, antes de conhecer Rob.

— Nós nem conhecemos esses caras — argumento, minha voz saindo muito mais alta do que eu pretendia.

— Eu não preciso conhecer esses caras. — Kate sorri. — Não estou planejando ter uma conversa profunda e intensa com eles. Só quero sexo sem compromisso. — Ela acena na direção de Joaquim. — Por que você não dorme com o Joaquim? Meu Deus, olha para ele. Lindo pra cacete.

— Eu sou casada! — digo entre os dentes.

Kate dá de ombros para mim.

— O Rob nunca vai saber. E é só sexo. Não é nada de mais.

— É, sim — rebato, mas minha capacidade de raciocínio parece turva e confusa, como se meu cérebro estivesse revestido de chumbo.

— O que acontece em Lisboa fica em Lisboa — diz Kate, com um sorriso maléfico. — Uma noite de pecado. Eu não vou contar nada. Nossa, isso pode até ajudar você a recuperar a magia com Rob. Reacender a velha chama. Dar uma montada de novo. — Ela olha de relance para Joaquim. — Ele parece mesmo um garanhão.

Olho para Joaquim e meu cérebro, apesar da névoa que o envolve, consegue evocar imagens de nós dois fazendo sexo. Talvez não fosse nada de mais, talvez eu pudesse dormir com ele como Kate está sugerindo e tudo ficasse em Lisboa, mas aí a dura realidade cai em mim.

— Não — digo, balançando a cabeça, e percebo com um sobressalto que estou gritando e que as pessoas estão se virando para olhar. — Eu não posso... eu amo o Rob.

— Está bem, calma! — diz ela. — Você não precisa fazer nada, mas deixa eu me divertir um pouco, pode ser? Eu mereço.

Não dá para discordar disso, e, mesmo que desse, não daria tempo, porque o táxi chega. Kate se amontoa no banco de trás, e Emanuel pula para dentro rapidamente depois dela. Joaquim abre a porta do carona para mim e eu entro, me jogando contra a porta de maneira lamentável.

Durante toda a viagem de volta para o apartamento, enquanto ouço Kate rindo e beijando Emanuel, consigo sentir minha irritação aumentar. Ela está agindo como uma adolescente. Não foi para isso que eu vim para cá. Quero ir para casa. Quero ver Rob e Marlow.

— Chegamos. — Ouço Kate dizer.

Saio do carro aos tropeços, o chão se movendo sob meus pés como uma plataforma flutuante, e caio em cima de Joaquim, que coloca um braço em volta de mim para me estabilizar.

— Vamos colocar você na cama — murmura ele.

Capítulo 5

Uma luz muito branca percorre meus globos oculares. Eu me retorço. Minha cabeça lateja como se um machado estivesse enterrado em meu crânio. Eu me viro, notando o fato de que estou deitada sob as cobertas. Como cheguei até aqui? Lembranças se esforçam para atravessar a névoa, fragmentos da noite passada, mas nenhuma cena completa. Saímos para jantar, depois fomos a um bar. Havia dois homens. Eu me lembro vagamente de um, com quem eu estava conversando, mas não consigo me lembrar do nome dele. Ele tinha olhos verdes, cabelo castanho. Kate os trouxe para cá com a gente. Meu Deus, eu estava muito bêbada. Como consegui ficar tão bêbada? Será que foi o jet lag? Mas não há diferença de fuso, então não faz sentido.

Pressiono minha cabeça dolorida e confusa. Ah, meu Deus, que enjoo; meu estômago está se revirando. Uma lembrança repentina vem à superfície. Vomitei ontem à noite. Eu me lembro de estar debruçada sobre o vaso sanitário, com ânsia de vômito, e ainda consigo sentir uma queimação no fundo da minha garganta. Será que foram as ostras? Foi isso que fez eu me sentir tão mal assim? Será que foi intoxicação alimentar e excesso de bebida? Ou talvez uma combinação? Eu me senti como se estivesse anestesiada, e ainda estou lerda, como se minha cabeça e meus membros estivessem mergulhados em um piche grosso.

Mas o homem estava lá. Eu me lembro disso. Ele segurou meu cabelo enquanto eu botava tudo para fora na privada. Eu me lembro de me sentir desesperadamente humilhada pelo fato de haver um estranho presenciando aquilo. Onde Kate estava? Tenho uma vaga lembrança dela falando muito alto — ou gritando? Ou rindo? Por que não consigo me lembrar? Devo ter desmaiado.

Enquanto corro os olhos pelo quarto, me pergunto de novo como fui parar ali. E então me vem à cabeça. Outro fragmento atravessando a névoa. O homem me carregou para a cama. De repente vejo seu rosto, pairando sobre mim enquanto ele me deita, me perguntando se eu queria que ele tirasse a minha roupa.

Horrorizada, jogo as cobertas para baixo. Estou usando meu vestido. Sentindo enjoo, faço um movimento abrupto para me sentar e verificar se ainda estou de calcinha. Estou. O movimento me deixa tonta. Ou talvez isso seja alívio. Faço um balanço da situação. Minha garganta está seca como lixa e meu crânio, frágil como lanterna de papel. Qualquer movimento súbito e penso que vai se partir. Por alguns instantes, eu me sento na beira da cama, tentando dragar minhas lembranças da noite anterior, desesperada para encontrar algumas pistas. Eu fiz sexo com aquele homem? A última coisa de que me lembro é ele debruçado sobre mim. Mas depois o que aconteceu? Por que não consigo me lembrar?

Será que eles ainda estão aqui? A porta do meu quarto está fechada. Estico o pescoço para ouvir, mas a casa está silenciosa. Que horas são? Estendo a mão para pegar meu celular, que está na mesa de cabeceira, e fico chocada ao ver que são quase dez e meia da manhã. Continuei dormindo mesmo com o alarme, três mensagens recebidas e uma chamada perdida de Rob. O quão bêbada eu estava?

Não! Então, estupidamente tarde, me cai a ficha de que eu não estava bêbada a ponto de desmaiar, e não tive intoxicação alimentar. Eu fui drogada. É a única explicação plausível, porque não tinha como aquela quantidade de álcool me fazer apagar desse jeito. Só consigo me lembrar de uma outra vez que desmaiei, quando eu tinha dezoito anos, na universidade, e alguém me deu um copo de gim puro e pensei que seria divertido tomar tudo sem acrescentar água tônica.

Mas em que momento da noite eu poderia ter sido drogada? E por quem? Provavelmente foram os homens com quem estávamos conversando. Lembro que aquele que estava conversando comigo me deu um copo de água quando estávamos no bar. Será que colocou alguma coisa nele? Como eu pude ter sido tão estúpida para aceitar bebida de um estranho?

Sentindo a bile subir pela minha garganta, eu me arrasto para o banheiro e me debruço sobre a pia, respirando profundamente, lutando contra a náusea. Quando levanto os olhos para o espelho, vejo que meu rosto está lívido e pálido, e que meu rímel escorreu, me deixando com olhos de guaxinim.

Eu fiz sexo com ele?

Não teria sido sexo. Teria sido estupro, não é? Merda. Reprimindo um pânico crescente, tiro a calcinha. Ela está seca. Eu também não me sinto dolorida. Talvez não tenha acontecido nada. Talvez ele só tenha me deixado dormir. Eu saberia — certamente saberia — se alguma coisa tivesse acontecido.

Jogo água fria no meu rosto e pego um copo que está ao lado, que encho de água da torneira e bebo como um camelo. Meu corpo pede mais e encho o copo uma segunda e uma terceira vez, até que meu estômago faça barulho de água. Abro lentamente a porta do quarto e avanço para o corredor, com as pernas bambas, como se estivesse num delírio febril.

Não há ninguém na cozinha nem na sala de estar. Há vários copos de água e taças espalhados e uma garrafa de vinho vazia em cima da mesa. Noto o casaco de Kate jogado no encosto do sofá e seus sapatos largados perto da porta de correr que dá para a varanda. Há uma toalha molhada no meio da sala de estar; eu a pego do chão. Eles devem ter entrado na hidromassagem.

Vou perambulando até lá fora, para a varanda, apertando os olhos contra a forte luz do sol da manhã. A hidromassagem está borbulhando como uma panela que ninguém toma conta, e encontro o vestido de Kate abandonado em uma das espreguiçadeiras.

Volto para dentro. Será que ela está no quarto? Nervosa, eu me aproximo da porta do quarto dela. E se ela estiver na cama, apagada com o outro cara? Ou até com *os dois* caras? Isso não me surpreenderia nada, vindo de Kate. E se eles estiverem fazendo sexo nesse exato minuto, depois de uma noite inteira de farra? Colo meu ouvido à porta, mas não consigo escutar nada, por isso a entreabro e espio. As persianas estão fechadas, mas uma fresta de luz da manhã penetra por uma brecha e ilumina a cama desarrumada. O conteúdo de sua mala continua espalhado pelo quarto, como se tivesse explodido dela, mas não há sinal dos homens ou de Kate.

Abro mais a porta e acendo a luz.

— Kate? — chamo, indo até o banheiro.

Não há resposta, e ela também não está no banheiro, embora eu abra a cortina do boxe para me certificar, caso ela tenha desmaiado na banheira, como aconteceu uma vez em Ibiza.

— Kate? — grito, correndo de volta para a sala de estar, começando a ficar preocupada, sentindo um frio na barriga.

Só ouço o silêncio. Onde ela se meteu?

Capítulo 6

— Ela desapareceu — digo a Rob pelo FaceTime. — Não sei onde ela está.

— Você tentou ligar para ela? — pergunta ele.

— Sim, claro, mas o celular dela está desligado. Já tentei ligar mais de dez vezes e sempre cai direto na caixa postal.

Rob faz uma careta. Ele está balançando Marlow em seu braço. Eu liguei quando ele estava de saída com ela para o parque.

— Ela deixou um bilhete?

— Não — respondo, frustrada com a despreocupação que Rob demonstra. Parece que ele não está entendendo o quanto estou preocupada, mas talvez seja porque não contei a ele que trouxemos dois homens com a gente para o apartamento ontem à noite. Como eu ia explicar isso?

— Ela provavelmente saiu para tomar um café ou comprar alguma coisa para comer — diz Rob, afastando as mãos de Marlow de sua boca. — Você disse que dormiu até tarde. Provavelmente ela não quis te acordar.

Aperto os lábios e faço que sim com a cabeça. Eu disse a Rob que dormi até mais tarde e que foi por isso que não vi as mensagens nem atendi à ligação. Não consegui contar que achava que tinha sido drogada e possivelmente estuprada. Não contei essa última parte — parece algo impossível e não quero pensar nisso. Além do mais, eu estava com medo de Rob ficar com raiva e me culpar, se eu contasse tudo para ele.

E ele teria o direito de ficar com raiva. Eu de fato flertei com o cara. Não fui firme o suficiente quando Kate insistiu para que eles viessem para o nosso apartamento. Se bem que, agora que estou pensando nisso, eu me lembro na verdade de ter tido uma discussão com ela. Eu me recordo de Kate gritando com raiva. Mas não consigo me lembrar direito sobre o que era.

São onze horas da manhã. Talvez Rob esteja certo e ela tenha dado uma saidinha para comprar café, ou leite, ou ir ao mercado. Mas então me lembro de que a geladeira está cheia. E se ela tiver saído com os homens para tomar o café da manhã ou um brunch? E se depois da hidromassagem eles decidiram ir para alguma balada? Há muitas razões possíveis para Kate não estar aqui.

Mas ela sabia do tour de bicicleta hoje de manhã, que agora perdemos. Kate me abandonaria desse jeito? Acho que não. Tínhamos combinado de sair para almoçar também, num restaurante famoso de frutos do mar no cais, depois do passeio de bicicleta, e então iríamos às compras. Ela estava empolgada com isso. Passamos a viagem inteira de avião falando sobre todas as coisas que iríamos fazer quando chegássemos. Mas talvez Kate tenha tentado me acordar e, como não conseguiu, resolveu sair sozinha. Será?

— Olha só — diz Rob —, preciso botar Marlow no carro.

Marlow está ficando mal-humorada no colo dele, então concordo com a cabeça, forçando um sorriso.

— Até logo, meu amor — aceno para minha filha. Ela não parece me reconhecer nem me ouvir, está lutando loucamente para escapar dos braços de Rob. Desde que começou a engatinhar, há uns dois meses, ela não para de se contorcer nem de tentar dar uma de Houdini para sair de qualquer lugar onde a gente a coloque.

— Eu ligo mais tarde — diz Rob. — Tenta não ficar preocupada. Ela vai aparecer. Assim que isso acontecer, me liga ou me manda uma mensagem.

Desligo sentindo uma nítida ausência de tranquilidade. Eu gostaria de ter contado ao Rob um pouco mais sobre as circunstâncias, porém, além do fato de que me sinto envergonhada e preocupada enquanto ele pareceu distraído, também sei que Rob não seria muito solidário se soubesse que Kate estava usando drogas e dormindo com estranhos. Rob e Kate se conhecem desde a universidade. Eu na verdade conheci Rob através dela, numa festa de um de seus amigos em comum. Rob sempre achou Kate um pouco exagerada, meio egocêntrica demais, e muito barulhenta para o gosto dele. Ele também não é fã das farras dela. Rob é do tipo que joga golfe, toma cerveja no pub, vai de bicicleta para o trabalho e ocupa o cargo de diretor financeiro em uma organização ambiental beneficente. Kate prefere bares requintados, limusines particulares e não namoraria alguém que não ganhasse pelo menos sete dígitos.

Ela nunca diria isso, mas acredito que Kate ache Rob chato com seu trabalho de contador e seu amor pelos trabalhos manuais, embora ela até admita que ele é dos bons. É trabalhador, atencioso, gentil, engraçado e inteligente. Ele lava a louça e as roupas e até foi comigo à Marcha das Mulheres em Londres, no início deste ano, carregando Marlow no sling e usando uma camiseta que dizia "Criando uma Feminista". Ele pode não ser o tipo de Kate, mas certamente é o meu. Sinto uma súbita onda quente de vergonha passar pelo meu corpo quando me lembro de ter considerado brevemente a ideia de fazer sexo com aquele homem. Como eu poderia ter feito uma coisa dessas sendo casada com alguém tão encantador quanto Rob?

Tento o celular de Kate novamente, mas as chamadas continuam caindo direto na caixa postal. Algo não parece certo, sinto um frio na barriga. Se aqueles homens me drogaram ontem à noite, então podem muito bem ter drogado Kate também. E se aconteceu alguma coisa com ela — alguma coisa ruim? Então me ocorre que talvez ela tenha sofrido um acidente. Ela pode estar no hospital. Eu me lembro das drogas que ela usou ontem à noite — aquela cocaína toda, provavelmente comprimidos também. E se ela teve uma overdose?

Corro até o quarto dela e reviro tudo à procura de pistas. Há uma taça de vinho vazia num canto, e no chão ao lado da cama encontro uma calcinha de renda e uma embalagem de camisinha. Verifico a lata de lixo e encontro uma camisinha usada. Eu me afasto dela, sentindo um pouco de nojo, meu estômago embrulhado dando sinais. Isso confirma que ela fez sexo ontem à noite.

Ok, penso comigo mesma, examinando o quarto à procura de mais pistas. Há duas toalhas molhadas no chão. Kate e os homens provavelmente estavam na hidromassagem e depois devem ter vindo para cá e transado. Será que ela dormiu com um deles ou com os dois? Um, ao que parece, já que há uma única camisinha. Mas então o que aconteceu depois? Vou ao banheiro e olho dentro da lixeira ao lado da privada e acho mais uma camisinha. Olho fixamente para aquilo, me perguntando se é uma prova de que Kate dormiu com os dois caras. Parece um pouco de mais, mesmo para ela.

Quando saio do banheiro, um lampejo de algo brilhante atrai meu olhar. O fino filamento de luz que vem através das persianas está sendo refratado por algo reluzente. Dou a volta na cama e me abaixo para examinar os vários estilhaços de vidro no carpete, semiocultos debaixo de uma das almofadas decorativas que foi jogada para fora da cama.

Pego a almofada e olho para os resquícios de uma taça de vinho quebrada debaixo dela, em meio a vários respingos do que parece ser sangue seco.

Capítulo 7

Depois de passar trinta minutos tentando avaliar a mancha, eu desisto. Não sou uma perita criminal. Uma fome insistente me alerta de que já passou da hora do almoço e que não como desde ontem à noite. Minha cabeça lateja levemente, e a ideia de comer faz minha náusea retornar com força total. Ainda assim, eu me obrigo a comer uma fatia de pão com manteiga que o proprietário deixou na geladeira para a gente e, enquanto faço café, penso nas minhas opções.

Tento acalmar a ansiedade que dá nó no meu estômago dizendo a mim mesma que minha amiga está bem. Kate foi comprar umas coisas para ela, ou foi ao mercado, ou saiu para almoçar com aqueles dois caras, ou está me evitando por alguma razão que não sei ao certo qual é. Não é sangue aquilo no carpete do quarto; é vinho tinto. Conforto a mim mesma com pensamentos sobre a bronca que vou dar nela quando finalmente aparecer. Não vou pegar leve. Ela está acabando com a nossa viagem. Se ela tiver me trocado por um fim de semana de farra e sexo regado a drogas, vou ficar com tanta raiva que não sei se algum dia vou perdoá-la.

Mas minha raiva não dura muito. Vou para a varanda com meu café e contemplo a hidromassagem ainda borbulhante e o vestido de Kate jogado num canto. Uma nuvem preta e ameaçadora paira sobre mim e encharca a minha raiva. Deixo o café de lado, localizo os interruptores da hidromassagem e a desligo. No silêncio que preenche o ar depois que a desliguei, pego o vestido de Kate e tento me desvencilhar de um súbito arrepio que percorre meu corpo todo. O frio na barriga se instalou profundamente. Se ela foi só fazer umas compras, por que o celular dela está desligado e por que ela não me ligou?

Em um esforço para me livrar do medo, volto para dentro do apartamento e, num ímpeto, começo a recolher as taças e a garrafa de vinho vazias, colocando todos os copos na pia. O que aconteceu ontem à noite? Todos esses enormes lapsos de memória me deixam assustada. Talvez eu devesse ir ao hospital fazer um exame toxicológico e descobrir definitivamente se fui drogada ou não. Mas que perda de tempo. Mesmo se ficasse provado que fui drogada, ainda assim não conseguiria saber por quem, então não adiantaria nada. E como eu conseguiria me explicar se não falo a língua daqui?

Enquanto faço uma arrumação rudimentar, tenho uma epifania. A bolsa dela! Só então me dou conta de que não a vi em lugar nenhum no apartamento. É uma bolsa Hermès Birkin. Eu a reconheceria a mais de um quilômetro de distância e fiquei babando quando Kate a mostrou para mim no aeroporto. Pensei que fosse falsa, já que o preço da original é o valor da entrada de uma casa, mas ela garantiu que não era, e ficou se gabando de ter dado a si mesma um presente de divórcio.

Como foi que eu esqueci de procurar a bolsa? Corro de volta para o quarto dela em busca da bolsa. Como não a encontro ali, faço uma busca mais frenética no apartamento inteiro, revirando cada almofada e abrindo todos os armários. Não está aqui. Deve estar com ela. Isso é uma coisa boa, eu acho. Significa que ela está com a carteira e a identidade.

Vou para o chuveiro — mantendo a porta do banheiro e a do quarto entreabertas, assim eu consigo ouvir se Kate voltar. Enquanto me enxugo e coloco uma roupa, defino um plano de ação. Agarro minha bolsa e enfio os pés nas sandálias para descer até o apartamento do proprietário. Eu devia ter pensado nisso antes. Talvez ele tenha visto Kate ou escutado alguma coisa.

Mas não há resposta quando bato e, frustrada, volto para o andar de cima. Ok, penso comigo mesma, tentando ser metódica e prática, em vez de ceder ao pânico crescente que estou sentindo. Vou ligar para o hospital e ver se alguém com a descrição de Kate deu entrada lá.

Levo alguns minutos procurando o número na internet, mas, quando ligo, a chamada cai num sistema de atendimento automático, que é em português. Espero até chegar bem no final e, como eu estava torcendo para que acontecesse, a voz gravada me manda *pressionar dois para inglês*. Levo mais cinco minutos para me orientar no sistema e conseguir falar com um ser humano de verdade.

— Alô, você fala inglês? — pergunto, me sentindo constrangida pelo fato de que todo falante de inglês no planeta espera que o resto do mundo fale a sua língua, enquanto não faz nenhum esforço para falar a língua dos outros.

— Sim — responde a mulher do outro lado da linha.

— Ótimo — digo, aliviada. — Estou procurando a minha amiga. Não sei o que aconteceu com ela.

Há uma pausa do outro lado da linha.

— Ela sofreu um acidente?

— Não — explico, desejando ter ensaiado antes. — Eu não sei. Gostaria de saber se seria possível checar se uma mulher foi levada para aí ontem à noite ou hoje de manhã cedo. O nome dela é Kate.

— Desculpa — diz a mulher, obviamente confusa. — Você acha que sua amiga está aqui no hospital?

— Não sei — digo. Estou sendo ridícula? Kate provavelmente vai brotar pela porta a qualquer segundo, com os braços cheios de bolsas com as coisas que comprou, achando graça no tanto de dinheiro do Toby que acabou de gastar.

— Qual é o nome dela? — pergunta a atendente.

— Kate... quer dizer, Katherine... Hayes.

Soletro o nome e consigo ouvir a atendente digitando no teclado ao fundo.

— Não está no sistema — fala a mulher.

— Ok, obrigada. E ninguém deu entrada sem identificação?

— Não. Há algo mais em que eu possa ajudar?

— Não — digo, e a mulher desliga.

Checo meu celular de novo, pensando que talvez Kate tenha mandado um e-mail — apesar de que só Deus sabe como ela conseguiria fazer isso, já que o celular dela está sem bateria —, mas não há nada. Envio um para ela, só para o caso de Kate ter acesso a um computador, e peço que me ligue ou mande um e-mail, e dou o número do meu celular, para o caso de ela não saber de cabeça. Finalmente, rabisco um recado para ela e deixo no aparador.

Quando saio para a rua, preciso colocar meus óculos escuros. O sol queima meus olhos e a leve dor latejante nas minhas têmporas fica mais forte. Está um dia lindo e a cidade parece pronta para ser explorada. Com uma pontada no peito, penso em nossos planos agora arquivados. Eu devia estar sentada num pequeno restaurante numa rua lateral de paralelepípedos com Kate agora mesmo, comendo tapas e tomando vinho branco gelado, fofocando e rindo, com o rosto voltado para o sol. O ressentimento bate nos ombros com ansiedade. O constante refrão marchando pela minha cabeça fica mais alto: *onde ela se meteu?*

Em uma missão, agora começo a andar pela rua mapeando o espaço nas redondezas do apartamento, parando em qualquer loja, café ou bar que tenha cara de um lugar aonde Kate pudesse ter ido. Mas as ruas são sinuosas e labirínticas e, em pouco tempo, estou perdida. Ainda assim, continuo subindo ruas estreitas e descendo escadarias. Os paralelepípedos desgastados com o tempo são escorregadios como gelo sob meus pés, e o sol está esturricando o céu sobre a minha cabeça.

Conheço Kate bem o suficiente para saber o que a atrai — um exemplo seria qualquer loja que vendesse bolsas e sapatos, ou, um segundo exemplo, qualquer bar que pareça sofisticado —, definitivamente ela não iria a um ponto turístico, nem a um restaurante com fotografias de comida no cardápio, e dificilmente a algum museu ou galeria de arte, embora estes estivessem na minha lista. Há uma grande quantidade de lojas de souvenirs bregas, mas eu me certifico de examinar cada bar mal-iluminado e cavernoso pelo qual passo, para o caso de ela ter decidido se curar com álcool depois de acordar com uma ressaca igual à minha.

Por um momento, me pergunto se Kate na verdade não estava lá tão a fim de fazer o tour de bicicleta pelo qual dizia estar animada. Será que ela não fugiu por algumas horas só para garantir que o perdesse. Talvez ela não tenha ouvido a parte sobre as bicicletas serem elétricas e pensou que teria de pedalar. Mas isso parece meio infantil, e por que ela mentiria para mim? Kate é franca e direta. Ela me diria, se não quisesse fazer alguma coisa. Ela desconsiderou a possibilidade de irmos ao mosteiro, rindo do fato de que era um tempo valioso que poderíamos aproveitar comendo ou bebendo ou fazendo compras; por que perder tempo com monges?

Na esquina de uma pracinha ao lado de uma igreja, descubro uma pequena cafeteria que vende café e pâtisseries. Kate não está lá dentro, e eu me controlo para não entrar e perguntar às pessoas se a viram ali, mostrando a todos uma foto no meu celular — tirada ontem no aeroporto de nós duas sorrindo e tomando champanhe. Parece exagerado e histérico começar a perguntar a estranhos se alguém viu a minha amiga — o equivalente a colar cartazes de pessoa desaparecida nos postes. Porque ela não está desaparecida. Só não está acessível.

Venho tentando falar com ela pelo celular a cada cinco minutos, mais ou menos, e tento de novo, embora sem muita esperança. A ligação cai na caixa postal e deixo mais uma mensagem, talvez a terceira ou quarta, implorando a ela que me ligue.

Faz uma hora que estou procurando por ela e ainda não a encontrei. Se bem que quais são as chances de você achar alguém assim? A gente poderia facilmente ter passado uma pela outra sem se ver. É como achar uma agulha num palheiro e, numa cidade estrangeira que não conheço, é também como usar uma venda. Começo a pensar que adoraria ter desenrolado um fio vermelho à medida que andava, para que assim eu encontrasse meu caminho de volta até o Airbnb. Até usar Google Maps é difícil aqui, porque as ruas se curvam das maneiras mais frustrantes.

Cansada, paro num barzinho com mesas na calçada para tomar um café e comer um pastel de nata. O garçom leva uma vida para trazer o meu pedido — algo que começo a perceber como um possível padrão em Lisboa —, então como o pastel de nata sem nem sequer sentir o gosto. Não consigo me concentrar nem aproveitar nada, ainda que tente. E eu poderia muito bem fazer isso, porque senão, quando voltar para o apartamento e encontrar Kate sentada lá no meio de um monte de bolsas de compras, vou ficar irritada por ter passado a tarde preocupada, e não aproveitando o máximo possível. Mas, quando meu café respinga na toalha de mesa de linho branca, a única coisa em que consigo pensar é naquela mancha vermelha no carpete do quarto de Kate. Era sangue? Ou era vinho? Imagens de todo tipo atravessam a minha mente, fornecidas por um monte de podcasts e documentários de *true crime*, mas eu afasto esses pensamentos, me recusando mentalmente a entrar nessa.

Meu celular toca bem nessa hora e, sentindo um rompante de esperança, reviro freneticamente minha bolsa à procura dele. Bate a decepção assim que eu vejo que é Rob, solicitando uma chamada de vídeo. Atendo.

— Oi! Uau, parece muito bom aí — comenta ele, referindo-se obviamente ao céu azul e à cultura de café na calçada ao reparar na vista atrás de mim, ou talvez nos restos de pastel de nata na minha mão. — Você encontrou a Kate?

Balanço a cabeça.

— Não. Ainda estou procurando por ela. Acabei de parar para tomar um café. — Faço uma pausa. — Estou preocupada, Rob. Ela ainda não entrou em contato.

Não conto a ele que já liguei para o hospital — ele vai me acusar de estar sendo exagerada.

— Você não brigou com ela nem nada disso, não é? — pergunta Rob.

— Não, óbvio que não — respondo, mas, assim que falo isso, faço uma pausa.

Poderia ter sido isso? Será que ela está aborrecida comigo por eu ter sido contra a ida daqueles dois caras ao nosso apartamento para um banho na hidromassagem ontem à noite? Revolvo o buraco que tenho na mente para tentar dragar alguma lembrança da noite passada. Eu me lembro vagamente de discutir com Kate do lado de fora do bar cujo nome não consigo me recordar — ela me ignorou, ou pelo menos ignorou o que eu tinha a dizer, mas nós não brigamos exatamente. Eu estava bêbada — ou drogada — demais para oferecer muita resistência. Só queria ir para casa e para a cama.

Será que eu disse a ela alguma coisa de que não me lembro? Talvez tenhamos brigado quando voltamos para casa e eu não me recordo. Eu estava totalmente fora de mim. A única coisa de que me lembro é me sentir enjoada, meu estômago se revirava e borbulhava como um caldeirão fervendo, e minha visão estava embaçada. O homem — droga, qual era o nome dele? — me ajudou a ir para o banheiro. Ainda consigo sentir seu braço firme em volta da minha cintura. Ele quase teve de me rebocar para me manter de pé. Mas não me lembro de mais nada depois que ele me pôs na cama, só vazio. Há uns lapsos ocasionais de memória incrustados como fragmentos de espelho quebrado, e não quero olhar demais, para o caso de mostrarem relances de alguma coisa que eu não gostaria de ver.

Houve gritos. Ainda consigo ouvir Kate falando muito alto ou gritando. Ou estou imaginando isso?

Então eu me dou conta de que Rob ficou falando esse tempo todo em que eu estava tentando recuperar minha memória.

— O quê? — digo.

— Eu estava perguntando aonde vocês foram ontem à noite. Talvez Kate tenha voltado para lá. E se ela perdeu o celular... e se deixou lá?

— Talvez — reflito, me perguntando por que não pensei nisso antes. — Mas acho que ela estava com o celular — digo a Rob, lembrando que ela usou o telefone para chamar um táxi quando estávamos em frente ao bar.

Mas agora ele havia plantado a semente da dúvida em mim, e eu me pergunto se devia retornar ao bar para verificar se Kate de fato voltou ao local por alguma outra razão. Talvez ela tenha esquecido alguma outra coisa — não o celular, mas quem sabe a carteira? —, ou talvez depois da maratona de sexo ela tenha tido vontade de sair para beber mais. Talvez tenha ido a uma boate, como queria.

— Quando você a viu pela última vez? — pergunta Rob. — Que horas eram?

— Ontem à noite. Eu fui para a cama umas duas da manhã, acho.
— Será que eu devia contar a ele a verdade agora sobre os homens que conhecemos e que Kate os convidou para ir ao nosso apartamento?
— Eu estava muito bêbada, não me lembro direito. — Assim que digo essas palavras, sei que agora é tarde demais para confessar a história toda. Ele vai ficar remoendo sobre o porquê de eu não ter contado isso logo de cara e vai ficar desconfiado.
— Caramba — diz Rob —, quanto vocês beberam?
Engulo em seco e forço um sorriso.
— Ah, você conhece a Kate... foi bastante. A gente jantou e depois foi para um bar.
Rob levanta as sobrancelhas, sorrindo. Ele conhece as artimanhas de Kate. Mas tudo o que eu vejo é o homem de olhos verdes. Qual era o nome dele? Gostaria de poder me lembrar. Um acesso de náusea perpassa meu corpo quando me recordo de ter pensado em dormir com ele. Até imaginei como seria. Consigo ouvir Kate me falando que fosse em frente, me encorajando. *O que acontece em Lisboa fica em Lisboa.*
Na fria luz do dia, olhando para o rosto honesto, sincero de Rob e seu sorriso preocupado, sinto uma enorme onda de desgosto comigo mesma. Como pude sequer cogitar isso? E agora é tarde demais para contar a ele. Ele vai pensar o pior de mim e não posso entrar numa briga com ele agora. Já estou com muita coisa na cabeça, preocupada com Kate, não posso me dar ao luxo de lidar com mais isso também.
— Você acha que eu deveria procurar a polícia? — pergunto.
Rob faz cara de surpresa.
— O quê? Não. Só tem algumas horas. Ela vai aparecer. Você conhece a Kate. Ela não é exatamente confiável. Provavelmente perdeu a noção da hora. Aquela lá curte uma farra como se o mundo estivesse acabando.
Ele está certo quanto a isso — mas não é muito justo dizer que ela é pouco confiável. Ela é sempre pontual nos compromissos e cumpre sua palavra.

Ela é a minha melhor amiga, e isso já tem quase duas décadas. Kate é a primeira pessoa que eu procuro quando preciso de um ombro amigo para chorar ou reclamar de alguma coisa, seja assunto de trabalho ou de relacionamento. Ela sempre atende ao telefone quando eu ligo e me manda mensagens para levantar meu astral, quando estou chateada, e bobeiras para me fazer rir — fotos eróticas com frutas, gatos caindo de escadas, memes de *Game of Thrones* declarando que a era dos homens acabou e proclamando o fim do patriarcado.

— Tenta curtir um pouco — diz Rob, me trazendo de volta para o presente.

Concordo com a cabeça e tento sorrir, mas não consigo. Como posso sorrir e curtir a viagem quando não sei onde Kate está nem o que aconteceu com ela?

— Marlow está bem? — pergunto, me dando conta de que tenho estado tão preocupada com Kate que não perguntei uma única vez sobre ela.

— Está ótima. Botei ela na cama para tirar um cochilo.

— Não deixa ela dormir demais — digo. — Senão vai ficar acordada à noite.

— Eu sei — diz ele, em seu tom irritado. Ele detesta que eu lhe diga o que fazer com relação a Marlow; ele diz que isso insinua que ele não sabe ser pai. — Pode deixar comigo. Está tudo bem. Tenho que ir. Me liga quando Kate aparecer.

— Ok — respondo e desligo, tomando pequenos goles do resto do meu café agora frio.

Capítulo 8

Mais trinta minutos andando pelo bairro não me rendem nada além de pés doloridos, apesar de várias vezes eu ter jurado que tinha visto Kate a distância. Mas me decepcionei todas as vezes, ao me aproximar e ver que não era minha amiga, e sim uma estranha que se parecia com ela. Já estou cansada e mal-humorada quando resolvo desistir da busca. Não consegui aproveitar a vista nem dar uma olhada nas lojas nas quais entrei procurando por ela, e estou irritada pelo desperdício que foi o dia de hoje. Penso em chamar um dos inúmeros táxis que rondam o bairro, obviamente tentando fisgar alguns turistas bobos como eu que andaram muito e não conseguem subir mais nenhuma ladeira, mas decido aguentar firme para o caso de vê-la no caminho.

Quando finalmente consigo voltar ao apartamento, o lugar parece quieto como um túmulo. Chamo o nome de Kate mesmo assim, e, apesar de não ter nenhuma resposta, verifico o quarto dela com uma pequena esperança de encontrá-la cochilando na cama. *Que droga, Kate*, penso comigo mesma ao ver o quarto vazio.

Chateada, entro na cozinha e tomo três copos de água, fazendo barulho enquanto engulo. Meu corpo parece incapaz de aplacar minha sede insaciável, como se tudo o que bebi ou com o que fui drogada ontem à noite o tivesse transformado numa casca seca. Eu me pergunto se tomar tanta água interfere num exame toxicológico. Mas sei lá no fundo que já descartei a ideia de ir ao hospital para fazer exames. Provavelmente já é tarde demais, de qualquer forma, e não consigo me imaginar explicando o que aconteceu na noite passada a uma enfermeira ou a um médico. Além disso, a ideia de um exame para vítimas de estupro é mais do que eu consigo suportar.

Eu tive que ir uma vez com Kate, quando ela foi abusada por um cara na rua. Ele a agarrou pelas costas quando ela voltava para casa sozinha à noite, descendo do ônibus, e a obrigou a entrar num beco. Não foi penetração completa, mas ele abusou dela e a agrediu antes que Kate conseguisse escapar e correr até um posto de gasolina para pedir ajuda. Eles nunca encontraram o homem, e Kate, depois de alguns dias instáveis e quando seus hematomas já tinham desaparecido, deu uma distorcida na história e se colocou no papel da heroína destemida que botava homem para correr e que tinha lutado contra seu agressor. Para os curiosos, deixava de fora os detalhes sórdidos. Ela dizia que seu agressor tinha "passado a mão" nela, quando na verdade ele fora muito mais agressivo e aterrorizante do que isso. Eu sabia disso porque estava junto com ela, segurando sua mão, quando ela deu o depoimento para a detetive. Mas nunca a vi chorando. Ela foi estoica durante o depoimento e o exame, assim como depois de tudo.

Não posso afirmar que algo de tão horrível assim tenha acontecido comigo na noite passada. Na verdade, provavelmente não aconteceu absolutamente nada. O homem me colocou na cama. Ponto. Parece bobeira tratar isso como uma grande coisa quando coisas muito piores acontecem a mulheres todos os dias.

Depois de ter passado vários minutos de pé na sala de estar, os pensamentos voando, decido que preciso me distrair. Começo a arrumar tudo rapidamente pelo apartamento e pela varanda, recolhendo toalhas, encontrando uma cueca samba-canção sob uma das espreguiçadeiras e uma calcinha de renda vermelha debaixo da mesa de centro na sala de estar.

Começo a lavar os copos que deixei na pia mais cedo, hesitando ao mergulhá-los na água com sabão. Há um pó fino no fundo de um deles. Olho mais atentamente. Pode ser só detergente em pó. Ou pode ser outra coisa também. Há uma marca fraca de batom na borda — de cor rosa coral, que reconheço como sendo do meu próprio protetor labial. Kate usa batom de verdade — nunca foi vista sem estar de batom —, e, quanto mais brilhante e mais chamativo for o vermelho, melhor.

Coloco o copo no balcão com a mão trêmula. Será que isso é uma prova de que fui drogada ontem à noite? Mas eu me lembro de estar tonta antes de chegarmos ao apartamento. Se fui drogada, foi pelo homem do bar. Provavelmente pensaram que éramos presas fáceis, quando nos sentamos com eles à mesa. Devem ter ido ao bar na esperança de pegar mulheres e nós caímos, quase que literalmente, no colo deles.

Será que eles tinham a intenção de estuprar nós duas na noite passada? Será que o fato de Kate estar a fim de sexo acabou interrompendo esse plano? Eles não precisavam forçá-la. Mas talvez algo tenha dado errado... Será que ela descobriu que eles me drogaram? Ou eles tentaram drogá-la? Todas essas perguntas voam pela minha mente como flechas envenenadas. Não saber é o mais difícil. Estou ficando histérica, tirando conclusões bizarras baseadas em nada? Gostaria de saber. Gostaria que Kate estivesse aqui para montarmos esse quebra-cabeça juntas.

Eu me levanto. Preciso fazer alguma coisa. Preciso ir à polícia, não posso simplesmente ficar no apartamento esperando que Kate volte, e se ela *estiver* desaparecida? E se algo realmente horrível tiver acontecido com minha amiga, e se ela estiver em algum lugar precisando da minha ajuda neste exato momento? Na verdade, agora que tomei essa decisão, não acredito que esperei tanto tempo para tomar uma atitude. Que tipo de amiga eu sou?

Após pegar minhas coisas rapidamente, saio mais uma vez, parando na frente do apartamento do proprietário, debaixo do nosso, e batendo com força na porta. Escuto um barulho e acredito estar ouvindo passos se aproximando da porta, mas depois fica um silêncio e a porta não se abre. Olho pelo olho mágico bem na minha frente e de repente fico arrepiada com a possibilidade de ele também estar me olhando por ali.

A porta se abre imediatamente.

— Olá — diz Sebastian. Ele não está sorrindo e noto que seus braços estão cruzados sobre o peito. Ele está bloqueando a passagem como se estivesse com medo de que eu invadisse o apartamento.

— Oi — digo, as palavras de repente me faltando. — Hã, isso pode parecer estranho... mas você viu a minha amiga?

— Sua amiga? — Ele balança a cabeça. — Não.

— Não sei onde ela está — explico. — Não a vejo desde ontem à noite. E não consigo falar com ela. O celular dela está desligado.

— Bem, eu não a vi.

— Certo. — Suspiro. — Não custava nada tentar. Você por acaso ouviu alguém saindo hoje de manhã?

Ele arqueia as sobrancelhas para mim e franze os lábios.

— Se está se referindo a ontem à noite, sim. Ouvi bastante entra e sai.

Há um certo atrevimento em sua voz e uma leve inflada em suas narinas que me deixam com o pé atrás, mas eu trabalho com RH; entrevisto pessoas todo dia e por isso sou boa em ajustar minha abordagem, dependendo de com quem estou falando.

— Mil desculpas — digo, compreendendo que ele está aborrecido por causa do barulho que fizemos ao voltar na noite passada e decido representar o papel da suplicante arrependida pedindo perdão. — Nós acordamos você ontem à noite? Tentamos não fazer barulho.

Ele inspira de maneira ruidosa e com um ar superior.

— Acho que vocês acordaram a rua inteira.

— Desculpa — digo mais uma vez, dando um sorriso bajulador, enquanto fico pensando em quanto barulho a gente deve ter feito, na verdade.

— Vocês fizeram a reserva para duas pessoas apenas — diz ele, de maneira arrogante. — E ontem à noite vocês me disseram inclusive que só as duas estavam hospedadas aqui. Quaisquer hóspedes extras incorrem numa taxa. Vocês deviam ter me informado.

— Não tinha hóspedes extras — eu digo.

— Tinha, sim — retruca ele, irritado. — Eu escutei. Parecia que estavam dando uma festa. Festas são proibidas. Está nas regras.

— Não teve festa — protesto. — Só recebemos dois amigos para tomar uma bebida.

Ele revira os olhos para mim.

— Ouvi a música, a gritaria toda e portas batendo. Era uma festa. E tinha hóspedes extras, pelos quais vocês terão que pagar.

Ignoro seu último comentário e me agarro às outras informações. Gritaria? Portas batendo? Do que ele está falando?

— A que horas você ouviu as pessoas indo embora? — pergunto.

— Por volta das três da manhã. Isso ainda conta como uma diária de hóspede adicional.

Eu não estava nem aí para aquelas regras mesquinhas, para custos extras, nem para qualquer punição que ele quisesse empurrar para a gente.

— O que você ouviu exatamente? — insisto, subitamente esperançosa com a possibilidade de ele saber alguma coisa que pudesse me levar a Kate.

— Música, pessoas gritando, correndo escada abaixo, portas batendo — diz ele, com um suspiro alto.

— Você viu quem eram as pessoas?

— Não — responde ele, mas seus olhos se desviam dos meus e me pergunto se Sebastian está falando a verdade. — Eu já estava deitado. — Ele funga.

— Você não sabe, então, se foi a Kate quem saiu às três? Ou alguma outra pessoa?

— Pareciam ser homens. — Ele me lança um olhar muito incisivo, e sinto minhas bochechas corarem. É como se ele estivesse sugerindo que sou uma espécie de prostituta por levar homens para o nosso apartamento. Mas me recuso a ficar envergonhada.

— Parecia que eles estavam correndo mesmo? — pergunto. — Como se estivessem com pressa de ir para outro lugar?

Sebastian assente.

— Sim. Isso me acordou. Pareciam elefantes descendo a escada.

— Você ouviu alguém voltar depois disso?

— Não. Eu pus meus tampões de ouvido.

O que tudo isso queria dizer? Estou ainda mais confusa agora.

— Espero que não planejem dar mais nenhuma festa — diz Sebastian.

Balanço a cabeça.

— Não — falo, chocada. É como se ele não tivesse escutado nada do que eu contei sobre o desaparecimento de Kate.

— Bem, preciso voltar — declara Sebastian, retornando para dentro do apartamento. — Passar bem. — E então ele fecha a porta com firmeza na minha cara.

Capítulo 9

O policial está batendo o lápis em seu bloco de anotações e olha para mim quase sem disfarçar o desprezo.

— Vocês levaram dois homens que não conheciam para o apartamento onde estão hospedadas?

Do jeito que ele fala, parece até que isso é algo ilegal. Isso fez com que eu me lembrasse de quando era chamada perante as freiras na escola para explicar por que minha saia estava enrolada na cintura, mostrando um centímetro de joelho profano, ou por que eu estava usando um batom que me fazia parecer Maria Madalena. As freiras perguntavam se eu queria parecer uma prostituta e, embora o policial não o diga, certamente está pensando a mesma coisa. Depois de ter aturado o sarcasmo afiado de Sebastian uma hora atrás, não estou com muita paciência. Minha vontade é de dizer que estamos no século XXI e que meus princípios morais não são o mistério aqui.

O policial, cujo nome é Nunes, é mais jovem do que eu, talvez tenha trinta e poucos anos, e bonito — o que agora é o que eu espero de qualquer português —, mas ele tem uma oleosidade que não me agrada muito. Talvez seja o cabelo com gel, ou podem ser os lábios fazendo biquinho. O fato de alguém da idade dele ter ideias tão antiquadas sobre sexo me surpreende, mas, afinal, Portugal é um país católico como a Irlanda, então pode ser que tenha a ver com isso. Estou convencida de que seria a mesma coisa no meu país, onde há dois pesos e duas medidas em relação a mulheres e homens.

— Sim, os dois homens voltaram com a gente — digo, me recusando a sentir vergonha disso, embora na verdade minhas bochechas estejam quentes e eu sinta um nó no estômago, especialmente quando noto o olhar dele deslizando para minha aliança de casamento.

— De cujos nomes você não se lembra?

Concordo com a cabeça, constrangida. Passei o dia todo vasculhando minhas lembranças, mas elas estão cheias de buracos, como queijo suíço.

— E sua amiga fez sexo com um desses homens ou com ambos...

— Não, eu não disse isso — interrompo-o. — Quer dizer, acho que ela fez sexo com um deles. Não tenho certeza. — Tento não pensar nas camisinhas na lixeira. A polícia não precisa saber desses detalhes. E este cara já está julgando demais. Verifico se ele está usando aliança, mas não está. Tem trinta e poucos anos... vai me dizer que nunca fez sexo casual?!

— Você não sabe porque estava... — ele baixa os olhos para suas anotações e lê na declaração que acabo de dar — "desmaiada de bêbada", não é?

Concordo com a cabeça, o rosto flamejando, mais quente que o sol.

— Sim, mas não tive intenção de ficar tão bêbada. Acho que fui drogada.

Ao ouvir isso, ele ergue os olhos rapidamente, mas é incapaz de esconder o ceticismo em seu rosto e em sua voz.

— Drogada? — lacônico, ele levanta as sobrancelhas.

Faço que sim com a cabeça, a irritação aumentando. Ele está me tratando como uma louca ou como se eu estivesse mentindo.

— Sim, talvez. Não sei direito, mas eu estava completamente fora de mim, chapada. Não sou assim. Quer dizer, sou forte para bebida. — Eu paro. Isso me faz parecer uma alcoólatra. — Não que eu tenha um problema com álcool. — Eu me apresso em acrescentar, percebendo que só estou me complicando ainda mais. — Raramente bebo. Tenho uma bebê. — Merda. Pior ainda. A expressão de desprezo dele fica ainda mais aparente, suas sobrancelhas se levantam ainda mais, enquanto ele rabisca uma observação no bloco de anotações. O que ele está escrevendo?

— Você estava usando alguma outra droga? Além do álcool?

Inclino a cabeça sem entender, mas então a súbita lembrança de Kate cheirando cocaína no banco de trás do carro e pegando sua caixinha de comprimidos dança em minha cabeça.

— Não — respondo. — De jeito nenhum.

— E a sua amiga, ela usou alguma droga?

Abro minha boca para responder.

— Eu... hum... não sei. Talvez — enrolo. Não quero arrumar problema para mim nem para Kate, e não sei ao certo como são as leis aqui, embora reconheça que cocaína obviamente não é legal. Não quero que a polícia pense algo ainda pior de Kate do que já está pensando e não quero admitir nada que possa fazer com que ela seja presa quando aparecer.

Nunes olha para mim com ar sério, seus olhos castanhos perfurando meu crânio.

— Vocês compraram drogas desses dois homens?

— O quê? Não! — nego, chocada. — Claro que não. — Balanço a cabeça e sou atingida por uma avalanche de nervosismo. Torço as mãos até virarem nós em meu colo. — Não foi isso o que aconteceu. Nós conhecemos esses caras num bar. E convidamos os dois para voltar com a gente. Só isso.

Mas, agora que ele plantou a ideia na minha cabeça, eu me pergunto se Kate poderia ter saído para isso às três da manhã. Será que ela foi comprar mais drogas? Talvez fosse melhor eu admitir que Kate estava cheirando cocaína. Não sei o que fazer. Parece que estou sendo interrogada e preciso da presença de um advogado — o que é ridículo, já que estou só tentando comunicar o desaparecimento da minha amiga.

Nunes suspira ruidosamente e pousa sua caneta sobre o bloco de anotações. Fico esperando o policial dizer alguma coisa. Vim até aqui na esperança de que, se eu contasse o que aconteceu a alguém — a alguma autoridade —, teria certo tipo de ajuda, que alguém faria alguma coisa, mas a reação dele não demonstra nenhum tipo de interesse, muito menos de urgência.

— Você considerou a possibilidade de sua amiga ter ido com esses dois homens para algum lugar? — pergunta ele.

Eu me esforço para não revirar os olhos.

— Sim, mas ela não faria isso sem me avisar.

— Você estava inconsciente... você mesma disse isso... talvez ela tenha lhe dito, mas você não se lembra.

— Mas ela não deu notícia o dia inteiro.

Nunes dá de ombros mais uma vez.

— Talvez ela quisesse ficar sozinha. Ou talvez quisesse ficar com esses dois homens.

Começo a balançar a cabeça — não, não é isso —, eu a conheço. Sei que ela não iria simplesmente sair assim e não voltar, nem me dizer onde está. Mas Nunes interrompe meus pensamentos antes que eu diga mais alguma coisa.

— Tenho certeza de que ela vai aparecer. As pessoas desaparecem o tempo todo.

— Isso é bem reconfortante — digo, friamente.

— As pessoas saem, se divertem e se esquecem da hora. Você disse que ela se divorciou recentemente e estava querendo se divertir; foi para isso que vocês vieram para cá. Se sua amiga estava bebendo e usando drogas...

— Eu não disse em momento nenhum que ela estava usando drogas — resmungo.

Ele me ignora.

— Talvez ela esteja apagada numa cama em algum lugar. Isso acontece.

Ao dizer isso, ele me direciona um olhar severo e, durante o tempo que me atrevo a revidar, sustento, furiosa, o olhar dele. Sou estrangeira e ele é policial. Definitivamente não quero deixar esse homem puto, mas, se eu quisesse ser julgada, teria procurado um confessionário e confessado a um padre. E nos primeiros vinte e dois anos da minha vida já tive o suficiente disso para uma vida inteira.

— E se ela estiver apagada em algum lugar, correndo perigo? — pressiono. — E se estiver machucada?

— Você verificou no hospital?

Confirmo com a cabeça.

— Verifiquei.
Ele rabisca alguma coisa no bloco de anotações.
— Vamos checar também.
— Obrigada — eu digo. — Então eu registro ocorrência do desaparecimento dela? — pergunto, me sentindo idiota. Parece algo tão exagerado e eu não conheço o procedimento em Portugal.
— Não — responde Nunes, se levantando e seguindo até a porta; o que entendo como uma deixa de que este interrogatório, ou como quiser chamar, acabou. — É necessário esperar vinte e quatro horas para registrar um desaparecimento.
— Ok — digo. O pensamento de que eu talvez volte à delegacia amanhã me faz querer cair no choro. Certamente Kate vai aparecer antes disso, não é?
Nunes dá de ombros, entediado, tentando me expulsar da sala.
— Não se preocupe — diz ele. — Ela vai aparecer.

Capítulo 10

Mais uma vez, me vejo parada numa calçada tentando decidir o que fazer em seguida. Eu me sinto desesperadamente sozinha, e começo a ser tomada por um leve sentimento de pânico por estar longe de casa, cercada de estranhos. Não sei o que fazer.

Uma vez, quando eu tinha uns cinco anos, minha mãe me perdeu no supermercado e eu me lembro daquele sentimento crescente de pânico descontrolado rodopiando dentro de mim, como se eu estivesse presa num pesadelo de labirinto gigante de onde nunca escaparia. É assim que estou começando a me sentir agora. É impossível me conformar com a ideia de voltar para o apartamento e ficar esperando Kate aparecer. Está ficando tarde, já são quase oito da noite, e a claridade está baixando rápido. Sinto um tremor de frio. Eu devia ter trazido um cardigã ou uma jaqueta comigo, mas saí com muita pressa.

Começo a andar pela rua, sem saber ao certo onde estou nem para onde estou indo, mas querendo ter a impressão de que estou a caminho de alguma coisa — com sorte, uma resposta. Penso no que o policial disse. Ele me deu seu cartão quando eu estava indo embora e o enfiei no bolso, surpresa ao saber que ele é detetive.

Será que Nunes estava certo sobre Kate ter ido comprar drogas com aqueles homens? Eu não vi sua caixinha de comprimidos, mas, pela quantidade de pó branco que Kate jogou na mão quando estávamos no banco de trás do Uber, suponho que ela tivesse bastante com ela. Mas será que tinha o suficiente para durar a noite toda? Não faço ideia. Pelo menos ela está com a bolsa, o que me tranquiliza um pouco.

O máximo que posso fazer é voltar ao bar e ver se consigo encontrar os homens — eles podem ser clientes regulares. Alguém deve pelo menos conhecê-los, e eu posso tentar descobrir o nome deles. Assim eu conseguiria rastreá-los e descobrir o que aconteceu ontem à noite, depois que apaguei. Mas o problema é que não me lembro do nome do bar. Passei horas no meu celular, mais cedo, fuçando num mapa na internet, tentando descobrir onde estávamos ontem à noite, mas a única coisa de que me lembro é de um beco e uma luz azul, o que não ajuda muito.

Nesse momento, me ocorre que o motorista do Uber que nos levou do restaurante para lá deva saber o nome do lugar. E fui eu quem chamou o carro pelo aplicativo do meu celular. Triunfante por ter finalmente descoberto algo, desbloqueio a tela do meu celular e procuro o aplicativo do Uber, recuperando a última viagem e o nome do motorista. *Konstandin*. A foto dele preenche o pequeno círculo no canto.

Eu lhe envio uma mensagem através do aplicativo — pedindo a ele que me ligue com urgência. Acrescento uma promessa de dinheiro, porque sei que talvez ele não tenha nenhum outro motivo para entrar em contato comigo, e depois espero.

Ele me liga de volta minutos depois e explico rapidamente que preciso voltar ao bar aonde ele nos levou na noite anterior. Há uma pausa no outro lado da linha.

— Você se lembra? — pergunto. — Eu estava com uma amiga. Você buscou a gente por volta das onze e quarenta e cinco, ontem à noite.

— Eu me lembro de vocês — diz ele, sua voz rouca. Parece que eu talvez o tenha acordado.

— Eu só preciso do nome do lugar para onde você nos levou. Só isso.

Ele pigarreia.

— Blue Speakeasy — diz ele.

É isso!

— Obrigada — digo. Pelo menos tenho um ponto de partida agora!
— Você precisa ir até lá? — pergunta Konstandin.
— Hum... — hesito.
— Onde você está? — pressiona ele.
— Não estou longe da delegacia de polícia no centro da cidade.
— Chego em cinco minutos.

Não tenho tempo para discutir, porque ele desliga. Olho para meu celular enquanto volto à delegacia. É estranho ele se oferecer para me levar até lá? Não, ele provavelmente só está rodando pela cidade, tentando pegar turistas de passagem. E, se ele não fizer a corrida pelo aplicativo, não precisa pagar a taxa. Tento me lembrar dele da noite passada, mas minha memória se recusa a oferecer muita coisa além de uma vaga lembrança de conversar com ele sobre a Irlanda. Ah, meu Deus... e Kate se drogando no banco de trás do carro dele.

Cinco minutos mais tarde, Konstandin chega em seu Volkswagen Passat preto e hesito de novo, sem ter certeza se devo entrar atrás ou na frente. Parece estranho eu me sentar no banco de trás, porém mais estranho ainda me sentar na frente. No fim das contas, acho mais sensato me sentar atrás dele.

— Oi — digo, olhando para a tranca.

Minha imaginação continua voando com pensamentos sombrios que envolvem sequestro, estupro e assassinato. Como a maioria das mulheres, estou sempre alerta, mas hoje estou ainda mais. Tudo está me deixando nervosa, e me vem à mente que entrar no carro de um estranho pode ser uma coisa muito estúpida de fazer. Mas nós não fazemos isso o tempo todo, hoje em dia? Aplicativos de transporte viraram o padrão.

Konstandin me dá uma olhada pelo espelho retrovisor.

— Você está bem? — pergunta ele quando começa a dirigir, seus olhos intercalando entre mim e a rua. — Onde está a sua amiga?

— Ela desapareceu — solto.

Ele olha duas vezes no espelho.

— O quê?

— Não consigo encontrá-la — digo. — Quando acordei hoje de manhã, ela tinha sumido. Não sei onde está. Passei o dia todo procurando por ela. Cheguei até a ir à polícia. — É bom poder contar isso para mais alguém, principalmente uma pessoa que não seja um policial cético ou que esteja do outro lado do telefone.

— Você foi à polícia? — pergunta Konstandin.

Confirmo com a cabeça.

— Fui, mas eles falaram que não podiam fazer nada e que eu tinha que voltar amanhã.

— Você tentou ligar para ela?

— Tentei. O celular dela não está ligado.

— Depois que deixei vocês no bar, foram para algum outro lugar?

— Para casa. Voltamos para o apartamento — eu hesito. — O negócio é que... — quase conto para ele que levamos dois homens para casa, mas me controlo. — Fiquei pensando se talvez ela não tenha esquecido alguma coisa no bar, ou voltado para lá por alguma outra razão.

Ele assente com a cabeça, pensativo.

Dou de ombros.

— E não posso ficar em casa esperando, sem fazer nada para encontrá-la.

Konstandin concorda com a cabeça e seguimos em silêncio. Olho pela janela, admirando a praça cheia de arcos por onde passamos, com seus prédios de um amarelo brilhante e suas estátuas gigantescas de cavalos e homens em pedestais. Turistas perambulam por toda parte, alguns andando de Segways, muitos posando para fotos, e sinto uma leve pontada. Era isso que Kate e eu deveríamos estar fazendo agora.

Alguns minutos depois, Konstandin me deixa no mesmo lugar da noite passada — na entrada de um beco, numa rua principal abarrotada de gente, turistas e moradores locais. Ele para no final da ruazinha estreita e vejo a corda de veludo vermelho, e essa visão desperta outra lembrança de ontem à noite — de nós duas andando até lá.

— Obrigada — eu digo a Konstandin ao sair do carro, entregando a ele dez euros.

— Espero que você encontre a sua amiga — diz ele, quando fecho a porta.

Andando pelo beco de paralelepípedos em direção à luz azul, mais alguns fragmentos de memória começam a vir à tona; a discussão que tive com Kate do lado de fora do bar, depois de ela ter convidado aqueles homens para irem com a gente para casa, me vem à mente. Eu estava com raiva. Gritei com ela. Kate desvencilhou o braço dela do meu. E agora está desaparecida.

Não há ninguém com cara de modelo do lado de fora, como quem não quer nada, fumando e fazendo pose — acho que está cedo demais para isso —, mas há um homem usando jeans inacreditavelmente justos e um cafetã de seda, sentado num banco de madeira à direita da porta. Não sei exatamente qual é a função dele ali, mas percebo que está me avaliando enquanto me aproximo da porta, com um sorriso que parece não ser exatamente de desprezo, mas também não é de alegria.

Talvez o trabalho dele seja só deixar entrar pessoas que atinjam seus padrões rigorosos de beleza e moda. Será que é o mesmo homem com quem Kate falou ontem à noite e que ergueu a corda para nos deixar passar por essas portas sagradas? Ele é meio andrógino, bem magro e deve ter uns vinte e poucos anos. Acho que pode ser ele, sim.

Decido usar o charme irlandês. Quase sempre funciona. Então, abro um largo sorriso, apesar de parecer muito falso, e deixo meu sotaque mais forte, porque sei que as pessoas adoram um sotaque irlandês.

— Olá — digo, com uma animação forçada. — Estive aqui ontem à noite com uma amiga minha. Acredito que não se lembre de mim, não é?

Ele me olha de cima a baixo, fazendo cara feia para meu jeans e minha camiseta, e eu me mexo, desconfortável.

— Minha amiga falou com você — continuo. — Acho que era você. Você nos deixou entrar.

Ele estreita os olhos e depois faz um leve aceno de cabeça em reconhecimento.

— Eu me lembro dela. Sapatos dourados.

— Sim, isso mesmo! Ela estava usando sapatos dourados. Nós saímos daqui com dois homens.

Ele assente mais uma vez, dando um sorriso malicioso.

— Você conhece os caras com quem saímos? — pergunto, sentindo uma onda de esperança.

Ele dá de ombros, evasivo.

— Não.

Frustrada, faço um gesto em direção à porta que ele está guardando.

— Posso entrar e falar com o barman?

Ele inclina a cabeça, indicando um cartaz pregado na parede ao seu lado. Leio o aviso. É um código de vestimenta, cujo primeiro decreto é "proibido entrar de jeans".

— Ah, pelo amor de Deus — digo, perdendo a paciência. — Não vou ficar aqui. Minha amiga está desaparecida. Só quero fazer umas perguntas ao barman.

Ele dá de ombros mais uma vez. Por que diabo ele está sendo tão duro?

— Por favor. Minha amiga sumiu — digo. — E eu estou tentando encontrá-la!

— Algum problema aqui?

Eu me viro. Konstandin está vindo em nossa direção. O que ele está fazendo aqui? Ele ignora minha testa franzida e olha para o guardião da porta.

— Por que você não deixa ela entrar? — pergunta ele.

— É porque estou usando jeans — explico.

Konstandin se volta para o rapaz que barra o caminho e eu vejo o pobre garoto se encolher de medo em seu banco, igual a um cachorro que sabe que fez alguma coisa errada e está prestes a ser punido. Quando olho de novo para Konstandin, fico surpresa ao ver uma expressão tão intensa e feroz que eu mesma me encolho, notando pela primeira vez sua altura e seu porte físico. Ele tem pelo menos um metro e oitenta e oito de altura e é largo como um lutador de boxe, e, com aqueles olhos escuros de pálpebras caídas, o homem definitivamente não é alguém que você gostaria de encontrar num beco escuro.

Konstandin diz alguma coisa ao guardião da porta em português e o rapaz soturnamente levanta a corda para nós. Konstandin dá um passo para o lado a fim de me deixar entrar na frente dele. Surpresa, obedeço.

— O que você disse para ele? — sussurro quando entramos no bar.

— Eu disse que, se ele não deixasse a gente entrar, eu iria pôr o rim dele para fora pelo reto.

Eu me viro para olhar para Konstandin sobre meu ombro, soltando uma risada chocada, mas a risada morre quando vejo a expressão severa em seu rosto. Ele está falando sério ou está só brincando? É muito difícil saber.

— Por que você está...? — eu me interrompo, sem saber como perguntar por que ele estava me seguindo. Sou grata por ele estar me ajudando, mas não sei por que está fazendo isso.

Ele dá de ombros.

— Pensei que talvez você pudesse precisar da minha ajuda — diz ele.

Konstandin toma a frente assim que entramos no bar e se dirige direto ao barman. Olho à minha volta, há apenas uns dez clientes, mais ou menos, ocupando as mesas e lanço um olhar para a mesa em que Kate e eu nos sentamos, com alguma esperança de avistar os dois homens da noite passada sentados lá, ou até mesmo Kate, mas os lugares estão vazios. Eu não esperava de fato encontrá-los aqui, mas, ainda assim, fico decepcionada.

Konstandin apoia um cotovelo no balcão.

— Essa senhora está procurando a amiga dela — explica ele, fazendo um gesto para mim. — Elas estiveram aqui ontem à noite.

O barman se vira para mim, com o olhar inexpressivo.

— Eu não me lembro.

— Estávamos sentadas ali — digo, apontando para a mesa na qual Kate e eu estávamos. — Com dois homens. Eles tinham cerca de trinta anos, estavam usando calças e camisas sociais. — Sinto o olhar de Konstandin em mim, e meu rosto começa a esquentar. — Eles eram muito bonitos. Tipo modelos. — No momento em que digo disso, me recordo da clientela de ontem à noite. Talvez isso não ajude muito a identificá-los.

— Você sabe quem são eles? — pergunta Konstandin ao barman.

O barman se vira, pega um pano e começa a limpar o balcão.

— Talvez — resmunga ele.

Eu me apego a isso, minha pulsação começa a acelerar. É a primeira pista real que tive até agora — uma migalhinha de pão que pode ser o início de uma trilha que vai me levar até Kate.

— Eles aparecem aqui com frequência? — pergunto.

— Às vezes — responde o barman. — Eu já os vi por aqui. — Ele olha para mim friamente e eu me pergunto por quê. Começo a ter a impressão de que tenho a letra escarlate estampada na minha testa. Não estamos no século XXI? Isso aqui não é um bar aonde homens e mulheres vêm com o desejo expresso de ficar bêbados, conhecer pessoas e se pegar? As pessoas não fazem mais sexo? Nunca pensei que os portugueses fossem tão puritanos, mas o fato é que se trata de um país católico. Eu só imaginei que, por ser um país latino, o código moral fosse mais frouxo, mas posso estar enganada. Posso também estar tirando conclusões precipitadas. Talvez eu nem esteja sendo julgada por esse homem e só esteja paranoica.

— Eles frequentam o bar para conhecer mulheres? — pergunta Konstandin.

O barman dá de ombros levemente. Ele não parece querer responder às perguntas.

— Você sabe os nomes deles? — pergunta Konstandin. — Ou alguma coisa sobre eles? Talvez eles tenham pagado com cartão. É importante. Há uma mulher desaparecida.

O barman hesita, depois balança a cabeça para indicar que não.

Konstandin baixa a voz e diz alguma coisa para ele em português. A expressão do barman se altera, um lampejo de medo surge em seus olhos. Olho de relance para Konstandin. Sua expressão é branda, não ameaçadora, e seu tom é uniforme e bastante amigável. O que será que ele está dizendo? Por que o homem parece tão assustado? Meu olhar volta depressa para o barman, que ainda está olhando para Konstandin, desconfiado, e finalmente ele começa a dar uma explicação que soa complicada, fazendo gestos para a mesa à qual estávamos sentados naquela noite, perto da porta.

Konstandin finalmente faz que sim com a cabeça e sai do bar. Sorrio para o barman, que não retribui o sorriso, então corro atrás de Konstandin.

— O que foi? O que ele disse? — pergunto, alcançando-o enquanto ele segue em direção à porta. — Ele deu nomes? Disse quem são os caras?

Foi só depois de chegarmos à rua, tendo passado pelo guardião da porta, que Konstandin finalmente parou e se virou para mim.

— Os dois homens que vocês conheceram foram para casa com vocês?

— Kate os convidou — tento me explicar, como uma adolescente dando desculpas para os pais raivosos. — Eu não queria que eles fossem.

Ele faz um sinal de concordância para si mesmo, franzindo ligeiramente o cenho.

Ignoro sua expressão.

— Quem são eles? Você descobriu?

Konstandin pesa suas palavras, como se tentasse encontrar as certas.

— Eles são traficantes? — pergunto, porque foi isso o que imaginei, e o que suponho que Konstandin estivesse perguntando ao barman.

Afinal, ele viu Kate no Uber cheirando cocaína. Além disso, o barman deve ter uma boa ideia de quem trafica drogas dentro do bar, assim como o guardião da corda de veludo. O que poderia explicar a resistência deles em me deixar entrar ou em responder a minhas perguntas, e também explicaria, até certo ponto, os olhares que os dois dirigiam a mim.

— Não — responde Konstandin. — Eles não são traficantes. São acompanhantes.

Capítulo 11

A primeira coisa que vem à minha cabeça quando Konstandin diz a palavra acompanhante é que ele quer dizer que são garotos de programa, mas ignoro isso e passo para a segunda coisa que vem à mente.

— Você quer dizer acompanhante tipo cuidador de idosos? É esse o trabalho deles?

Konstandin olha para mim com perplexidade, confuso, depois balança a cabeça.

— Não. Quero dizer que são acompanhantes. Garotos de programa — diz Konstandin. — Foi isso que o barman me contou.

— Não entendo — digo, ainda sem compreender.

— Eles fazem sexo em troca de dinheiro — explica Konstandin, como se prostituição fosse algo do qual nunca ouvi falar.

Ele está olhando para mim, me analisando, as mãos nos quadris. Então me ocorre que ele pensa que nós os contratamos!

— Mas... — gaguejo, minha cabeça girando — nós só nos sentamos com eles por acaso. Você não está pensando que... — Ah, meu Deus... pela expressão de Konstandin, ele realmente acha que eu posso ser o tipo de mulher que paga por sexo. — Você acha mesmo que eu pagaria para fazer sexo? — pergunto entre os dentes para ele.

— Não — admite Konstandin, embora demore uma fração de segundo a mais do que o esperado para responder. — Não acho isso, mas foi o que o barman me disse. Os homens trabalham para uma empresa de acompanhantes. De alto luxo. Cara.

Cambaleio em direção à parede, estendendo o braço para me apoiar.

— Meu Deus, eu nem sabia que isso existia. Você sabia?

Konstandin dá de ombros, evasivo.

— Prostituição? É o trabalho mais antigo do mundo.

— Mas homens fazendo isso? Dormindo com mulheres? — pergunto, balançando a cabeça. — Quer dizer, é fácil fazer sexo se você é mulher. Por que pagar por isso?

— Pelo mesmo motivo que os homens pagam, imagino. Para evitar conversa fiada. Para garantir que vai conseguir o que quer. Talvez sua amiga tenha um desejo sexual que não consiga satisfazer normalmente.

— Ai, eca, não! — digo, fazendo uma careta. Tenho certeza de que Kate teria me contado se tivesse alguma perversão sexual. Ela não é tímida e adora causar.

Mas e se Konstandin estiver certo e ela tiver algum fetiche estranho que eu desconheço? E se Kate quisesse contratar acompanhantes para fazer algum *ménage à trois* estranho usando borracha ou... de repente me lembro de Kate insistindo para que eu dormisse com aquele homem e que ela queria sair dali. Ela não parava de olhar para o relógio durante o jantar.

É possível que ela tenha planejado o encontro com eles ali, no bar?

— Além disso — diz Konstandin, interrompendo meus pensamentos perturbadores —, esses homens... Você disse que eles eram bonitos, não?

Concordo com a cabeça. De repente tudo começa a fazer mais sentido. Quer dizer, fiquei me perguntando na hora por que eles estavam grudados na gente.

— Talvez sua amiga tenha contratado os dois — sugere Konstandin, puxando um maço amassado de cigarros e acendendo um.

— O quê?

Ele inala profundamente.

— Ao que tudo indica, eles trabalham para uma agência. Você liga e faz um agendamento.

Afasto a fumaça do meu rosto, embora na verdade o cheiro me leve de volta à minha adolescência, fumando atrás do abrigo de bicicletas, e uma parte mim quer roubar um cigarro dele e tragar. Poderia ser bem útil agora, para acalmar meus nervos.

— O que você está dizendo? Que Kate combinou de se encontrar com eles? Depois de ter feito o agendamento?!

Konstandin dá de ombros e confirma com a cabeça ao mesmo tempo. É um gesto característico dele.

— O barman disse que não se lembrava dos nomes deles, mas sabe o nome da agência. Ele tem um amigo que trabalhou lá durante um tempo. Outro modelo. Para faturar uma grana extra.

— Como você fez o barman falar isso tudo? — pergunto, ainda na dúvida se essa história não é só uma brincadeira dele.

Mais uma vez, ele dá de ombros.

— Eu disse a ele que, se não me desse essa informação, iria bater a cabeça dele no balcão como se ela fosse um ovo cru, e depois comer seus miolos mexidos como desjejum.

Fico de queixo caído de novo.

— Você está brincando?

— Estou — diz ele, mas há um brilho em seus olhos e uma leve insinuação de um sorriso malicioso no canto de sua boca. Ele dá outro longo trago no cigarro.

— Está mesmo? — pergunto, estreitando os olhos. — Porque eu não tenho certeza disso.

— Olha — ele suspira. — Eu sou do Kosovo. Eu vivi uma guerra. Sobrevivi a ela. Vim para cá para me refugiar. Sobrevivi a isso também. Acha que eu poderia fazer alguma dessas coisas se eu não soubesse me virar, se não pudesse convencer as pessoas a me ajudar, e se não tivesse aprendido algumas coisas sobre a natureza humana nesse tempo?
— Ele joga a guimba do cigarro no chão, o que me irrita. Ele ameaça pessoas *e* joga lixo no chão.

— Qual é o nome da agência de acompanhantes? — pergunto, decidindo deixar isso passar.

— Lotus Models.

Fico ali parada, chocada. Isso não pode ser verdade. Essa história toda é ridícula.

— Não consigo acreditar que Kate contrataria acompanhantes — murmuro, começando a percorrer o beco em disparada, os braços cruzados sobre o peito. Era mais provável que Kate não tivesse percebido que eles eram acompanhantes. Depois que eles transaram, pensei, talvez os caras tenham cobrado o pagamento, e ela tenha ficado com raiva.

Konstandin anda tranquilamente atrás de mim, me alcançando sem nenhuma dificuldade.

— Por que é tão difícil de acreditar? — pergunta ele.

— Porque — eu bufo — ela não precisava pagar por sexo.

— Talvez ela os tenha contratado para você.

Eu retruco, enojada.

— Eu sou casada.

Ele levanta um único ombro, parecendo nada perturbado por nenhuma dessas esquisitices.

— Pelo que escuto falar de casamentos, não costuma rolar muito sexo.

— Bem, isso não é verdade no meu caso — digo, corando e saio andando de novo pelo beco. — E Kate não faria isso — argumento, embora sem muita convicção, porque estou começando a achar que ela poderia ser capaz disso, sim. Consigo até imaginar... Kate rindo da ideia, planejando tudo, pensando que nosso fim de semana só das garotas poderia ser incrementado com alguns modelos masculinos, acompanhantes.

Talvez Kate tenha planejado de só ela mesma dormir com eles, ou talvez tenha pensado em tentar me convencer também. Ela sabia que, se me contasse, eu não apoiaria a ideia, então talvez tenha feito tudo pelas minhas costas, e combinado de encontrá-los no bar — o que explicaria a pressa para ir para lá e por que ela foi direto para a mesa deles e se sentou tão rápido com os dois; isso explicaria também o fato de Kate quase ter entrado nas calças daquele homem segundos depois de conhecê-lo. Embora seja doloroso de admitir, isso também explicaria em boa parte por que aquele outro homem estava insistindo tanto em flertar comigo. Foi idiotice da minha parte pensar que ele realmente poderia me achar atraente. Minhas bochechas pegam fogo só de pensar no quanto fui trouxa.

Honestamente, é um soco no estômago, mas preciso tentar ignorar isso. Agora não é uma boa hora para ficar magoada pelo fato de um homem bonito só ter conversado e flertado comigo porque estava sendo pago para isso.

Chegamos ao carro de Konstandin, estacionado na esquina, em local proibido, como observo. Ele abre as portas com bipes e eu entro antes de me dar conta de que estou começando a tratá-lo como um motorista particular.

Ele entra também e imediatamente pega seu celular. Se ele é do Kosovo, será que lutou na guerra? Será que é um ex-soldado? Suas mãos são grandes e com cicatrizes, e seu rosto, agora que o analiso, é de alguém que parece ter passado por muita coisa; marcado, envelhecido e enrugado. Alguma coisa em seus olhos escuros de pálpebras caídas também me diz que já viu coisas bem ruins.

Não me lembro de muita coisa sobre a guerra do Kosovo — mas me lembro de ver as notícias quando era adolescente e de ouvir as histórias mais terríveis de assassinatos em massa. De que lado da guerra estava Konstandin e quantos anos ele devia ter na época? Se a guerra foi há uns vinte anos, e ele tiver quarenta e tantos agora, então ele devia ter na época uns vinte e tantos anos?

— Aqui — diz Konstandin, me entregando seu celular.

Eu o pego.

— Ligue — sugere ele.

Baixo os olhos e vejo um número na tela.

— É o número da Lotus Models — explica o motorista. — Procurei o site deles na internet. Ligue para eles, dê o nome da sua amiga. Finja que é ela. Pergunte se pode se encontrar com os mesmos homens hoje à noite.

— Mas e se eles tiverem feito alguma coisa com ela? — pergunto.

— E se eles souberem o que aconteceu com ela? Vão saber que é uma armadilha.

— Então diga que quer os nomes dos caras para indicar para uma amiga sua. A única coisa de que precisa é dos nomes deles e de um número de telefone.

Concordo com a cabeça e pressiono o botão para ligar, torcendo para que a pessoa que atender não tenha falado com Kate e não se lembre de que ela não tem sotaque irlandês.

— Alô — sussurra uma voz de mulher quando a ligação é atendida.

— Oi — digo. — Tudo bem?

— Sim, como posso ajudar?

Não tenho a menor ideia de como isso funciona. O que devo dizer agora? Entro em pânico e olho para Konstandin, que me encoraja com um olhar.

— Você está ligando para fazer um agendamento com um modelo? — pergunta a mulher. Pelo sotaque, ela poderia ser australiana.

— Hã, sim — respondo. Lanço um olhar para Konstandin novamente e ele me encoraja acenando com a cabeça. — Na verdade — continuo —, estou querendo agendar com dois modelos. Eu... hã... gostei da companhia deles ontem à noite. — Faço uma careta de desgosto por estar soando forçada.

— Ok, você se lembra dos nomes? — pergunta a mulher.

Droga.

— Hã, na verdade, eu estava muito bêbada e apaguei isso da minha mente, mas eles tinham cerca de trinta anos, um deles tinha olhos verdes, cabelo castanho, e o outro cara era negro, talvez norte-africano?

— Emanuel e Joaquim.

— Isso! É isso mesmo! — Olho para Konstandin, sorrindo, e vejo que ele puxou de algum lugar um pedaço de papel e um toco de lápis. Ele rabisca os nomes. — Seria possível me passar o contato deles? — pergunto à mulher do outro lado da linha.

— Lamento, mas só é possível agendar diretamente por aqui. Não compartilhamos informações pessoais.

— Ah! — exclamo. O que eu faço? Não posso marcar uma hora com eles. Se pensarem que sou Kate, podem ficar assustados e fugir. Eu poderia ligar de novo, suponho, e fingir ser outra pessoa.

— Você gostaria de fazer um agendamento? — insiste a mulher do outro lado da linha.

Entro em pânico de novo e, sem saber mais o que fazer, digo:

— Não, tudo bem, eu ligo de volta.

Desligo e olho para Konstandin.

— Eu não podia agendar — explico. — Se eles pensassem que sou a Kate, poderiam não aparecer. E a mulher não quis me dar o contato deles.

— Temos os nomes — diz ele. — Talvez seja o suficiente. Você se lembra de alguma coisa deles?

Balanço a cabeça.

— Não me lembro de nada, esse é o problema. Acho que eles me drogaram. Talvez tenham drogado Kate também. Não tenho certeza.

Ele franze o cenho.

— Eles fizeram alguma coisa com você?

Faço que não com a cabeça, incapaz de sustentar seu olhar.

— Acho que não.

— Talvez eles a tenham drogado porque não queriam terminar o serviço. É mais fácil. São pagos para nada, e de manhã podem dizer que fizeram sexo com você, mas você estava bêbada demais para se lembrar.

— Obrigada — digo, incapaz de ocultar um tom de irritação na minha voz.

— Não quis ofender — argumenta ele.

— Tudo bem. É uma possibilidade, eu acho.

Alguém buzina atrás de nós, provavelmente por ele ter estacionado em lugar proibido, então Konstandin dá partida no carro e entra no trânsito.

— Tudo bem se você me levar de volta para o meu apartamento? — pergunto, começando a procurar o endereço.

— Claro. Mas você já comeu?

Balanço a cabeça.

— Não.

Acabamos de passar por um restaurante com mesas iluminadas à luz de velas na varanda e um grupo tocando fado, e eu olho cheia de vontade. Estou com tanta fome.

— Conheço um lugar — diz Konstandin. — Comida boa.

Olho de relance para ele.

— Ok — concordo, porque parece mais fácil do que ter de encontrar eu mesma uma solução. Assim que aceito o convite, porém, me arrependo. Isso não é meio esquisito? Ele é um estranho total e não sei nada da vida dele. Posso confiar nesse homem? E por que ele está me ajudando?

A possibilidade de ele ter alguma coisa a ver com o desaparecimento de Kate passa pela minha cabeça. E se ele ficou furioso com ela por ter cheirado cocaína no banco de trás de seu carro e tiver feito hora na frente do bar até sairmos? E se ele tiver nos seguido até o apartamento? E se eu estiver no carro da pessoa que sequestrou minha amiga? O terror toma conta de mim, e sinto um aperto tão forte no peito que mal consigo respirar. Dou uma olhada para a porta. Não está trancada. Dou uma olhada para Konstandin. *Pare com isso*, digo a mim mesma, *fique calma*. Ele está ajudando você, só isso. E você não teria chegado até aqui sem ele.

Ele até que é útil. Sou uma estrangeira numa cidade que não conheço; ter alguém que fala o idioma local e sabe se orientar pode ser bem útil.

Vejo-o sintonizar o rádio em alguma estação obscura, então ele começa a cantar baixinho alguma música pop turca ou talvez albanesa que está tocando.

Meu celular vibra e eu o tiro do bolso sentindo uma centelha da mesma esperança desesperada de mais cedo. Mas não é Kate. É Rob me chamando pelo FaceTime.

— Oi — digo, atendendo.

— Onde você está? — pergunta ele.

— Estou no... Uber — respondo, colocando a câmera de um jeito que Konstandin não apareça. Não sei mesmo explicar para Rob por que estou andando de carro com alguém que não conheço direito e que ainda estou indo jantar com ele. Rob me chamaria de louca e provavelmente estaria certo.

— Aonde você está indo? — pergunta Rob. — Está com a Kate? Ela apareceu? Estava fazendo compras?

— Não — respondo. — Ela não apareceu. Ainda estou atrás dela!

— Você voltou ao bar?

— Sim. Nenhum sinal dela. Ela não voltou lá.

Silêncio do outro lado da linha e no carro também — Konstandin deve estar escutando. Provavelmente ele está se perguntando por que não contei ao meu marido o que acabamos de descobrir, mas como posso dizer a ele que fui para casa com dois garotos de programa ontem à noite e não consigo lembrar direito o que aconteceu depois?

— Tem alguma coisa que eu possa fazer para ajudar? — pergunta Rob finalmente. — Talvez ligar para alguém?

Balanço a cabeça, lágrimas queimam em meus olhos. Eu queria tanto que ele estivesse aqui. Ele é sempre tão bom em uma crise, tão calmo.

— Não, acho que não. Vou esperar até amanhã e registrar o desaparecimento dela na polícia, se ela ainda não tiver aparecido.

— Meu Deus! — sussurra Rob baixinho, quando finalmente se dá conta da gravidade da situação. — Onde será que ela pode estar?

— Também queria saber.

Há uma pausa.

— Olha, tenho certeza de que ela está bem — diz ele, tentando imprimir um tom mais leve em sua voz. — Não se preocupe.

— É difícil não ficar preocupada.

— Eu sei, mas é melhor não entrar nessa. Ela está bem. Tenho certeza.

Não respondo. As palavras ficam emperradas na minha garganta como gravetos secos, porque *eu* não tenho certeza. Não tenho certeza nenhuma de que ela está bem. E é impossível não ficar preocupada.

— Me liga mais tarde, antes de dormir — pede Rob. — Ou quando precisar de mim. Estou aqui.

Engulo com dificuldade o nó em minha garganta.

— Obrigada, querido. Vou ligar, sim. E dá um beijo na Marlow por mim.

— Dou, sim. Te amo.
— Também te amo.
Desligo. Konstandin me dá uma olhada.
— Seu marido?
Confirmo com a cabeça.
— O nome dele é Rob. Temos uma filha também. Marlow. Ela tem nove meses e acabou de nascer o primeiro dentinho dela. — Por que estou contando isso a ele? Não sei, só estou me sentindo extremamente triste e melancólica agora. Não sei o que está acontecendo e estou com saudade da minha família. Não quero ficar numa cidade estranha com um homem estranho procurando minha amiga e tentando ignorar o pânico cada vez maior que toma conta de mim. Quero ficar com Rob e Marlow, na nossa casa, onde tudo é familiar e está bem.
— Você vai poder vê-los logo — diz Konstandin.
— Vou — balbucio, piscando para tentar conter as lágrimas. *Aguente firme*, digo a mim mesma.

Capítulo 12

Estamos num bairro longe da agitação, um lugar onde eu duvido que turistas se aventurem. Há vários estabelecimentos de estilo étnico vendendo frutas e verduras e, pelos letreiros, imagino que créditos para celular também. Vejo mulheres usando véus na cabeça e pessoas de todas as nacionalidades cuidando de seus afazeres. O lugar me lembra um pouco Hackney.

Konstandin faz um gesto indicando o fim da rua.

— Vamos — chama ele, e sai andando com passos largos.

Vou atrás dele, irritada com a maneira com que está me dando ordens, mas também aliviada porque alguém está tomando decisões por mim quando eu mesma me sinto incapaz de fazer isso. E ele está certo. Eu realmente preciso comer. Não coloquei nada no estômago desde aquele pastel de nata mais cedo. E, se eu ingerir algumas calorias, talvez meu cérebro engrene e eu consiga elaborar um plano. Neste momento, caio numa depressão melancólica causada pelo cansaço e alimentada pela ressaca, falta de comida, esperança e uma sensação de completo desespero. Tudo o que quero é encontrar Kate, tenho que sair dessa deprê e me concentrar.

Preciso encontrar esses dois homens — Joaquim e Emanuel. Eles devem saber onde Kate está. Talvez minha amiga até esteja com eles agora mesmo, fazendo sexo numa farra pesada regada a drogas. É possível, eu acho. Tento imaginar isso, só porque essa imagem é muito melhor que as outras enfileiradas no meu cérebro. Se ela estiver com eles, acho que nem vou ficar com raiva. Só chorar de alívio.

O restaurante aonde Konstandin me leva é de comida turca. Deduzo isso pelas fotos de pão pita, homus e kebabs no menu. A visão dos kebabs me faz pensar imediatamente em Kate e nas nossas voltas para casa de manhã cedo, nas nossas risadas, na boate onde tínhamos ficado a noite toda. Inevitavelmente fazíamos um desvio para passar em lugares que vendiam kebab no caminho para casa, onde a gente entrava numa fila, com outros festeiros bêbados e cansados, para pedir nossos espetinhos de kebab, e Kate sempre flertava com o cara que cortava a carne até que ele nos desse batatas extras.

Mas hoje eu não vou querer kebab. Escolho falafel e Konstandin faz o pedido, numa língua que suponho ser turco, ao garçom, que suponho ser também o dono do estabelecimento. Ele é um senhor mais velho que parece respeitoso com Konstandin, segurou as duas mãos dele quando nós entramos e deu dois beijinhos em seu rosto. Fomos atendidos com grande interesse e muitos sorrisos na minha direção. Eu me pergunto o que Konstandin está contando para ele, mas me concentro em puxar o pedaço de papel e o lápis da minha bolsa para começar a elaborar um plano. Olho para os dois nomes — Joaquim e Emanuel. Como pude esquecê-los? Agora que sei seus nomes, me lembro deles se apresentando.

— Como vamos encontrar esses caras? — murmuro.

— Coma primeiro, depois pensamos nisso — diz Konstandin.

Pouso o lápis na mesa.

— Por que você está me ajudando? — pergunto.

Konstandin olha para mim por um segundo.

— Porque você precisa de ajuda — responde finalmente.

Eu franzo a testa. Ele sustenta meu olhar com sua expressão imperturbável e estável. Seus olhos são castanho-escuros, quase pretos, com linhas finas entalhadas em torno deles como raios de sol.

— Você realmente ameaçou aquelas pessoas no bar? — pergunto, séria. — Ou estava só brincando? Seja sincero.

Ele faz outra pausa.

— Eu as ameacei.

Fico chocada, embora, de certa forma, eu tivesse imaginado isso.

— Por quê? — pergunto.

Ele dá de ombros de novo.

— Quero solucionar o mistério.

— Por quê? Ela não é *sua* amiga. — Ela é uma estranha. Por que se importa que Kate esteja desaparecida?

— Ela entrou no meu carro.

Isso me parece um motivo estranho e estou prestes a insistir no assunto quando o garçom aparece com homus e o pão pita quentinho. Antes de ele se afastar já estou rasgando o pão e mergulhando na pasta, e então o empurro para dentro da boca. Está tão bom que engulo o pedaço de pão inteiro e estendo a mão para pegar mais. Konstandin sorri, empurrando o homus mais para perto. Comemos em silêncio durante alguns minutos.

Eu o analiso enquanto ele come, seu olhar fixo na comida, a linha do cenho rígida entre suas sobrancelhas. Estou sendo estúpida? A explicação dele não me convence. Não faz sentido. Estranhos não saem ajudando as pessoas assim. Será que Konstandin realmente é alguém confiável? E se meu pensamento anterior estiver certo e ele estiver envolvido no desaparecimento de Kate de alguma forma? Olho fixamente para ele. E se ele tiver feito alguma coisa com ela? Ele estava olhando para ela de um jeito esquisito no carro. Já li sobre assassinos... Que eles voltam à cena do crime, puxam o saco dos policiais. Têm prazer nisso e gostam de ficar de ouvidos atentos para saber de quem suspeitam.

Mas o que estou pensando? Não há assassinato nenhum. Kate está viva. Ela não pode estar morta. Eu não devia ficar pensando essas coisas.

Mas Kate realmente *desapareceu*, ressalta a voz em minha cabeça. *E você não sabe onde ela está.*

Konstandin levanta a cabeça exatamente nesse instante e me pega encarando-o.

— Você me disse que era do Kosovo — falo, decidindo tentar extrair alguma informação sobre suas origens. — Você foi embora durante a guerra?

— Sim — responde ele, um pouco asperamente, possivelmente desconfiado também.

— Lá era... muito ruim? — pergunto, internamente me reprimindo por parecer tão idiota. Era uma maldita guerra, não férias. — Quer dizer — eu me apresso em acrescentar —, é claro que era, senão você não teria saído de lá.

Ele sorri quando digo isso, embora talvez fosse mais um sorriso malicioso.

— Era bem ruim — responde ele, antes de voltar sua atenção para o prato.

— Desculpa, não precisa falar sobre isso — continuo, me sentindo constrangida. Eu não devia ter tocado no assunto.

— Tudo bem.

— Você já teve vontade de voltar para a sua terra? — pergunto.

— Esta é a minha terra agora, eu acho — responde ele, levantando os olhos para mim, então eu me lembro de algo que aconteceu ontem à noite.

Eu disse exatamente as mesmas palavras para ele sobre Londres. Tenho certeza disso. É uma sensação boa conseguir recuperar a lembrança de parte da noite de ontem, mesmo que o fragmento não seja tão útil; talvez isso indique que há outras lembranças à espreita, prontas para vir à tona.

— Mas na verdade nunca é igual à nossa terra, né? — continuo.

— Não. O sol nunca é tão quente quanto na nossa terra. — Ele olha de relance para mim. — É algo que dizemos na Albânia.

Dou um sorriso.

— Você ainda tem família lá? — pergunto, tentando ser sutil. Estou dando voltas para tentar descobrir se ele é casado ou se tem filhos. Se Konstandin tiver família, acho que vou acabar me sentindo um pouco mais tranquila com relação a ele.

— Estão todos mortos — responde ele.

— Meu Deus! — gaguejo. — Sinto muito.

— Já tem muito tempo isso. Não tinha como você saber.

— Sinto muito — digo mais uma vez. — Eles morreram na guerra?

Ele faz que sim com a cabeça e um pequeno músculo pulsa em seu maxilar.

— Não me admira que você não queira voltar.

O restante do pedido chega e comemos na maior parte do tempo em silêncio até que finalmente Konstandin empurra seu prato para o lado e puxa seu celular.

— Quais eram os nomes deles mesmo? — pergunta ele. — Joaquim e Emanuel?

Concordo com a cabeça, dando uma bocada final na minha comida antes de empurrar meu prato para o lado também.

— Do que mais você se lembra deles?

— Nada — respondo. — Esse é o problema.

— O que você faz?

— Perdão? — pergunto, franzindo o cenho, confusa.

— O que você faz? — repete Konstandin.

— Você quer dizer com o que eu trabalho? — pergunto, sem entender direito como meu trabalho tem a ver com isso.

Ele faz que sim com a cabeça.

— Eu trabalho para uma empresa habitacional filantrópica.

— Eles contaram com o que trabalham?

— Design. — Inspiro num susto. A resposta me veio muito rápido e do nada. — Como eu sei disso? — sussurro.

Konstandin dá de ombros.

— Isso é algo que a gente sempre pergunta. Quando nos conhecemos, você me perguntou há quanto tempo eu era motorista de Uber.

— Tem razão — concordo, com uma vaga lembrança me voltando, de Joaquim e eu sentados lado a lado, conversando no bar. Ele pareceu muito interessado no que eu tinha a dizer sobre o meu trabalho. Eu me lembro de ter ficado desconfiada na hora, porque ninguém nunca mostrou tanto interesse pelo meu trabalho, nem minha mãe.

— Que tipo de design? — pergunta ele. — Você se lembra?

Vasculho a memória, tentando recuperar outra pista.

— Não tenho certeza. Mas acho que disseram que tinham uma empresa juntos.

Konstandin assente e pega o celular de novo. Ele digita alguma coisa e então, segundos depois, vira a tela para mim.

— São eles?

— Meu Deus! — sussurro, enquanto olho impressionada para a foto na tela. — Sim, são eles.

Agarro o celular e o puxo para mais perto do meu rosto. São Joaquim e Emanuel, vestidos de forma mais informal do que ontem à noite — de jeans e camisa aberta na altura do pescoço. Emanuel está debruçado sobre uma mesa com um computador e parece que eles estão em um escritório. Dou zoom em seus rostos. Sim, com certeza são eles. Estou tão aliviada que quase rio. É ridículo admitir isso em voz alta, mas eu estava começando a acreditar que tinha imaginado esses homens ou sonhado com isso tudo. Vê-los faz com que eu me sinta vertiginosamente vitoriosa. Nós os encontramos.

— Eu digitei o nome dos dois e a palavra design — explica Konstandin. — Eles fazem projetos gráficos, design de logos, branding, esse tipo de coisa, pelo que parece. — Konstandin pega o celular de volta e clica em algumas coisas na página. — Mas não parece que eles têm muitos clientes. Aqui, olha. — Ele me mostra a tela. — Eles citam alguns pequenos clientes; uma fábrica de camisetas, um bar, nada grande. Acho que talvez tenham aberto o negócio este ano. Provavelmente é por isso que também são acompanhantes. Precisam de dinheiro.

Ele levou o celular à orelha.

— O que você está fazendo? — pergunto.

— Ligando para eles.

Arregalo os olhos, assustada. Não precisamos de um plano primeiro? Ele não pode simplesmente perguntar para eles onde Kate está. E se eles tiverem feito alguma coisa com ela? Mas, antes que eu consiga dizer qualquer coisa, alguém atende e Konstandin fala rapidamente algo em português, depois desliga.

— O que aconteceu? — pergunto.

— Deixei uma mensagem na caixa postal. Disse que gostaria de encomendar um design de um website. Pedi que me ligassem de volta.

— Certo.

— Quando eles ligarem, vamos combinar uma hora para encontrá-los e então perguntamos sobre a sua amiga.

— E se eles não souberem o que aconteceu com ela? — sussurro. — Vamos voltar à estaca zero.

— Temos que começar de algum jeito.

— Talvez fosse melhor eu voltar à polícia e dar o nome dos dois — sugiro, olhando para Konstandin para saber o que ele pensa.

Konstandin faz um bico. Ele não diz nada, mas consigo perceber pela sua expressão que ele não é fã da polícia, o que me deixa hesitante. Penso nas minhas opções. O policial, Nunes, certamente não pareceu muito interessado quando lhe contei sobre os dois homens. E a polícia não vai fazer nada, não importa que informação nova eu lhes dê. Faz sentido eu tentar descobrir o que puder antes de voltar à delegacia.

— Qual é o nome todo deles? — pergunto, apontando para o site aberto no celular de Konstandin. — Tem aí?

Konstandin me mostra os nomes na página de contato. Emanuel Silva e Joaquim Ruis.

— Eles devem ter redes sociais. — Pego meu celular para procurar.

Estou certa, encontro o perfil de Joaquim primeiro, numa questão de segundos. É um santuário do narcisismo. O feed inteiro é de fotos profissionais, selfies dele com óculos escuros Aviator em vários lugares, e fotos dele de cueca, mostrando seus bíceps e a barriga tanquinho.

Dou uma olhada em sua foto mais recente. É uma imagem dele sorrindo para a câmera, usando óculos escuros e segurando uma taça de champanhe. Clico nela para saber quando foi postada.

— Essa foi postada três horas atrás — digo, mostrando a tela para Konstandin.

— Eles estavam juntos. — Konstandin me mostra seu celular. Ele achou o perfil de Emanuel no Instagram. Nós os colocamos lado a lado e comparamos. Emanuel postou uma foto dele com Joaquim. Também é de mais ou menos três horas atrás. Ambos estão numa cobertura em algum lugar. Parece um bar, e, atrás deles, consigo distinguir o castelo e os telhados vermelhos amontoados de Alfama, com o rio no fundo.

Konstandin rola a tela para a foto seguinte. É de Joaquim abraçado com uma mulher. Os dois estão sorrindo para a câmera. — Essa é a Kate? — pergunta Konstandin.

Agarro o aparelho, meu coração batendo acelerado. Mas ele logo afunda em meu peito.

— Não — digo, balançando a cabeça. Mas quem é ela? Parece ter uns vinte e muitos anos, cabelo castanho, queimada de sol, atraente. Pela intimidade deles na foto, me pergunto se não seria a namorada de Joaquim. Ou uma cliente?

— Ele marcou o nome do bar — diz Konstandin, apontando para o nome. *La Gioconda*.

— Acha que ainda estão lá? — pergunto.

Konstandin checa o relógio.

— Talvez. Fica a uns vinte e cinco minutos de carro daqui. Vamos até lá ver.

Ele já está de pé, puxando uma carteira surrada do bolso de trás da calça e jogando o dinheiro na mesa antes que eu consiga enfiar a mão na bolsa e pegar minha carteira.

— Por favor — protesto —, deixa eu pagar.

Ele me lança um olhar que é quase uma careta.

— Não — diz simplesmente.

Quero insistir, mas o dono do restaurante se aproxima e se despede de nós de maneira reverente. Konstandin é paciente no início, mas então, depois que o dono parece não querer nos deixar ir embora, puxa suas mãos das do homem e me conduz rapidamente para a porta.

— Muito obrigada — digo ao proprietário, olhando para trás.

— Até logo. — Ele acena para mim.

Quando estamos do lado de fora, olho de relance para Konstandin com o canto do olho. Ele está acendendo um cigarro enquanto observa a rua toda.

— Você sem dúvida é popular — comento, acenando com a cabeça para o restaurante.

Konstandin, que está dando uma longa tragada, para e me olha de relance.

— Nós temos uma história — explica ele, se referindo ao dono do restaurante, que ainda está parado na porta acenando para nós. Konstandin vai andando em direção ao carro e eu me apresso atrás dele, me perguntando o que ele quer dizer com aquilo.

— Que tipo de história? — pergunto, curiosa.

Konstandin abre a porta do carro para mim.

— Eu o ajudei com uma coisa há alguns anos. Toda vez que o vejo, ele tenta retribuir. — Então fecha a porta do carro antes que eu possa fazer mais perguntas.

Enquanto ele contorna o veículo até o lado do motorista, examino o lado de dentro do carro em busca de pistas sobre a vida de Konstandin, meu olhar percorrendo o interior e o banco traseiro. Será que ainda estou desconfiada dele? Ele sem dúvida tem um passado sombrio e possivelmente um presente obscuro. No entanto, se quisesse me fazer mal, certamente não me levaria para comer falafel.

Meu instinto me diz que não preciso ter medo dele. Já senti algo antes, uma espécie de um sexto sentido — um frio na barriga, uma voz na minha cabeça gritando para eu evitar alguém ou mudar de lugar e ir para a frente no ônibus, e não estou sentindo isso agora —, mas estaria mentindo se dissesse que não estou curiosa com relação a Konstandin e às razões que ele tem para me ajudar. Pela minha experiência, as pessoas não são tão legais com estranhos, a menos que queiram alguma coisa.

Puxo minha carteira e, quando ele entra no carro, pigarreio.

— Eu realmente preciso pagar. Não está certo você me levar para todo lado e ainda pagar o jantar.

Konstandin dá partida no carro.

— Guarde isso — diz ele, sem nem mesmo olhar para mim.

— Mas eu não estou atrapalhando o seu trabalho? Você poderia estar pegando passageiros agora, ganhando dinheiro... Em vez disso está me levando para todo lado.

Ele me corta.

— Por favor, não vamos falar mais de dinheiro.

Talvez eu o esteja insultando, sendo culturalmente insensível. Mas, ainda assim, ele não deve ser rico. Ele dirige Uber, pelo amor de Deus. Decido não insistir nisso por ora.

— Obrigada — murmuro, jogando minha carteira na bolsa, mas só depois de ter tirado cinquenta euros dela. Vou deixar a nota na porta quando sair.

Quando chegamos ao bar, Konstandin entra comigo. Joaquim e Emanuel não estão lá, mas uma das garçonetes confirma que os serviu mais cedo e que eles estavam com a mulher da foto. Mostro aos garçons uma foto de Kate, mas eles balançam a cabeça fazendo que não. Ela não estava com eles.

Desanimados, saímos e seguimos na direção do carro. Paro no meio da rua. Konstandin se vira e olha para mim.

— Você acha que alguma coisa de ruim aconteceu com ela? — pergunto, ouvindo o tremor em minha voz.

Ele faz uma longa pausa.

— Não sei — responde, finalmente.

Capítulo 13

Ando pelo apartamento vazio, incapaz de chamar o nome de Kate porque não quero ouvir o silêncio como resposta. O desespero está preso na minha garganta, entalado, e continuo tentando engoli-lo. Tenho medo de deixá-lo sair, porque a voz em minha cabeça insiste em me dizer que não devo entrar em pânico, que preciso ficar calma. Kate pode estar precisando de mim. E, se eu deixar o desespero me dominar, não vou servir para nada, vou só me enroscar como uma bolinha e chorar de soluçar igual a uma criança. Preciso me manter concentrada e ser prática. E se Kate estiver em perigo e precisar de mim? As primeiras setenta e duas horas não são o período mais crítico depois do desaparecimento de uma pessoa?

Konstandin disse que me ligaria se tivesse notícias de Joaquim ou Emanuel. E vem me buscar bem cedo para me levar à delegacia para que eu registre a ocorrência de desaparecimento. Amanhã de manhã parece estar tão distante.

Eu me sento no sofá da sala de estar e pego uma caneta e um pedaço de papel em minha bolsa. Preciso fazer uma lista. É algo que faço quando sinto que a vida está saindo do controle. Faço listas no trabalho, em casa. Elaboro listas de coisas para fazer, de coisas que preciso comprar, de presentes que tenho que dar, faço listas de lugares que eu gostaria de conhecer, cidades que eu gostaria de visitar nos feriadões, orçamentos e metas que quero alcançar.

A página em branco zomba de mim. O que eu deveria escrever para me fazer sentir menos indefesa e mais no controle desta situação específica? Recordo que uma vez consultei uma médica, quando estava fazendo de tudo para engravidar e me sentia deprimida, e ela me disse que escrevesse o pior que poderia acontecer. O pior que poderia acontecer seria eu não conseguir engravidar. Depois que escrevi isso, e o aceitei como uma possibilidade, não parecia mais tão ruim assim.

Minha mão se move pela página.

Olho para as palavras que escrevi e inspiro ofegante e profundamente.

Kate está morta. É impossível. Ela não pode estar morta. Eu me recuso a aceitar isso.

Kate foi sequestrada. Quase rio da ideia.

Kate foi vendida para o tráfico sexual. Por pouco não rio dessa ideia também. Parece a trama de um filme com Liam Neeson. E, de qualquer forma, as vítimas de tráfico sexual não são sempre meninas adolescentes? Ou pelo menos mulheres vulneráveis? Kate é tão vulnerável quanto uma leoa.

Kate sofreu um acidente, bateu com a cabeça e está em coma em algum lugar. Mas eu liguei para o hospital. Ela não deu entrada lá.

Kate saiu para comprar mais drogas e a) desmaiou em algum lugar; b) teve uma overdose e precisa de socorro; c) ela se meteu em alguma confusão com os traficantes enquanto tentava comprar drogas. Não gosto da ideia de me aprofundar muito no que poderia acontecer na opção c, já que só tenho os filmes como referência.

Kate decidiu que não quer ser minha amiga e foi para casa. Eu disse alguma coisa para ela de que não me lembro? Eu a deixei chateada? Como eu estava drogada e bêbada, talvez a verdade tenha vindo à tona e eu tenha dito o que realmente achava sobre a ideia de ela ser mãe. Merda. E se foi isso? E se ela só foi para outro hotel ou voltou para a Inglaterra? Mas por que ela deixaria as malas e todas as suas coisas para trás?

Kate saiu para um brunch ou foi fazer compras já que eu estava dormindo, e aí conheceu um cara e foi para casa com ele. É uma possibilidade na qual decido me agarrar, ignorando as outras da lista.

O que fazer agora? Sublinho isso e depois espero a inspiração bater, com a caneta pairando sobre o papel. Já sei que vou à delegacia amanhã de manhã para falar com o detetive Nunes. Não há muito o que eu possa fazer até lá. Eu poderia entrar em contato com os conhecidos de Kate na Inglaterra, para saber se alguém tem notícia dela, eu acho. Se eu de fato a irritei sem saber, talvez ela tenha me deixado por isso. E quem sabe alguém tenha tido notícias dela?

Entro no Facebook e verifico minhas mensagens para o caso de ter recebido alguma coisa de Kate, mas não há nada, então checo o perfil dela no Facebook também para ver se postou alguma coisa. A última postagem dela foi a foto de nós duas pouco antes de embarcar no avião, na sexta-feira. Estamos sorrindo, ambas tão inocentes, sem ter ideia do que aconteceria logo depois. Volto rapidamente para o meu perfil e passo vinte minutos tentando escrever um post que seja um alerta, mas sem gerar pânico.

Oi, pessoal. Estou em Lisboa com Kate, mas não a vejo nem tenho notícia dela desde ontem à noite. Estou tentando entrar em contato com ela para descobrir onde está, mas acho que o celular dela está sem bateria. Se alguém tiver tido algum contato com ela hoje, pode me avisar? Obrigada!

Posto isso na página dela e na minha. Provavelmente não vai dar em nada. Como alguém em Londres saberia onde ela está? Mas pelo menos é algo proativo. Só nessa hora é que me ocorre que eu deveria ligar para Toby. Ele pode ser ex dela, mas os dois ainda não estão divorciados. Não sei o número dele, mas tenho o e-mail, então eu mando uma mensagem rápida, perguntando se ele teve notícia de Kate hoje e pedindo que, por favor, me ligue assim que puder.

Em seguida, tentando me manter ocupada, vou até o quarto de Kate, decidida a examinar suas coisas. Eu não queria invadir a privacidade dela antes, mas agora essa relutância me parece idiota. E se houver uma pista valiosa que deixei escapar? Por um minuto, fico parada na porta do quarto da minha amiga e absorvo aquela visão, tentando imaginar o que aconteceu ali, mas não sou detetive e não sei o que diabos estou procurando.

Começo apanhando todas as suas roupas e empilhando-as na cadeira, vasculhando os bolsos e sacudindo tudo. Não sei ao certo o que estou procurando, mas isso parece ser algo que eu deveria fazer. Uma vez eu levei uma equipe do trabalho para um *escape room*, e isso agora me lembra muito aquele dia. As pistas estavam escondidas bem na nossa cara, mas tínhamos de procurar no cômodo inteiro para encontrar uma dica que nos levaria até a próxima, e depois mais outra. Tenho a impressão de estar fazendo a mesma coisa agora, procurando uma pista que me levará até a seguinte, e até outra, e, finalmente, com sorte, até ela. Mas não encontro nada.

De joelhos, estudo a mancha cor de ferrugem no chão. Isso é sangue ou vinho? Eu a cheiro, mas é difícil saber se é o amargor do sangue ou a acridez do tanino. Há algum consolo no fato de que, *se* for sangue, não há uma grande quantidade dele. Não existem grandes jatos arteriais. Pela quantidade, poderia ser sangue de alguém que cortou o dedo em um vidro quebrado.

Depois que empilhei as roupas dela na cadeira, me aproximo de sua mala. Está cheia só até a metade, pois a maior parte de suas coisas está espalhada pelo quarto. Ainda assim, encontro uma netbag cheia de roupa íntima. Revisto o conteúdo, me sentindo constrangida. Só tem sutiãs e tangas provocantes de renda. Eu, pessoalmente, parei de usar fio-dental na casa dos vinte anos, e desde então minhas calcinhas parecem ter ficado cada vez maiores, tanto que agora estou usando muitas calcinhas boxer. Dia desses até me peguei olhando a seção de calçolas de vovó da M&S, antes de correr para a promoção de três por duas de calcinhas boxer.

Kate não parece ter nenhuma roupa íntima comum. É tudo lingerie de verdade, inclusive uns dois itens da Agent Provocateur. Acho que eu só tenho um conjunto de lingerie — aquele que Rob me deu no Dia dos Namorados —, e embora use o sutiã, nunca uso a calcinha, porque ela tem um buraco enorme no meio, o que não é nada prático. Rob ressaltou que o buraco nela é muito prático para o propósito da calcinha. Eu ri dele em resposta e nunca mais a usei depois daquela noite. Quer dizer, meu Deus, que mulher nesse mundo vai querer usar uma calcinha aberta no meio? Isso é tão útil quanto sapatos sem solas.

Jogo toda a lingerie de volta na mala e, aflita, examino o banheiro, revirando os frascos, séruns e a maquiagem, lembrando de como nos divertimos e rimos ontem à noite enquanto nos arrumávamos. Antes que eu consiga impedir, uma lágrima escorre pela minha bochecha. Eu a enxugo, piscando com força para evitar que outras caiam.

Há um vidro de perfume na prateleira, e uma nécessaire com absorventes internos, protetores diários e uma caixa de Ibuprofeno. Tiro os absorventes internos e encontro uma latinha redonda, ligeiramente parecida com a caixinha de comprimidos de ontem à noite. Essa é redonda e originalmente continha balas de menta, mas, quando a abro, descubro que está cheia de pílulas brancas e um saquinho de pó branco.

Enfio meu dedo mindinho no pó e depois toco a língua muito de leve. Acho que é cocaína, mas não tenho certeza — faz anos que não uso. E é forte também. Talvez esteja misturada com alguma outra coisa. Minha cabeça gira mesmo com essa quantidade mínima. As pílulas poderiam ser qualquer coisa, mas estou bastante segura de que se trata de ecstasy. Mas não vou provar para descobrir. A visão de todas essas drogas classe A me faz perceber que Kate não poderia ter saído ontem à noite para comprar mais. Ela tinha o suficiente para abrir uma farmácia aqui, e isso sem contar o que existia na outra caixinha de comprimidos, a que andava com ela.

Isso faz com que eu me sinta um pouco melhor, eu acho. Pelo menos posso descartar a teoria de ela ter tido algum problema com traficantes.

Trabalho de detetive é basicamente um processo de eliminação, então parece que estou fazendo algum progresso. Até agora descobri que Kate provavelmente contratou acompanhantes, que ela não saiu de casa para comprar drogas, e que estava com sua bolsa. Não é muito, mas já é alguma coisa para começar, algo para contar à polícia amanhã.

Meu celular toca em meu quarto e corro para pegá-lo. Tem uma chamada perdida e uma mensagem na caixa postal de um número que não reconheço. Minhas esperanças aumentam, mas são rapidamente arruinadas quando ouço a voz grosseira e irritada de Toby na minha caixa postal.

— Não tenho notícia da Kate, mas, se você estiver com ela, pode falar para ela me ligar. Tenho uma conta de cartão de crédito que quero discutir com ela.

Grande coisa, penso comigo mesma.

Checo o Facebook. Há alguns comentários em resposta ao meu post sobre Kate estar desaparecida — várias mensagens do tipo "Nossa, espero que ela apareça logo" ou "Kate provavelmente foi fazer compras!". Rob me mandou uma mensagem também, perguntando o que está acontecendo e se estou bem. Respondo dizendo que estou no apartamento e que Kate ainda não apareceu. E que vou à polícia amanhã de manhã.

"Me liga quando acordar", ele diz. "Te amo."

"Queria que você estivesse aqui", respondo.

Ele me manda um emoji de coração. Eu vou para baixo das cobertas de roupa e tudo, com o celular na mão. Meu pé descalço roça em alguma coisa. Levanto a coberta, estico o braço e toco em um pedaço de papel alumínio brilhante ao lado da minha perna. Minha mão treme quando o puxo mais para perto a fim de ver melhor. É uma embalagem de camisinha vazia.

Pulo da cama. Meu Deus do céu, o que é isso...?

Quando me dou conta, já estou debruçada sobre a privada vomitando o que comi no jantar. Quando acabo, me sento nos calcanhares. Nervosa e suando. Olho para a embalagem amassada de camisinha ao lado da pia e vomito de novo.

Capítulo 14

Domingo

Não durmo. Ou pelo menos durmo intermitentemente, mal chegando a ter sonhos. Minha imaginação continua trazendo imagens horríveis do que pode ter acontecido com Kate. Eu a vejo morta num caixão. Presa numa caverna subterrânea. Amarrada num sótão ou num porão. Basicamente a vejo num milhão de cenários diferentes tirados de cada filme, livro, podcast de *true crime* ou reportagem a que já assisti que me fez estremecer com a violência, o horror e a maldade no mundo. E, quando não estou pensando em coisas horríveis como essas, penso em mim deitada inconsciente nesta cama sendo estuprada. Tentei dizer a mim mesma que isso não aconteceu, que não podia ser verdade, porque eu saberia, não é? Mas uma semente de preocupação foi plantada em minha mente e não para de crescer.

Às três da manhã, desisto de dormir e me levanto para fazer café, estupidamente me esquecendo e enxaguando o copo com a substância em pó no fundo. Lá se vai qualquer prova que possa ter existido.

Checo as informações da embaixada britânica pela internet e encontro o número de um jornal britânico em Lisboa também. Planejo ligar para ambos assim que abrirem. Chego à conclusão de que preciso fazer algo além de apenas ir à polícia. Temo que a polícia não vá fazer nada — principalmente depois da reação apática de ontem —, por isso necessito de um plano B. Também quero ajuda. Talvez Rob possa pedir à mãe dele que cuide de Marlow e ele possa vir para cá para ficar comigo. Preciso lhe contar tudo o que aconteceu naquela noite, mas não posso fazer isso pelo telefone. Precisa ser pessoalmente. E eu só preciso dele aqui. Ele saberia o que fazer.

Um pouquinho depois das seis, o sol já está nascendo e eu ligo para Rob. Ele estava dormindo, mas atende na hora.

— Você pode vir para cá? — pergunto, mal contendo as lágrimas.

— Para Lisboa? — indaga ele, sonolento, com o cabelo escuro todo para o alto. — Tenho que trabalhar amanhã. E você ficou de voltar para casa hoje à noite.

Droga. Ele tem razão. É domingo.

— Mas eu não posso ir para casa. Não sem a Kate — digo. — Preciso encontrá-la.

— Você vai mesmo à polícia? — pergunta ele, bocejando.

— Claro — respondo rispidamente, cansada. — Ela está desaparecida há mais de um dia. Estou realmente preocupada, Rob.

O soluço do choro irrompe de mim, tudo pesado demais.

— Alguma coisa está errada. Eu sinto que está.

Rob não responde. Vejo-o se sentar e esfregar os olhos.

— Vai dar tudo certo — diz ele.

Cogito contar agora para ele sobre os acompanhantes, sobre as drogas, sobre meus temores do que pode ter acontecido comigo, mas, antes que consiga me decidir, ouço Marlow chorando ao fundo. Rob dá um suspiro.

— A chefe acordou — diz ele. — Preciso ir.

— Ok — digo.

Merda, não posso continuar adiando isso.

— Me liga quando já tiver ido à polícia. E me conta depois o que eles falaram.

Faço que sim com a cabeça. Quando desligo, vejo que recebi uma mensagem de Konstandin me perguntando a que horas quero ir à delegacia. Respondo dizendo que assim que abrir, às oito.

Há algo de reconfortante em não fazer tudo isso sozinha. Por isso é que queria que Rob estivesse aqui.

— Konstandin é meu estepe — balbucio, depois dou uma risadinha. Esse é o tipo de piada que Kate faria.

Nos trinta minutos que faltam para Konstandin chegar, vou para o chuveiro e depois tomo mais café, tentando acordar minha mente lenta. Quando pego o celular, me lembro de checar o Instagram de Joaquim e Emanuel para ver se eles postaram alguma coisa nova, algo que possa revelar onde estão, ou, por algum milagre, mostrá-los andando por aí com Kate, mas nenhum deles postou nada desde ontem.

Às oito horas, estamos em frente à delegacia. Konstandin pergunta se quero que ele entre comigo, mas digo que não. Seria estranho, porque eles poderiam fazer perguntas sobre minha relação com ele ou querer saber quem Konstandin é, e não sei como explicar isso, então digo que não precisa me esperar. Ele dá de ombros e puxa seu maço de cigarros. Olho para o maço com desejo por um momento e Konstandin me oferece um. Nego com a cabeça e entro na delegacia.

O detetive com quem falei ontem, Nunes, não está, por isso acabo contando a história toda para outra pessoa, uma mulher mais velha, também detetive. A placa em cima de sua mesa diz *Reza*. Ela tem mais ou menos a minha idade, suponho, embora provavelmente seja mais nova — é difícil saber. Não está usando maquiagem, exceto por um brilhante talho vermelho de batom que parece apenas enfatizar o quanto seus lábios são finos, e seu cabelo está puxado para trás num coque na nuca. De maneira geral, o efeito é de seriedade. A policial não usa farda, e sim um terninho preto mal ajustado.

Agora observo, frustrada, enquanto ela preenche cuidadosa e lentamente o formulário de pessoa desaparecida. Depois de terminar, ela me diz que vai repassar a informação para todos os hospitais e policiais da cidade, para que fiquem atentos ao caso.

— Só isso? — pergunto, quando ela pousa sua caneta.

— Sua amiga estava deprimida ou costumava ter pensamentos suicidas?

— O quê? — pergunto, perplexa. — Não, claro que não. Ela estava ótima. — Por que essa mulher está me perguntando isso? — E os homens que voltaram com a gente para o apartamento? — pressiono, frustrada. — Você não vai interrogá-los? Eu dei os nomes. Você pode ligar para eles.

— Vamos verificar isso — afirma ela, num inglês fluente.

— O que essa resposta quer dizer? — pergunto, frustrada. Por que a policial não está levando isso a sério? Trata-se de uma pessoa desaparecida!

Eu me pergunto se deveria mencionar o fato de que Joaquim e Emanuel são acompanhantes. O problema é que não sei ao certo se prostituição é algo legal em Portugal, e estou bastante segura de que facilitação não é. Mesma razão pela qual também não menciono as drogas. Sei que, assim que eu falar, a polícia vai fazer um pré-julgamento de Kate. Ter isso registrado pega mal e poderia deixá-los menos propensos a dar prioridade ao caso dela. Sei como isso funciona. Mas também vou estar mentindo se omitir essa informação, já que não quero que revistem o apartamento e encontrem cocaína. Eu devia ter jogado tudo no vaso e dado descarga. Também não verbalizo minhas preocupações sobre a possibilidade de ter sido drogada e estuprada. Não teria como provar nada disso, e o detetive de ontem pareceu tão desdenhoso que fico até desanimada de contar alguma coisa para essa mulher. Parece que sou só um incômodo para eles.

— Eu disse que vamos verificar — repete ela, com toda a calma.

Não tenho certeza de que acredito nela.

— Seu colega, o detetive Nunes, me disse ontem que iria entrar em contato com os hospitais. Você sabe se ele fez isso?

Ela franze a testa e digita no computador.

— Você falou com o detetive Nunes?

Confirmo com a cabeça.

— Falei.

Reza examina o computador.

— Mas você não registrou o desaparecimento?

— Ele disse que eu precisava esperar vinte e quatro horas para registrar o desaparecimento.

Ela faz que sim com a cabeça.

— Mas você sabe se ele ligou para os hospitais? — insisto.

— Vou descobrir.

Reza se levanta e eu me pergunto se ela vai fazer isso imediatamente, mas, não. A policial apenas me conduz até a porta, um sinal de que já terminamos.

— Mas... — gaguejo ao me levantar. — Aconteceu alguma coisa com ela.

— Como você sabe disso? — pergunta ela, olhando fixamente para mim como se eu soubesse de alguma coisa que não estou revelando. Eu me esforço para parecer inocente. — Vocês brigaram antes de ela desaparecer? Há algo que não esteja me contando?

Minhas bochechas ficam em chamas. Balanço a cabeça.

Ela estreita os olhos para mim. Minha pulsação se acelera e um suor frio brota em todo o meu corpo. Ao mesmo tempo, uma lembrança que é tão afiada quanto uma lâmina corta caminho em minha mente. Kate gritando "puta".

Isso me atinge com a força de estilhaços voando, quase me jogando para trás. Não consigo visualizar a cena. Só ouço a voz dela gritando para mim. Mas quando? E por que não consigo ver?

A detetive continua olhando para mim, desconfiada.

— Eu sei que alguma coisa aconteceu — digo, com a voz trêmula. — Ela não é o tipo de pessoa que desaparece assim. A não ser que alguma coisa muito ruim tenha acontecido.

Reza dá um suspiro.

— Você sabe quantas pessoas desaparecem por ano?

Faço que não com a cabeça.

— Dez mil pessoas. Isso só na Europa.

— Nossa — balbucio. Como isso é possível? Onde toda essa gente vai parar?

— E oitocentas mil crianças desaparecem por ano. No total.

Meu queixo cai. O número é realmente chocante.

— Eu não fazia ideia — murmuro.

A detetive aponta para o quadro atrás de mim na parede da área de espera. Um lado está coberto de cartazes de pessoas desaparecidas. Vou até lá. Há dezenas e mais dezenas de cartazes, e examino todos os rostos

— a maioria é de adolescentes e mulheres jovens. Onde estão todas essas pessoas? Para onde foram? Estão todas mortas? São fugitivas? Foram vítimas do tráfico? Como tanta gente pode simplesmente desaparecer?

Reza chega mais perto, por trás, então passa por mim e prega outro cartaz. Dou uma olhada nele. A foto de Kate que enviei por e-mail há cinco minutos enche a metade da página, e seu nome está impresso embaixo, junto com sua altura e uma descrição. Um bolo sobe pela minha garganta enquanto olho para o rosto sorridente da minha amiga. Isso é tão surreal.

— É só isso o que vocês vão fazer? — pergunto.

A mulher olha para mim, não indelicadamente, mas com certo cansaço.

— Vamos fazer circular a descrição que você nos passou. É a única coisa que podemos fazer. Você disse que ela está com o celular e a bolsa. Provavelmente o passaporte também. A esta altura, ela pode ter deixado o país, alugado um carro ou saído de trem. Pode estar em qualquer lugar da Europa. Se ela tentar sair de Portugal, a polícia na fronteira do país saberá. Eles nos comunicarão. E, se descobrirmos alguma coisa, nós a informaremos. Da mesma maneira, nos informe se a encontrar.

Se. Se.

— Mas ela deixou tudo para trás — protesto. — A mala. As roupas. Por que ela deixaria todos os pertences dela?

— Ok — concorda a policial. — Vou investigar esses dois homens.

— Ótimo — digo, sentindo uma onda de alívio. — Por favor, me ligue se descobrir alguma novidade.

Ela faz que sim, mas não sei ao certo se está dizendo isso para se livrar de mim ou se realmente vai levar o caso a sério e investigar o desaparecimento.

Abalada, saio da delegacia e encontro Konstandin ainda fumando.

— Preciso de um cigarro — falo.

Sem uma palavra, ele me dá um e o acende para mim.

— Eles não vão fazer nada — digo, dando uma enorme tragada. No mesmo instante, minha cabeça gira, e tenho a sensação de que vou vomitar.

— Como assim? — pergunta Konstandin.

— Eles só colocaram a foto dela numa parede. Mas há dezenas, centenas de outras pessoas desaparecidas. Eles me trataram como se eu estivesse fazendo um grande drama. Como se ela tivesse decidido fugir da vida dela, como se o desaparecimento dela não fosse grande coisa.

— Estou andando de um lado para o outro, tragando o cigarro como se ele estivesse me alimentando de vida.

— Não é grande coisa para eles — diz Konstandin. — Não vão se importar, a menos que apareça um corpo.

— O quê? — pergunto, quase deixando o cigarro cair.

Ele dá de ombros, sua expressão é indiferente.

— Ela é adulta. Não há nada que indique que foi ferida. Não estava deprimida nem tem nenhum distúrbio mental. A não ser que a polícia tenha um crime de fato para investigar, eles não vão procurá-la.

Balanço a cabeça, me recusando a acreditar nisso.

— Como? Como podem não se importar?

Konstandin dá de ombros novamente.

— Vamos — diz ele. — Temos um compromisso.

— O quê? Onde? — pergunto.

— Emanuel retornou a ligação. Vou encontrá-lo para um café em quarenta minutos.

Capítulo 15

Joaquim e Emanuel entram, ambos vestidos casualmente e usando óculos escuros. Minha respiração fica presa no peito, como se alguém estivesse girando um saca-rolha entre as minhas costelas. Vê-los em carne e osso traz à tona algumas lembranças: Joaquim me colocando na cama, tirando meus sapatos, seus dedos roçando minha nuca. E, como se eu pudesse sentir o fantasma de sua mão ainda fazendo pressão ali, um calafrio percorre minha coluna. Pensei que tivesse conseguido me convencer de que nada de fato aconteceu entre nós, mas revê-lo faz com que toda a dúvida e a ansiedade voltem com tudo.

Eles não me notam quando entram, já que estou à espreita, em uma mesa no canto, segurando o cardápio levantado para esconder meu rosto. Dou uma olhada por cima e vejo Konstandin se levantar e acenar para eles. Os dois trocam apertos de mão com Konstandin. Eles estão sorridentes e falantes, tentando impressionar alguém que supõem ser um cliente em potencial.

Konstandin tinha dito a eles que queria um website para promover um negócio de importação por atacado, voltado para a venda de azeitonas e azeite. Para terem caído nessa e demonstrado tanto interesse pela proposta, devem estar realmente desesperados para fazer a empresa de design deles decolar.

Eu e Konstandin imaginamos que haveria uma chance maior de eles não saírem correndo se esperássemos até que os dois se sentassem.

Não que dê para prever qual será a reação deles quando me virem e se derem conta de que foram enganados.

Quando me levanto, noto que minhas pernas estão bambas. Sigo até a mesa deles e paro atrás da cadeira de Joaquim. Então, sem saber direito o que fazer, pigarreio.

— Oi. — Eu me ouço dizer.

Joaquim se vira com um sorriso no rosto, que desaparece rapidamente assim que me reconhece. Seus olhos se arregalam, assustados, e ele diz alguma coisa baixinho, talvez um palavrão. Olho para Emanuel do outro lado da mesa, que leva um tempo ligeiramente maior para me reconhecer, e então o vejo ficar boquiaberto também. Por cima da mesa, um olha para o outro, e então, antes que eu consiga articular mais alguma palavra, ambos estão de pé, correndo para a porta. Na pressa de sair do café, empurram um garçom para que ele saia do caminho.

Konstandin pula da cadeira um segundo depois e corre atrás deles. Eu fico congelada pelo choque, incapaz de me mover, enquanto os três passam pela porta e já estão na rua, deixando para trás, no café, um monte de clientes ofegantes e desnorteados. Alguns começam a olhar para mim, e suas expressões curiosas finalmente me instigam à ação. Corro até a porta, o coração batendo acelerado. Eles correram! Isso significa que devem saber de alguma coisa ou fizeram algo com Kate. Essa reação não é de gente inocente.

Quando chego à rua, avisto Konstandin virando a esquina mais adiante. Corro atrás dele. Estamos em um bairro sossegado, arborizado, escolhemos deliberadamente um ponto de encontro onde eles, se me vissem e corressem, não conseguiriam desaparecer na multidão. Acabou sendo uma boa ideia. Quando viro a esquina, Konstandin está correndo a toda a velocidade, saltando os trilhos de bonde incrustados no chão, e perseguindo Joaquim, que disparou para dentro de um parque. Emanuel deve ter fugido para outra direção e Konstandin optou por seguir atrás de Joaquim. Corro atrás deles, atravessando a rua, quase sendo atropelada por um bonde que passava, e sigo atrás deles em direção ao parque.

É bem parecido com os parques das praças de Londres: caminhos asfaltados entrecruzados, grades de ferro batido e bancos entre canteiros e triângulos de verde. Mais à frente, vejo Konstandin se aproximando de Joaquim, que desapareceu atrás de uma estrutura semelhante à de uma casinha de depósito, perto de uma fonte. A maioria das pessoas está muito ocupada, concentrada em seus celulares, para nos notar correndo por ali.

Atrás da casinha, me detenho de repente. Konstandin está em cima de Joaquim, prendendo-o no chão. O rosto de Joaquim está espremido na terra e o joelho de Konstandin, enterrado no meio de suas costas, enquanto uma mão ainda agarra seu colarinho. O homem luta como um peixe fora da água, se contorcendo, tentando derrubar Konstandin, mas o motorista não o solta. Joaquim só sossega quando olha para cima e me vê.

— Você se lembra dela, então? — pergunta Konstandin.

Joaquim resmunga uma resposta.

— Precisamos que você responda a algumas perguntas — diz Konstandin e em seguida olha para mim.

— Acho que devíamos chamar a polícia — digo, ofegante, sem fôlego por ter corrido e suado em bicas.

— Não precisa chamar a polícia! — grita Joaquim com a voz rouca, e percebo que há sangue em seu queixo, de quando ele bateu no cascalho ou em algo pontiagudo.

— Não precisamos da polícia — reforça Konstandin. — Pergunte a ele sobre a sua amiga. — Ele me fulmina com os olhos e percebo que chamar a polícia poderia arrumar problemas para Konstandin. Joaquim poderia acusá-lo de agressão, e isso não seria exatamente mentira.

Joaquim começa a lutar de novo, gritando alguma coisa em português, e olho em volta, preocupada com a possibilidade de alguém ouvir. Mas, atrás da casinha, estamos relativamente protegidos por arbustos. Ainda assim, não temos muito tempo. Alguém poderia facilmente se deparar com a gente ali, pensar que estamos assaltando uma pessoa e chamar a polícia.

— Onde está Kate? — pergunto.

— Não sei — responde Joaquim. Ele parece estar realmente confuso com a pergunta e isso me surpreende.

— Por que você correu, então? — pergunta Konstandin, sacudindo-o pela nuca.

Joaquim não responde.

— O que você fez com ela? — Eu me ouço perguntar, pensando na mancha que pode ser de sangue no chão do quarto dela.

Joaquim se esforça para virar a cabeça e olhar para mim, com a bochecha ainda apertada com força contra o chão.

— Nada — diz ele entre os dentes cerrados, sua indignação transparecendo.

— Então por que ela está desaparecida?

— Eu já disse. Não sei!

— Por que encontrei sangue no quarto dela, então? — pergunto. — E uma taça quebrada?

— Ela derrubou uma taça de vinho!

Ele está dizendo a verdade?

— O que aconteceu naquela noite? — pergunto. — Eu desmaiei. Não me lembro de nada. Acordei e Kate tinha desaparecido. Vocês foram as últimas pessoas que a viram.

Sua expressão muda, sua indignação dando lugar à perplexidade. Ele franze o cenho e balança a cabeça.

— Eu não sei — grasna ele. — Nós fomos embora. Juro por Deus que não sei onde ela está!

Os nós dos dedos de Konstandin estão brancos por segurar Joaquim pelo colarinho, quase o estrangulando. Ele olha para mim e faço um aceno com a cabeça. Ele afrouxa um pouco a mão.

— Nem tente correr de novo — adverte ele, e em seguida diz alguma coisa em um português grosseiro que faz Joaquim ficar pálido e olhar para ele com um medo descontrolado.

Eu me pergunto se é alguma coisa ligada a rins e retos, mas desta vez estou grata porque não podemos correr o risco de ele desaparecer de nossa vista, não agora.

Respiro fundo e me viro para Joaquim, que agora se senta, limpando as calças e fazendo uma careta. Konstandin paira sobre ele, a mão ainda em seu colarinho, mantendo-o preso ali.

— Você me drogou? — pergunto, minha voz trêmula.

Joaquim está limpando o sangue em seu queixo, mas olha espantado para mim.

— O quê? — pergunta.

— Você colocou alguma coisa na minha bebida para me fazer apagar?

— Não — diz ele, irritado, cuspindo as palavras. — Você estava bêbada — continua ele, desdenhoso.

— Eu não estava só bêbada — retruco.

— Bem, se você foi drogada, não foi por mim. Eu não drogo mulheres.

— Nós transamos? — pergunto, tentando não olhar para Konstandin. Consigo sentir os olhos dele em cima de mim e a humilhação é quase insuportável, mas preciso saber a resposta.

Joaquim olha para mim como se eu tivesse lhe dado um soco na cara.

— Não — responde ele. — Não transo com mulheres bêbadas.

— Então por que tinha uma embalagem de camisinha na minha cama, se não transamos?

A boca de Joaquim se aperta com força. De repente, o punho de Konstandin acerta a têmpora dele, derrubando-o de lado. Ele deixa escapar um grito de surpresa e dor.

— Responda — exige Konstandin, levantando o punho de novo e ameaçando-o.

— Ela a colocou lá — explica Joaquim, retorcendo-se e lançando um olhar raivoso para Konstandin.

— Quem colocou a embalagem lá? — pergunto, sem entender o que ele quis dizer.

— Sua amiga — responde ele entre os dentes, virando-se para mim.

— Por quê? — questiono, tão confusa que fico pensando se ele entendeu mesmo a pergunta. — Por que Kate faria isso?

Joaquim dá de ombros.

— Não sei, talvez ela quisesse que você pensasse que tinha transado comigo.

— Por quê? — pergunto, a confusão disputando com o tremendo alívio que sinto ao saber que nada de fato aconteceu. Não fui violentada sexualmente sem meu conhecimento.

— Não sei — rosna Joaquim. — Pergunte para ela.

— Não posso — grito para ele. — Ela está desaparecida. Eu já disse!

— E eu *já* disse que não sei onde ela está.

Eu o analiso. Será que ele está falando a verdade? Meu instinto diz que sim. A confusão e a raiva que ele expressa parecem intensas demais para serem fingidas.

— Mas ela contratou vocês? — pergunta Konstandin. — Você admite isso?

Joaquim fecha a cara para Konstandin e logo depois assente.

— Sim, ela contratou a gente.

— Para dormir com ela? — pergunto, ainda tentando entender a embalagem de camisinha na minha cama e por que Kate a teria colocado lá. A única razão possível seria ela querer me fazer pensar que tinha transado com ele, como disse Joaquim. Mas por que ela faria uma coisa dessas?

— Ela nos pagou para passar a noite. Emanuel para transar com ela, e eu, com você. Mas, como eu disse, você estava bêbada demais.

Cerro os dentes de raiva.

— Ela por acaso explicou por que contratou vocês? Disse alguma coisa?

Joaquim balança a cabeça.

— Não. Ela só nos disse que devíamos ir para o apartamento com ela e uma amiga... essa seria você... e fazer sexo. Emanuel fez sexo com a sua amiga.

— Quantas vezes? — pergunto, querendo comparar a contagem dele com a informação que eu tenho.

— Duas.

Eu assinto, pensando nas duas camisinhas usadas que encontrei.

— Depois nós fomos embora.
— A que horas vocês foram embora? — pergunto.
Ele dá de ombros, os olhos baixos.
— Por volta das três, eu acho. Não me lembro.
Konstandin o esmurra na mandíbula. Deixo escapar um grito surpreso.
— No meu rosto, não! — grita Joaquim. — Porra! — Ele segura a mandíbula, com os ombros curvados.
— O que você está fazendo? — grito para Konstandin.
— Ele está mentindo — responde Konstandin friamente. Ele se vira mais uma vez para Joaquim. — Vou quebrar seu nariz e destruir essa sua cara bonita se você não disser a verdade. — Ele levanta o punho de novo e Joaquim se encolhe. Quase grito para mandá-lo parar, mas então Joaquim levanta a mão para se proteger do golpe e soluça.
— Para! Está bem. Vou falar...
Konstandin abaixa ligeiramente o punho. Olho para ele, boquiaberta. Como ele sabia que Joaquim estava mentindo? Eu estava quase o deixando ir embora.
— Sobre o que você está mentindo? — pressiona-o Konstandin.
Joaquim olha nervoso para mim, depois para Konstandin, e então decide não arriscar levar outro golpe na cara.
— Emanuel pegou a bolsa da sua amiga — confessa ele.
Eu pisco.
— A bolsa dela? Vocês pegaram a bolsa da Kate?
— Pegamos. — Ele assente com a cabeça. — Não, quer dizer, Emanuel pegou.
Ignoro o fato de que ele está tentando se proteger jogando a culpa no amigo. Eles obviamente fizeram isso juntos. Relembro o que Sebastian, o proprietário, disse sobre ter ouvido pessoas correndo escada abaixo. Devem ter sido eles, fugindo com a bolsa de Kate!
— Precisamos chamar a polícia — digo, virando-me para Konstandin. Não há mais o que discutir. Eles roubaram a bolsa da Kate, Joaquim acabou de admitir isso. É um crime. Ele tem que ser preso.

— Não! Sem polícia! — grita Joaquim, levantando os braços, como se estivesse se rendendo. — Por favor.

Konstandin dá uma daquelas suas encolhidas evasivas de um ombro só, o que me faz perceber que ele concorda com Joaquim sobre não envolver a polícia. Mas a decisão não é deles. Kate é *minha* amiga. A decisão é minha. Então pego meu celular. Konstandin solta Joaquim e se afasta, distanciando-se de sua obra, cujo resultado está estampado no rosto de Joaquim. Sua mandíbula já está adquirindo uma cor vermelha escura do ferimento. Eu me dou conta de que, se chamar a polícia, Konstandin irá embora para evitar perguntas, e uma parte de mim lamenta isso. Só que isso agora virou caso de polícia. Preciso chamar as autoridades.

— Por favor, não chame a polícia — suplica Joaquim mais uma vez.

— Me devolve a bolsa que eu não chamo — digo. Estou mentindo. Vou chamar a droga da polícia de qualquer forma.

Joaquim olha, ainda meio nervoso, para Konstandin, que está de pé em cima dele mais uma vez como um urso-pardo, as garras estendidas.

— Vocês ainda estão com a bolsa? — pergunto a Joaquim.

Ele assente.

— Está à venda. No eBay. Mas ainda estamos com ela.

— E as coisas que estavam dentro dela? — pergunta Konstandin. — A carteira?

Joaquim balança a cabeça, os olhos baixos. Ele deve ter gastado todo o dinheiro que havia nela.

— E a identidade e todos os cartões dela?

— Jogamos fora — balbucia Joaquim.

— E o celular? — pergunto, pensando nas centenas de ligações que fiz para esse número nos dois últimos dias. — E o celular dela?

Joaquim toca a ponta dos dedos no inchaço em sua mandíbula, pressionando com cuidado.

— O celular, nós vendemos — admite ele finalmente.

Cambaleio alguns passos para trás, respirando fundo, minhas mãos nos quadris, encurvada como uma velha subindo escadas. De repente me ocorre que, se Kate não está com o celular, nem com sua carteira, nem com sua identidade, ela não pode ter ido a lugar nenhum. A polícia pensou que talvez ela tivesse pegado um voo, ou um trem, ou alugado um carro; que talvez decidira ir embora — ignorando o fato de Kate ter deixado todas as suas roupas para trás. Eu não acreditava mesmo que eles estivessem certos, mas acho que estava me agarrando à esperança de que talvez, apenas talvez, eles tivessem razão e ela estivesse mesmo andando por aí, fazendo o que bem entende. Mas sem carteira, sem dinheiro nem cartões de crédito, sem passaporte e sem celular, para onde ela iria? O que poderia estar fazendo?

Só há uma resposta. E eu tenho me esforçado ao máximo para permanecer positiva e não pensar nisso — exceto por ontem à noite, quando minha imaginação estava rolando solta —, mas agora preciso aceitar. Algo de muito ruim aconteceu com Kate.

Capítulo 16

Vinte minutos depois, estou de posse da bolsa Birkin de Kate. Joaquim ligou para Emanuel e pediu a ele que a levasse até o parque. Esperamos e fizemos a troca — Joaquim pela bolsa. Eu a inspeciono agora, enquanto seguimos até o carro de Konstandin, raspando o forro, tentando encontrar alguma coisa que eu possa ter deixado escapar — uma pista, um pedaço de papel com todo o mistério explicado nele, um número de telefone talvez? Mas não estou num romance da Agatha Christie. Não há nada na bolsa.

— Você acredita nele? — pergunto a Konstandin quando voltamos ao carro. — Acredita que ele não sabe onde Kate está?

— Acredito — responde ele, girando a chave na ignição.

Noto o arranhão no nó de seus dedos e me pergunto o que mais aquelas mãos fizeram. Ele não parece ser desabituado à violência, e me pergunto, mais uma vez, o que estou fazendo, andando de carro por aí com uma pessoa sobre a qual não sei quase nada; exceto que ele é muito bom em extrair informação dos outros, e também em violência casual.

— Como você sabia que ele estava mentindo? — pergunto, enxugando o suor de minha testa. Ainda estou com o corpo quente da corrida e do confronto com Joaquim.

Konstandin liga o ar-condicionado e o carro já está no trânsito.

— Eu consigo perceber — responde ele. — Quando se está cercado de mentirosos e é preciso tomar decisões sobre em quem confiar...

decisões que podem levar você à morte... aprende-se a ler as pessoas bem rápido.

Ele deve estar falando de sua família e da guerra.

— O que aconteceu com você? — pergunto num impulso, sem pensar. — Desculpa — digo rapidamente. — Não é da minha conta.

— Tudo bem. — Ele me tranquiliza, estendendo a mão para pegar seu maço de cigarros. Ele me oferece um e eu o aceito.

Estou velha demais para estar fumando e tenho uma filha em quem pensar, mas já consigo sentir a ânsia por nicotina, causada pelo que fumei antes, começando a fazer efeito. Vou me arrepender disso depois, tenho certeza, mas, neste momento, acho que mereço um passe livre. Algo de terrível aconteceu com Kate. O pensamento não para de voltar à minha mente, como um cavalo que fugiu do estábulo, e parece que não consigo agarrá-lo nem controlá-lo.

— Ela está morta — solto, sem conseguir me conter. Cubro minha boca com a mão.

Konstandin não diz nada, nem tenta argumentar comigo, o que só faz minhas palavras tocarem mais fundo em mim, trazendo com elas uma sensação de tragédia.

Ele abaixa o vidro e sopra a fumaça para fora do carro antes de inalar de novo, com tragadas curtas e intensas, como se seus pulmões estivessem exigindo que ele os enchesse de nicotina, e não de oxigênio.

— Nós não sabemos ainda — diz ele, exalando uma segunda vez.

Comprimo e mordo os lábios. Sei que Konstandin só está me dizendo isso para me tranquilizar. Ele também acha que ela está morta. Acendo o cigarro que estou segurando e dou uma profunda tragada. Minha mão treme ligeiramente. Abaixo o vidro e exalo.

— Preciso ir à polícia e contar a eles o que acabamos de descobrir.

Konstandin assente.

— Tudo bem. Depois que pegarmos o celular, posso deixar você na delegacia — oferece ele.

— Obrigada — murmuro.

A detetive talvez esteja por lá. Posso falar com ela. Terei de falar de Joaquim e contar o que descobrimos sobre a bolsa roubada, e eu vou precisar contar que Kate pagou pelos serviços sexuais de Joaquim e Emanuel. Fico me perguntando: será que consigo não mencionar Konstandin? Não quero arrumar problemas para ele. Mas tudo tem que ser colocado em pratos limpos agora. Se eles interrogarem Joaquim, vão saber dele de qualquer maneira.

— Não vou falar o seu nome para eles — digo. — Vou só dizer que você é um motorista de Uber.

Ele resmunga baixinho e não sei se está concordando comigo ou não.

— Eu realmente estou muito agradecida por tudo — digo a Konstandin. — Não só por você estar me levando para todo lugar.

Ele resmunga de novo. Sabe que estou falando sobre sua técnica de interrogatório. Ontem fiquei horrorizada com a ideia de ele ameaçar as pessoas, mas agora estou até feliz por isso. Eu não teria descoberto tanta coisa sem sua ajuda. E duvido também que a polícia descobrisse, pelo menos não tão rápido. E eu estaria mentindo se dissesse que ver Konstandin dar um soco na cara de Joaquim não foi extremamente satisfatório.

Seguimos em silêncio por alguns minutos. Não sei ao certo como recuperar o celular de Kate na casa de penhores — para onde Joaquim o vendeu — vai nos ajudar a localizá-la, e me pergunto se não deveríamos ir direto à polícia, ou se eu deveria estar seguindo a lista de tarefas, ligando para a embaixada britânica e para o jornal inglês; mas já estamos quase chegando à casa de penhores, então decido esperar.

Ter o celular de Kate vai ser útil quando eu voltar à polícia. Vai ser uma prova de que alguma coisa aconteceu com ela. Eles não vão conseguir me enrolar tão facilmente se eu lhes mostrar que ela está sem o telefone, sem a bolsa e sem a carteira. Eles terão que começar a levar o caso mais a sério.

Quando estamos no caminho, checo meu celular. Rob enviou algumas mensagens perguntando como estou e pedindo notícias, então respondo dizendo que estou bem e que vou ligar para ele mais tarde. Estou com tanta saudade dele e de Marlow que, quando penso nos dois, minha garganta se contrai de maneira dolorosa ao tentar segurar o choro. Todo o meu corpo anseia por abraçar minha filha e sentir seus membros macios e molinhos em meu colo, sua boca quente e pegajosa na minha bochecha. Quero abraçá-la, quero que Rob me abrace. Não quero ficar longe deles por mais nem um segundo.

Vou esperar sair do carro para ligar para Rob, porque, quando falar com ele, vou ter de abrir o jogo e contar tudo, e não quero fazer isso com Konstandin do meu lado, escutando. Neste momento, de repente me dou conta de que devia ligar para a mãe de Kate também. Na verdade, eu já devia ter ligado para ela. É horrível que eu não tenha feito isso ainda. Sei que ela e Kate não são tão próximas, mas Kate é filha dela, e uma mãe precisa saber o que está acontecendo. Não tenho o número dela, e só a encontrei algumas poucas vezes. A última vez foi no casamento de Kate, então vou ter de ligar para Toby e pegar o contato dela.

Rolo a lista de chamadas perdidas, procurando o número dele, então pressiono o ícone para ligar. Ele não atende, por isso deixo uma mensagem.

— Toby, sou eu, Orla. Eu realmente preciso falar com você. É sobre a Kate. Ela ainda está desaparecida. E... eu... bem, me liga de volta. É importante — acrescento. — Preciso do número da mãe dela.

Ao desligar, verifico minhas redes sociais, mas hesito em postar qualquer coisa no Facebook ou no Twitter dizendo que Kate continua desaparecida. Eu deveria primeiro contar para os amigos e parentes dela o que está acontecendo.

Fico sentada, agarrada ao celular, meu pé batendo, tragando o restinho do cigarro como um prisioneiro nos minutos que precedem sua execução. Sinto que devia estar fazendo mais, como ir para a rua, sair à procura dela, chamar seu nome, postar nas redes sociais, alertar o jornal local. Eu devia estar imprimindo cartazes e batendo de porta em porta. Há tanta coisa que preciso fazer, mas meu cérebro está exausto.

O nível de ansiedade não aliviou em nada agora que sei com certeza que Joaquim não me tocou. Ele só aumentou. Porque outro pensamento começou a invadir minha mente. Se não foi ele quem me drogou, então quem foi? Se aquele pó que havia no copo era algum tipo de droga, então a única pessoa que poderia tê-lo colocado ali era Kate.

Mas e se eu me enganei e não estava drogada? E se eu só estivesse bêbada? Estou mais uma vez andando em círculos, ficando mais tonta a cada volta. Há tantos *se* e incógnitas.

— Eu estava estudando para ser médico quando a guerra começou — diz Konstandin, me fazendo levantar os olhos, surpresa, mas também confusa, já que isso veio do nada.

— Médico? — pergunto, apagando meu cigarro.

— É. Isso a surpreende? — pergunta ele.

— Não — respondo. — Quer dizer, um pouco.

Penso em seu punho acertando o rosto de Joaquim. Não parece o comportamento de um médico. Além disso, ele tem o porte de um lutador profissional, forte e musculoso, com uma barba por fazer que tem mais pelos brancos do que pretos.

— Nunca consegui fazer meu exame final. Mas era isso que eu queria ser. Cheguei muito perto. E, quando a guerra começou e os hospitais estavam abarrotados, eu trabalhei mesmo assim, fazendo o que podia para ajudar. Não havia médicos de verdade o suficiente, sabe?

Concordo com a cabeça, sem saber ao certo o que dizer. Mal me lembro dos fatos sobre a guerra do Kosovo. Sei que eram sérvios contra kosovares-albaneses e que crimes de guerra horríveis foram praticados, principalmente contra os kosovares, mas isso é tudo o que sei.

— A maioria dos homens do meu vilarejo tinha fugido ou sido morta.

Uma onda de náusea me inunda.

— Você ficou — eu digo.

Ele assente.

— Sim. Minha família estava lá. Meus pais eram idosos demais para ir embora. Meu pai não levantava mais da cama. Minha mãe se recusava a deixá-lo ou abandonar sua casa. E pensamos que estávamos seguros. Era um vilarejo, um lugar pequeno chamado Obrinje, e a guerra estava a quilômetros de distância.

— O que aconteceu? — pergunto calmamente.

— Eu me casei.

Olho para ele, surpresa. Ele nunca mencionou a esposa e não usa aliança.

— Ela era médica — diz ele. Noto o verbo no passado. — O nome dela era Milla.

Fico esperando que ele continue, sem querer interrompê-lo. Isso é o máximo que o ouvi falar sobre si desde que nos conhecemos, e escutá-lo, por mais difícil que seja, está me ajudando a esquecer, por um breve momento, meus próprios problemas.

— No dia do nosso casamento — conta ele — fizemos uma festa. Todo o vilarejo, todos que ainda estavam lá, o que não era muita gente, compareceu. O exército kosovar vinha lutando contra o exército sérvio a uns dezesseis quilômetros ao norte de onde nós estávamos, mas queríamos nos casar, precisávamos nos casar. Milla estava grávida.

Paro de respirar, ansiosa por cada palavra dele agora.

— Pensamos que era seguro. Houve uma trégua na luta. Mas não sabíamos que o exército kosovar tinha matado dez oficiais sérvios na véspera. Os soldados kosovares fugiram e vieram na direção de Obrinje, e as forças sérvias os seguiram. Queriam vingança. Meu irmão e eu empurramos todo mundo para a ravina sob a nossa casa, pensando que estariam seguros; que, se houvesse um conflito, pelo menos as mulheres e as crianças não seriam feridas. Meu irmão e eu nos juntamos aos soldados kosovares, tentando defender a casa. Mas os sérvios nos encontraram. Eles invadiram a casa, mataram os soldados kosovares. Mataram o meu irmão. Atiraram em mim duas vezes e me deixaram para morrer. Mas eu não morri. Eu sobrevivi e, depois que eles foram embora, consegui rastejar até a ravina.

Ele para. Eu prendo a respiração, esperando que continue.

— Eu tinha ouvido os gritos, os tiros. Já sabia o que ia encontrar.

— Ah, meu Deus — sussurro baixinho.

— Pensamos que as mulheres e as crianças estariam mais seguras sem os homens lá para colocá-las em perigo, mas eles mataram todo mundo. Milla, meus pais, minha irmã, todas as pessoas do vilarejo que haviam ido ao casamento. Eu tinha cinco sobrinhas e sobrinhos.

Todos foram mortos também. Trinta e seis pessoas no total, e meu filho também.

Não sei o que dizer. Como alguém consegue sobreviver a isso? É impressionante que ele ainda esteja aqui, respirando, pondo um pé na frente do outro, porque eu não sei como conseguiria seguir em frente se alguma coisa acontecesse com Rob ou com Marlow. Eu ia querer morrer. Eu definitivamente não teria coragem para continuar vivendo. Fico ali sentada, em choque, tentando imaginar aquilo, e depois fazendo o possível para afastar as imagens da minha cabeça, porque elas eram horríveis demais.

Eu me pergunto o que fez Konstandin querer me contar isso — será que foi porque quis que eu soubesse que ele compreende uma perda? Será que está tentando me dar uma noção do tipo de mal que há no mundo, para que eu me prepare para o que pode acontecer? Ou talvez ele esteja tentando explicar por que tem me ajudado esse tempo todo? Será que tem a ver com a intenção de querer ajudar a salvar uma pessoa?

— Lamento muito. — Coloco a mão em seu braço e a deixo ali talvez mais tempo do que deveria, formando uma estranha sensação de conexão com ele.

Ele não diz nada. Após um tempo, estende a mão para pegar seus cigarros, acende um, e minha mão se afasta.

Ele olha para mim.

— Você me lembra a minha esposa. Seu sorriso é igualzinho ao dela.

Enxugo uma lágrima antes que ela caia, compreendendo agora por que ele me contou aquela história.

— Ela também falava muito — diz ele, com um sorriso pesaroso.

Sorrio para ele.

— Você queria saber por que estou ajudando. É por isso.

— Obrigada — digo, ainda tonta por causa da história que Konstandin acabou de me contar.

Olho para ele, vendo-o sob uma perspectiva completamente nova. A frieza constante de Konstandin, seu dar de ombros com um ombro só e a expressão indiferente assumem uma nova dimensão, assim como as linhas de expressão em volta de seus olhos, que agora parecem ter nascido da dor, não do riso.

— Chegamos — diz Konstandin. — Quer ficar no carro?

Balanço a cabeça, olhando pela janela para uma loja numa fileira de comércio de aspecto abandonado. Essa não é a parte turística da cidade, e sim algum lugar na direção do aeroporto, onde há mais prédios residenciais altos. A loja tem barras na vitrine e uma variedade de artigos eletrônicos e joias em exposição. Não sei ler o letreiro, mas é universalmente óbvio que se trata de uma casa de penhores.

— É melhor eu ir. Conheço o celular dela — digo.

Konstandin concorda com um aceno de cabeça, e nós entramos juntos na loja. Há um homem de cinquenta e poucos anos com cabelo grisalho e um sorriso amistoso e atento ao balcão, atrás de um espesso vidro blindado. Konstandin vai até ele. Ele apoia um cotovelo no balcão, diz alguma coisa para o homem em português e o sujeito responde com poucas palavras, acompanhadas por um dar de ombros, seu sorriso amistoso desaparecendo.

Konstandin olha para mim.

— Este homem não sabe do que estamos falando, mas talvez, se você descrever o celular, talvez possa refrescar a memória dele.

— É um iPhone e a capa dele era rosa claro. Dois homens o trouxeram para você ontem. Você deu quinhentos euros por ele.

O homem me analisa. Aquilo foi uma centelha de reconhecimento em seus olhos?

— Era roubado — digo.

— Nada roubado aqui — resmunga ele, em um inglês com sotaque pesado.

— É o celular da minha amiga — explico ao homem. — Ela está desaparecida. Achamos que ela pode estar correndo perigo. — Dou tempo de as palavras serem absorvidas. — Só queremos o celular dela de volta. Se você nos entregar, não vou chamar a polícia.

O homem faz uma careta para mim, indignado com a sugestão de que poderia estar receptando um celular roubado, depois olha para Konstandin, que dá um sorriso bastante agradável para ele.

— Eu disse vocês que não tem ele.

Droga. E se ele o tiver vendido? Ou se Joaquim tiver mentido e eles não tiverem deixado o celular aqui? Olho para Konstandin, sem saber ao certo o que fazer em seguida. Talvez devêssemos desistir ou deixar a polícia lidar com isso. É só o celular dela, afinal de contas. Ele não vai nos dar a localização de Kate. Konstandin, porém, tem outra ideia. Ele se debruça, de modo que seu nariz quase encosta na divisória à prova de bala, e diz alguma coisa para o homem em português. Ele poderia estar perguntando sobre o tempo, pelo seu tom de voz, mas noto a expressão do homem.

Ele se afasta devagar do vidro, o medo deixando sua expressão sombria. A transformação é fascinante, e eu me pergunto mais uma vez que poderes mágicos e obscuros de persuasão Konstandin tem. Afinal, o homem está atrás de um vidro blindado. Não é como se Konstandin o estivesse ameaçando com violência, exatamente.

Ele murmura alguma coisa e depois desaparece. Konstandin se vira e sorri para mim, com uma postura totalmente casual.

— Refrescamos a memória dele.

— O que você falou? — pergunto, mas o homem está de volta. E, em sua mão, está o celular de Kate. — É esse mesmo! — exclamo, animada. — É o celular dela.

— Eu não saber que ele roubado — murmura o homem, fazendo menção de deslizá-lo para mim através da portinhola, mas faz uma pausa. — Sem polícia, ok? Foi engano.

Eu o fulmino com os olhos. Não havia como não saber que esse celular era roubado, mas decido que recuperá-lo é mais importante do que discutir com o homem, então confirmo com a cabeça. Ele desliza o telefone pela portinhola e eu o agarro. É uma conexão, por mais tênue que seja, com Kate. Aperto o botão home, mas o celular está sem bateria e não liga.

Konstandin e o homem falam um pouco mais em português.

— Eu perguntei a ele se o celular foi formatado — diz Konstandin. — Ele diz que não. Ainda não.

— Ótimo — digo, temendo que isso talvez não importasse, de qualquer maneira, se não tivermos a senha para desbloqueá-lo.

— Vamos — diz Konstandin, deslizando a mão sob meu cotovelo e me conduzindo para a porta.

— O que você falou com ele? — pergunto, enquanto vamos andando até o carro. — Antes. Quando estavam falando em português?

— Nada de mais — responde Konstandin tranquilamente.

— Envolvia a remoção de partes do corpo e inserção delas em pequenos orifícios?

Konstandin sorri e abre a porta do carro para mim, mas não responde.

— Para a delegacia? — pergunta ele, quando já está sentado ao volante.

Confirmo com a cabeça.

— Sim. Obrigada.

Mexo em minha bolsa à procura do meu cartão de débito, porque quero parar num caixa eletrônico no caminho, para sacar mais dinheiro. Decido insistir em pagar Konstandin por me levar para todo lado; mas então me deparo com uma nota de cinquenta euros. Como isso veio parar aqui? Olho para Konstandin. Será que ele a colocou em minha bolsa quando eu não estava olhando?

Tudo bem, se é assim que ele quer brincar. Vou escondê-la melhor da próxima vez.

— Carregue-o — diz Konstandin.

— Hã? — pergunto.

Ele faz um aceno com a cabeça, indicando o celular de Kate, que ainda estou segurando, e depois olha para seu carregador.

Eu rapidamente plugo o celular e espero que acenda. Quando faço isso, meu próprio celular vibra em minha bolsa e eu o pego, com a velha chama da esperança se acendendo dentro de mim antes de rapidamente se apagar assim que vejo que não é Kate — é claro que não é Kate, estou com o maldito celular dela no colo —, e sim Toby.

— Oi — digo, atendendo.

— Orla — fala ele, muito formalmente.

— Você recebeu minha mensagem? — pergunto.

— Recebi. Então ela ainda está desaparecida? — pergunta ele, parecendo contrariado. Consigo imaginá-lo revirando os olhos do outro lado da linha.

— É sério, Toby. A bolsa dela foi roubada, e o celular e a carteira também. Eu realmente acho que aconteceu alguma coisa com ela.

Um suspiro de Toby.

— Ela provavelmente só foi passar o fim de semana num spa, ou foi para a farra, ou talvez esteja fodendo algum infeliz que não sabe em que inferno está se metendo. Mas quem sabe, se eu tiver sorte, ela não se casa com ele e arranca o dinheiro todo dele em vez do meu.

— Não — eu digo, confusa. — Ela não está num spa. Viemos juntas para Lisboa. Para passar o fim de semana. — Como Toby não se lembra disso? Ele falou com Kate pelo telefone na sexta-feira à noite. Estava enlouquecido com os gastos em seu cartão de crédito. — Ela desapareceu — digo, em alto e bom som para o caso de ele não ter entendido.

— Você foi à polícia? — pergunta ele, e noto uma ligeira hesitação em sua voz. Toby está começando a cogitar que talvez eu não esteja sendo dramática e que isso pode ser sério.

— Fui. Eu liguei para você para pedir o número da mãe dela. Acho que alguém precisa ligar para ela e avisar.

— Certo — diz Toby. — Posso mandar isso para você por mensagem. — Está na cara que ele está empurrando a responsabilidade para mim.

— Obrigada.

— Onde você a viu pela última vez? — pergunta Toby.

Passo a mão pelo meu cabelo.

— Fomos a um bar, depois que saímos para jantar...

— Quando foi isso? Ontem à noite?

— Não. Sexta-feira à noite. Depois que vocês se falaram...

— O quê? — interrompe-me Toby. — Eu não falei com ela.

— Você falou, sim — contesto. — Eu estava do lado dela. Você ligou para ela para falar do cartão de crédito.

Silêncio do outro lado da linha, e então Toby fala num tom gélido.

— Orla, não sei qual é o joguinho da Kate, mas não tenho tempo para isso...

— Que joguinho? Não tem joguinho nenhum — digo, gaguejando.

— Estou falando sério...

— Faz mais de uma semana que não falo com a Kate — diz Toby rispidamente. — Meu advogado me orientou que não tivesse nenhum contato com ela.

— Mas e o cartão de crédito? Ela me disse que você tinha bloqueado.

— Que cartão de crédito?

Esfrego a ruga cada vez mais profunda entre meus olhos, tentando entender o que significa tudo isso. Eu me lembro muito bem de Kate me dizendo que era Toby ao telefone — que ele estava furioso com os gastos dela e que tinha bloqueado o cartão. É uma das poucas lembranças nítidas que tenho da noite. Ela estava ocupada digitando uma mensagem no táxi antes e eu a observei pela janela do restaurante andando de um lado para o outro, balançando os braços. Quando Kate voltou para a mesa, parecia que tinha chorado e me disse que havia falado com Toby. Então, se não foi com ele que ela falou, com quem poderia ter sido?

— Então você não cancelou o cartão na sexta-feira?

— Não! Eu nem sabia que ela ainda estava com os meus cartões! Cacete, ela provavelmente gastou o suficiente para comprar uma ilha.

— E você também não falou com ela na sexta à noite?

— Não! — exclama ele, com impaciência. — Olha só, você tem certeza de que isso não é uma porra de uma armação dela para fazer cena e chamar a atenção? Parece uma merda que Kate faria. Tentando me fazer olhar para ela, imagino. Provavelmente tentando ver se eu a aceito de volta por compaixão.

Abro a boca para discutir com ele. Como se ela fosse fazer tudo isso só para voltar para Toby ou para ter a compaixão de alguém. E o que ele quer dizer com *ver se eu a aceito de volta*? Ela que largou Toby por ele ter sido infiel. E ela não estava nem aí para a separação. Mas, apesar disso, Toby tem razão quanto a Kate gostar de chamar a atenção.

Mas não! Balanço a cabeça. Ela não iria tão longe.

— Claro que isso não é uma armação para chamar a atenção! — protesto. — Isso é ridículo! Ela não faria uma coisa dessas.

Ouço Toby rir baixinho — parece mais uma bufada, na verdade.

— O quê? — retruco, furiosa com a postura dele.

— Você não a conhece mesmo, né? — Ele sorri com desdém.

— É claro que a conheço — exclamo. Como ele ousa falar isso? Eu a conheço muito melhor do que ele. Eles se casaram depois de um romance de três meses e passaram poucos anos juntos. Eu a conheço há quase vinte anos.

— Aposto que ela contou tudo o que aconteceu para você, não foi? — continua ele. — Tudo o que eu fiz com ela, que a fiz passar por um monte de merda, que a tratei mal pra caramba. Imagino até as histórias que ela contou.

Não falo nada. Não posso mentir — ela me contou tudo o que ele fez com ela. E não foi nada agradável.

— Você em algum momento parou para se perguntar se alguma dessas coisas era verdade? — pergunta Toby.

— O que você está dizendo?

— Sua amiga é uma puta de uma mentirosa. E você caiu na dela. Só lamento por você, Orla.

Lágrimas brotam nos meus olhos como se eu tivesse levado um tapa.

— Como você pode...? — falo, mas Toby me interrompe.

— Aposto que ela está só sacaneando você — diz ele. — Me liga quando ela aparecer. Ou melhor, nem precisa se dar ao trabalho. Estou pouco me fodendo se ela está viva ou morta. Na verdade, espero que esteja morta, apodrecendo numa sarjeta qualquer. Pelo menos não vai pôr as mãos num dinheiro que ela não merece. E, se ela aparecer, bem, lembre-se de que eu avisei.

Com isso, ele desliga. Olho para o celular, boquiaberta, me perguntando se imaginei essa conversa, mas as palavras dele ainda ressoam em meus ouvidos.

— Tudo bem? — pergunta Konstandin.

Balanço a cabeça, incapaz de responder.

— O que ele disse? Parecia estar com raiva.

Assinto.

— Ele acha que Kate armou tudo isso.

Konstandin olha para mim duas vezes, surpreso, enquanto dirige, sem compreender o que digo.

— Era o ex-marido dela, o Toby. Ele disse que eu não a conheço de verdade. Disse que ela é uma mentirosa, que ela mentiu para mim sobre um monte de coisa.

— Que monte de coisa? — pergunta Konstandin, franzindo a testa.

— Eu não sei. Ele não falou.

O que ele queria dizer com aquilo?

— Você ainda quer entrar? — pergunta Konstandin, e eu olho em volta, confusa, antes de perceber que ele parou o carro, estacionando em frente à delegacia de polícia.

Pisco ao ver o prédio baixo de tijolos. Merda. Minha cabeça está uma confusão. Meu coração está batendo tão rápido que parece que corri uma maratona. É ansiedade. Reconheço os sintomas. Meu peito está apertado, e estou com dificuldade de respirar. Preciso de alguns segundos para me recompor. O que vou dizer à polícia? As palavras de Toby continuam ressoando em minha cabeça como balas, despedaçando todas as minhas suposições prévias. E se ela armou tudo isso para chamar a atenção?

Estou tão cansada que meu cérebro não está funcionando direito. Como posso acreditar que Kate faria algo assim? Olho para baixo, para o celular dela, carregando em meu colo. Está com cinco por cento de bateria. Aperto o botão home e a tela se acende. Ele pede para inserir uma senha. Droga. Se bem que, sinceramente, o que eu estava esperando?

Olho para Konstandin.

— Você acha que isso tudo é armação dela? — pergunto, fechando a boca com força no mesmo instante, com vergonha de mim mesma por ter expressado a dúvida. É culpa de Toby.

A expressão de Konstandin fica obscura. Ele suspira e se vira para olhar pelo para-brisa do carro, sua mão, como de costume, à procura de cigarros. Ele não acende nenhum, só brinca com o maço.

— Ela já enganou você uma vez. Contratou aqueles homens, um deles para dormir com você. Então, se você está me perguntando se ela é capaz de mentir e armar alguma coisa, então sim.

Ele tem razão.

— Olha — diz Konstandin. — Não conheço a sua amiga. Mas vou lhe dizer uma coisa: pela minha experiência, seres humanos são mais capazes de enganar do que nós pensamos. Todo mundo mente o tempo todo. A pergunta, porém, seria por quê? Por que ela faria tudo isso? Por que ela iria querer colocar você nessa situação?

— Eu não sei. — Por que ela mentiu para mim sobre Toby ter ligado? Com quem ela estava falando em frente ao restaurante, já que não era com ele? Quem deixou Kate tão chateada a ponto de ela voltar para a mesa com lágrimas nos olhos?

— E, se os homens não drogaram você, quem foi? — pergunta Konstandin.

Eu me mexo desconfortavelmente.

— O barman? — pergunto. — Um estranho? Talvez eu nem tenha sido drogada. Talvez eu estivesse realmente bêbada. — Pressiono as mãos sobre os olhos e encaro um vazio escuro. Já tinha passado pela minha cabeça que havia sido Kate, mas ouvir Konstandin dizer isso também deixa bem óbvio que foi ela.

Eu a ouço gritando a palavra "puta!".

— Você me disse que foi drogada — fala Konstandin, tocando de leve meu braço para que eu levante os olhos. — Eu acredito em você.

Um soluço de choro sobe em meu peito inesperadamente.

—Você realmente acha que Kate pode ter me drogado? — pergunto, tirando as mãos dos olhos e piscando para afastar os pontinhos que começo a enxergar.

Konstandin tira um cigarro do maço. Bate-o contra o painel antes de acendê-lo.

— Talvez — diz, tragando.

— Mas por que ela faria isso? — pergunto, meu pé batendo na porta do carro, enquanto minha frustração fica bem evidente.

— Essa é a grande questão. Se você conseguir solucioná-la, talvez descubra por que sua amiga está desaparecida e onde ela está.

Capítulo 17

Antes de entrar na delegacia, ligo para Rob, mas, como ele não atende, deixo uma mensagem. Em seguida, reúno coragem e ligo para a mãe de Kate. É estranho me ouvir explicando a situação para ela. Ouço minhas tentativas de tranquilizá-la, dizendo que estou fazendo tudo o que posso para encontrar a filha dela e que vou mantê-la informada, e me espanto ao perceber que pareço calma e serena. Não falo nada dos acompanhantes nem sobre as drogas, óbvio. A única coisa que digo é que Kate está desaparecida e que já comuniquei o sumiço dela à polícia.

— Preciso ir até aí? — pergunta ela.

Eu gaguejo, sem saber o que dizer. No lugar dela, se fosse Marlow que estivesse desaparecida, eu já estaria a caminho do aeroporto. Eu não perguntaria a opinião de ninguém. Não haveria pedra no caminho que eu não tirasse para encontrá-la também.

— Acho que seria bom — sugiro. Em parte, porque não quero mais ficar aqui sozinha. Preciso de ajuda.

— Estou fazendo o cabelo — diz ela, com um suspiro. — Quando eu chegar em casa, acho que vou dar uma olhada nos voos.

— Certo — digo, chocada com a falta de reação emocional à notícia de que sua filha está desaparecida; mas então lembro que Kate sempre insistiu que sua mãe era uma narcisista que só pensava nela mesma. — Estou indo agora falar com a polícia — afirmo. — Passo depois para a senhora o que eles disserem.

— É mesmo tão sério assim? — pergunta ela, finalmente parecendo compreender a gravidade do que estou lhe contando. — Ela não foi só para outro lugar? Ela já fez isso antes, sabe? Fugiu quando tinha dezesseis anos. Não deixou nem um bilhete, apenas desapareceu sem dar uma palavra. Eu não sabia aonde Kate tinha ido, até que ela me ligou alguns dias depois para me contar que estava em Ibiza. Ela não se importou em me deixar preocupada.

Uma vaga lembrança de Kate me contando isso me vem à mente, com mais algumas histórias hilárias. Ela tinha roubado dinheiro de uma das carteiras do namorado da mãe para pagar o voo. Ela não me contou que não havia deixado um bilhete para a mãe dizendo para onde tinha ido.

— Não acho que seja o caso — digo, mas, pela primeira vez, ouço uma nota de incerteza se infiltrar em minha voz.

Eu estava bastante convencida de que algo terrível tinha acontecido com Kate. Não tem nem quinze minutos que eu falei para Konstandin que achava que ela estava morta. E agora aqui estou eu, depois de falar com Toby e com mãe dela, considerando a ideia de que talvez Kate tenha armado isso tudo. Tenho vontade de enfiar os dedos em meu crânio para arrancar todos os pensamentos contraditórios e desembolar tudo. Será que não a conheço de verdade mesmo? Embora eu dissesse que conhecia Kate melhor do que Toby, será que realmente posso sustentar essa teoria? Será que realmente a conheço melhor do que sua própria mãe? Ou melhor do que o homem com quem ela se casou e com quem compartilhou uma cama durante anos?

— Eu aviso se conseguir um voo — diz a mãe dela para mim e, em seguida, desliga na minha cara.

Dirijo-me à porta da delegacia. Vou entrar e contar à polícia o que descobri, depois deixo com eles a tarefa de investigar e desenrolar tudo isso, porque é óbvio que não consigo mais fazer isso sozinha.

Enquanto aguardo que a detetive Reza venha falar comigo na sala de espera, posto uma foto de Kate no Twitter e peço para quem estiver em Lisboa ficar de olho, caso alguém a veja.

Acrescento as hashtags #Lisboa #MulherBritânicaDesaparecida #pessoadesaparecida #socorro, e então hesito. Estou sendo muito dramática? Ah, pelo amor de Deus, se eu não puder ser dramática agora, quando poderei? Talvez alguém a tenha visto. Talvez, em um golpe de sorte, o tuíte viralize e alguém que tenha visto alguma coisa ou saiba de alguma coisa possa me ajudar a desvendar isso... seja lá o que for *isso*. Um sequestro, um acidente, um assassinato, uma farsa?

A detetive Reza me chama para seu escritório, onde o outro detetive, Nunes, está esperando, empoleirado no braço de uma cadeira. Desta vez, eles parecem levar meu relato muito mais a sério, o que é um alívio. Eles escutam meu relato e Reza faz anotações enquanto explico sobre Joaquim e Emanuel e conto como os localizei. Ela parece um pouco incomodada com isso, como se eu tivesse largado na frente e passado a perna neles. Mas *passado a perna como?*, quero perguntar; eles não estavam fazendo nada para localizar Kate, então dificilmente ela poderá me culpar.

Nunes me interrompe.

— São esses os homens de quem você falou para a detetive Reza hoje cedo? — pergunta ele, com um sotaque tão forte que tenho de me esforçar para entender.

Faço que sim com a cabeça.

— Sim, isso mesmo. Nós, quer dizer, *eu* consegui encontrá-los. — Droga, eu queria manter Konstandin fora disso. Não devia ter dado esse mole.

— Como? — pergunta Reza. Ela lança um olhar para Nunes.

— Eu achei os perfis deles nas redes sociais e combinei um encontro — digo, deletando toda a parte de Konstandin da história. — Joaquim admitiu que eles roubaram a bolsa de Kate.

Ao ouvir isso, o detetive Nunes inclina a cabeça.

— Ele admitiu isso? — pergunta, com as sobrancelhas levantadas.

Confirmo com a cabeça.

— Sim. Ele disse que eles roubaram a bolsa, o celular e a carteira dela, e tudo o que estava dentro da bolsa. — Pego a bolsa Birkin de Kate do chão e a coloco em cima da mesa de Reza. — Aqui está ela.

Ela a pega, depois olha para mim, franzindo o cenho.

— E como ela foi parar nas suas mãos?

— Eles a entregaram para mim.

Ela franze o cenho.

— Deixa eu ver se entendi direito. Eles roubaram a bolsa e depois a devolveram?

Eu assinto.

— Uh-huh. — Em minha cabeça, vejo Konstandin dando um soco na cara de Joaquim, mas fico quieta. — Eles pegaram o dinheiro e os cartões de crédito da carteira dela, mas consegui recuperar a bolsa. E o celular, que eles tinham vendido para uma casa de penhores.

Nunes olha para Reza, franzindo o cenho. Ele não reconhece a expressão e ela a traduz para ele.

Ele olha para mim.

— Você foi a uma *casa de penhores*? — pergunta, surpreso.

A ponta dos dedos de Reza bate na alça de couro da bolsa.

— É uma Hermès original?

— Sim — respondo.

— Elas são caras, não são?

Assinto mais uma vez.

— Acho que custa umas quinze mil libras. Não tenho certeza.

— Mas esses homens que você diz que a roubaram...

— Eles *realmente* a roubaram — reforço.

As sobrancelhas dela se elevam quase imperceptivelmente. Reza não acredita em mim?

— Você diz que esses homens eram acompanhantes... garotos de programa... e que sua amiga os contratou?

Faço que sim com a cabeça, começando a ficar frustrada por ter de repetir isso. Não é tão difícil assim de entender.

— Sim.

— Como você descobriu que eles eram acompanhantes? — pergunta ela.

Engulo em seco.

— Eu, hã, voltei ao bar onde nós nos conhecemos e o barman me contou.

— E qual é o nome do bar? — pergunta Nunes.

Eu me viro para ele.

— Blue Speakeasy. É na Baixa — acrescento, nomeando a área de vida noturna da cidade.

Ele assente. Entre o ceticismo de Reza e o desdém de Nunes, sinto a frustração começar a crescer de novo.

— Eu dei os nomes dos caras para vocês — digo, minha voz se elevando. — Vocês podem ir atrás deles e perguntar, se não acreditam em mim. Eles afirmam que não sabem o que aconteceu com Kate, mas talvez estejam mentindo.

Ela assente.

— Se eles existem, vamos encontrá-los e trazê-los para serem interrogados — diz Reza.

— O que você quer dizer com *se eles existem*? É claro que eles existem! Não estou mentindo!

— Eu não quis dizer isso — fala ela calmamente, mas o que mais pode ter querido dizer?

— Você não devia ter feito tudo isso sozinha — acrescenta Nunes. — Não é seguro. Devia ter deixado isso com a gente.

Pisco ao olhar para ele, pasma. Eles não estavam fazendo nada!

— Eu tinha que fazer alguma coisa — protesto. — Ninguém estava levando isso a sério. — Olho furiosamente para ambos, tentando deixar bem óbvia minha posição.

— Meu colega tentou encontrar esses homens com base nas informações que você me deu hoje de manhã — diz Reza, apontando com a cabeça para Nunes. — Mas não teve sorte.

Aposto que ele deve ter se esforçado muito, penso comigo mesma, analisando-o com um olhar.

Eu me volto para Reza, que penso ser mais receptiva à minha versão, em vez de Nunes, que parece incrédulo e também preguiçoso demais para fazer de fato seu trabalho.

— Eu acabei de provar que deve ter acontecido alguma coisa com ela! — digo, quase gritando. — Ela não pode ter ido muito longe sem a carteira, o passaporte e o celular! Eu disse que alguma coisa estava errada, mas ninguém acreditou em mim. — Disparo outro olhar para Nunes e, em seguida, seguro a bolsa. — Isto é uma prova. — *Não é?*

Mesmo dizendo isso, a dúvida ainda me inquieta, uma comichão que tento ignorar. E se Toby estiver certo e Kate estiver sacaneando a gente. Será que tudo isso pode ser algum tipo de jogo? Eu devia revelar à polícia minhas dúvidas — mas aí, se eu contar, eles podem não se dar ao trabalho de investigar nada, e nós voltaríamos à estaca zero.

Estou escondendo muita coisa deles, e tenho a sensação de que eles sabem. E isso me faz parecer suspeita. Não sou uma mentirosa nata. Sinceramente, não sei como os criminosos fazem isso.

— Ok. — Reza suspira, fazendo menção de se levantar. — Vamos interrogar esses homens.

Concordo com a cabeça. Finalmente um progresso. Penso na promessa que fiz a Joaquim de não envolver a polícia, mas descarto a preocupação imediatamente. Ele merece ser preso pelo que fez. Minha única preocupação é que Joaquim conte a eles que Konstandin bateu nele para arrancar a verdade dele. Ainda que os policiais não consigam identificá-lo, vão querer saber por que escondi essa informação. Se eles realmente descobrirem isso, vou dizer que ele era só um motorista de Uber e que não sei seu nome. Não vou traí-lo depois do que ele fez por mim.

— E as câmeras? — pergunto a Reza, pensando na rua onde fica nosso apartamento. — Câmeras de segurança. Vocês não podem dar uma olhada nas gravações?

— Lisboa não é Londres — rebate Nunes com condescendência. — Não temos câmeras de segurança em todo lugar.

Reza o interrompe, lançando-lhe um olhar que dizia para pegar mais leve.

— Vamos perguntar na vizinhança se alguém se lembra de tê-la visto — diz ela.

Assinto, mordendo o lábio com frustração.

— Por favor, permaneça no país — continua Reza, enquanto abre a porta para que eu saia. — E não vá a nenhum lugar sem antes nos informar.

— Não tenho intenção de sair daqui — afirmo. — Não sem a Kate.

Capítulo 18

Subindo com dificuldade a escada para o apartamento, luto para reprimir a centelha de esperança de que Kate talvez esteja esperando por mim; sentada no sofá, com as pernas enfiadas debaixo dela, uma taça de vinho na mão e uma história de uma aventura maluca para me entreter. Cada vez que minhas esperanças se frustram é como se uma gota de água atingisse uma chama já crepitante; então tento não deixar que elas cresçam, senão não vai demorar para que a esperança esteja completamente extinta.

A ideia de que alguma coisa terrível aconteceu com Kate não me sai da cabeça, e, conforme minha ansiedade aumenta, o nível da dúvida semeada por Toby diminui. Kate nunca faria isso. Eu simplesmente não consigo acreditar. Mas de fato muitas perguntas continuam sem respostas. Por que ela contratou acompanhantes e por que quis que eu pensasse que tinha dormido com um deles? E por que Toby deu a entender que foi ele que terminou com Kate e não o contrário? Ele disse algo sobre ela estar fazendo isso para que ele a aceitasse de volta, mas nunca na vida ela deu a entender nada do tipo para mim. Ela estava feliz por ter se livrado dele, ou foi o que fez parecer.

Tento me lembrar do humor de Kate — ela parecia feliz na sexta-feira à noite. Disse que me amava. Mas havia também aquela expressão infeliz em seu rosto de quando estávamos deitadas na cama, mais cedo naquela noite, antes de sairmos. Mas a expressão dela mudou bem rápido e pensei que estava imaginando coisas, mas talvez não estivesse. O que estava acontecendo com ela? Tenho tantas perguntas e tão poucas respostas. É como me afogar em areia movediça.

Ainda é uma e meia da tarde, mas parece muito mais, provavelmente porque fiz bastante coisa hoje. Estou exausta e não quero nada a não ser me arrastar para a cama, me enterrar debaixo das cobertas e chorar até pegar no sono. Na verdade, quero alguma coisa além disso — queria estar indo para o aeroporto com Kate para pegar nosso voo para casa. Queria estar trilhando o caminho do meu jardim, abrindo a porta de casa e vendo Rob e Marlow, para então cair agradecida em seus braços e depois ficar no sofá, em frente à TV, com uma refeição pronta da M&S, uma garrafa de vinho e Marlow dormindo no andar de cima.

O que vou dizer a Rob? O que ele vai fazer amanhã com Marlow? Ele vai ter de deixá-la com Denise, a babá, mas talvez ela não esteja disponível assim, de última hora. Como ele vai se virar sozinho? Meu Deus, eu não tinha pensado em nada disso. Como posso continuar aqui se tenho uma filha em casa que precisa de mim? A raiva explode no meu interior como um gêiser — entrando em erupção e depois desaparecendo quase que imediatamente, sugada de volta para dentro do vazio. Estou cansada demais para ficar com raiva, e preocupada também. Nada importa. Apenas encontrar Kate.

Quando chego à porta do apartamento, paro, minha mão congelando a meio caminho da fechadura. Há alguém lá dentro. Consigo ouvir uma voz feminina. Enfio a chave na fechadura e abro a porta, uma alegria desesperada brotando em mim.

— Kate? — grito, correndo para dentro. Ela não responde. Corro para a sala de estar, mas Kate não está lá. E também não está na cozinha. Faço uma pausa, me perguntando se imaginei aquilo. Mas juro que ouvi uma voz... — Kate? — grito de novo, correndo até o quarto dela.

Há uma mulher de joelhos, jogando as coisas na mala. Ela tem cabelo castanho, que está preso em um rabo de cavalo, e minha esperança brilha por um instante, mas então ela se vira e o sentimento se extingue. Não é Kate. É uma estranha.

— Quem diabos é você? — grito, meu coração martelando. — E que merda você está fazendo?

A mulher que não é Kate arranca os fones de ouvido e me olha de cara feia.

— Estou guardando as suas coisas — bufa ela.

— O quê? — grito, avançando até ela e pegando as roupas de suas mãos. Essas coisas são da Kate. — Você não pode fazer isso! — berro.

— Para com isso. E como foi que você entrou aqui?

Ela se levanta, com as mãos nos quadris. Tem cerca de trinta anos, é mais alta e maior do que eu, com antebraços musculosos e porte firme, mas estou com tanta raiva que levanto as mãos, prestes a empurrá-la para longe das coisas de Kate quando a mulher diz:

— Você devia ter saído daqui ao meio-dia. Tem outros hóspedes chegando.

— Ah, meu Deus — sussurro. Recuo do confronto, deixando meus braços caírem ao meu lado. — Eu tinha esquecido.

— Estou tentando ligar para você há um tempo já.

Giro ao som da voz de um homem. É Sebastian. Ele está parado no vão da porta do quarto, tremendo de raiva.

— Você não atendeu.

— Eu não recebi nenhuma ligação — explico.

— Liguei para o número registrado na reserva — bufa ele.

— É o número da Kate. Não fui eu que fiz a reserva. E ela ainda está sumida. Ela não está com o celular.

— Isso não é problema meu — rebate ele. — Temos novos hóspedes chegando em duas horas e Rita precisa limpar tudo e arrumar as camas.

— Desculpa — digo. — Esqueci que deveríamos ir embora hoje. Estava na delegacia registrando a ocorrência de desaparecimento.

Dou uma olhada no quarto de Kate, metade de suas roupas ainda sobre a cadeira na qual as empilhei ontem e a outra metade foi socada sem cerimônia dentro de sua mala. Rita, a faxineira, já está ao lado da lixeira, pegando-a. Eu a vejo torcer o nariz ao ver as camisinhas usadas lá dentro.

— Lamento pela sua amiga — diz Sebastian, ainda falando manso, suas narinas se dilatando. — Mas preciso liberar o apartamento. Terei que cobrar um excedente pelo atraso da saída e pelos inconvenientes.

Ele está brincando comigo, não? Mas o que posso fazer?

— Tudo bem — digo, com um suspiro cansado. — Vou fazer a minha mala. Só me dê meia hora que já terei ido embora. — Olho para Rita: — E deixa as coisas de Kate. Eu faço a mala dela.

Rita dá de ombros, tirando os lençóis das camas, com muito cuidado, como se desconfiasse de que estão contaminados.

Guardo às pressas o restante das roupas e os sapatos de Kate e depois corro para o banheiro e fico surpresa ao ver todos os itens de higiene dela já guardados em suas várias nécessaires. E se Rita achou o estoque de drogas de Kate? Reúno as bolsas com itens de higiene e as jogo na mala.

Ao fechar o zíper, ouço Sebastian falando com Rita em português e levanto os olhos para encontrar os dois de cabeça baixa, analisando o carpete. Ai, caramba. Eles viram a mancha. Sebastian está irritado, se agachando para esfregá-la com os dedos.

— O que é isso? — pergunta ele de forma direta, olhando para mim.

— Hã, vinho — respondo, evasiva. — Desculpa.

Ele murmura alguma coisa e, antes que façam com que eu me sinta mais ainda como uma adolescente malcriada, saio apressada dali. Corro para o meu quarto, meio que esperando ver que Rita tinha guardado as minhas coisas também, mas felizmente ela não teve tempo de chegar ao cômodo. Arrasto minha mala de dentro do closet e começo a jogar meus pertences dentro dela. Felizmente, não trouxe muita coisa, então não demoro muito tempo. Recolho o que deixei no banheiro, fazendo uma pausa de alguns instantes para recuperar o fôlego diante do espelho. *Não chore*, digo a mim mesma. *Não ouse derramar nem uma maldita lágrima.*

Mas o que devo fazer? Preciso encontrar um hotel. E o custo disso? E por quanto tempo vai durar a reserva? Reza me disse que não saísse do país. O que vou fazer? Pego meu celular e ligo para Rob. Ele vai saber o que fazer. Mas a ligação cai direto na caixa postal de novo. Chorosa, deixo uma mensagem de voz, pedindo a ele que me ligue de volta assim que puder. Quando desligo, percebo um movimento no espelho e solto um grito assustado.

Sebastian está parado bem atrás de mim, bloqueando a porta do banheiro com seu porte esguio. Há quanto tempo ele está ali espiando?

— Lamento pela sua amiga — diz ele, seus olhos deslizando de mim para a nécessaire em minha mão, em seguida para o chão e depois de volta para o meu rosto, que está molhado de lágrimas. — E não se preocupe com a mancha de vinho. Rita disse que consegue removê-la.

Faço que sim com a cabeça e em seguida dou um passo na direção dele, esperando que Sebastian saia do caminho para que eu possa chegar até a minha mala e terminar de arrumá-la, mas ele não se move.

— Preciso terminar de arrumar a mala — digo, levantando minha nécessaire para lhe mostrar, apontando para minha mala atrás dele.

— Tenho um quarto de hóspedes. Se você quiser ficar no meu apartamento por uma noite, por mim tudo bem.

— Ah — digo, surpresa com a proposta.

Um momento atrás, ele parecia pronto para literalmente me atirar na rua. Por que a mudança de tom? Então compreendi que aquilo provavelmente tinha menos a ver com um ímpeto de bondade humana súbita da parte dele e mais com o dinheiro extra que ele vai ganhar alugando o quarto de hóspedes para mim. Não gosto muito da ideia de ficar com ele, mas isso significa que eu não precisaria lidar com o perrengue de procurar um hotel pela internet e fazer reserva. E quer dizer também que, se Kate aparecer, serei a primeira a saber. Como ela não está com o celular nem com a bolsa, pela lógica, a primeira coisa que ela faria seria vir me procurar aqui.

— Ok — concordo, hesitante. — Ajudaria bastante. Obrigada.

— Bom, bom — diz ele, finalmente se movendo para o lado, para me deixar sair do banheiro.

Jogo minha nécessaire na bolsa de mão e fecho o zíper.

— Posso ajudar você a carregar sua bagagem lá para baixo? — pergunta Sebastian, pairando sobre meu ombro.

— Pode deixar, eu consigo.

Ele assente, com o olhar correndo pelo quarto, seus olhos como duas moscas incapazes de pousar em qualquer lugar.

— Vou levar a mala da sua amiga lá para baixo.

— Obrigada — digo e observo-o sair.

Isso foi estranho. Meu instinto me coloca em alerta, mas deixo meu receio de lado. Um pensamento me preocupa: e se *ele* tiver feito alguma coisa com Kate? Meu Deus, estou ficando louca. Não posso mais olhar para nenhuma pessoa que logo imagino se ela não sabe de alguma coisa ou se está envolvida de alguma maneira no desaparecimento de Kate. Até o velho da loja da esquina lá embaixo me pareceu suspeito, quando fui comprar água dez minutos atrás e lhe mostrei uma foto de Kate. Seu dar de ombros entediado pareceu sugerir que ele sabia de alguma coisa e não queria me dizer, ou talvez só não tivesse entendido a pergunta. Minha capacidade de julgamento está comprometida e isso é perturbador. Eu sempre fui muito boa em analisar as pessoas, mas agora sinto que não posso confiar em mim mesma, nem nos meus instintos. Tudo está fora do lugar.

Mas, quando penso em Sebastian fazendo alguma coisa com Kate, quase me dá vontade de rir. Kate teria dado um soco nele se ele tivesse tentado alguma coisa. Sebastian é tão fraco que até o vento o derrubaria. Deve pesar menos do que eu, e Kate não é moleza. Eu já a vi partir para a briga física algumas vezes com homens que tinham mão boba. Uma vez, numa boate, um homem me apalpou, e ela lhe deu uma joelhada no saco com tanta força que ele caiu e ficou cinco minutos sem conseguir se levantar; e uma outra vez, quando um homem colocou a mão entre as pernas dela num ônibus na Itália, ela o atacou com a sua bolsa, girando-a como um taco de basebol até que ele saltou do ônibus chorando.

Não consigo imaginar nenhuma situação em que Sebastian leve a melhor em relação a ela. Quando chego à porta do apartamento dele, paro, me questionando mais uma vez se essa é mesmo uma decisão inteligente. E se a aparência fraca dele esconde sua verdadeira personalidade? E se ele for na verdade um serial killer? E se for um estuprador? E se tiver matado Kate?

Sebastian me guia para dentro com um sorriso nervoso, embora nem de longe tão nervoso quanto o meu, e eu não ofereço resistência.

O apartamento dele tem uma planta similar à do nosso, logo acima, embora a sala de estar seja menor e, por não ser uma cobertura com varanda e portas francesas que deixem a luz do sol entrar, parece mais escuro.

A sala de estar é mobiliada de forma praticamente idêntica ao apartamento de cima, porém com um pouco mais de indicativos de que alguém mora ali, como livros e revistas na mesa de centro, mais arte nas paredes — alguns pôsteres de filmes, principalmente de filmes antigos, como um de *Os pássaros* e outro de *Um corpo que cai*.

— Você gosta de Hitchcock? — pergunto, apontando com a cabeça para os pôsteres na parede.

— Ah, sim — confirma ele, sorrindo. Sebastian me mostra sua gigantesca tela plana na parede da sala de estar e, abaixo dela, uma coleção de DVDs, pela qual tento fingir interesse. — Aqui — diz ele —, o quarto que você vai ocupar é por aqui.

Ele me conduz ao segundo quarto — idêntico àquele em que Kate ficou, no andar de cima, predominantemente branco. Aquela visão é um tanto desconcertante.

— Obrigada — digo, puxando minha mala de rodinhas até a cama. — Depois me diga como posso fazer o pagamento.

— Por quanto tempo precisa ficar? — pergunta ele.

— Os policiais disseram que eu não devo sair do país.

Ele inclina a cabeça.

— O que mais eles falaram? — pergunta ele. — Sobre a sua amiga?

— Não muito. Eles estão investigando o caso.

Ele franze o cenho, absorvendo a informação.

— Ela não foi para casa sem avisar?

— Ela deixou tudo para trás. E não estava com a bolsa nem com o passaporte quando desapareceu.

— Estranho — murmura ele. — Você acha que os dois homens que vieram para cá com vocês têm alguma coisa a ver com isso?

— Eu... — interrompo-me e o encaro. Como ele sabia que eram *dois* homens? Eu contei a ele? Acho que não. Ele sabia que tinha mais gente além de nós no apartamento sexta-feira à noite, mas eu não me lembro de ter lhe contado que eram dois homens. Mas talvez eu tenha dito. Ou talvez ele tenha adivinhado pelas vozes que ouviu. — A polícia não sabe — respondo, sem querer lhe dar muita informação. — Eles vão interrogá-los.

— Eles estão preocupados com a possibilidade de alguma coisa ter acontecido com ela? — Sebastian parece finalmente estar compreendendo a seriedade da situação, a julgar pela preocupação em seu rosto, que ele praticamente demonstrou só agora.

Sinto um nó na garganta e meu coração começa a acelerar.

— Não sei.

Sebastian percebe minha ansiedade e me dá um sorriso.

— Gostaria de um chá? Vocês ingleses adoram um chá.

— Sou irlandesa — digo, no automático. Estou prestes a recusar o chá, mas me sinto tão exausta que acho que preciso de um pouco de cafeína para me dar uma animada. — Sim, obrigada. Aceito o chá.

Sigo-o até a cozinha. Olho em volta, notando a limpeza imaculada do espaço.

— O que você faz? — pergunto, tentando começar uma conversa, enquanto ele coloca a chaleira para ferver.

— Narro livros didáticos.

Não estou certa de que compreendi corretamente, então peço a ele que repita.

— Audiolivros. Eu gravo os livros didáticos em áudio. Física, psicologia, ciências, esse tipo de coisa.

— Parece algo perfeito para me fazer dormir — digo com um riso, antes de perceber como o comentário parece ofensivo. — Quer dizer, sou péssima em ciências. Entra por um ouvido e sai pelo outro. — Continuo tagarelando, tentando me redimir pela grosseria. O que deu em mim?

Ele funga e parece ofendido.

— É principalmente para estudantes que têm dislexia — diz, empurrando os óculos para cima no nariz. — Eu trabalho para algumas editoras, mas também tenho dois clientes que me pagam para gravar livros didáticos para seus filhos, que são disléxicos.

— Isso é... ótimo.

— E eu também gerencio todos os meus apartamentos no Airbnb.

— Você tem mais de um? — pergunto.

— Sim, tenho cinco... na cidade toda. Um fica em Sintra.

Balanço a cabeça distraidamente. Conversa fiada é algo exaustivo quando a mente não para de pensar em outras preocupações mais sérias.

— Bem legal.

Ele faz um chá para mim e me entrega a caneca antes de pegar um pano para limpar o balcão. Ele é maníaco por limpeza, não há dúvida.

Pego meu celular e faço um gesto universal de *com licença, preciso fazer uma ligação.*

— Meu marido — explico. — Preciso ligar para ele e falar onde estou. Não quero que fique preocupado.

Sebastian assente, então pego meu chá e me dirijo de volta para meu quarto, fazendo uma ligeira pausa em frente a uma porta que parece ser de um terceiro quarto. Uma diferença deste apartamento para o nosso. Pela parede que divide a sala de estar, esse quarto foi criado sob medida.

— Esse é o meu estúdio de gravação — diz Sebastian. Ele havia se aproximado por trás de mim, sem fazer barulho.

Noto que a porta não tem maçaneta, apenas uma fechadura, e meu estômago se embrulha, a ansiedade zumbindo pelo meu corpo como um enxame de vespas. Corro para o meu quarto e fecho a porta atrás de mim. A porta não tem absolutamente nenhuma fechadura, embora pelo menos tenha uma maçaneta, e me pergunto se estou segura. Minha paranoia é tão grande que começo a imaginar todo tipo de coisa louca e absurda. E se Sebastian estiver mentindo sobre aquele quarto ser um estúdio de gravação? E se for uma cela de tortura toda acolchoada? E se Kate estiver trancada lá dentro? *Ok, Orla, fique calma nessa merda.*

Tenho de reprimir uma risadinha, que corre o risco de virar um soluço de choro quando penso no quanto Kate ia amar se pudesse ouvir meus pensamentos agora. Ela morreria de rir. Estou totalmente segura, digo a mim mesma com convicção. Sebastian não é um perigo. Só estou sendo boba e excessivamente paranoica. *Melhor paranoica do que morta*, a voz em minha cabeça resolve palpitar.

Tomo um gole do chá e o coloco na mesa de cabeceira. Tem um gosto engraçado, provavelmente por ser Lipton, que por alguma razão parece ser o único chá que você encontra no exterior. Será que ninguém mais, além dos irlandeses e dos ingleses, sabe fazer um chá decente?

Eu me empoleiro no canto da cama e vejo que Rob me ligou e deixou uma mensagem. Ainda estamos nos desencontrando. Mas, antes de retornar a ligação, checo minhas redes sociais. O universo Twitter retuitou meu tuíte sobre Kate treze vezes, o que não era exatamente o que eu esperava ao rezar para que meu post viralizasse. E ninguém tuitou de volta dizendo que a tinha visto.

Penso em colocar uma atualização de status no Facebook sobre a situação, mas não há muita novidade. Kate continua desaparecida, então o que alguém na Inglaterra poderia fazer, além de enviar pensamentos positivos e rezar? — o que, francamente, não ajuda muito. Eu também não quero ficar recebendo e-mails nem ligações de amigos, que poderiam manter a linha ocupada, caso Kate ou a polícia tentem entrar em contato comigo.

Eu nem me dou conta das minhas pálpebras se fechando ou do sono chegando, e, quando acordo num susto, algum tempo depois, é com uma arfada de quem está se afogando. Estou sentada ereta, o coração martelando. O quarto está escuro e, por um momento, fico confusa, sem saber onde estou e penso que estou em nosso apartamento do Airbnb, então lembro que vim para a casa de Sebastian, no apartamento de baixo. Como caí no sono? Acho que a exaustão finalmente me pegou. Grogue, checo meu celular e descubro que ele está descarregado. Reviro minha bolsa à procura do carregador e o plugo na tomada, esperando ansiosamente que ele ligue, e então, quando isso finalmente acontece, descubro que são sete da noite. Dormi por horas e há várias mensagens de voz na caixa postal.

A primeira é da mãe de Kate.

— Sinto muito, não consigo reservar um voo. Pode pedir para a Kate me ligar? Obrigada.

Preciso escutar a mensagem de novo para me certificar de que ouvi direito. Como diabos vou pedir a Kate que ligue para ela? Ela sumiu!

Kate realmente não estava brincando quando dizia que a mãe redefiniu a expressão *porra-louca*.

Há uma mensagem de voz da detetive Reza também. Ela ligou para me dizer que eles não conseguiram localizar Joaquim nem Emanuel. Eu dei à polícia o endereço que constava na carteira de motorista de Joaquim. Konstandin teve o bom senso de fazê-lo entregar a carteira para que pudéssemos tirar uma foto, só por garantia. Eu me pergunto se eles fugiram ou se estão escondidos em algum lugar. Devem ter adivinhado que eu iria à polícia mesmo tendo falado que não faria isso. Sem dúvida eles estão escondidos, mas tenho de admitir que é frustrante.

Rob também deixou uma mensagem e eu me sinto mal por não ter ligado de volta para ele antes de cair no sono. Tento ligar, agora sou eu que não o encontro. Talvez ele esteja colocando Marlow para dormir. Espero que esteja tudo bem com ela. Ficar longe dela me fez perceber o quanto eu a amo. Encaro a tela do meu celular — uma foto da minha filhinha balançando uma cenoura no ar como se fosse uma bandeira — até sentir as lágrimas começando a se acumular, então preciso largar o telefone antes que eu comece a berrar de tanto chorar.

Minhas pernas estão rígidas quando me levanto e vou até o banheiro da suíte. Sinto minhas roupas úmidas, colando em mim. Devo ter suado enquanto dormia, provavelmente por causa dos pesadelos, alimentados pela minha imaginação hiperativa. Assim como o quarto, o banheiro também não tem tranca, e fico apreensiva com isso, mas preciso tomar um banho — estou fedendo —, então empurro minha mala para a frente da porta do quarto e coloco uma toalha enrolada no chão em frente à porta do banheiro, como um pequeno amortecedor, antes de tirar a roupa.

Enquanto espero que a água quente desça, tento socar meus pensamentos em uma espécie de ordem. Kate, que merda você estava fazendo? Porque é óbvio que ela estava aprontando alguma coisa. Se isso está ou não ligado ao desaparecimento dela eu não sei, mas também não acho que seja uma coincidência. Como disse Konstandin, descobrir por que ela decidiu me drogar, se me drogou mesmo, e armar para que eu dormisse, ou pensasse que tinha dormido, com um acompanhante pode ser a chave para tudo isso.

Se pelo menos eu conseguisse desbloquear o celular dela, poderia descobrir quem foi que ligou na sexta-feira à noite. Eu me pergunto se não devia ter entregado o celular para a polícia, mas eles não me pediram; o que é mais uma coisa que me faz questionar o quão bons eles são.

A polícia provavelmente tem meios de desbloquear celulares. Mas então eu me lembro de ter lido algo no jornal, no ano passado, sobre um atirador nos EUA. O FBI não conseguiu desbloquear o iPhone dele e a Apple se recusou a ajudar, com base em leis de privacidade. Então, talvez seja um beco sem saída, embora seguramente eles possam ter acesso aos registros telefônicos dela. O que já seria alguma coisa. Descobriríamos, pelo menos, com quem ela falou na sexta-feira à noite.

O chuveiro não ajuda muito a me acordar. Estou exausta demais para isso, apesar do cochilo que acabei de tirar. Enrolada em uma toalha, volto para o quarto e vejo meu celular tocando em cima da cama. Dou um pulo para pegá-lo e vejo que é Konstandin. Atendo.

— Alô?

— Oi — diz ele. — Estou ligando só para saber se há alguma novidade.

— Não — respondo, sentindo gotinhas frias de água do meu cabelo molhado serpenteando pelas minhas costas. — Nada. A polícia tentou localizar Joaquim e Emanuel, mas não conseguiu.

— Eles provavelmente acharam melhor sair da cidade por alguns dias para evitar a polícia.

— Foi o que pensei — reflito, roendo o polegar. — Não falei de você para a polícia, caso esteja preocupado.

Há um silêncio no outro lado da linha antes que ele responda.

— Obrigado. Mas não foi por isso que eu liguei. Você comeu?

Hesito.

— Não — admito.

— Quer comer alguma coisa?

Estou com fome e não gostaria muito de passar a noite toda no apartamento, me escondendo de Sebastian para evitar conversas sobre o trabalho dele, e ficando cada vez mais paranoica sobre o que ele fica fazendo naquele quarto *além* de gravar audiolivros. E seria bom conversar sobre isso tudo com Konstandin.

— Quero, pode ser — digo, finalmente.

— Pego você em vinte minutos. Que tal?

— Está bom — digo, me levantando e olhando em volta à procura das minhas roupas. — Até daqui a pouco.

Assim que desligo, me pergunto se é estranho sair para jantar com ele. Rob não ia gostar muito disso. E, para ser sincera, não estou segura das intenções de Konstandin. Ele está sendo só um amigo, eu acho, e sou grata por tudo o que ele fez até agora. Seria bom poder conversar sobre isso com ele. Estou me sentindo muito sozinha aqui.

Temo, porém, estar sendo boba demais e confiando muito nos outros. Ele não é exatamente um cidadão cumpridor da lei. Então me ocorre de novo o pensamento de que ele poderia estar envolvido no desaparecimento de Kate. Isso explicaria seu interesse. Mas, se esse fosse o caso, ele não estaria me ajudando a encontrar pistas. Em meu estado de ansiedade e exaustão, não consigo avaliar direito. Não consigo saber em quem confiar. Não posso confiar nem em mim mesma.

Quinze minutos depois, empurro a barricada improvisada de malas que fiz em frente à porta do quarto e saio. Andando silenciosamente pelo apartamento, inclino a cabeça para ouvir qualquer barulho de Sebastian, mas parece que ele saiu. Não sei o que fazer com relação à chave — como vou entrar de novo mais tarde? —, então chamo seu nome. Não há resposta.

Meu olhar paira sobre a porta fechada, aquela com a fechadura. Será que ele está ali dentro? Aparentemente, o quarto parece ser do tamanho de nosso terceiro quarto em casa, uma pequena caixinha, que mal chega a dois metros por três, mais ou menos do mesmo tamanho de uma cela de prisão. Minhas suspeitas anteriores sobre o quarto retornam. Vou na ponta dos pés até a porta e pressiono a orelha contra ela. Pode ser imaginação minha, mas penso ouvir uma voz feminina no outro lado da porta, e depois tudo fica em silêncio.

Bato com força.

— Olá?

A porta se entreabre e a cabeça de Sebastian aparece no vão. Ele parece irritado e mantém a porta meio fechada, bloqueando minha visão com seu corpo.

— Pois não? — pergunta ele.

Eu me estico para olhar atrás dele, avistando uma mesa encostada na parede com um computador, um microfone e uma pilha de livros que parecem pesados. As paredes são forradas com um painel de espuma de cor escura. Pelo que consigo ver, parece muito o tipo de ambiente que se usaria para gravar audiolivros.

— Vou dar uma saída para comer alguma coisa — digo, forçando um sorriso. — Se a Kate aparecer, pode pedir, por favor, para ela me ligar?

Ele assente.

— Por acaso você teria uma chave extra? Para eu não incomodar você mais tarde.

— A que horas você volta? — pergunta ele.

Sou pega de surpresa; certamente posso voltar a hora que eu quiser, não é? Estou pagando como hóspede, afinal de contas.

— Não muito tarde, provavelmente antes das dez.

— Você não vai precisar de chave. Vou estar em casa.

— Mas pode ser útil eu também ter uma chave — digo, meio confusa. O que ele faz normalmente quando tem pessoas hospedadas aqui?

— Não tenho uma chave extra — diz ele, no mesmo instante. — Agora preciso voltar. — Ele volta para o quarto e meus olhos se deslocam para o monitor, vislumbrando um movimento nele. Um filme em preto e branco, pelo visto.

Sebastian fecha a porta na minha cara e fico ali por alguns segundos, parada olhando. Por que ele está assistindo a um filme ali dentro quando tem uma TV enorme na sala?

Talvez seja pornografia. Mas eu nunca vi filme pornô em preto e branco; embora não tenha visto muitos, na verdade. E imagino que ele preferisse ver esse tipo de conteúdo no conforto de seu quarto. Se bem que ele pode ter percebido que dava para assistir no último volume ali dentro, graças ao isolamento acústico. Estremeço pensando nisso. Seja lá o que estiver acontecendo, esse cara é bem esquisito. Mas eu posso, pelo menos, descartar minha suspeita de que ele estava mantendo Kate dentro de um quarto à prova de som em sua casa, torturando-a. Isso já é alguma coisa, eu acho. Gostaria que Kate estivesse aqui, ainda que fosse só para compartilhar com ela meus pensamentos cada vez mais paranoicos e loucos sobre seu desaparecimento. Ela acharia hilário.

Quando piso do lado de fora, na rua, no ar cálido da noite, vejo que Konstandin já está à minha espera, encostado em seu carro, fumando um cigarro.

— Há quanto tempo você está esperando? Podia ter me mandado uma mensagem para avisar que já tinha chegado — digo, andando até ele.

— Cheguei cedo — diz ele, dando uma tragada em seu cigarro antes de jogá-lo fora. Ele está usando uma jaqueta de couro surrada que cheira a fumaça. Estou mais feliz em vê-lo do que imaginei que estaria, o que é surpreendente. — Como você está? — pergunta ele, enquanto seguimos até o carro.

Dou de ombros, minhas bochechas ainda superaquecidas.

— Não tão bem — admito. — Tive que me mudar do...

— Orla?

Viro bruscamente ao som do meu nome. Meu Deus. Um homem vem andando a passos largos na minha direção, atravessando a rua. É Rob.

Capítulo 19

— O que você está fazendo aqui? — pergunto, olhando em choque para meu marido.

O olhar de Rob se move de mim para Konstandin. Ele franze o cenho, seus olhos se estreitando, antes de se virar de novo para mim. Ignorando esse olhar, jogo meus braços em torno de seu pescoço e meu corpo reage como se todo o ar tivesse sido sugado dele de repente. Quase me derreto de tanto que estou aliviada em vê-lo.

— Estou tão feliz que você está aqui — gaguejo, antes de recuar, preocupada. — Onde está Marlow? — pergunto, olhando em volta e vendo apenas uma pequena mochila aos pés de Rob, mas nenhum carrinho, nem bebê.

— Ela está com a Denise.

— A babá? — digo, confusa. — Para passar a noite? — Nós nunca a deixamos passar a noite com ninguém, nem mesmo com os avós.

— Meus pais estão viajando, lembra? E eu não podia pedir à sua mãe que viesse da Irlanda. Ela teria demorado muito tempo para chegar e Denise disse que podia ficar com Marlow por uma noite ou até duas se precisássemos.

— Você veio — eu o interrompo, meus olhos ficando marejados. Aperto sua mão. — Obrigada. — De repente parece que tudo vai ficar bem. Rob está aqui. Vamos encontrar Kate juntos.

Vejo o sorriso de Rob se apertar e seu olhar voltar para Konstandin, que recuou para nos dar espaço e agora está esperando, com as mãos cruzadas em frente ao corpo, nos observando com olhos baixos.

— Esse é Konstandin — digo a Rob, sentindo o calor subir pelo meu rosto. — Ele está me ajudando. Ele é... motorista de Uber — deixo escapar. Nossa, isso é esquisito.

Konstandin estende a mão para Rob.

— Konstandin — diz ele, se apresentando.

— Rob. Marido da Orla — diz Rob, friamente.

Eu me encolho de vergonha. Ai, meu Deus. Ele não está nada feliz.

— Imaginei — comenta Konstandin, com uma espécie de sorriso malicioso.

Rob aperta a mão dele e noto que os nós dos dedos das mãos de ambos ficam brancos, dando a impressão de que estão medindo forças.

— Konstandin tem me ajudado muito — explico às pressas para Rob, me perguntando por que estou parecendo tão culpada enquanto falo. — Eu não sei o que teria feito sem ele. Ele tem traduzido tudo para mim e... outras coisas. — Minha voz vai ficando mais fraca, sabendo que, ao ficar enrolando, pareço culpada de alguma coisa, mesmo que não tenha feito nada de errado.

— Entendi — diz Rob, com um gesto para o carro de Konstandin. — E vocês estavam indo para algum lugar agora?

Confirmo com a cabeça.

— Sim. — Merda, eu devia dizer que íamos jantar juntos? Parece algo que Rob poderia deduzir muito facilmente, mas deixo escapar de qualquer jeito, como uma idiota. — Íamos comer alguma coisa, na verdade.

Rob franze o cenho.

— Você não podia ter pedido comida?

Abro a boca para dizer alguma coisa, mas Konstandin fala primeiro.

— Acho que vou andando.

— Humm — murmura Rob.

Konstandin se vira para mim.

— Avise se tiver alguma novidade.

Faço que sim com a cabeça, mandando para ele um olhar pesaroso. Cerro os dentes quando ele entra no carro, meu rosto ficando intensamente vermelho de raiva e vergonha. Assim que ele parte, eu me viro para Rob e corro para seus braços antes que ele possa dizer qualquer coisa ou começar um interrogatório.

— Estou tão feliz por você estar aqui — digo, me enfiando em seu peito familiar. Ele me abraça, dando um beijo no alto da minha cabeça. Fecho os olhos bem apertados. — Por que você não me contou que estava vindo?

— Eu estava correndo para o aeroporto e tentei ligar, mas você não atendeu. — Ele recua. — Mas foi bom eu ter aparecido. Você ia realmente jantar com ele?

Meu rosto pega fogo.

— Não era nada de mais.

Ele franze o cenho.

— Não? É meio esquisito sair para jantar com um motorista de Uber, não acha? E ele parece um pouco suspeito, se quer saber.

— Ele não é suspeito — protesto fracamente.

— Ele é o cara de quem você me falou? Aquele que levou você e Kate para o bar?

Assinto. Rob recua para me encarar, olhando para mim como se eu estivesse louca.

— Então como você sabe que ele não está envolvido no desaparecimento dela? Pelo amor de Deus, Orla!

Estou chocada com seu tom e olho em volta. O comerciante mais adiante na rua está olhando para nós, e um casal que acabou de passar lança olhares para trás.

— Escuta — digo, falando mais baixo. — Preciso contar uma coisa para você.

O rosto de Rob fica sombrio e me pergunto o que ele imagina que estou prestes a revelar. Pela sua expressão, ele está esperando que eu confesse uma traição ou até um assassinato. Franzo os lábios, irritada por ele estar tirando conclusões precipitadas.

— Vamos procurar um lugar para conversar.

*

Acabamos em um restaurante um pouco mais adiante na rua, um espaço que parece uma caverna e que serve comida de bar e vinho barato em garrafas protegidas por vime. Não parece especialmente atraente, mas serve. Rob pede uma cerveja e eu peço uma taça de vinho. Preciso de algo para acalmar meus nervos e minha ansiedade. Espero a bebida chegar e tomo uns bons goles antes de pousar a taça.

— Então, você vai me contar o que está acontecendo? — pergunta Rob.

Ele ficou quieto quando chegamos ao restaurante e parece ansioso, pelo jeito como está batendo o pé debaixo da mesa. Rob é um cara paciente. É difícil tirá-lo do sério, mas, quando o pavio dele acende, meu marido é capaz de estourar e perder a linha. Mas isso acontece raramente e em geral termina com ele gritando; apesar de uma vez, quando tínhamos cerca de vinte anos, ele ter realmente dado um soco numa parede e quebrado um osso da mão, depois de uma briga idiota nossa. Eu, por outro lado, sou muito mais volátil. Tenho enormes oscilações de humor, posso ir do riso às lágrimas num intervalo de cinco minutos, e perco a cabeça muito facilmente, algo que só piorou depois que tive Marlow. Estou tão cansada o tempo todo que minha paciência fica por um fio.

— Eu não cheguei a contar a história toda para você — começo. — É algo complicado e eu não queria explicar pelo telefone.

O cenho franzido de Rob se aprofunda, um vinco se formando entre seus olhos. Ele passa a mão pelo seu cabelo grosso e castanho e noto que Marlow puxou dele a testa franzida, uma expressão que ela faz quando não consegue o que quer.

— Não quero que você fique com raiva de mim — digo, observando-o atentamente. — Porque eu não sabia.

— Não sabia o quê? — pergunta ele, recostando-se em sua cadeira, como se estivesse se preparando para receber um diagnóstico grave de um médico.

Respiro de novo profundamente.

— O que eu não contei foi que, na noite em que Kate desapareceu, nós levamos dois homens para o nosso apartamento.

Rob leva alguns segundos para absorver isso.

— O quê? — pergunta ele, simplesmente.

— Eu sei, parece péssimo. Mas não foi uma decisão minha. Foi Kate quem convidou.

— Mas eram dois — retruca Rob, o rosto corando.

— Sim, mas eu não queria que eles fossem com a gente — explico. — Eu disse para Kate que não queria os dois em casa, mas ela me ignorou.

— Onde vocês conheceram esses caras?

— Num bar — admito. — Mas aqui está a maluquice: Kate contratou os dois.

— Como assim, contratou?

— Eles eram acompanhantes. Kate pagou pelos serviços deles.

Rob fica boquiaberto.

— Garotos de programa?

Assinto. Deixo-o digerir a informação por alguns segundos.

— Antes que você me pergunte, eu não sei por quê. Ela não me contou. Eu descobri isso depois que ela desapareceu.

Rob fecha os olhos, ainda tentando entender a história. Sei exatamente pelo que ele está passando, já que eu mesma passei por isso não faz muito tempo.

— Acho que fui drogada — continuo, quando avalio que já deu tempo de Rob processar o que eu disse. — Não tenho certeza. Eu estava tão bêbada que desmaiei. Mas acho que foi mais do que álcool. Foi estranho. Senti um gosto amargo na boca quando acordei e não conseguia me lembrar de nada da noite anterior, ou lembrava muito pouco. Eu apaguei. Há fragmentos enormes faltando da minha memória.

— Você foi ao hospital? — pergunta ele, genuinamente preocupado.

Balanço a cabeça.

— Você foi... — Ele engole em seco, sua mandíbula se tensionando.

Eu sei o que ele quer saber. Quer saber se alguma coisa aconteceu comigo, se fui estuprada.

— Não — interrompo-o rapidamente, tranquilizando-o. — Nada aconteceu.

Ele estende o braço por cima da mesa, segura minha mão, então começo a relaxar. Até que ele aceitou bem, considerando a situação.

— Mas Kate dormiu com um deles — continuo. — Encontrei uma camisinha no lixo. Duas, na verdade.

Penso na embalagem que encontrei na minha cama. Ainda não tenho a menor ideia de por que a Kate a colocou lá, exceto talvez porque quisesse fazer uma brincadeira comigo quando eu acordasse, mas decido não mencionar isso para Rob, já que ele só vai pensar no pior.

Rob aceita isso calmamente, depois levanta os olhos para mim, franzindo o cenho.

— Mas ela os contratou para dormir com vocês duas? — pergunta ele.

Faço que sim com a cabeça.

— Contratou. Mas não tenho a menor ideia do porquê. E eu jamais, em hipótese nenhuma, teria...

— Eu sei — diz Rob, apertando minha mão.

— Sabe? — pergunto, soltando o ar que inconscientemente fiquei prendendo. — Eu estava com tanto medo de que você não acreditasse em mim, de que pensasse que participei disso.

Rob balança a cabeça, olhando à meia distância.

— Isso é tão escroto — murmura ele. — Por que Kate faria isso?

Concordo com a cabeça, juntando minha outra mão à dele.

— Não sei. Não sei o que ela estava pensando.

Rob não fala durante algum tempo. Está perdido em pensamentos. Finalmente ele se vira para mim.

— Mas você acha que esses caras têm alguma coisa a ver com o desaparecimento dela?

Mordo o lábio, pensando no confronto com Joaquim, lembrando que ele pareceu realmente sincero quando alegou inocência. Aquele olhar, não dá para fingir a surpresa que ele demonstrou quando ouviu que Kate tinha desaparecido.

— Eles disseram que não. E acho que acredito neles.

Rob olha fixamente para mim, balançando a cabeça, em choque, seus olhos azuis brilhando com as lágrimas.

— Não acredito que você não me contou nada disso. Eu pensei que você estivesse exagerando quando me ligou. Pensei que vocês duas tinham brigado ou que Kate tinha dado uma de Kate e se mandado para a farra em algum lugar. Foi só quando você disse que ia à polícia que percebi que era sério.

Lágrimas brotam em meus olhos também.

— Desculpa — digo. — No início eu não sabia o que falar, e depois parecia tarde demais para contar o que quer que fosse. Eu quis esperar até a gente se encontrar pessoalmente, sabe? E eu continuava esperando que ela fosse aparecer. E aí eu só precisaria ligar para você avisando que estava voltando para casa.

Rob assente.

— Você contou tudo para a polícia? — pergunta ele.

— Contei. Mas eles não fizeram muita coisa. Konstandin e eu encontramos os caras por nossa conta, os dois acompanhantes; nós os localizamos e os interrogamos. — Não tem por que entrar em detalhes sobre a forma como Konstandin arrancou a verdade deles. — Eles confessaram que roubaram a bolsa de Kate. Eu a peguei de volta. Mas a polícia aparentemente não consegue encontrá-los agora, então não dá para serem interrogados.

Noto que Rob está se esforçando para absorver todas essas novas informações.

— Pelo que eles disseram, os dois saíram do apartamento por volta das três da manhã e não viram Kate depois disso — continuo. — Acordei por volta das onze da manhã, no dia seguinte, e Kate tinha desaparecido. Mas ela não estava com o celular, nem com a bolsa, nem com a carteira dela. — Olho para Rob. — Então, para onde ela poderia ter ido?

Rob não diz nada, e percebo que estou prendendo a respiração, esperando uma resposta que não virá. Eu esperava que ele tivesse uma resposta, ou pelo menos uma ideia, mas, exatamente como Reza e Nunes quando lhes fiz a pergunta, meu marido não me ajuda.

— Estou tão preocupada — balbucio.

Rob aperta minha mão de novo, mas não diz uma palavra. Não tenta me tranquilizar nem acalmar minha ansiedade. Na verdade, ele parece exatamente tão preocupado quanto eu.

Capítulo 20

— Tenho que alertar você sobre o homem do apartamento.
Rob para no meio do passo.
— Que homem? — pergunta ele.
— O proprietário — sussurro. — É uma longa história. Eu não podia ficar no apartamento que alugamos porque ele estava reservado para esta noite, então ele me ofereceu o quarto de hóspedes no apartamento de baixo, onde ele mora. E ele é meio esquisito.
Rob faz uma careta.
— Você aceitou ficar no apartamento de um desconhecido? Orla!
— Eu não tinha muita escolha — defendo-me, aborrecida com o fato de Rob estar me tratando como criança. — E esperemos que ele não se incomode de você ficar também. Ele é um pouco chato com hóspedes extras.
Rob adquire uma expressão de perplexidade. Estamos sussurrando bem diante da porta do apartamento, quando ela se abre. Sebastian está ali parado, alternando o olhar entre mim e Rob, e eu me pergunto se ele estava parado do outro lado da porta, observando tudo pelo olho mágico. Bizarro.
— Esse é o meu marido, Rob — explico, sorrindo. — Ele pegou um voo sem me avisar, para me ajudar a procurar Kate.
Sebastian aperta a mão de Rob, mas continua bancando o Cérbero na porta, então preciso tocar no assunto:
— Tudo bem se ele ficar, não é?

Sebastian abre a boca, depois volta a fechá-la, obviamente incomodado, mas o que pode fazer senão deixar que nós dois entrássemos?

— Com certeza — murmura ele, dando um passo para o lado e empurrando os óculos nervosamente para o alto do nariz. — Terei que lhes cobrar uma taxa extra. Tenho certeza de que compreendem.

Rob e eu trocamos um olhar. *Está vendo, eu não falei?*, meu olhar diz.

Meu Deus, você tem razão, que cara esquisito, rebate o olhar que Rob me lança de volta.

— Com certeza — digo, apressando Rob para entrar no quarto.

— Que esquisito do caralho — diz Rob num sussurro quando fecho a porta.

— Eu falei. Pensei que talvez ele estivesse mantendo Kate trancada nesse quarto com isolamento acústico. Não tem maçaneta na porta — digo, com uma risadinha.

Rob parece horrorizado.

— Como você sabe que não está mesmo? — pergunta ele, arregalando os olhos. Ele não está brincando. — Por que ele tem um quarto com isolamento acústico?

— É um estúdio de gravação. E eu dei uma olhada. Estava vazio.

Rob de repente estende os braços e me puxa para eles. Eu o abraço e o aperto com força. É uma sensação tão boa, um alívio tão grande ser abraçada. O aperto no meu estômago relaxa um pouco e consigo respirar com mais facilidade. Quando se está com alguém há tanto tempo quanto Rob e eu estamos juntos, dezesseis anos, é como se um membro do corpo fosse devolvido ao abraçar o outro. A única coisa que está faltando é Marlow entre nós. Gostaria que Rob tivesse podido trazê-la, mas suponho que não seria prático. Espero que ela esteja bem com Denise. Aperto os olhos para impedir que as lágrimas brotem. Quero tanto voltar para casa. Quando esse pesadelo vai acabar?

Rob beija meu pescoço. Amo a sensação reconfortante dos seus lábios e o calor que eles infundem no meu corpo todo, mas não é o momento para isso. Empurro-o gentilmente e dou um passo atrás.

— Qual é o problema? — pergunta ele, magoado.

— Nada. Só não estou bem para isso agora. Estou muito preocupada. — Começo a andar pelo quarto. — Pensei em ligar para a embaixada amanhã. Agora já está muito tarde, vai estar fechada. E também para os jornais ingleses. E aquele seu amigo, o cara com quem você trabalha, a mulher dele trabalha na BBC... acha que ela poderia ajudar?

— Ajudar com o quê? — pergunta Rob.

— A pôr isso no jornal — respondo com impaciência. — Precisamos divulgar na imprensa.

Rob vai até a janela.

— Certo — diz ele. — Sim, óbvio. Posso falar com ele amanhã. Para ver o que a mulher dele diz. — Ele olha para a rua escura.

— Alguém deve ter visto alguma coisa — digo, esfregando as mãos no rosto, tentando afastar a exaustão. — Devíamos fazer alguns cartazes também e espalhar pelo bairro — sugiro.

— Boa ideia — murmura Rob.

Ando até chegar atrás dele e envolvo meus braços em sua cintura, apertando minha testa contra as costas dele e fechando os olhos.

— O que você acha que aconteceu com ela? — pergunta Rob finalmente, baixinho, como se tivesse medo de dizer isso muito alto.

— Não sei — respondo.

Ficamos assim por alguns minutos.

— Você acha que Kate seria capaz de fazer algo assim de brincadeira? Ou para chamar a atenção? — Deixo escapar.

Até então, eu não estava querendo levar essa hipótese em consideração. Por algum motivo, me parecia um tanto desleal, o que é ridículo, já que Kate provavelmente me drogou e tentou me fazer dormir com um acompanhante. Mas preciso saber a opinião de mais alguém, e Rob é a única pessoa que conhece Kate quase tão bem quanto eu.

Ele se vira para olhar para mim sobre o ombro.

— Está falando sério? — pergunta ele.

Encolho os ombros, já me sentindo mal por ter sugerido isso.

— Não sei. Só estou avaliando todas as possibilidades. É a única coisa que tenho feito há dias. A mãe dela e Toby sugeriram que ela poderia ter armado isso.

Rob inspira profundamente e expira depressa.

— Meu Deus, não sei. Mas por quê, né? Caralho — resmunga ele, esfregando o rosto. — Talvez.

— Talvez? — repito em voz alta, surpresa por ele estar levando minha sugestão a sério. Eu só levantei a questão porque queria que ele a descartasse de cara e me dissesse que a ideia era absurda. Assim eu poderia finalmente deixar essa opção de lado.

— Estamos falando da Kate — argumenta ele, com um dar de ombros. — Quando você disse que ela estava desaparecida, a primeira coisa que pensei foi que ela tinha ido pra puta que pariu por conta própria.

— Mas isso é diferente de armar o próprio desaparecimento.

— Sim, mas, se alguém é capaz de fazer uma coisa dessas, essa pessoa é a Kate.

— Mas por quê? — questiono, repetindo a primeira pergunta dele.

— Isso é demais, até para ela. Kate poderia fazer isso de brincadeira, mas não deixaria a coisa rolar por tanto tempo. Ela sabe que eu ficaria preocupada.

— Vocês brigaram? — pergunta Rob.

Balanço a cabeça.

— Não... acho que não. O problema é que não me lembro de muita coisa daquela noite. Cheguei a cogitar que talvez a gente tivesse discutido, e ela tenha ido embora chateada. Mas Kate precisaria ter planejado isso, e deixar o passaporte, a carteira e todas as coisas dela... não faz sentido. — Afundo na cama, as mãos na cabeça.

— Vem cá, por que você não se deita? — sugere Rob, pousando a mão gentilmente em meu ombro. — Você está exausta.

— Não consigo dormir — digo. — Estou ansiosa demais. — Parece que tem um formigueiro na minha cabeça.

Ele se senta ao meu lado e põe um braço em volta dos meus ombros.

— Vai dar tudo certo — diz ele, beijando minha têmpora. Eu me apoio nele e sinto as lágrimas começarem a brotar mais uma vez. Quando elas começam a correr, a campainha toca. Eu me afasto, enxugando o rosto, e olho para Rob.

Está tarde; mais de onze horas. Quem poderia estar batendo à porta a essa hora da noite? Talvez os hóspedes, para fazer check-in no andar de cima ou para tirar alguma dúvida sobre o funcionamento da hidromassagem. Espero, ouvindo os passos de Sebastian enquanto ele se dirige à porta da frente, e depois o som dele virando a chave. Rob e eu nos esticamos para ouvir a conversa que vem em seguida. É uma mulher falando. A princípio, crescem minhas esperanças de que seja Kate, mas não, a mulher está falando em português. Pouco tempo depois, há uma batida na porta do meu quarto. A porta se abre antes que consigamos chegar até ela e o rosto do Sebastian espreita dentro do quarto. Ele parece pálido, empurrando os óculos para o alto do nariz, naquele seu hábito nervoso.

— Tem uma pessoa aqui querendo falar com você — anuncia ele.
— Quem? — pergunto, preocupada.
— É da polícia.

Olho para Rob. O que a polícia está fazendo aqui tão tarde da noite? Sem dúvida, não é coisa boa.

— Orla? — diz Rob, me tirando da inércia.

Ele já está de pé, olhando para mim.

Eu me levanto, as pernas bambas, e dou um passo em direção à porta, buscando a mão de Rob quando passo por ele. Não me sinto segura de que consigo encarar isso sozinha. É como caminhar para a forca. Talvez não seja uma notícia ruim, digo a mim mesma; talvez a tenham encontrado e tenham vindo me dizer que ela está no hospital.

A detetive Reza está parada na porta com o detetive Nunes. A expressão de ambos é neutra e impossível de interpretar, embora o olhar de Nunes esteja fixo em mim, seus olhos me penetrando como se ele quisesse escavar minha mente.

Minhas entranhas se apertam num nó. O mundo todo parece se encolher sobre mim até que tudo se torna só esse corredor estreito, com Reza e Nunes parados na outra extremidade.

— O que foi? — Eu me ouço perguntar, minha voz mal sai num sussurro.

— Podemos entrar? — pergunta Reza.
— Por favor, só me falem logo — peço.

Reza faz uma pausa.

— Encontramos um corpo.

Capítulo 21

De alguma maneira, eu me encontro sentada no sofá da sala de estar cirurgicamente limpa de Sebastian. Rob está ao meu lado, com o braço em volta dos meus ombros, e Sebastian, inclinado sobre mim com um copo de água, que não consigo pegar porque minha mão está tremendo demais. Então, ele o coloca num descanso na mesa à minha frente.

Reza está sentada do outro lado da mesa. Sua expressão se suavizou ligeiramente, mas Nunes está de pé atrás dela como uma sentinela, seu olhar me fuzilando.

— Têm certeza de que é a Kate? — pergunta Rob, a voz embargada.

— Precisamos de uma identificação formal antes de poder confirmar isso — diz Reza. — Mas o corpo corresponde à descrição.

Ergo os olhos.

— Então vocês não têm certeza? — pergunto. — Pode não ser ela? — Consigo ouvir a esperança desesperada em minha voz, o tom suplicante e ansioso. *Por favor, que não seja ela. Por favor, que seja um engano. Kate não pode estar morta.*

Reza morde o lábio e hesita antes de continuar.

— Estamos bastante seguros de que é a sua amiga — diz ela.

— Como ela morreu? — pergunta Rob, seu rosto espelhando meu próprio choque.

Reza se vira para ele.

— Precisa haver uma necropsia para que possamos determinar isso com segurança, mas parece que ela se afogou.

Inspiro brusca e dolorosamente, como se estivesse respirando com as costelas quebradas.

— Onde? — pergunto. — Como?

— No rio.

— Mas o que ela estava fazendo lá?

Reza balança a cabeça e dá de ombros.

— O corpo foi retirado da água perto das docas, mas não sabemos onde ela caiu exatamente. Estamos analisando os horários de maré para tentar determinar isso.

Aperto a mão de Rob e acho que vou vomitar. Isso não pode estar acontecendo.

— Mas não faz sentido — digo. — O que ela estava fazendo perto do rio? Não pode ser ela. Vocês devem estar enganados.

— É por isso que estamos aqui, na verdade — explica Nunes. —Precisamos que você venha com a gente para identificar o corpo.

— Ah, meu Deus — sussurro, apertando a mão de Rob.

Reza faz menção de se levantar.

— Vocês querem dizer... agora? — pergunto, embasbacada.

Ela assente.

— Sim.

Levo um tempo para me recompor.

— Ok — concordo e me levanto.

É como se eu estivesse pairando acima de mim mesma, olhando para a sala lá embaixo, vendo Rob de pé ao meu lado, segurando meu braço como se eu fosse uma inválida, e Sebastian espreitando num canto como uma gárgula, observando tudo.

Reza dá um passo para o lado para deixar Rob e eu passarmos. Ouço Rob dizer a ela que precisamos apenas de um minuto para pegar nossas coisas. Ele me guia de volta para o quarto. Ali, longe dos outros, Rob se vira para mim e diz alguma coisa, mas ainda estou flutuando lá em cima, e não consigo entender o que ele está falando. Com esforço, caio de volta em meu corpo e me situo.

— Onde você colocou a sua bolsa? — ele está me perguntando. Ele olha em volta pelo quarto e vai em direção à Birkin de Kate.

— Essa não é a minha — digo. — É da Kate. — Aponto para minha própria bolsa, jogada no chão perto da cama. Ele a pega e meu casaco também.

— Pronta? — pergunta ele.

Balanço a cabeça. Não. Não consigo fazer isso. Não tenho condição de identificar um corpo, de jeito nenhum.

Rob se aproxima de mim e me abraça. Ele olha em meus olhos.

— Vamos. Eu vou estar lá com você. Vamos fazer isso juntos.

Ele pega na minha mão e me leva de volta para o corredor, onde Reza e Nunes nos esperam. Nós os acompanhamos, deixando Sebastian para trás, então descemos a escada e entramos no carro em que eles vieram. Não é uma viatura de polícia, e sim um carro normal. Rob e eu nos sentamos no banco de trás, de mãos dadas, sem falar nada.

Não consigo falar. Minha mente é uma névoa densa e eu não consigo abrir caminho nela. Nada faz sentido. Como Kate pode estar morta? Não é possível. Não pode ser ela. Kate sabe nadar. Ela não pode ter se afogado. Eles devem ter se enganado. Vou entrar e ver uma estranha deitada numa mesa de necropsia. Alguém que se parece com ela, mas que não é ela.

Antes que eu me dê conta, paramos. Reza e Nunes saem do carro. Olho pela janela. Estamos numa rua lateral qualquer, estacionados diante de um prédio cinza sem janelas visíveis, ligeiramente parecido com uma prisão. Rob me ajuda a sair do carro e me conduz até a porta do prédio, que Reza está segurando aberta para nós.

Tudo se passa em um borrão enquanto somos guiados ao longo de um corredor e atravessamos mais portas, tipo de hospital. A única coisa que realmente registro é o cheiro, uma mistura de água sanitária, ferrugem e mais alguma coisa que só consigo identificar como putrefação. Minha cabeça flutua e penso que talvez eu desmaie. Reza nos diz que vai chamar alguém e que voltará num instante. Nunes fica com a gente e olho para ele, notando que sua mão está pousada no revólver preso à cintura. Dá a impressão de que ele está nos vigiando. Desabo em uma cadeira de plástico.

Tento me concentrar em pequenos detalhes para parar de pensar no que virá em seguida — a cor das paredes, verde-abacate; um aviso em português ao lado do símbolo de uma câmera cortada, e um outro dizendo às pessoas que não fumem. *Quem ia querer tirar fotos aqui?*, eu me pergunto. Então, em seguida, penso: *Droga, preciso de um cigarro.* Consigo sentir a necessidade como uma coceira dentro de meus pulmões. Eu me sento sobre minhas mãos para fazê-las parar de se agitarem, porque não quero que Nunes olhe para mim com ainda mais desconfiança.

Depois do que parece uma eternidade, Reza retorna, e, com ela, está um homem de meia-idade, com avental cirúrgico verde e sapatos de plástico brancos. Ele é magro e pálido, como se trabalhar aqui tivesse sugado sua vida. Eu me levanto para cumprimentá-lo.

— Este é o doutor Correia — diz Reza. — Ele está fazendo a necropsia.

Ele sacode minha mão e fico impressionada com o fato de ela ser quente, pois a imaginei fria como mármore. Ele sorri gentilmente para mim e em seguida puxa uma prancheta de baixo do braço.

— Vou lhe mostrar uma foto — anuncia ele.

— O quê? — pergunto.

— Você só precisa nos dizer se é a sua amiga ou não.

— Uma foto? — repito, sentindo uma grande onda de alívio por não ter de ver um corpo sem vida de verdade.

Ele se encolhe.

— Infelizmente, o corpo sofreu decomposição. Tivemos sorte de a água estar fria, então não está tão ruim quanto poderia estar.

Levo a mão à boca para conter o vômito, enquanto pontos pretos dançam diante de meus olhos.

— Por que você não se senta? — sugere o médico.

Afundo na cadeira de plástico.

— Eu não posso fazer a identificação? — pergunta Rob, oferecendo-se heroicamente. — Eu a conhecia também.

— Não — interrompo-o. — Não. Eu preciso fazer isso. — Não sei por que eu disse isso. Não quero olhar para nenhuma foto, estou apavorada com o que posso ver e nunca mais ser capaz de desver, mas, por outro lado, sei que preciso fazer isso. Se eu não fizer a identificação, como vou conseguir acreditar que ela está morta, de qualquer forma?

Para evitar correr o risco de mudar de ideia, eu me levanto de novo e estendo a mão para a prancheta. Rob está de pé ao meu lado, o braço em torno de mim. O médico a entrega, girando-a para que eu possa ver a grande foto presa na frente. Inspiro de susto e ouço Rob fazer o mesmo. A foto mostra uma mulher do pescoço para cima. Seus olhos estão fechados e sua pele está cinza, tingida ligeiramente de verde. Em seus olhos fechados, as pálpebras têm uma cor azul de hematoma. Seus lábios, exangues e pálidos, estão ligeiramente abertos, permitindo um vislumbre de um negrume lamacento dentro da boca. Sua face está inchada e inflada, e seu cabelo está enlameado e molhado, colado em cachos lodosos em seu pescoço e nas laterais do rosto.

— É ela? — pergunta o médico gentilmente.

Olho fixamente para a foto, tentando encontrar alguma coisa que prove que estou errada. Rob aperta minha mão com tanta força que os ossos rangem, mas eu não sinto. Balanço a cabeça, tentando apagar a imagem horrenda da morte, mas sei que vou vê-la pelo resto da minha vida, toda vez que fechar os olhos.

— Orla? Você reconhece essa mulher? — pergunta Reza.

Eu me forço a desviar os olhos da foto. O soluço do choro irrompe de mim enquanto afundo no chão.

— Sim. É ela. É a Kate.

Capítulo 22

Escuto vozes, mas é como se elas estivessem do outro lado de uma porta de metal — ecoantes e indistintas —, e há mãos, me puxando e me cutucando, embora eu mal as sinta. Eu me isolei em alguma caverna escura, pequena e assustadora dentro da minha cabeça, mas mesmo aqui a informação de que Kate está morta ruge à minha volta como um furacão.

Aquela foto. Eu nunca serei capaz de desvê-la. Seu rosto — exangue como pedra, inchado a ponto de estourar. Meu cérebro tenta furiosamente apagar, eliminar a imagem da minha mente, mas ela continua ali. Está obstinada. Tento imaginar Kate viva, com o rosto corado, os olhos cintilando, uma resposta espirituosa saindo de sua boca, porém, por mais que eu tente, não consigo vê-la. A imagem dela morta está agora superposta a todas as lembranças que tenho dela.

Há um alarme disparando — um estranho som agudo —, e, por uma fração de segundo, me pergunto se é um alarme de incêndio. Então me dou conta de que o som está vindo de mim. Coloco a mão em punho na minha boca, tentando bloqueá-lo, mas não há como. É uma dor agonizante, de revirar as entranhas, que está sendo dragada da parte mais profunda do meu ser. Como o uivo de um animal capturado em uma armadilha, cujos dentes serrilhados roem seu osso. Tenho apenas uma vaga consciência de Rob me puxando para ficar de pé e me abraçando.

— Está tudo bem — sussurra ele em meu ouvido, sua voz tomada pelo choque. — Estou aqui com você.

Eu me seguro nele como se Rob fosse um bote salva-vidas. Enterro minha cabeça em seu peito e meu uivo penetra nele. Ele o absorve e, quando meus ombros começam a tremer com os soluços, Rob me puxa para mais perto, me embalando.

Depois de alguns minutos, o choque começa a diminuir. Rob recua ligeiramente, pálido e ainda se recuperando do choque, então cubro o rosto com as mãos, apertando as palmas com força contra os olhos. Aquela imagem de Kate está gravada a fogo em minhas retinas. Nem mesmo apertar os olhos até ver estrelas faz com que ela desapareça.

— Orla, se você puder, por favor, assine aqui.

Eu viro a cabeça e vejo o patologista ali, esperando, ainda segurando a prancheta. Eu me encolho, temendo que ele me mostre a foto de novo, mas, quando ele me entrega a prancheta, vejo que retirou a foto e que há apenas um formulário. Ele me oferece uma caneta.

— Isso confirma que é a Kate — explica ele, indicando onde devo assinar.

Rabisco meu nome na linha pontilhada.

— E agora, o que acontece? — pergunta Rob, e vejo que ele também estava chorando.

— Vamos realizar a necropsia e confirmar como ela morreu — responde o patologista. Seu inglês é excelente, mas seu sotaque é tão forte que levo uns instantes para compreender. Como assim precisam confirmar como ela morreu?

— Pensei que ela tivesse se afogado — falo.

— Sim, mas o corpo mostra sinais de traumatismo craniano.

— O quê? — pergunto, confusa. — Alguém bateu nela?

— Ou ela bateu a cabeça ao cair. É difícil dizer. Vamos saber melhor depois da necropsia. Por causa da natureza da morte, vamos dar prioridade ao caso. Devemos ter os resultados bem rápido.

Olho para Rob, que está com o cenho franzido também. Quando ouvimos que Kate tinha se afogado, ele deve ter imaginado, assim como eu, que foi um acidente.

— Você está dizendo que talvez não tenha sido um acidente? — pressiona Rob.

Reza o interrompe.

— Nós não sabemos. Não vamos fazer suposições.

— Talvez ela tenha se matado. Ela pode ter pulado e batido a cabeça em alguma coisa quando estava na água.

Giro e vejo que quem disse isso foi Nunes. Reza faz uma cara feia, de advertência, para que ele cale a boca.

— Não foi suicídio — afirmo, ultrajada com a sugestão. Como ele ousa? Eu me viro para o médico. — Ela não se matou — insisto.

— Ela estava deprimida? — pergunta ele. — Tomava alguma medicação?

Não acredito nisso. Eles não estão me ouvindo.

— Ela não se matou — repito com raiva. Kate tomava antidepressivos de tempos em tempos há décadas, mas nunca foi suicida.

— Vamos fazer um exame toxicológico. — O médico me tranquiliza.

Ai, merda, penso, preocupada. E todas as outras drogas que ela tomou naquela noite? Vão todas aparecer no exame toxicológico. Outro pensamento me ocorre, que até agora eu não tinha considerado: é possível que Kate tivesse tido algum tipo de reação adversa às drogas que tomou. Já ouvi histórias de pessoas sob o efeito de cocaína e outras drogas pensando que podiam voar e se jogando de telhados e terraços para provar que conseguiam. É uma possibilidade, e certamente não é a mais absurda em que pensei até agora.

— Vamos deixar o médico fazer seu post-mortem — diz Reza gentilmente. — Há policiais assistindo às gravações das câmeras ao longo de toda a margem do rio, tentando determinar onde ela caiu na água.

O médico aperta nossas mãos, então se despede e se afasta.

— O que nós fazemos? — pergunta Rob a Reza. — Quanto tempo isso tudo vai levar? Como providenciamos que o corpo seja transportado de avião para casa?

— O promotor público vai abrir um inquérito — responde ela.

— Promotor? Não estou entendendo — gaguejo.

— É o padrão para mortes suspeitas.

— Certo — respondo, assentindo e franzindo o cenho ao mesmo tempo.

— Em Portugal, depois que o corpo é liberado para a família, ele deve ser cremado ou enterrado dentro de setenta e cinco horas — explica Reza. — Depois da necropsia, podemos ajudá-los a providenciar isso. Ou a embaixada de vocês pode fazer isso.

Como é possível estarmos falando sobre cremações e enterros? Como é possível que alguma coisa nisso tudo seja real? Estou vivendo um pesadelo e preciso que alguém me belisque para eu acordar.

— Ok — diz Rob, se encarregando de responder. Ele parece tão atordoado quanto eu, mas felizmente está reagindo bem melhor. Estou tão grata por ele estar aqui. Acho que não conseguiria fazer nada disso sozinha.

— Seria bom vocês ligarem para a família e para os amigos dela — sugere Reza —, para dar a notícia antes que caia na imprensa. Vamos liberar o nome dela para o público daqui a algumas horas.

Um calafrio me faz estremecer. Como, por tudo o que é mais sagrado, vou contar isso para a mãe dela?

— E você precisa permanecer no país até terminarmos o inquérito. — Os olhos de Nunes reluzem para mim enquanto ele diz isso, e talvez seja imaginação minha, mas há uma expressão dura neles, como se ele suspeitasse de que empurrei Kate no rio ou coisa parecida.

— Quanto tempo isso vai levar? — pergunta Rob.

— Provavelmente um dia, talvez mais. Não dá para dizer com certeza.

— Mas temos uma bebê em casa — eu o interrompo. — Não podemos ficar.

— Você pode ir — diz Nunes para Rob. — Ela tem que ficar. — Ele balança a cabeça na minha direção e sinto a alfinetada, como se eu tivesse sido espetada por uma urtiga.

— Mas por quê? — protesta Rob em meu favor. — Até parece que Orla teve alguma coisa a ver com isso.

Reza o interrompe.

— É assim que fazemos as coisas aqui. Só isso.

— Tudo bem — diz Rob, já cansado. Ele se vira para mim. — Vamos embora. Podemos ir? — pergunta ele para Reza.

Ela assente e se afasta para abrir caminho para nós. Já estou a alguns passos na frente dela quando paro e me viro.

— Os homens... Joaquim e Emanuel... vocês já os encontraram? Falaram com eles?

Ela balança a cabeça, e deixo Rob me guiar para a saída, até a rua, para o ar cálido da noite.

Não falamos nada. Eu só me apoio em Rob, abraçada a ele, meus dedos agarrando sua camisa. O uivo ainda está lá, preso em meu peito, um tufão de dor esperando apenas ser liberado.

— O que vamos fazer? — finalmente consigo sussurrar.

— Vamos beber alguma coisa — responde ele.

Eu assinto. Começamos a andar sem nenhum senso de direção, mas não levamos muito tempo para encontrar um bar, fazendo sinal para nós com seu letreiro reluzente. Meu estômago cambaleia quando o vejo. Ele me lembra o letreiro do Blue Speakeasy. A voz de Kate chama subitamente em minha cabeça. Seu riso ressoa à minha volta tão alto que penso por um instante que minha amiga está ali e me viro para procurá-la. Mas é claro que ela não está. Ela não está em lugar nenhum.

Agora que saímos daquele necrotério medonho, não consigo evitar pensar na possibilidade de tudo aquilo ter sido um engano terrível. E se não for ela? E se eu me enganei? Será que era alguém que se parece com ela, mas não é ela? Mas Rob concordou. É ela.

Enquanto entramos no bar nos arrastando, como soldados cansados de guerra, e nos jogamos em uma mesinha, eu me pego pensando que não faz nem uma hora que Rob e eu estávamos discutindo se Kate era ou não capaz de forjar o próprio desaparecimento. Agora, por Deus, como eu queria que ela fosse capaz disso.

A culpa me faz enterrar a cabeça em minhas mãos, os cotovelos repousando no tampo da mesa. Como posso ter acreditado que ela seria capaz de algo assim? Enquanto eu estava lá, cogitando a ideia com Rob, seu corpo estava sendo retirado do rio, já inchado e inflado e... esfrego os olhos fechados, tentando apagar a imagem da minha mente.

Tento não pensar nela desaparecendo sob as marolas, inconsciente, sendo levada para o fundo do rio. Tão escuro e frio. Que maneira horrível de morrer. E lá estava eu, adormecida e alheia a tudo o que estava acontecendo. Embora eles não tenham dito com certeza quando ela caiu, ou disseram?

— Como ela pode estar morta? — pergunto a Rob, levantando a cabeça dois centímetros do tampo da mesa.

— O que você quer beber? — pergunta ele para mim, em vez de me responder. Ele já está de pé, seguindo para o bar, impaciente demais para esperar pelo atendimento incrivelmente lento do garçom, algo que parece ser o padrão em Lisboa.

Balanço a cabeça. Eu não sei. Ele se dirige para o bar e volta um minuto depois com duas doses de um líquido claro, cheias até a borda. Sem uma palavra, viramos a bebida. É tequila, e queima no fundo da minha garganta antes de atingir meu estômago como chama líquida. Meu corpo treme, e me dou conta do quanto estou com frio. O gelo que estava no necrotério penetrou em meus ossos e deixou minha carne dormente. Meus dentes começam a bater, então Rob se levanta e põe seu casaco em volta dos meus ombros.

— É o choque — explica ele.

Enquanto meu corpo se enrijece, se tensionando contra o frio que me envolveu como gavinhas de aço, ele vai ao bar mais uma vez e volta com uma Coca-Cola.

— Bebe isso aqui — diz ele. — O açúcar vai ajudar.

Minha mão treme enquanto pego o copo e ele chacoalha contra meus dentes, mas alguns minutos depois consigo sentir o efeito do açúcar. Meu corpo começa a relaxar, embora o frio ainda esteja tão entranhado nos ossos que eu me pergunto se algum dia me sentirei aquecida de novo.

Rob coloca outras duas doses alinhadas na nossa frente. Pego uma e viro no meu copo de Coca-Cola. Sinto uma vontade súbita e irresistível de ficar bêbada. Pode ser a única maneira de apagar essas imagens da minha mente e lidar com a realidade do buraco escuro gigantesco aberto no mundo, no lugar que Kate antes ocupava.

Como ela pode estar morta? Tenho a impressão de que nunca vou parar de fazer essa pergunta porque nunca vou encontrar uma resposta que faça sentido.

— O que você acha que aconteceu? — pergunta Rob, olhando fixamente para sua bebida.

— Eu não sei.

Tantos pensamentos e conjecturas passam pela minha mente. O que ela estava fazendo perto do rio? Por que ela mentiu para mim sobre a ligação que recebeu mais cedo naquela noite, e com quem estava falando? Por que contratou acompanhantes e por que queria me fazer acreditar que tinha dormido com um deles? São tantas perguntas, e agora eu nunca vou ter as respostas.

— Por que ela estava na beira do rio? — pergunta Rob, a mesma questão o incomodando.

— Talvez ela quisesse ir a uma boate — sugiro. — Ou foi dar uma volta. — Faço uma pausa. Um fragmento de memória retorna. O brilho da água sob o luar. Eu estava lá? Ou isso é um produto da minha imaginação?

— Você não acha que aquele policial tinha razão, né? Que ela pode ter se matado? — pergunta Rob.

— Não! — respondo, bem alto. — Nunca que a Kate ia se matar. Ela tinha planos de comprar uma casa, ter filhos... imaginava várias coisas para o futuro.

— A gente realmente devia ligar para a mãe dela — fala Rob, dando uma olhada no relógio.

Ai, meu Deus. Tomo um enorme gole da minha bebida, sentindo a tontura do álcool começando a bater. Pego meu celular e vou rolando os contatos até chegar ao número da mãe de Kate.

— O que eu digo? — pergunto a Rob.

— Você quer que eu faça isso? — questiona ele, e eu sorrio para meu marido pela generosidade da oferta.

— Não — respondo. — Tem que ser eu.

Antes que eu pense demais, viro mais uma dose e aperto o ícone de chamar. Meu estômago dá um nó de apreensão. Está tarde, então me pergunto se ela vai atender, mas a mãe de Kate me surpreende atendendo no segundo toque, com a voz pesada de sono.

— Oi — digo, minha própria voz saindo como um guincho. — É a Orla. Lamento acordar a senhora. — *Lamento?* Por que estou dizendo que lamento acordá-la? O que realmente lamento é estar prestes a estilhaçar o mundo dela. Lamento que, depois deste momento, ela provavelmente nunca mais vá ter uma noite de paz na vida.

— É sobre a Kate? — pergunta ela, soando mais alerta. Eu a imagino se sentando na cama, talvez estendendo o braço para acender a luz. — Você a encontrou?

Ela sabe. Consigo ouvir em seu tom, a pontada do medo se infiltrando em sua voz, e ela está fazendo um grande esforço para disfarçar.

— Encontrei — confirmo, me esforçando para dizer as palavras. — Lamento muito.

Há uma pausa no outro lado da linha. Ouço uma inspiração irregular, o tremor de um coração batendo uma última vez antes de saber que vai se partir.

— Ela está morta, não está?

— Está — respondo, embora isso saia em um soluço de choro.

A voz dela treme no outro lado da linha.

— O que aconteceu?

— Ela se afogou.

— O quê? Como? Onde?

— No rio. No Tejo. Ela escorregou ou caiu. Ainda não sabemos. A polícia está investigando. — Não menciono as outras teorias; de que talvez ela tenha sido empurrada, que tenha sido assassinada, de que talvez tenha pulado. Não consigo verbalizar isso.

— Ela estava bêbada? Drogada? — pergunta a mãe de Kate e há um novo tom em sua voz que, na hora, me tira do sério. É sutil e talvez eu deva considerar consequência do choque, mas ela soa acusatória, como se isso fosse alguma coisa que Kate provocou, como se ela fosse a culpada pela própria morte.

— Eu... eu não sei — gaguejo finalmente. — Eles vão fazer exames toxicológicos. — Quando digo isso, me dou conta de que, com tantas drogas no corpo, a polícia vai chegar à conclusão de que ela estava fora de si. Vão culpá-la pela própria morte também, assim como a mãe dela está fazendo agora. Mesmo se Kate tivesse sido assassinada, seria culpa dela. Isso é o que acontece o tempo todo quando mulheres são vítimas de crimes. Elas são culpadas pelos próprios ferimentos. Quer seja estupro, violência doméstica ou agressão, a inferência é sempre que as próprias mulheres provocam isso.

— Vocês não precisam de mim aí, precisam? — pergunta a mãe de Kate, com uma voz quase impaciente.

— Hum... — Eu me enrolo. Não sei ao certo o que dizer. Que mãe não iria correndo ficar ao lado da filha, mesmo que ela não estivesse mais viva? A ideia de deixar Marlow em uma mesa fria de necrotério, em um país estrangeiro, com outras pessoas tomando decisões a respeito dela, faz o tufão da dor e do choque em meu peito espancar minhas costelas. Estou com tanta raiva que tenho medo de começar a gritar e nunca mais parar. — A senhora não quer vir? — pergunto com a voz mais calma que consigo. Rob aperta minha mão livre. Ele percebe que estou me esforçando para manter o controle.

— Você pode cuidar das coisas?

— Claro. — Eu me vejo respondendo.

— Eu não sei o que fazer com relação ao enterro — explica a mãe de Kate, e, embora soe muito pragmática e desprovida de emoção, eu me pergunto se ela não está apenas escondendo sua dor. — Você a conhecia melhor, talvez possa decidir.

— Certo — balbucio. Então eu é que vou ter que organizar o enterro todo? Não seria a mãe dela que deveria fazer isso? Kate não tem irmãos, e o pai dela morreu quando ela tinha treze anos, portanto acho que sou da família, ou tão próxima quanto. E éramos como irmãs. — Claro. — Eu me ouço dizer. Posso fazer isso por ela. Ela ia gostar que eu fizesse. Consigo ouvi-la em minha cabeça, dizendo: *Pelo amor de Deus, não deixe minha mãe fazer a merda do discurso fúnebre, e garanta que todo mundo beba muito e se divirta. Sem choro!* — Ok, entro em contato quando tiver mais informações — digo. — Até logo. Sinto muito por sua perda — digo, com a voz embargada, mas ela já desligou.

Olho para o celular, em choque.

Agora você sabe por que eu bebo, ouço Kate dizer. Sua voz é tão alta, tão real, que quase dou um pulo, me virando na cadeira para procurá-la atrás de mim. É assim que vai ser a partir de agora? Ela vai me assombrar para sempre? Vou ouvir a voz dela em minha cabeça o tempo todo como uma presença espectral, me acompanhando no decorrer da vida? Acho que não vou me importar muito, para falar a verdade. De alguma forma, é reconfortante. É como se ela ainda estivesse viva. Coloco o celular em cima da mesa e viro a nova dose de tequila que Rob pôs na minha frente. Kate sempre dizia que não queria ter filhos porque temia ficar igual à própria mãe, e agora eu a entendo.

— Foi bem estranho — digo, olhando para Rob. — A mãe dela quer que eu organize o enterro.

— E o Toby? — pergunta Rob, virando a dose dele. Ele parece estar bebendo mais rápido que eu. Já está na quinta dose, acho. — Ele não pode fazer isso? Eles ainda são casados.

Ai, meu Deus, Toby. Eu me lembro daquela ligação algumas horas atrás. Ele foi tão grosso, tão cínico em relação ao desaparecimento de Kate. Quero esfregar na cara dele que ele estava errado, mas, ao mesmo tempo, que motivo eu tenho para ficar feliz por estar certa? Todas aquelas coisas que ele disse sobre Kate querer que ele voltasse para ela, e sobre ela mentir para mim, agora não parecem nada além de comentários amargurados de um marido rejeitado.

— Você quer que eu dê a notícia para ele? — oferece Rob novamente.

Balanço a cabeça, então pego o celular e ligo para Toby. Ele atende imediatamente.

— Orla — diz ele, tanto impaciente como nervoso, como se estivesse esperando a ligação.

— É sobre a Kate — digo, sem preâmbulo. — Ela está morta.

— O quê? — sussurra Toby ao telefone.

— Ela está morta — repito, como um autômato. Talvez quanto mais vezes eu disser isso, mais fácil seja acreditar.

— Que porra é essa que você está falando? — pergunta Toby, furioso.

— Eles a encontraram...

— Quem a encontrou? — interrompe-me ele.

— A polícia. Ela se afogou. No rio.

— Jesus — murmura Toby. — Merda. Como?

— Não sei. A polícia ainda não sabe. Eles estão investigando. — Seria demais explicar sobre o ferimento na cabeça, e não quero comentar que estão cogitando suicídio. Vou esperar até ter mais detalhes.

— Mas, Jesus... ela estava bêbada? — pergunta ele. — Ela estava alta pra caralho, não estava?

Inspiro profundamente, tentando controlar a raiva. Por que todo mundo está querendo culpá-la? Ela está morta! Não dá para dar a ela um maldito desconto?

— Não, não mais que o habitual — digo entre os dentes cerrados. — Não sei o que aconteceu.

— O que posso fazer? — pergunta ele finalmente, alterando para o modo pragmático. — O que vão fazer com o corpo?

Ignorando a maneira chocante como ele a descreveu — como um *corpo* —, deixo escapar um suspiro de alívio. É disso que realmente preciso, alguém como Toby, que sabe lidar com as imundícies feias e distorcidas da vida, que sabe como consertar as coisas ou achar pessoas para consertá-las. Essa é a habilidade dele, o porquê de ele ser tão bem-sucedido no trabalho.

— Preciso organizar o enterro — respondo.

— Certo — diz ele.

— Eu nem sei o que ela queria.

— Ela queria ser cremada — responde Toby, sem hesitar.

Eu assinto. É óbvio que ele saberia. Os dois foram casados; devem ter conversado sobre esses assuntos.

— Vou começar a comunicar aos amigos dela — digo, iniciando uma lista mental de todas as coisas que tenho de fazer. — Já avisei à mãe dela.

— Cristo — diz Toby, e eu o imagino sentado no antigo apartamento deles, à mesa de jantar, com a cabeça nas mãos, ou talvez de pé em frente à janela, contemplando a cidade. — Que coisa para acontecer. — Ele faz uma pausa. — O que a polícia acha?

— Eles acham que foi um acidente — conto, mas não menciono as outras possibilidades.

— Onde você estava? — pergunta ele. — Quando aconteceu.

Fico ligeiramente atordoada com a pergunta e com o tom meio acusatório em sua voz.

— Eu estava dormindo. Não sei por que ela saiu ou por que estava perto do rio.

Puta! A voz de Kate estoura em minha cabeça.

— Ok — diz Toby. — Você consegue cuidar das coisas que devem ser feitas por aí?

— Consigo, acho que consigo — respondo, tentando afastar minha confusão mental. — Rob está comigo.

— Bem, se precisar de qualquer coisa, me avise. Vou resolver as coisas por aqui. O velório e o resto. Quer dizer, tecnicamente ainda estamos casados. Meu Deus — diz Toby novamente, e agora consigo ouvir o choque e a perplexidade em sua voz à medida que ele realmente começa a processar o que aconteceu. — Acabei de usar o tempo presente — ele diz. — *Estávamos* casados. Merda.

Tempo passado. Kate é tempo passado.

— Ligo quando tiver mais notícias — digo a Toby rapidamente e desligo.

Termino minha bebida em dois goles, gostando da maneira como ela deixa o mundo nebuloso e mantém o presente a certa distância. Nesse estado, posso manter Kate viva. Não preciso usar o tempo passado quando penso nela.

— Você está bem? — pergunta Rob. Os olhos dele estão injetados, e seu rosto, branco como o de um fantasma. Tenho medo só de pensar em como deve estar minha aparência.

Puta!

A voz de Kate é tão alta que olho para Rob me perguntando se ele a ouviu também. Mas é só em minha cabeça. Consigo ouvi-la gritar a palavra, mas não consigo ver nem saber onde estávamos quando ela disse isso.

— Orla? — chama Rob, dando uma batidinha no meu braço. — Você está bem? — pergunta ele, preocupado.

Levo um susto.

— Sim, estou bem.

Puta!, ela grita de novo.

Capítulo 23

Segunda-feira

Por um momento glorioso, quando acordo, o mundo está cheio de luz do sol e ar. Estico os dedos dos pés e viro meu rosto para a janela, sentindo os raios de sol aquecerem minhas pálpebras. E então as lembranças retornam, junto com uma violenta dor de cabeça. Abro os olhos, por uma fração de segundo torcendo e rezando para que eu esteja de volta à Inglaterra, em minha própria cama, e para que tudo isso não tenha passado de um sonho. Mas não tenho essa sorte. Estou no quarto de hóspedes do apartamento de Sebastian. E Kate está morta. Deixo o peso desse fato afundar em mim. A luz do sol evapora; o ar se torna frio. Meu corpo está fundido em chumbo.

Devo ter bebido o suficiente para nocautear um elefante macho ontem à noite, tudo para tentar fugir da realidade que estávamos encarando, e agora minha boca está seca e minha cabeça parece tão frágil e perigosamente delicada quanto um ninho de vespas. Eu me lembro da garrafa de tequila sobre a mesa e Rob me dizendo que fosse mais devagar. Recordo-me vagamente de ter postado alguma coisa no Facebook sobre Kate, das lágrimas escorrendo pelo meu rosto enquanto eu digitava, e de Rob me ajudando a voltar para o apartamento e a me deitar. Acho que, quando voltamos, Sebastian disse que lamentava muito, ou algo assim.

Eu me lembro de chorar até cair no sono e talvez seja também por isso que esteja agora com uma dor de cabeça infernal e os olhos inchados e secos. Esse pensamento evoca a imagem de Kate morta, sua carne pútrida. E, logo em seguida, quando me dou conta, já estou me levantando aos tropeços da cama, seguindo para o banheiro, escancarando a porta e chegando à privada bem a tempo de vomitar todo o conteúdo do meu estômago, que é principalmente líquido.

Depois disso, trêmula, enjoada e ainda pálida, com cara de doente, eu me apoio contra a parede fria de azulejos e fecho os olhos. Meus ombros tremem, mas as lágrimas não vêm. Estou exausta demais. Onde está Rob?, eu me pergunto. Que horas são? Grogue, pego meu celular. É quase meio-dia. Há dezenas de chamadas perdidas, mensagens e e-mails de amigos que devem ter visto meu post sobre Kate no Facebook. Não consigo lidar com eles agora. Lutando para me levantar, saio para o corredor. A porta do quarto secreto está fechada.

Eu me arrasto para a sala de estar. Está tudo escuro aqui — as persianas fechadas —, mas dá para ouvir o som abafado de alguém chorando. Avisto Rob ajoelhado no escuro, ao lado de uma mala.

— O que você está fazendo? — pergunto.

Ele dá um pulo e se vira, assustado.

— Você acordou — diz ele. — Eu quis deixar você dormir. Como está se sentindo?

Chego mais perto.

— Péssima.

É só então que noto que é a mala de Kate.

Rob está com uma das blusas de Kate no colo. Ele nota que estou olhando para ela.

— Não sei o que estou fazendo — fala ele, enxugando as lágrimas. — Acho que pensei que talvez fosse encontrar uma pista ou alguma coisa dando uma olhada nas roupas dela.

Eu me ajoelho ao lado dele.

— Sim — digo —, fiz a mesma coisa logo que ela desapareceu.

O rosto de Rob está vermelho, seus cílios, molhados. Ponho o braço em volta dele.

— Não consigo acreditar que ela se foi — comenta ele, balançando a cabeça, incrédulo. Ele joga a blusa de volta na pilha de roupas, amontoada na mala dela. Penso em lhe dizer que a dobre, mas não faz a menor diferença. — Comprei uma passagem em um voo que sai hoje à tarde — diz Rob, esfregando um braço sobre o rosto e ficando de pé.

— Ah — digo, virando-me para ele.

— Não podemos ficar longe da Marlow por mais muito tempo.

— Sim, desculpa, eu sei, eu só... — paro quando minha garganta se aperta. A menção a Marlow me atingiu duramente. Mais do que tudo agora, eu quero segurar minha filha nos braços. — Queria poder ir também — suspiro, meus olhos ardendo.

— Eles disseram que você tem que ficar.

Confirmo com a cabeça. É, disseram.

— Já liguei para a embaixada — diz Rob.

— Ligou? — pergunto, surpresa.

— Liguei, mas eles não podem fazer muita coisa. Eles me deram uma lista de funerárias que falam inglês. Liguei para uma e acertei de virem buscar o corpo assim que terminarem a necropsia. Eles disseram que combinariam com as autoridades. Mas deve ser hoje ou amanhã. Eles vão cremar o corpo. Você só vai precisar buscar as cinzas.

O corpo. Lá está de novo a palavra. Não o corpo de Kate, mas *o corpo*.

Meu celular toca e eu o pego no meu bolso de trás. É Konstandin.

Rob está olhando sobre meu ombro para o celular que toca em meu colo agora.

— Por que *esse cara* está ligando? — pergunta ele.

Eu o ignoro e me levanto para atender à chamada.

— Oi — digo.

— Eu vi a notícia — fala Konstandin. — É a sua amiga.

Notícia. Claro, Reza me avisou que liberariam a informação para a imprensa.

— É — confirmo, então me dirijo para a janela e abro a persiana. Uma luz solar dourada e amanteigada inunda a sala, e levanto meu rosto na direção dela, esperando que, de alguma forma, ela expulse a escuridão de dentro de mim.

— Lamento muito — diz Konstandin. Ouço o pesar sincero em sua voz. — Posso fazer alguma coisa para ajudar?

Inspiro profundamente.

— Não. Mas obrigada.

— Me avise se precisar de alguma coisa — diz ele. — Estou aqui, caso precise.

— Obrigada — repito.

— Lamento.

Quando desligo, encontro Rob no quarto, guardando o aparelho de barbear em sua pequena mochila.

— Você está indo embora agora? — pergunto, uma pontada de ansiedade me atingindo. Não quero ficar aqui sozinha de novo, lidando com tudo isso. Eu preciso dele. Ele é a minha rocha.

— Daqui a pouco — responde ele com um dar de ombros pesaroso. — O voo é às três e vinte. Devo chegar às sete para apanhar Marlow.

Eu assinto. Nossa, como eu gostaria de poder ir com ele. Meu lábio inferior começa a tremer com a ideia de Rob partindo sem mim.

O interfone toca exatamente nesse momento, e nós dois congelamos, virando a cabeça na direção da porta da frente. Tenho um flashback vívido da noite passada, com a polícia batendo à porta para dar aquela notícia horrenda.

Rob e eu nos movemos em direção ao interfone ao mesmo tempo, mas somos interceptados no corredor por Sebastian, saindo de seu estúdio de gravação. Eu não tinha percebido que ele estava em casa. Ele dá um pulo quando nos vê no corredor, fechando rapidamente a porta do estúdio atrás de si. Sebastian agarra o interfone na parede ao terceiro toque, pressionando-o contra a orelha antes de apertar o botão para deixar quem quer que seja entrar.

— É a polícia — diz ele, indo abrir a porta.

Dirijo um olhar preocupado a Rob. Por que eles voltaram? O que mais eles poderiam ter para nos dizer? Sebastian abre a porta para Nunes. Eu já tinha um pé atrás em relação a ele, primeiro pela sua falta de compromisso com o caso, quando fui comunicar o desaparecimento de Kate pela primeira vez; e depois por sua insistente desconfiança e por sugerir que Kate podia ter se matado; agora, fico mais irritada ainda com seu aceno de cabeça conciso quando ele entra no apartamento. Há uma arrogância nele e uma presunção que não parecem dignas, como se ele tivesse aprendido a ser detetive maratonando séries policiais nórdicas na Netflix.

— Saiu o resultado da necropsia — diz ele, puxando seu bloco de anotações e o abrindo.

— E? — pergunto, quando ele faz uma pausa para o que parece ser um efeito dramático.

— Evidências apontam que sua amiga tentou se defender de um ataque.

— O quê? — pergunto, sentindo que vou desmaiar.

Ele olha para baixo e lê diretamente do bloco de anotações.

— Suas mãos e seus braços mostram sinais de contusões e ferimentos consistentes com uma luta física.

Minha cabeça está latejando. Acho que vou cair dura no chão.

— É possível que ela tenha sofrido os ferimentos na água depois que caiu no rio? — Ouço Rob perguntar.

Nunes balança a cabeça.

— O médico diz que não. Ocorreram antes do afogamento. — Ele abaixa os olhos para seu bloco de anotações de novo. — Arranhões consistentes em seus braços e em suas mãos. Ela lutou com alguém antes de morrer.

— Mas ela morreu afogada? Ela não foi... assassinada... e depois jogada na água? — pergunta Rob.

Nunes assente.

— Ela se afogou.

Eu me esforço para inspirar e lutar contra a náusea que sobe pela minha garganta.

— Então alguém a empurrou — deduzo. — Ela lutou com alguém que a empurrou. Ou bateram nela, ela caiu e... — eu me interrompo, tendo de segurar no braço de Rob para me equilibrar. — Mas quem? Quem faria isso?

Nunes não tem uma resposta.

— Você precisa me acompanhar até a delegacia — diz ele.

Pisco rapidamente. Meu coração começa a acelerar e uma gota de suor escorre pela minha coluna.

— Por quê? — consigo perguntar.

— Do que se trata isso? — interrompe-me Rob, pondo o braço em volta de mim de forma protetora.

— Temos algumas perguntas para a sua esposa. A detetive Reza vai nos encontrar lá.

— Já respondi tudo o que podia — protesto. — Contei para vocês tudo o que sei. Se vocês precisam conversar com alguém, é com aqueles dois homens de quem falei. Vocês já os encontraram? Estão pelo menos procurando os dois? Foram eles que a viram por último!

Nunes olha para mim e depois para Rob.

— Agora que o caso se tornou um inquérito de homicídio, precisamos de um novo depoimento.

Sua expressão permanece neutra, mas seus olhos dizem outra coisa — há um lampejo de desconfiança neles. Merda. Um peso frio pousa sobre meus ombros. Será que a polícia pensa que tive alguma coisa a ver com a morte de Kate? Não pode ser. Isso é um absurdo. Por que raios eu iria ferir minha amiga ou querer vê-la morta? Se ao menos eu pudesse me lembrar de mais coisas daquela noite.

Olho para Rob, que me encara com um dar de ombros preocupado e confuso, como se também não soubesse o que pensar sobre isso, mas que não tivesse alternativa a não ser colaborar. Acho que não tenho outra opção...

— Vou pegar as minhas coisas — digo, e sigo para o quarto, passando por Sebastian, que se esquiva de mim como se eu tivesse algo contagioso.

No quarto, passo rapidamente um pente no cabelo, troco de blusa e escovo os dentes. Um banho seria bom, pois ainda me sinto suja e desgrenhada pelo excesso de bebida. Os vapores da tequila que emanam do meu corpo poderiam acender uma pequena chama. Rob me seguiu até o quarto. Estou preocupada, mas tento esconder isso dele forçando um sorriso. Parece algo idiota dar voz a meus medos. É claro que eles não podem estar me considerando suspeita.

— Vai dar tudo certo — diz Rob, tentando soar tranquilizador. — Não se preocupe. Eles provavelmente só querem checar se deixaram escapar alguma coisa no seu depoimento.

Concordo com a cabeça, distraidamente, tentando me convencer de que ele está certo, mas o peso frio nos meus ombros penetrou em meus membros e está me sobrecarregando.

Rob me puxa para um abraço, sussurrando em meu ouvido que tudo vai ficar bem. Eu o agarro, pressionando minha testa em seu peito largo, tentando lutar contra o pânico. Quero me enterrar dentro dele e me esconder. Gostaria de já ter embarcado em um avião e partido para casa. Quero ver Marlow, mas ir embora só faria com que eu parecesse mais culpada.

Rob beija o topo da minha cabeça.

— Vai ficar tudo bem — diz ele.

Por cima do ombro de Rob, noto a bolsa Birkin de Kate caída no chão. Da névoa em minha mente, uma ideia começa a surgir.

— Você acha que eles vão me deixar vê-la? — pergunto, me afastando de Rob.

Rob me encara com perplexidade.

— Kate? Você quer vê-la?

Ele parece horrorizado com a ideia e, honestamente, eu também estou, mas, mesmo assim, confirmo com a cabeça.

— Sim, antes que ela seja cremada.

Rob levanta os ombros, ainda parecendo espantado.

— Talvez. Peça a eles. Mas por quê?

Dou de ombros. Não digo a Rob o que estou pensando, porque não tenho certeza se é uma boa ideia nem se vai funcionar. Ainda assim, é algo que pode dar uma pista de quem a matou, e é a única coisa na qual consegui pensar. Pego a bolsa de Kate e a vasculho à procura de seu celular e guardo o aparelho na minha bolsa.

Quando voltamos para a sala de estar, forço outro sorriso.

— Ok, estou pronta.

Eu me viro e dou um abraço esquisito e rápido em Rob, sentindo que estamos sendo observados.

— Dê um beijo em Marlow por mim — peço, lutando contra as lágrimas.

Ele assente, embora não consiga disfarçar o olhar de preocupação. Ou é de desconfiança?

— A gente se vê em breve — diz ele.

Capítulo 24

Sigo Nunes escada abaixo até seu carro, que está à nossa espera. Desta vez, é uma viatura da polícia, e, quando ele abre a porta de trás para que eu entre, meu rosto começa a queimar. Abaixo a cabeça para evitar o olhar do comerciante no fim da rua ou dos pedestres que param para observar. Pareço uma criminosa sendo presa.

— Seria possível pararmos antes para eu poder ver o corpo, antes que ela seja cremada? — pergunto, quando ele dá a partida no carro.

Nunes olha para mim pelo espelho retrovisor. Meu olhar vai de encontro ao seu, implorando silenciosamente a ele que me faça esse pequeno favor. Ele franze o cenho, obviamente sem querer se desviar de suas ordens de me levar para interrogatório, e provavelmente se perguntando por que eu quero ver o corpo, considerando seu estado.

— Por favor — insisto. — Quero me despedir. Ela era minha melhor amiga.

Ele assente de má vontade, e vinte minutos depois estamos de volta ao prédio onde fomos ontem à noite. À luz do dia, ele não parece menos inexpressivo e horripilante. O cheiro do lugar me bombardeia assim que passamos pela porta, fazendo meus olhos lacrimejarem.

Um funcionário de avental cirúrgico verde vem ao nosso encontro; não é o médico de ontem à noite, e Nunes fala com ele em português — suponho que explicando por que estamos ali. Ele some por cinco minutos, depois volta e me conduz a uma grande sala de azulejos com um dreno no centro do piso. Meu estômago se embrulha à visão de uma mesa de metal e uma bandeja com instrumentos ao lado dela, limpíssimos e brilhantes, prontos para fazer seu trabalho sombrio em um corpo. Está tão frio que preciso passar meus braços em torno de mim mesma.

O funcionário me oferece alguma coisa — uma pomada tipo vaselina que cheira a mentol — e demonstra como passá-la sob o nariz. Eu o faço, então o funcionário aponta para algo atrás de mim, eu me viro e vejo outra mesa de metal; há um corpo nela, coberto com um rígido lençol cirúrgico verde. Ao entrar, eu não o tinha notado, minha atenção fora atraída imediatamente para os instrumentos.

Começo a transpirar por todos os meus poros e, por um segundo, penso que vou desmaiar. Respiro fundo pela boca, tentando evitar o cheiro, que é bem pungente e de revirar o estômago, apesar de a pomada estar fazendo o máximo para bloqueá-lo.

O funcionário vai até a mesa e para ao lado dela. Ando na direção dele, ciente de que Nunes está esperando junto à porta, dando espaço para que eu me despeça de Kate; ou talvez também não esteja acostumado com a morte e não queira ver o corpo de perto.

Eu não estou aqui para me despedir. Não quero ver Kate desse jeito nem me lembrar dela assim. Já foi ruim o bastante ter visto a foto, mas preciso muito vê-la em carne e osso. Minha mão escorrega para dentro da minha bolsa e agarra o celular dela.

O funcionário remove o lençol do rosto de Kate e eu dou uma arfada, quase engasgando. É a Kate, mas não é a Kate. É uma versão assustadora e repulsiva dela, que parece mais uma máscara de látex de efeitos especiais usada em um filme de terror. Lutando para me controlar e para impedir que meu estômago fizesse o conteúdo dele todo voltar, eu me viro para o funcionário.

— Eu poderia ter um minuto sozinha com ela? — pergunto, com a voz embargada.

Ele se afasta respeitosamente e eu olho sobre meu ombro para Nunes, que parece estar combatendo a própria onda de náusea, passando outro punhado da pomada de mentol sob o nariz e olhando para qualquer lugar, menos para o corpo.

Esse é meu momento. Trêmula e enfrentando o pavor, busco a mão de Kate sob o lençol. Quase deixo escapar um grito ao sentir que está fria e pesada, como borracha congelada. Eu me atrapalho um pouco com o celular, quase o deixando cair antes de conseguir alinhar o polegar dela com o botão home. Olho para baixo, na direção da tela, contente por estar de costas para Nunes e para o funcionário, o que me proporciona certa cobertura extra.

Não sei se o que estou fazendo é decididamente errado, embora o fato de eu estar sendo tão cautelosa sugira que provavelmente é. Eu deveria entregar o celular de Kate para a polícia, já que ele pode conter provas importantes, mas não quero fazer isso antes de ver o que há nele. E se tiver uma pista ali que a polícia não compreenda? Ou fotos privadas que ela não gostaria que ninguém visse? Se eles estiverem me considerando uma possível suspeita, é importante que eu colha o máximo possível de informações antes que seja tarde demais.

A tela milagrosamente desbloqueia. Fico surpresa, não esperava que minha ideia realmente fosse funcionar. Não posso deixar que ela bloqueie novamente, por isso acesso rapidamente as configurações, clico na opção da tela e mudo a configuração de bloqueio automático para nunca. Rezando para que isso funcione, deslizo o telefone cuidadosamente para dentro do meu bolso. Eu pratiquei em meu próprio celular no caminho para cá e o segredo é garantir que eu não aperte nenhum dos botões que possam apagar a tela. Só posso usar a impressão digital uma vez e não posso mudar a senha, já que não sei qual é.

Nunes pigarreia. Eu giro nos calcanhares. Ele está de pé, segurando a porta aberta, obviamente ansioso para ir embora.

Olho de volta para Kate. Não se parece com ela e não é como eu quero me lembrar dela, mas não consigo deixar de olhar para ela. *Ah, meu Deus. Kate, o que aconteceu?*

Quando chegamos ao corredor, vejo uma placa indicando um banheiro e aponto para ela.

— Só preciso ir ao banheiro — digo a Nunes e entro no toalete em disparada antes que ele possa dizer alguma coisa. Assim que estou trancada em uma cabine, puxo o celular de Kate, aliviada por ver que ele continua desbloqueado e que a tela ainda está acesa. Essa pode ser minha única chance de ver os e-mails e as mensagens de texto no aparelho.

Uma coisa de cada vez. Primeiro, vejo o histórico de chamadas. A última ligação que ela recebeu foi na sexta-feira, às dez e cinquenta e seis da noite. Isso foi quando estávamos no restaurante. Ela disse que era Toby, mas não foi ele. O número está salvo como *RJ Encanador*. Por que ela receberia uma ligação de um encanador àquela hora da noite? Aperto ligar, porque é a única coisa que me ocorre fazer.

O telefone chama e, depois de dez segundos, alguém atende.

— Alô? — pergunta uma voz trêmula.

A respiração fica presa em minha garganta como arame farpado. Desligo imediatamente e minhas mãos tremem tanto com o choque que quase derrubo o celular na privada aberta. Que merda é essa? Apoiada na porta da cabine, pressiono o pequeno botão ID ao lado do nome do encanador e verifico o número. Depois olho de novo. E de novo. O sangue está martelando tão alto em minha cabeça que acho que vou ficar surda.

É o número de Rob. Foi a voz dele que eu ouvi agora mesmo. Eu a reconheci. Mas por que está salvo como *RJ Encanador* no celular de Kate e, o mais importante, por que diabos ela estava discutindo com ele pelo telefone horas antes de morrer?

Capítulo 25

RJ. Robert John. Rob.

Sentindo que vou desmaiar, abaixo a tampa da privada e despenco nela, ciente de que o tempo está passando e não me resta muito. Vou às mensagens de Kate. Há muitas não lidas, umas dez ou mais, dos últimos três dias, principalmente minhas, perguntando onde ela está e implorando a ela que me ligue. Há algumas de amigos, mas eu as ignoro e vou para as de *RJ Encanador*. Com uma sensação torturante de horror, clico no nome dele. Há centenas de mensagens. As palavras saltam aos meus olhos.

Por favor, não faça isso.
Estou implorando que não conte pra ela.
Kate, para com essa merda.
Você disse que largaria ela. Você mentiu!
Vamos conversar.
Eu te amo.

As palavras fazem o que o cadáver de Kate não conseguiu fazer. Recorro à privada, correndo para levantar a tampa a tempo de vomitar no vaso. Meu estômago dói por ter vomitado mais cedo, mas eu mal noto porque a dor dentro do peito é tão intensa que penso que talvez eu morra disso. Meu coração, já rachado pelo luto, agora se parte claramente em dois.

— Rob — sussurro para mim mesma —, como você pôde fazer isso?

O celular pula vivo na minha mão, e quase o deixo cair. É Rob! Ele está ligando de volta. Ai, meu Deus. Deve estar pensando que recebeu uma ligação de uma mulher morta. Embora eu tenha lhe dito que estava com o celular de Kate. Talvez ele saiba que fui eu. Em pânico, aperto o botão para rejeitar a ligação. Não estou pronta para falar com ele e também não tenho tempo.

Eu me forço a voltar e a rolar mais para cima nas mensagens, mas há coisas demais para ler e eu não tenho tempo para analisá-las detalhadamente, não com o policial lá fora esperando por mim. Tenho um minuto ou dois, no máximo. Tem mensagem de mais de um ano atrás. Antes de Marlow nascer. Mais para trás. Quando eu estava grávida. Mais para trás. Antes de eu engravidar. Meu Deus. Eles têm um caso há anos, bem debaixo de meu nariz. Parece que eles ficaram um período sem se falar, de quase um ano. Mas depois, alguns meses atrás, eles voltaram.

Estou chocada.

Kate... como você pôde?

Você é minha melhor amiga. Você sabe que eu te amo.

Aquela puta! Ela me disse isso e o tempo todo estava mentindo para mim.

Puta!

Eu me mexo abruptamente na cabine. Posso ouvir a voz dela. Mas agora me pergunto: será que não era eu, na verdade, dizendo isso para ela? Lá no fundo, será que eu sabia do caso deles? Descobri na sexta-feira à noite? Será que perdi a memória não só por causa das drogas, mas porque psicologicamente estava tentando apagar o que havia descoberto?

Será que Kate me contou isso na sexta-feira à noite? Será que nós brigamos? Rob estava preocupado com a possibilidade de eu descobrir. Ele estava implorando a ela que não me contasse? Ela estava planejando me contar? Mas como isso se encaixa no resto da história, com os acompanhantes e as drogas? Se ela tivesse me contado, como eu teria reagido? Mas eu sei a resposta. *Eu a teria matado.*

Quebro a cabeça, tentando limpar a névoa, mas não consigo descobrir o que aconteceu. Não parece provável que ela tenha me contado. Meu corpo entrou em um estado de choque tão grande agora que não acredito que eu já soubesse disso, mesmo que inconscientemente.

A porta do banheiro se abre.

— Orla? — pergunta Nunes. — Você está aí?

Eu me assusto.

— Hum, sim, eu só... não estou me sentindo muito bem — consigo grasnar. — Saio em um minuto.

A porta se fecha com uma batida. *Droga, controle-se.* Não há tempo para ficar remoendo. Seco meus olhos e então percorro as mensagens de texto, fazendo capturas de tela do maior número possível, dezenas de fotos que em seguida mando para mim mesma por e-mail com os dedos trêmulos.

Puta, penso. *Desgraçado. Não tenho tempo para remoer isso agora.*

Vejo os e-mails dela também, mas não encontro nada cujo remetente seja Rob. Talvez eles só se falassem por mensagem de texto, pensando que era mais seguro, ou talvez Rob tenha feito uma conta privada, exclusiva para isso, para que eu não encontrasse nada em seu laptop por acidente.

A porta se abre de novo.

— Olá? — chama Nunes com impaciência.

Eu ouço seus passos se aproximando, depois ele bate na porta com força.

— Estou indo — gaguejo, antes de guardar o celular no bolso de novo e destrancar a porta da cabine.

Jogo água no rosto enquanto Nunes está parado atrás de mim, olhando desconfiado, e eu tento não olhar para ele porque sei que minha expressão deve aparentar o turbilhão que toma conta de mim, e não quero que ele saiba por que estou assim, não até que eu tenha assimilado essa nova informação. Melhor deixá-lo pensar que estou apenas me recuperando do choque de ter visto o corpo da minha amiga e da despedida. Pelo menos o choque e as lágrimas podem se passar por luto.

Sigo Nunes até o carro, atordoada. Minha mente está recapitulando todos os momentos em que Rob me abraçou, que disse que me amava, que me beijou.

Um grito se debate contra minha caixa torácica, tentando escapar. Esse berro que está preso dentro de mim desde que me deram a notícia sobre Kate cresce em volume. De alguma forma, consegui mantê-lo abafado, mas, quando entro no carro, preciso me segurar no puxador da porta para me equilibrar.

Rob e Kate estavam tendo um caso. Não consigo assimilar isso.

O comentário de Toby sobre Kate ter mentido para mim agora faz total sentido. Será que foi esse o verdadeiro motivo de eles terem se separado? Ela mentiu para mim sobre Toby ter dormido com prostitutas? Será que na verdade ele descobriu o caso dela com Rob? Foi por isso que ele quis o divórcio? Mas, se foi isso o que aconteceu, por que Toby não me contou? E por que Kate implorou que eu viajasse com ela nesse fim de semana? Por que ela contratou aqueles acompanhantes? Qual era o plano dela?

Não há nada que eu queira mais do que fuçar esse celular todo, ler as mensagens e procurar e-mails que possam explicar isso, mas eu não posso, não aqui no banco de trás do carro, com esse Nunes intrometido e horroroso olhando para mim pelo espelho retrovisor.

Então um pensamento me ocorre. Eu me lembro de como encontrei Rob hoje de manhã, debruçado sobre a mala de Kate, chorando e segurando as roupas dela. Pensei que ele só estivesse triste, mas agora vejo que estava com o coração partido. Ele deve estar sofrendo com a morte dela ainda mais do que eu. Então me vem um outro golpe, rápido e feroz. Ele a amava? Nas mensagens que li, era Kate quem dizia que o amava. Mas ele a amava também?

Começo a sentir uma câimbra na mão enquanto aperto o puxador da porta. O berro preso em meu peito fica mais alto e se debate com mais força ainda contra minhas costelas para se libertar. Mas preciso enfrentar um interrogatório na polícia. Preciso manter tudo dentro de mim. Ou eu deveria contar a eles o que descobri? Mostrar todas as mensagens?

Algo me ocorre, um pensamento tão enorme que silencia o grito preso, silencia tudo. Se eu contar à polícia que Rob e Kate estavam tendo um caso, eles terão certeza absoluta de que eu a matei. É um motivo, não é? Um motivo bom para caramba, aliás.

Se Kate ainda estivesse viva, talvez eu a matasse. Eu sem dúvida quero matar Rob. Quero esbravejar minha raiva na cara dele e arrancar seus membros, um de cada vez. Quero dar um tapa, um soco nele e gritar: *Por quê? Como pôde fazer isso? O que havia de errado comigo? Eu não era suficiente? Você a amava mais do que me ama? Você teria nos abandonado por ela?*

Capítulo 26

Enfraquecida pela dor e dormente pelo choque, eu me sento em frente a Reza e a Nunes. Ela parece ainda mais séria hoje. Seu cabelo está rigorosamente puxado para trás, e ela está usando um batom vermelho escuro que me lembra sangue seco. A detetive está tentando me explicar por que eles não conseguiram localizar precisamente em que ponto do rio Kate caiu, dizendo alguma coisa sobre o horário das marés. A única coisa que podem fazer é especular que foi em algum lugar perto de onde os cruzeiros atracam, que não fica muito longe do apartamento em Alfama.

Nós repassamos o depoimento que dei dois dias atrás, quando comuniquei oficialmente que Kate estava desaparecida, e o tempo todo a informação que estou guardando sobre Kate e Rob permanece dentro de mim como um animal enjaulado tentando se libertar. Tenho a impressão de que as mentiras devem estar escritas no meu rosto, e isso me faz pensar em como Rob conseguiu me enganar nessa merda desse tempo todo. Como ele pôde fazer isso? E com uma facilidade do cacete... Nunca suspeitei de nada. Sou muito idiota.

Minha mente divaga por todas as vezes que ele disse que ia trabalhar até mais tarde ou que sairia com um cliente para tomar uma bebida depois do trabalho. Ele estava mentindo? E quanto à sua nova obsessão pela academia? Era verdade? Ou ele não estava de fato indo para as aulas de spinning, e sim se encontrando com ela para uma rapidinha? Ele de fato tinha ficado mais em forma, com a barriga e os bíceps tonificados. Ele estava fazendo isso tudo para impressioná-la? Ele tinha me dito que, agora que era pai, queria ficar mais em forma.

Seu desgraçado, penso de novo. Depois de tudo que enfrentamos para engravidar. Ele nem sequer queria Marlow? Eu dei à luz nossa filha, pelo amor de Deus, e levei pontos na vagina, isso sem falar nos seios vazando leite e na depressão, e ele estava escapulindo para fazer sexo com ela...

É culpa minha? Eu não queria saber de sexo depois que Marlow nasceu. E talvez ele não estivesse tão a fim de mim, considerando tudo o que acabei de relatar. Não. Eu me recuso a me culpar por isso. O caso começou muito tempo antes de termos Marlow, lembro a mim mesma, quando nossa vida sexual ainda era boa. Pelo menos, *eu* pensava que era boa. Mas o tempo todo em que estávamos fazendo sexo, tentando engravidar, enfrentando todo aquele processo horrível de fertilização in vitro, ele estava ocupado trepando com minha melhor amiga.

Meu rosto fica quente com a humilhação. Kate perguntou sobre minha vida sexual com Rob durante o jantar, sondando com que frequência fazíamos sexo, me alertando que ele poderia ter um caso. Ela estava rindo da minha cara, basicamente zombando de mim.

O ódio torna cada célula de meu corpo incendiária. Como ela pôde fazer isso comigo? Éramos irmãs. Foi por isso que ela se afastou depois que Marlow nasceu? Porque não suportava ver a filha de Rob — a prova do nosso casamento? Foi por isso que Rob resistiu à minha sugestão de que Kate fosse a madrinha?

— Nós interrogamos Joaquim e Emanuel agora de manhã.

Minha cabeça voa de volta quando ouço isso. Por quanto tempo estive sentada aqui, distraída?

— É mesmo? — pergunto a Reza, me debruçando na mesa. — E aí?

— Eles têm álibi. Nós os verificamos. O motorista do Uber que os apanhou no apartamento de vocês e levou os dois para casa. Ele confirmou que estavam sozinhos. E a pessoa que divide o apartamento com eles confirmou que os dois chegaram e permaneceram em casa até as onze horas da manhã seguinte.

Tento mudar a marcha mental e me concentrar nessa nova informação, em vez de pensar no caso entre Kate e Rob. Minhas suspeitas sobre Joaquim e Emanuel já estavam em grande medida descartadas depois que Konstandin e eu os confrontamos, então a notícia sobre o álibi deles não muda muita coisa, só descarta essa possibilidade de uma vez por todas. Eles não mataram Kate.

— Se pelo menos soubéssemos por que ela saiu do apartamento — reflete Reza.

Concordo com a cabeça.

— O resultado do exame toxicológico chegou — diz Nunes.

Olho para ele, tentando me manter inexpressiva. Não tenho motivos para me sentir culpada. Não fui *eu* que usei droga nenhuma. Mas eles provavelmente vão presumir que usei, e agora é tarde demais para provar o contrário. Eu devia ter feito um exame assim que acordei e pensei que tivesse sido estuprada.

— Encontramos várias substâncias no sangue da sua amiga — revela Nunes, de uma forma meio presunçosa. — Deu positivo para cocaína, ecstasy, e até cetamina.

Franzo o cenho ao ouvir isso. Cetamina? Aquele tranquilizante de cavalos?

— E você? Fez uso de drogas também?

— Eu tenho uma bebê — digo, como se isso dissesse alguma coisa.

Nunes dá de ombros.

— E daí?

— Não usei droga nenhuma — digo, irritada.

Nunes passa algumas páginas de seu bloco de anotações.

— Você me disse que tinha usado drogas.

— Não! — retruco. — Eu disse que achava que tinha *sido* drogada. Há uma diferença enorme entre as duas coisas.

— Sua amiga lhe deu drogas sem o seu conhecimento? — pergunta Reza, disparando um olhar para Nunes, indicando que ele devia pegar mais leve.

Eu me controlo para ficar quieta. Sim, acho que deu. E agora, sabendo o que sei sobre ela e Rob, tenho bastante certeza disso. Quando Nunes mencionou cetamina, pensei nisso. Eu nunca tomei, mas por ter lido um artigo no jornal sobre "boa noite, Cinderela", sei que, em uma dose suficientemente alta, a cetamina pode fazer uma pessoa apagar e provocar perda de memória. Será que foi isso que aconteceu comigo? Kate colocou cetamina na minha bebida? Mas por quê?

— Sua amiga... onde ela conseguiu as drogas? — pressiona Reza.

— Ela trouxe na viagem — admito.

— No avião? — pergunta a policial.

Faço que sim com a cabeça.

— Sim. Ela guardava cocaína numa caixinha de comprimidos na bolsa. Eu vi. Estava escondida na bolsa dela.

— No seu depoimento, você não mencionou que ela tinha usado drogas — disse Nunes, em um tom acusatório.

Olho para os dois policiais, começando a me perguntar se eu deveria solicitar a presença de um advogado. Mas isso não faria com que eu parecesse culpada ou que tenho algo a esconder? E eu nem sei se isso é um interrogatório de fato. Não estou aqui para ajudar a repassar meu depoimento? Reza não é exatamente a policial boazinha para compensar o policial mau que Nunes é, mas pelo menos ela parece ser imparcial. Já Nunes parece estar doido para me prender e jogar a chave fora. Ele está completamente convencido de que eu a matei.

— Precisamos que você nos entregue as drogas para que possamos testá-las e comparar com o que estava no corpo da sua amiga — diz Reza.

Concordo com a cabeça.

— Nós interrogamos o proprietário do apartamento — revela Nunes em seguida.

Sebastian? Essa notícia me surpreende.

— Ele diz que ouviu muito barulho no apartamento na noite de sexta-feira, início da manhã de sábado. E algo que parecia ser uma discussão. Bem alta.

— Não tenho como saber o que aconteceu — digo o mais friamente que consigo. — Eu não discuti com ninguém. Estava desmaiada, lembra? Tenho certeza de que Joaquim e Emanuel podem confirmar isso. Os dois. Foi Joaquim quem me colocou na cama.

Reza assente.

— Sim, ele disse isso. Mas eles falaram também que você e Kate tiveram uma discussão mais cedo naquela noite.

— Não, não tivemos — retruco.

— Em frente ao bar, vocês duas não discutiram?

Balanço a cabeça.

— Não, quer dizer, eu não queria que eles fossem para casa com a gente. Mas não foi uma discussão.

— Mas Kate ignorou você. Ela os levou para casa de qualquer maneira, apesar de você não querer que eles fossem.

Comprimo os lábios.

— Você deve ter ficado com raiva — continua Reza. — Você é uma mulher casada e sua amiga convida homens estranhos para irem ao apartamento com vocês para fazer sexo. E ela também incentivou você a dormir com um deles, mesmo sendo casada. Comportamento estranho, não é? Por que ela faria uma coisa dessas?

— Não sei — admito, começando a sentir uma crescente apreensão em relação ao rumo que a conversa parece tomar. — Mas não foi uma discussão — protesto. Mas foi, não foi?

— O segurança no Blue Speakeasy disse que viu você agarrar o braço dela. Ele contou que você estava irritada com ela.

— Isso não é verdade — rebato, aflita. A verdade é que minha memória ainda está irregular, e eu não me lembro mesmo de muita coisa daquela noite. Mas não me recordo de brigar com ela, não exatamente.

Puta! Afasto a lembrança, enterrando-a mais fundo.

— Você disse que achou a bolsa e o celular dela — continua Reza.

Confirmo com a cabeça. Merda. Vou ter de entregar o celular. Eles vão ver as mensagens de texto que Kate e Rob trocaram, todas as provas do caso deles. Isso vai só jogar gasolina na fogueira. Se eu ainda não for considerada suspeita, depois que descobrirem que meu marido estava transando com ela, certamente serei. Seria o melhor motivo para matá-la, não? Esposa rejeitada mata a melhor amiga, que estava dormindo com seu marido. As manchetes se escrevem sozinhas.

O melhor a fazer é resetar o celular antes de entregar o aparelho para eles. Se bem que isso é adulteração de prova, o que é perigoso e talvez uma grande burrice, mas que escolha eu tenho?

Merda. Meu pé está balançando para cima e para baixo de nervoso. Eu me forço a ficar calma.

— O celular está com você? — pergunta Reza.

— Hum? — Eu me sobressalto. O celular queima como uma brasa incandescente no meu bolso. — Não — respondo, com a expressão mais neutra que consigo fazer. — Está no apartamento.

Será que ela consegue perceber que estou mentindo? Não acredito que eu seja uma mentirosa muito convincente — diferentemente de Rob e Kate, aqueles desgraçados. É difícil mentir bem, percebo, enquanto me esforço para sustentar o olhar de Reza e sinto meu rosto começar a esquentar como se eu estivesse com febre.

— Vamos mandar alguém com você para buscá-lo.

— Ok — murmuro, pensando em como vou conseguir apagar todas as mensagens e se isso vai fazer alguma diferença. Afinal de contas, eles não podem conseguir a quebra de sigilo do registro telefônico dela, de qualquer forma?

— Você precisa entregar o seu passaporte também. — É Nunes quem está me dizendo isso, finalizando com um sorriso arrogante.

— Por quê? Sou suspeita de alguma coisa? — pergunto, alarmada.

— Precisamos garantir que você permaneça aqui em Portugal até o inquérito ser concluído. — Isso é tudo o que Nunes oferece como resposta.

Meu estômago afunda. Isso não é exatamente uma resposta e serve só para confirmar que eles realmente pensam que eu posso ter feito isso — matado minha melhor amiga.

— Quanto tempo isso vai levar? — Consigo perguntar.

Reza dá de ombros.

— O tempo que precisar.

— Mas eu tenho uma bebê — argumento. — Não posso ficar aqui. Preciso ir para casa.

— Sinto muito — diz Reza, implacável como uma parede de pedra. Ela se levanta, empurrando sua cadeira para trás. — Meu colega a levará para casa.

Casa, penso comigo mesma. Aquele apartamento não é minha casa. Minha casa é na Inglaterra. Minha casa é Marlow. Eu só quero voltar para lá, para ela.

Capítulo 27

Durante todo o caminho de volta até o apartamento, luto para conter o pânico e o desespero, para estrangular esses sentimentos antes que eles me estrangulem. Como isso pode estar acontecendo? Como posso estar sob suspeita? Penso em todas as mentiras que contei — sobre as drogas, sobre o celular, sobre Konstandin —, estou longe de ser uma testemunha modelo. Talvez não seja tarde demais para revelar a verdade sobre o celular — mas não, não posso. Não agora. Se o caso deles vier à tona, isso só vai confirmar a ideia de que eu sou culpada. Mas eles vão descobrir. Eu sei que vão, em algum momento.

Como posso provar que não fui eu quem a matou? Nunes não parece estar interessado em descobrir o que realmente aconteceu, nem procurar o verdadeiro assassino. E acho que Reza não está em cima do muro com relação a isso também, apesar de sua expressão impassível. Os dois pensam que fui eu, então por que se dar ao trabalho de procurar em outro lugar? Mas eu não vou ser presa por isso. Eu me recuso.

Mas e se eles me prenderem? E se me mandarem para a cadeia? Como ficaria Marlow? Ah, meu Deus... Marlow. Começo a tremer tão violentamente que meus dentes batem. E se eu for para a cadeia? Eu nem sei como as coisas funcionam aqui, em um país estrangeiro. Minha respiração se torna curta e irregular, meus pulmões, incapazes de inalar oxigênio suficiente. Minha cabeça está latejando.

Pare com isso, grito em minha cabeça. *Foco, cacete! Ficar desesperada não vai ajudar. Se for para sair dessa, você precisa pensar e se virar sozinha. Faça uma lista. Tome o controle da situação. Não deixe a ansiedade dominar você. Não agora.* Respiro fundo. E mais uma vez.

O que realmente aconteceu com a Kate? É isso que preciso descobrir. E rápido.

Minha mão coça para entrar na bolsa e resetar o celular de Kate antes que eu precise entregá-lo à polícia. Não sei como vou conseguir enrolar o policial pelo tempo que preciso quando chegar ao apartamento. Tenho de fazer isso agora; é minha única chance. Depois, assim que eu estiver sozinha, preciso ligar para Rob e lavar a roupa suja com ele. Não, penso comigo mesma. Esqueça isso. É melhor ligar para Toby primeiro e descobrir o que ele sabe antes de confrontar Rob. Preciso me armar com todos os fatos que puder desenterrar.

Dou uma olhada para Nunes. Fiz questão de me sentar na diagonal dele quando me acomodei no banco de trás, para ser mais difícil de ele me espionar pelo espelho retrovisor. Agora, tentando ser o mais discreta possível, puxo o celular de Kate. Nunes não vai saber dizer de quem é esse celular, digo a mim mesma. Só preciso ser ousada e agir como se o celular fosse meu.

A tela ainda não está bloqueada, graças a Deus, então eu rapidamente rolo para a lista de chamadas. Há dezenas de chamadas de Rob. A raiva faísca enquanto eu as conto. Aquele idiota. Durante esse tempo todo os dois mentiram para mim. Mas não há tempo para sentir raiva agora. Noto o pequeno ícone vermelho da caixa postal. Há duas mensagens que Kate nunca ouviu, deixadas na noite de sexta-feira. Pressiono para ouvir a primeira, que foi mandada quando estávamos jantando, e aperto o celular contra minha orelha.

— Kate, sou eu. — A voz de Rob me sobressalta. — Escuta — diz ele —, espero que você esteja brincando. Por favor, não conta para ela. Você prometeu. — E agora a voz dele falha um pouco e ele chora, pateticamente. — Por favor, me liga de volta. — Ele desliga.

Engulo em seco, com o que quer que restasse do meu coração se partindo em pedaços. Eu me lembro de Kate digitando freneticamente no banco de trás do Uber. Devia ser para Rob. Depois, no jantar, ignorando uma chamada e deixando-a cair na caixa postal. Era Rob também.

Eu me lembro de que, em algum momento, ela acabou finalmente atendendo à ligação, e a observei andando de um lado para o outro em frente ao restaurante, discutindo com alguém. Era com Rob que ela estava falando ao celular. Ele estava morrendo de medo de que Kate me contasse sobre o caso deles e ligou para implorar a ela que não o fizesse. Ela vinha realmente planejando isso ou tinha feito uma ameaça no calor do momento? Talvez ele tenha terminado com ela. No avião, ela estava estranhamente quieta, e, no apartamento, antes de sairmos, parecia que tinha chorado — mas será que era a culpa que a deixava emotiva? Ou ela estava criando coragem para me contar tudo? Então a noite de sexta-feira seria para isso? Uma última noite louca juntas antes de ela me contar tudo e nossa amizade ser explodida em pedacinhos?

Contendo as lágrimas, pressiono para ouvir a mensagem seguinte. É Rob novamente, uma mensagem anterior, de sexta-feira de manhã.

— Kate, me liga de volta, por favor. Sei que você está no aeroporto com a Orla, mas só quero ter certeza de que você não vai contar nada para ela, nem fazer nenhuma besteira. Me liga quando chegar. Por favor. Vamos conversar. Me liga de volta. Desculpa.

Desculpa? Desculpa! Vou mostrar para ele a porra da desculpa. Como ele ousa se desculpar com ela?! E eu?

Há uma outra mensagem salva de Rob, deixada cerca de quatro meses antes. Aperto o botão para ouvi-la, a tristeza se transformando em fúria. Quero jogar o celular pela janela, berrar e gritar e deixar esse uivo bestial sair de sua jaula, mas, no banco de trás da viatura da polícia, eu não posso fazer nada, exceto manter um semblante recatadamente inexpressivo, o que é um baita de um esforço.

— Kate, desculpa pelo outro dia — diz Rob. — Foi um erro. Quer dizer, não um erro... desculpa, palavra errada. — Do que ele está falando? Que erro? — Eu sei que eu tinha falado que acabou. Mas dessa vez é sério. Não podemos fazer isso de novo. Desculpa.

Eu absorvo a mensagem, tentando entender o significado. Obviamente, eles devem ter terminado quando eu engravidei, e depois suponho que tenham se encontrado e feito sexo de novo quando Marlow tinha alguns meses — deve ser esse o erro do qual ele se arrepende. Eu me pergunto, porém, se os dois continuaram o caso depois disso. Parece que sim.

Meu estômago fica apertado, e eu cerro os dentes com tanta força que meu maxilar dói. O ódio é um líquido negro pulsando nas minhas veias, se infiltrando em cada fibra e célula do meu ser, abafando todo o resto. Eu seria capaz de matá-los agora mesmo — estrangulando, esmagando, espancando os dois até a morte com minhas próprias mãos — de tanta raiva que sinto. E essa sensação é bem melhor do que ficar triste. Quando penso em Kate morta no necrotério, fico feliz.

— Chegamos — diz Nunes, interrompendo meus pensamentos violentos.

Olho pela janela e vejo que já estamos em frente ao apartamento. Há outras mensagens de voz de Rob que Kate não apagou e que quero ouvir, mas agora não tenho tempo. Nunes está saindo do carro e preciso resetar o celular antes de entregar o aparelho para ele. Droga! Esta pode ser minha única chance de fazer isso. Rapidamente, vou para as configurações, depois seleciono redefinir. Aparece uma caixa de diálogo perguntando se tenho certeza. Nunes abre a porta. Pressiono "sim". A tela se apaga e eu deixo o celular escorregar para o meu bolso.

Saio do carro aos tropeços, seguindo Nunes atordoada, flutuando fora do meu corpo, com meu cérebro ocupado, se esforçando para processar todas essas novas informações e, ao mesmo tempo, tentando lidar com coisas simples — como conseguir andar em linha reta e não cair bem ali no chão, gritando.

Sebastian abre a porta do apartamento, seu olhar voraz e curioso nos acompanha enquanto entramos. Dá para notar que ele daria tudo para saber o que está acontecendo e tenho vontade de soltar os cachorros quando passo por ele, lembrando que ele deu um depoimento a Reza e contou a ela que ouviu uma discussão no apartamento na sexta-feira à noite. É culpa dele que estejam me considerando suspeita. Ele é o responsável por fechar meu caixão.

— Onde está o celular? — pergunta Nunes, quando entramos no quarto.

Sigo em direção à bolsa Birkin de Kate jogada na cama, enfiando a mão em meu bolso. Preciso dar a impressão de que estou tirando o celular da bolsa dela. Eu me mantenho de costas para Nunes e escorrego a mão para dentro da bolsa, dando meia-volta e retirando-a com o celular, na esperança de ter conseguido fingir de maneira convincente.

Nunes pega o celular com o cenho franzido e o coloca em um saco de provas.

— E o seu passaporte — diz ele.

Inspiro profundamente, tentando me manter calma. Entregar meu passaporte é como dar a um carrasco a corda para me enforcar. Vou ficar presa aqui agora, aos caprichos deles. Penso em Marlow e em quando vou vê-la de novo. Nunes arranca o passaporte da minha mão.

— Você precisa permanecer no país. Caso decida ir para outro lugar, precisa nos informar seu novo endereço.

— Vocês estão com o meu passaporte; não vou, tipo assim, fugir.

Nunes assente em resposta, sem sorrir. Assim que ele sai do quarto, eu caio na cama. Merda. Merda. Merda. Enterro a cabeça no travesseiro e dou vazão à raiva que esteve se acumulando, enfiando o travesseiro na boca para abafar o grito.

— Você está bem?

Ergo a cabeça e vejo Sebastian parado na porta.

— Gostaria de um chá? — pergunta ele.

Faço que sim com a cabeça, só para que ele vá embora. Depois que ele sai, rolo para fora da cama e rastejo até a mala de Kate, que Sebastian deve ter botado para dentro do quarto mais cedo. Eu me lembro de ter visto algo lá dentro. Na hora, não registrei — não devidamente. Em um ataque de fúria, jogo tudo para fora da mala, cada maldita peça de roupa, até que acho seu saco de roupa íntima. Todas essas tangas fio-dental de renda preta. Será que ela as usava para Rob? Será que isso o excitava? Provavelmente mais do que minhas calças de vovó.

Arranco o sutiã que estou procurando. Eu me lembro de notá-lo no outro dia, mas sem ter juntado as peças naquele momento. Porém, agora que estou olhando atentamente, vejo que é exatamente o mesmo que Rob me deu da Agent Provocateur, no Dia dos Namorados. Só que esse aqui é vermelho. Nude para a esposa, vermelho para a amante. Tem até a calcinha com abertura no meio para combinar. Aposto que Kate fez muito mais bom uso disso do que eu.

Rasgo os dois, despedaçando a renda fina. Se for possível vomitar de raiva, posso muito bem fazer isso. Eu me levanto cambaleando e começo a andar de um lado para o outro. Estou com tanta raiva; com raiva de Kate por ter me traído; com raiva de Kate por estar morta; com raiva de Kate por não poder responder a nenhuma das perguntas que estão chacoalhando em minha cabeça. Não, digo a mim mesma, enquanto ando de um lado para o outro, com lágrimas quentes caindo pelo meu rosto. Não vou ceder à mágoa e à raiva. Preciso me concentrar. As paredes estão se fechando em volta de mim e preciso reagir antes que seja tarde demais. Não tenho tempo para ficar remoendo essa traição.

Se Kate me trouxe para Lisboa por uma razão, preciso saber qual foi.

Mas fui eu quem sugeri a viagem nesse fim de semana ou foi ela? Não, foi ela quem deu a ideia e eu entrei na onda. Agora, olhando para trás, Rob não pareceu muito animado, na dúvida de se não era cedo demais para deixar Marlow, mas ele não podia contestar muito, senão pareceria suspeito.

Procuro meu celular na bolsa e ligo para Toby.

— Você sabia — digo, assim que ele atende. — Você sabia que eles tinham um caso.

Ele inspira profundamente.

— Sabia — responde.

Afundo na cama.

— Há quanto tempo você sabe? — pergunto.

— Como você descobriu?

— Pelo celular dela. Tinha mensagens.

— Eu tentei avisar você.

— Por que você simplesmente não me contou? — pergunto, pensando em seus comentários obscuros sobre Kate ser uma mentirosa e que eu não deveria confiar nela.

Ele suspira.

— Achei que não cabia a mim fazer isso. Ela arruinou nosso casamento. Não queria que ela arruinasse o de vocês também.

— Há quanto tempo eles estavam juntos? Você sabe?

— Uns dois anos, eu acho, com idas e vindas. Eu nunca consegui uma resposta sincera.

— Era por isso que vocês estavam se divorciando? Ou ela estava mentindo também quando disse que você a traía?

— Não. — Ele suspira. — Eu também a traí. Admito. Mas só depois que descobri sobre ela e Rob. Senti que era algo justificado.

Assinto para mim mesma.

— Como começou? Você sabe?

Toby dá uma bufada baixa e minha irritação aumenta. Já me considero idiota o suficiente sem que ele faça eu me sentir ainda mais ignorante.

— Ela é apaixonada por Rob há anos. Eu sabia disso quando me casei com ela, mas fui estúpido e me convenci de que ela o tinha superado.

Minha garganta fica tão apertada que não consigo respirar. Anos?

— O que você quer dizer com isso? — gaguejo. Que merda é essa que ele está falando?

— Ela não apresentou você ao Rob? — pergunta Toby. — Eles eram velhos amigos.

— Apresentou — respondo, mas eu nunca soube que Kate alguma vez na vida teve sentimentos por Rob.

Ela nunca me contou nada disso, nem agia como se gostasse dele dessa maneira. Eu sempre pensei que ela o achasse um pouco chato ou, pelo menos, normal demais para o gosto dela. E por que ela não me contou que gostava dele antes de Rob e eu ficarmos juntos, se era esse o caso? Eu já estava me sentindo uma idiota antes, agora me sinto a maior trouxa do mundo por nunca ter percebido que minha melhor amiga era apaixonada pelo meu marido.

— Ela odiava você por ter roubado o Rob dela — revela Toby. — Acho que ela pensava que ainda tinha chance com ele, e aí vocês dois ficaram juntos.

Ela pensou que tinha chance com Rob? Há algumas horas, eu teria achado essa ideia absurda. Kate sempre namora homens alfa, principalmente babacas ricos, para dizer a verdade. E Rob não é babaca, nem rico. Na verdade, apague isso, ele é um grande babaca. Como pude ter sido tão cega por tanto tempo? Se não enxerguei que minha melhor amiga estava apaixonada pelo meu marido por mais de uma década, o que mais eu não vi? Sinto como se nossa amizade, assim como meu casamento, tivesse sido uma farsa.

— Eu sei que ela tentou ser feliz por você — diz Toby. — Ela não era uma pessoa horrível.

Dou até uma risada ao ouvir isso. Não era uma pessoa horrível? Errado. Ela ganha o maldito prêmio de pessoa mais desprezível que já existiu. Mesmo ela estando morta, não me importo de pensar assim. É verdade.

— Ela me disse uma vez que você e Rob provavelmente combinavam mais mesmo, mas não sei, talvez ela só tenha me dito isso para fazer eu me sentir melhor.

Solto um grunhido, porque as palavras estão me faltando.

— Acho que o caso começou há uns dois anos — continua Toby. — Perto do Natal. Eu me lembro que ela estava estranha. Tínhamos combinado de ir para as Bahamas, e ela estava se comportando de forma estranha, meio escrota, de lua. Eu a confrontei na época, suspeitei que estava acontecendo alguma coisa, não com Rob, mas que ela estivesse tendo um caso com alguém do trabalho, e ela me enrolou, disse que eu estava sendo idiota.

Dois anos atrás, no Natal. Tento me lembrar. Nós estávamos no ápice das fertilizações in vitro, e eu estava deprimida com todos os fracassos, me culpando. Rob e eu estávamos discutindo muito. Tínhamos até falado brevemente sobre nos separar. Rob havia recuado, ficou distante, mas eu me culpei por isso também. Será que ele foi atrás de Kate em busca de consolo? Eu o levei a isso? Ou ele estava distante porque já estava tendo um caso?

— Contratei uma pessoa para segui-la. Foi assim que descobri. Um detetive particular. Ele tirou fotos. Foi assim que fiquei sabendo que era Rob. Eles estavam se encontrando no horário de almoço, e de vez em quando no início da noite, num hotel em Covent Garden.

Respiro longa e profundamente, tentando lutar contra a fúria que atravessa meu corpo.

— Quando a confrontei com relação a isso, ela tentou negar, é claro, até que mostrei a ela as fotos. Ela me implorou que não contasse. Eu disse que não contaria. Não por ela, mas porque não tinha a intenção de fazer isso com você. Você tinha acabado de descobrir que estava grávida. Eu sabia o quanto isso era importante para você. E Kate me disse que eles tinham terminado. Jurou que não tinham mais nada.

— Você confrontou Rob?

— Confrontei.

Fiquei chocada com a revelação.

— O que ele disse? — pergunto.

— Ele chorou. — Toby bufa de novo. — Disse que tinha sido um grande erro, o maior da vida dele. E me contou uma história triste, disse que você estava se afastando dele, tentou dar a entender que tinha sido Kate quem deu em cima dele e que ele não teve forças para resistir. E quer saber de uma coisa? Eu até acredito. Kate é assim, não é? Quer dizer, Kate *era* assim. Quando ela queria alguma coisa, ia atrás. Acho que podemos até dar os parabéns a ela por ter mantido as mãos longe dele por tanto tempo. Ela tentou mesmo. Mas, no fim, não se conteve.

Ele está certo. Kate é assim. Consigo até imaginar. Ela provavelmente pensou que merecia Rob como uma recompensa por ter mantido as mãos longe dele por um bom tempo.

— Rob me implorou que não contasse nada a você. Eu disse que não contaria, contanto que ele nunca mais visse a porra da minha mulher de novo. Mas, para ser sincero, eu sabia que Kate e eu não tínhamos mais condições de manter nosso relacionamento àquela altura.

— Ele só ficou comigo por causa da Marlow. Porque eu estava grávida. — É uma constatação súbita, como um relâmpago iluminando a verdade.

Quando descobri que estava grávida, quando aquelas duas linhas azuis apareceram no teste, fiquei trêmula de alegria, choque e incredulidade, e cambaleei para fora do banheiro para mostrar a Rob, segurando o teste como se ele fosse um bilhete premiado da loteria. Lembro que ele ficou tão chocado que não conseguiu falar. Não disse nada por cinco minutos inteiros. Ficou olhando para o bastão de plástico o tempo todo. Pensei, na época, que ele estava tão perplexo quanto eu por ver nosso sonho finalmente se realizando, mas não foi isso. Agora eu vejo. Ele estava encarando o fato de que não poderia me deixar. Aquelas duas linhas azuis eram barras de prisão.

Depois que a segunda tentativa de fertilização fracassou, Rob fez de tudo para me convencer a não tentar uma terceira vez. Ele insistiu e insistiu que eu abrisse mão do sonho de ter um filho. Nós brigamos, chegamos a dormir em camas separadas por um tempo. Ele já estava tendo um caso com ela nessa época. Estava fazendo planos com Kate para me deixar? Quando segui com a fertilização, ele ficou com raiva, mas pensei que fosse porque estávamos tendo de torrar nosso dinheiro com isso e porque ele estava cansado da pressão que aquilo gerava.

Fui muito burra por não ter enxergado a verdade. Rob devia estar torcendo e rezando para que não funcionasse, assim ele poderia me deixar, talvez pudesse até jogar a culpa na minha infertilidade e depressão. Mas aí funcionou, eu engravidei, e todos os seus planos foram por água abaixo. Rob não podia me deixar depois disso, não quando eu estava grávida de um filho dele.

Tento imaginar o que se passou pela cabeça dele. Provavelmente ficou angustiado. Conheço Rob o suficiente para compreender que, no fundo, ele não é um homem horrível. O que ele fez, essa traição, é terrível, e eu nunca vou perdoá-lo por isso, mas também sei que ele não é um monstro. Rob tem coração. Ele terminou com ela.

Eles obviamente ficaram separados por algum tempo, de acordo com as mensagens de texto, mas, depois, por alguma razão, eles voltaram. Talvez tenham se esbarrado por acaso. Talvez tenha sido no batizado de Marlow. Talvez a química sexual fosse forte demais, ou ele tenha sentido tanta repulsa de mim e do meu corpo depois da gravidez que voou para seus esbeltos braços abertos como um ímã, repelido por uma e atraído pela outra.

E, agora que penso nisso, percebo que fiquei me questionando onde Rob estava depois da missa. Ele desapareceu por dez minutos, me disse que estava ao telefone. E Kate estava lá, no seu papel de madrinha estilosa, linda em seus saltos de doze centímetros e um vestido colante mais apropriado para um clube de striptease do que para um batizado. Ela não disse que tinha de sair para retocar o batom para as fotos? Mas, quando voltou, tive a impressão de que ela tinha se esquecido de retocá-lo.

— Se isso faz você se sentir um pouco melhor — diz Toby —, não acho que Kate teve em momento nenhum a intenção de te magoar.

— É meio tarde para isso.

— Bem, ela está morta — afirma ele, como se isso apagasse o que ela fez, como se ela tivesse pagado pelos seus crimes ao se afogar. Um pensamento de repente me atinge como um soco no peito. E se... Toby a matou? Ou mandou alguém matá-la? Ele acabou de admitir que contratou um detetive particular. E se ele tiver contratado alguém para matá-la? Eu não ficaria surpresa. Ela estava atrás do dinheiro dele, afinal de contas.

Não, é maluquice minha; que pensamento absurdo! Mas, por outro lado, eu também estou sendo acusada, e o fato é que há dois cônjuges rejeitados nessa situação, não só eu, e, se eles vão usar a traição como motivação do crime, então Toby é tão suspeito quanto eu. Talvez mais ainda, considerando a quantidade de dinheiro que Kate estava tentando arrancar dele.

Mas como vou descobrir se ele está envolvido nisso? Preciso de um advogado, ou de um detetive particular, mas não trabalho nesses círculos. Não tenho essas relações, nem contatos. Onde eu encontraria um detetive, ainda mais aqui? Não falo a língua daqui.

— Fique sabendo que a polícia acha que alguém a matou — conto a Toby.

Ele fica em silêncio do outro lado da linha.

— O quê? — balbucia ele finalmente.

Ouço atentamente sua reação. Ele parece nervoso? Inocente? Ou há uma pontada de medo em sua voz? É a voz de um homem culpado?

— Eles disseram que ela tem ferimentos compatíveis com luta corporal. Estão considerando assassinato.
— Puta merda — sussurra Toby. — Isso... mas quem?
— Não sei — respondo. — Preciso desligar — acrescento.
— Você me avisa depois o que deu com a polícia?
— Aviso. E, Toby — acrescento —, Rob já tomou as providências para a cremação. Acho que vai ser hoje mais tarde. Mas você pode cuidar do resto? Acho que não vou conseguir.

A ideia de ter de organizar uma cerimônia fúnebre ou celebração da vida de Kate é demais para minha cabeça. Eu certamente não sou a melhor pessoa para conduzir os discursos fúnebres. Talvez devêssemos chamar Rob.

— Claro — concorda Toby, calmamente. — Escuta, Orla, sinto muito que você tenha descoberto isso. Especialmente agora.
— Sim. Eu também.

Capítulo 28

— Rob — digo, no tom mais sereno que consigo, na mensagem que deixo na caixa postal. — Me liga de volta.

Vejo as horas. São quatro e vinte. Ele já está no avião. Deve estar se perguntando se fui eu quem ligou para ele do celular de Kate. E provavelmente deve estar em pânico com o que posso ter descoberto. Abro a porta do quarto e acabo assustando Sebastian, que está parado ali com um chá na mão. Há quanto tempo ele está aqui, à espreita? Estava ouvindo minha conversa com Toby? Ele me entrega o chá, seus olhos correm pelo quarto, se recusando a focar no meu rosto. Percebo que ele nota a pilha de roupas espalhadas de Kate e o sutiã e a calcinha rasgados.

— Obrigada — agradeço-lhe, me mexendo para bloquear seu caminho para dentro do quarto e a visão dele do cômodo. A última coisa de que preciso é Sebastian xeretando mais ainda por aqui.

— Está tudo bem? — pergunta ele. — Posso fazer alguma coisa? Eles lhe disseram o que aconteceu com a sua amiga?

Balanço a cabeça, me perguntando se não teria uma motivação por trás de sua gentileza; mais especificamente, um desejo de fazer fofoca.

— Não.

Ele franze o cenho.

— A polícia andou fazendo perguntas. Deu a impressão de que eles achavam a morte da sua amiga suspeita.

— Eles estão investigando, só isso. Não sabem o que aconteceu.

Que pentelho enxerido.

Ele sai do quarto, e eu ando de um lado para o outro, apertando as mãos, tentando pôr meus pensamentos em ordem. Tento nomear tudo o que estou sentindo — uma técnica que meu terapeuta me ensinou para quando eu estivesse me sentindo dominada pela ansiedade. Elenco humilhação, luto, dor, confusão, medo e pânico. É coisa demais para sentir, coisa demais para enfrentar, e uma por cima da outra. Como posso ter tudo isso dentro de mim sem enlouquecer?

Olho para a xícara de chá na mesinha. Não preciso de chá. Preciso de uma bebida de verdade. Algo forte, para acalmar meus nervos e ajudar a clarear minha mente, ou talvez o oposto, apagar tudo, pelo menos temporariamente. Meu primeiro pensamento é ligar para Konstandin. Preciso de alguém com quem possa conversar sobre tudo isso. Sem pensar muito, pego meu celular e ligo para o número dele. Konstandin atende no mesmo instante.

— Oi, está tudo bem? — pergunta ele. — Precisa de uma corrida para algum lugar?

— Preciso — respondo.

Meia hora depois, ele aparece para me buscar. Deixo o apartamento sem dizer uma palavra a Sebastian, que está trancado em seu estúdio de gravação. Konstandin está em frente ao prédio, esperando junto ao seu carro. Ele abre a porta para que eu entre e depois se acomoda em frente ao volante.

— Para onde vamos? — pergunta ele, ao ligar o carro.

— Preciso de uma bebida — respondo, olhando fixamente para a frente.

Konstandin faz uma pausa para olhar para mim, mas não diz nada e começa a dirigir. Ele segue por dez minutos antes de entrar em uma rua estreita de paralelepípedos, com construções coloridas de ambos os lados, então estaciona o carro. Quando saímos do carro, eu o sigo até uma porta alta de madeira. Não há nenhum letreiro nem nada do tipo que indique que é um bar. Na verdade, parece que essas construções daqui são casas. Há varais espalhados no alto, lençóis brancos voando. Quando Konstandin puxa uma chave e destranca a porta, olho para ele com desconfiança.

— Onde nós estamos? — pergunto.

— Na minha casa — responde ele.

Ele me conduz para uma antessala fresca, ladrilhada. Há uma escadaria comum e duas portas que dão nela. Ele aponta para uma das portas e segue na direção dela, destrancando-a. Por um breve momento, preciso engolir o nervosismo. Estou fazendo burrice, me metendo nessa situação? E se Konstandin, na verdade, tivesse de estar na minha lista de suspeitos?

Olho para ele, quando dá um passo para o lado para me deixar entrar no apartamento. Eu o vi bater em um homem. Eu o vi ameaçar outras pessoas. Sei do que é capaz. Não seria nada absurdo cogitar que ele pudesse ter matado Kate. Mas minha intuição continua me dizendo que não foi ele.

Entro no apartamento.

Konstandin fecha a porta atrás de nós. Ouço quando ele a tranca. Estou em sua casa e ninguém sabe onde eu me encontro. Eu não devia estar aqui.

Eu me viro. Konstandin está de pé, bloqueando a porta, me observando enquanto eu o observo. Sua expressão, com seus olhos escuros caídos, não transparece nada.

— O que gostaria de tomar? — pergunta Konstandin. — Tenho uísque, brandy, cerveja.

— Uísque — respondo.

— Gelo?

Assinto.

— Sim, por favor.

Eu o sigo até uma pequena cozinha. O apartamento parece ser só isso: a sala de estar por onde entramos, esta cozinha e mais duas outras portas que dão na sala de estar, que imagino serem de um quarto e um banheiro. Parece que ele mora sozinho. *Orla*, diz uma voz em minha cabeça, *o que você está fazendo?*

Vejo-o pegar a forma de gelo no congelador. Ele coloca vários cubos em um copo e o enche de uísque e o entrega para mim. Depois faz o mesmo para si. Ele segura seu copo contra o meu.

— *Gëzuar* — diz ele.

— *Sláinte*.

Olhamos um para o outro sobre as bordas de nossos copos enquanto bebemos.

Konstandin faz um gesto, sugerindo que voltemos à sala de estar e remove uma pilha de roupa lavada do sofá para que eu possa me sentar. Ele puxa uma cadeira de encosto duro e se senta na minha frente. Olho para o uísque em minha mão, e em seguida o viro em uma grande golada, fechando os olhos enquanto ele queima, abrindo caminho pela garganta abaixo. O líquido não faz nada para extinguir qualquer tempestade que esteja se formando dentro de mim. A raiva e a tristeza ainda estão lutando entre si para ver qual será a vencedora.

— Kate foi assassinada — digo, pronunciando as palavras com dificuldade. — A polícia disse que havia evidências de uma luta corporal. — Olho para Konstandin. Ele está inclinado com os cotovelos apoiados sobre os joelhos, segurando o copo frouxamente. — Ela estava tendo um caso com o meu marido — continuo. — A polícia não sabe. Eu acabei de descobrir.

A expressão de Konstandin não se altera. Ele não se mexe, nem diz nada, por cerca de cinco segundos. Então ele se levanta, vai até a cozinha e volta com a garrafa de uísque — um bom uísque escocês, percebo — e enche meu copo de novo, quase até a borda. Dou outro grande gole. Dessa vez, o fogo líquido parece amenizar os gumes afiados da dor.

— Como você descobriu? — pergunta ele.

— Tinha mensagens no celular dela. Tive que entregá-lo à polícia, mas eu o resetei antes. Apaguei tudo. — Mordo o lábio, pensando se era a coisa certa a fazer. Mas agora é tarde demais.

Konstandin não diz nada e percebo que eu gostaria que ele dissesse. Fico atenta para ver sua reação. Quero saber se ele acha que fiz alguma burrice. Quero sua opinião. Na verdade, quero sua ajuda; foi por isso que liguei para ele.

— Não sei o que fazer — confesso, e agora as lágrimas chegam com vontade, deslizando pelo meu rosto, em um rio sem fim. — A polícia pensa que fui eu. Se descobrirem sobre o caso, vão pensar que isso foi um motivo. — Enxugo as lágrimas que rolam pela minha face e caem do meu queixo.

— E é.

Assustada, levanto os olhos para Konstandin. O que ele está dizendo?

— Não acredito que você acha que fiz isso! — grito, me levantando abruptamente. — Eu não fiz! Você me viu um dia depois que ela desapareceu. Você sabe que eu não fiz isso... eu não seria capaz.

Konstandin fica de pé também.

— Não foi isso que eu quis dizer. — Ele me tranquiliza. — Eu quis dizer que havia outras pessoas magoadas com essa traição, que poderiam também estar com raiva, que também tinham um motivo.

O alívio me inunda. Ele confirmou minhas suspeitas.

— Sim! Toby, o ex-marido da Kate! Ele admitiu para mim que sabia do caso. E estava furioso com o divórcio e com o fato de Kate querer tomar o dinheiro dele.

Começo a andar de um lado para o outro na pequena sala de estar. Poderia mesmo ser Toby? Ele seria capaz de uma coisa dessas? Será que nos seguiu até Lisboa ou mandou alguém nos seguir? Ele é o tipo de pessoa que teria contratado alguém para fazer o trabalho sujo.

— Eu estava, na verdade, pensando no seu marido — diz Konstandin, interrompendo minha linha de pensamento.

— O quê? — Eu me viro e o encaro, em choque.

— O que ele estava fazendo em Lisboa? — Ele dá de ombros.

— Eu pedi a ele que viesse — exclamo. — Não foi Rob. Ele estava em casa na sexta-feira à noite. Estava tomando conta da Marlow.

— Tem certeza?

Balanço a cabeça, desnorteada.

— Tenho... tenho! Ela é uma bebê. Não consegue exatamente tomar conta de si mesma. — Liguei para ele assim que acordei e descobri que Kate tinha desaparecido. Ele estava em casa naquele momento. Estava saindo para levar Marlow ao parque.

— Como o seu marido se sentiu ao saber que a amante viajaria com sua esposa?

Alcanço meu uísque e tomo outro gole. Isso ajuda a queimar minhas últimas lágrimas.

— Ele estava preocupado. Ouvi as mensagens que ele deixou no celular da Kate. Ele achou que ela ia me contar do caso deles. Implorou a ela que não falasse nada.

Konstandin não diz nada. Nem precisa. Ele está certo. Aí está um motivo.

— Merda — digo, apertando as mãos em torno da minha cabeça. — Eu deletei as mensagens. Eu apaguei tudo do celular dela. Eu não queria que a polícia descobrisse. — Puxo meu próprio celular do meu bolso de trás. — Mas printei as mensagens deles e mandei tudo para mim mesma por e-mail. Tem centenas delas.

Abro meu e-mail e clico na primeira imagem. As mensagens mais antigas estão cheias de emojis de berinjela, horários e locais de encontro. Enquanto vou passando as mensagens, noto o aumento de emojis de coração e coisas mais cotidianas, sobre o trabalho e a vida. Kate diz com frequência que está com saudade dele. Cada mensagem que leio é mais um giro cruel que a faca no meu peito dá. Empurro o celular para Konstandin.

— Não consigo ver isso.

Ele pega o celular e começa a ler tudo enquanto eu ando de um lado para o outro atrás dele, os olhos fechados, apertados.

— Me dá um resumo — peço a ele.

— Parece que ele terminou com ela.

— Por quê? Foi porque eu estava grávida?

— Foi. Ele diz que sente muito, mas que não pode sair de casa agora, não com um bebê a caminho.

Viro o resto do meu uísque e estendo a mão para a garrafa.

— Ela não fica feliz — continua Konstandin. — Tenta convencê-lo a ficar com ela, diz que eles podem fazer a relação funcionar. Diz que o ama.

— Ele alguma vez diz que a ama também? — pergunto, com os dentes cerrados, observando o rosto de Konstandin enquanto ele lê as mensagens.

Ele olha para mim e assente.

— Mas ele diz que ama você também.

— Ah, então tudo bem, né? — comento, servindo-me de outra dose generosa de uísque. — Pena que não somos mórmons. Poderíamos ter sido esposas irmãs.

— Talvez seja melhor ir mais devagar — sugere Konstandin, quando eu levo o copo aos lábios.

Eu o fulmino com os olhos.

— Você precisa manter os pensamentos em ordem — diz ele para mim com toda a calma.

Ele está certo; eu sei. Com relutância, pouso o copo.

— Faz sentido — diz Konstandin, puxando um maço de cigarros do bolso. Ele me oferece um, eu o aceito e deixo que ele o acenda para mim. Inalo profundamente, deixando o efeito de vertigem me acalmar.

— O que faz sentido? — pergunto.

— A razão pela qual Kate contratou acompanhantes.

— Como assim?

— Ela os contratou para dormir com você, assim teria alguma coisa para mostrar ao seu marido. Se ela pudesse provar para ele que você tinha sido infiel, talvez ele finalmente largasse você e ficasse com ela.

Foi como se ele tivesse me dado um tapa. De repente, a verdade se ilumina na minha frente, de maneira brilhante e cruel.

— Se eu dormisse com alguém, não seria só *ele* que traiu! Ele teria uma desculpa para se divorciar de mim. Ele não seria o vilão. Poderia jogar a culpa em *mim*!

— Kate imaginou que ele só precisava de um empurrãozinho e estaria livre.

— E ela poderia fazer sua jogada. Eles poderiam ficar juntos. — Caio no sofá, o uísque e o cigarro combinados com a descoberta da traição de Kate de repente fazem com que eu me sinta muito mal.

Konstandin dá uma olhada nas mensagens de novo.

— Parece que eles ficaram sem se falar e sem se ver por quase um ano, mas depois se reencontraram. Cerca de quatro meses atrás.

— No batizado da Marlow — digo, fazendo as contas. Eu estava certa.

— Depois Kate manda muitas mensagens implorando a ele que fale com ela. Ele ignora todas, exceto... — Konstandin para de ler abruptamente.

— O quê? — pergunto.

— Nada — diz ele. — Você não precisa ouvir isso.

— O quê? — pergunto, agarrando o celular. Konstandin o segura com força, afastando-o de mim, mas eu o arranco de sua mão.

— Orla... — suplica ele, tentando pegar o telefone de volta, mas eu saio de seu caminho.

Rob: *Eu te amo, Kate, e um dia talvez possamos ficar juntos, mas, neste momento, preciso ficar aqui, com Marlow. Não posso abandoná-las.*

Kate: *Poderíamos ser uma família. Você, eu e Marlow.*

Rob: *Bem que eu gostaria, mas não posso.*

O berro que esteve preso dentro de mim por dias finalmente explode. Toda a dor, preocupação e raiva irrompendo de mim. Caio de joelhos, jogando o celular para o outro lado da sala. O mundo desaba sobre mim. Ele queria ficar com ela. Ele queria formar uma família com ela, me substituir por Kate. Só não fez isso por um sentimento de obrigação. E toda aquela conversa de Kate sobre ter uma casa em um bairro residencial, com um jardim, aquele papo de formar uma família. Ela não precisava formar família nenhuma, estava planejando roubar a minha! Queria virar madrasta da minha filha! E depois provavelmente ter um filho com Rob.

E talvez Rob a tenha matado porque ela ameaçou me contar antes que ele estivesse pronto para isso.

Quero cavar um buraco no chão com minhas próprias mãos e me enroscar dentro dele, puxar a terra para cima de mim e ficar ali, enterrada na escuridão. Quero que a dor pare, que os sons em minha cabeça parem, que as perguntas que correm pelo meu cérebro parem. E então, subitamente, a escuridão de fato cai sobre mim, mas é apenas Konstandin se ajoelhando na minha frente e me envolvendo em seus braços. Ele me segura, acariciando minhas costas, e eu me jogo em cima dele, chorando tanto que ensopo sua camisa.

Não sei por quanto tempo a dor me consome, por quanto tempo eu choro. Parece uma eternidade, mas, em um determinado momento, me dou conta de que estou soluçando, não chorando, e que o som dos murmúrios de Konstandin em minha orelha, em um idioma que não entendo, é mais alto que meu choro. Depois que paro de chorar, Konstandin se solta de mim e se levanta.

— Vou fazer um chá para você. Ou prefere um café?

— Café — balbucio, minha cabeça latejando. — Obrigada — digo.

Ele assente. Em seguida, vai para a cozinha e, depois de alguns segundos, vou atrás dele.

Ele aquece a água em uma máquina de espresso enquanto fico assistindo.

— A polícia diz que Joaquim e Emanuel têm um álibi. Não foram eles.

Ele assente.

— Você deveria checar onde Rob estava na noite de sexta-feira. E Toby.

— Pode ter sido um estranho — digo. Não quero acreditar que pode ter sido Rob.

— A maioria das vítimas de assassinato conhece seus assassinos.

Não quero continuar cavando a lembrança que tenho. Tenho medo de desenterrá-la da escuridão. A luz do luar na água. Uma mulher gritando *puta!*

Konstandin serve o café em uma pequena xícara de café espresso.

— Preciso perguntar uma coisa — diz ele, me entregando a xícara. — Você nunca se perguntou se fui eu? Se tive alguma coisa a ver com a morte de Kate?

Abro a boca para responder que não, mas para que mentir?

— Sim — revelo. — Eu pensei em todo mundo. Todas as pessoas com quem estivemos naquela noite, inclusive o velho que é dono da loja perto do apartamento. Fiquei doida quebrando a cabeça.

— Mas você acredita de verdade que eu poderia ter alguma coisa a ver com isso?

Olho dentro dos olhos dele. Konstandin me encara com o mesmo olhar sereno de sempre. A verdade é que o vi ameaçar e espancar um homem. Eu sei que ele pode ser violento, mas ainda assim balanço a cabeça.

— Não — respondo.

Ele assente, um sorriso roçando os cantos de sua boca.

— Você confia demais nos outros — diz ele.

— Você já matou alguém? — pergunto, as palavras voando para fora de minha boca antes que eu possa contê-las.

— Se tivesse matado, eu não lhe contaria — responde ele, impávido, lançando um olhar de esguelha em minha direção enquanto põe açúcar no café.

Capítulo 29

Konstandin me diz que tem de resolver alguns assuntos e me leva de volta para o apartamento.

— Toma cuidado — diz ele quando saio do carro. — E, se alguma coisa acontecer, pode ligar para mim.

Se alguma coisa acontecer. O que ele quer dizer com isso? Se a polícia me prender, suponho.

Assim que volto para o meu quarto, começo a trabalhar. Localizo rapidamente o número do escritório de Toby e ligo para a central. Peço que me coloquem em contato com a assistente dele, na esperança de que eles ainda estejam no escritório trabalhando até tarde, e graças a Deus estão.

— Oi — digo, tentando esconder o tremor em minha voz. — É Aisling, da contabilidade.

— Aisling? — pergunta a assistente, obviamente confusa.

— Sou nova — digo rapidamente. — Estou ligando para falar sobre as cobranças no cartão de crédito da empresa.

— Que cartão de crédito da empresa?

— O cartão de Toby — retruco. — Você pode confirmar onde ele estava na noite de sexta-feira para que eu me assegure de que estou autorizando as coisas... os itens corretos? — Eu me encolho por dentro de tão ruim que sou mentindo. A assistente suspira alto. Fecho os olhos. Devia ter pensado melhor antes de fazer essa ligação, inventado uma história mais convincente.

— Ele estava com clientes nessa noite. — Eu a ouço dizer, um mouse clicando ao fundo. Ela deve estar verificando a agenda dele no computador.

— Ótimo. E depois?

— Não sei. Aqui só diz jantar e drinques com ADC Media.

— Você sabe onde? — pergunto.

— Por que você precisa saber disso?

— Hum... Só para poder comparar o recibo com o que está na fatura.

— Soho House, em Shoreditch — responde ela.

— Excelente — digo. — Obrigada. — Desligo, a adrenalina correndo na veia. Ele estava em Londres naquela noite.

Isso não descarta completamente Toby de ser suspeito. Ele não é um homem de sujar as próprias mãos. Acredito plenamente que ele possa ser o tipo de pessoa que contrata alguém para "resolver" seus problemas. Ou estou viajando muito? As pessoas realmente fazem esse tipo de coisa na vida real? Contratam assassinos de aluguel? Ainda assim, não tenho tempo para ficar pensando muito, então sigo adiante.

A próxima ligação é bem mais difícil de fazer, e a adrenalina disparada pelo meu corpo parece aumentar. Então, quando levo o telefone ao ouvido, estou tremendo.

— Alô?

— Oi, Denise — digo, imaginando a babá do outro lado da linha, provavelmente com um bebê no colo de um lado e o telefone de outro. — Sou eu, Orla.

— Oi, Orla! Rob acabou de buscar a Marlow, há poucos minutos.

Checo a hora. É isso mesmo. Ele deve ter chegado ao aeroporto por volta das seis e ido direto do Heathrow para a casa de Denise. Mas ele ainda não me ligou de volta, o que é estranho, a não ser que esteja em pânico com a mensagem que deixei para ele e a ligação que recebeu do celular de Kate.

— Você ainda está em Lisboa? — pergunta ela. — Soube da sua amiga. Sinto muito. Que coisa horrível. Como estão as coisas por aí agora?

— Hum... bom, preciso ficar aqui e resolver algumas coisas — respondo, decidindo não mencionar o fato de que eu posso ser suspeita de ter cometido assassinato e que a polícia confiscou meu passaporte.

— Você sabe que eu faço o que puder para ajudar. Fiquei feliz em receber Marlow de novo para passar a noite. Ela foi um amor. Tão tranquila.

— Obrigada — agradeço-lhe, uma dor torcendo minha garganta ao som do nome de Marlow. — Você ficou com a Marlow na sexta-feira também?

— Fiquei — confirma Denise. — Na verdade, agora que você falou nisso, Rob se esqueceu de me pagar pela noite de sexta-feira.

— Ah — consigo grasnar, meu coração acelerado. — Vou providenciar para que ele te pague pelo tempo extra que deve.

— Obrigada — diz ela. Ouço uma criança chorar ao fundo.

— Rob disse aonde foi na sexta-feira à noite? — pergunto, pouco antes de ela desligar, mantendo meu tom leve. — Por que ele precisou que você cuidasse da Marlow?

— Ele disse que ia sair com os amigos, para aproveitar que você estava fora. — Os berros ao fundo ficam mais altos. — É melhor eu ir. Sinto muito mesmo pelo que aconteceu.

Ela desliga e eu fico ali parada, segurando o telefone, olhando para o aparelho sem acreditar. Onde Rob estava na sexta-feira à noite? Tinha mesmo saído com os amigos? É uma possibilidade, eu acho. Ele de fato comentou, há algumas semanas, que estava com saudade de ver os amigos. Eu o incentivei a marcar de sair com eles uma noite. Talvez ele tenha decidido aproveitar enquanto eu estava fora. Mas por que ele não me contou isso? Acho que, quando falei com ele no sábado, só conversamos sobre o desaparecimento de Kate. Ele não teria necessariamente falado nisso. Lembrando-me de mais uma coisa, checo as mensagens que recebi dele. Ele me mandou uma foto de Marlow na sexta-feira à noite — nossa filha comendo espaguete, coberta de molho, parecendo um Oompa-Loompa. Aquele desgraçado. Ele me enganou deliberadamente, para me fazer pensar que estava com ela. A foto é antiga, de umas duas semanas atrás. Sei disso porque no fundo está um vaso de flores que Rob comprou para mim de Dia das Mães, e que eu joguei fora antes de vir para Lisboa, porque elas estavam murchas.

Começo a fazer os cálculos freneticamente. É possível que Rob tenha vindo de avião para Lisboa sexta-feira e voltado para Londres no sábado de manhã, e depois imagino que ele poderia ter vindo de novo para Lisboa no domingo, quando eu liguei e pedi a ele que viesse. É um voo de apenas duas horas e meia. Se esse fosse o tempo de uma viagem de carro, não acharíamos nada de mais, é a distância de Londres a Birmingham. Mas, se ele realmente pegou um voo para cá, tem algum registro disso. Ele não teria sido tão estúpido a ponto de comprar a passagem no cartão de crédito que dividimos. Ele escondeu a traição por anos, pagando quartos de hotel, sem que eu descobrisse. Ele é um expert em vida dupla; não é nenhum exagero pensar que ele conseguiria fazer uma coisa dessas.

Se ele estava mesmo com os amigos, consigo uma confirmação fácil.

Ligo para Tom, o melhor amigo de Rob.

— Oi, Orla — diz ele. Consigo ouvir ao fundo um jogo de futebol na televisão. — E aí?

— Oi, Tom — digo, me perguntando se ele ficou sabendo sobre Kate. Ele pode não ter visto meu post no Facebook, e, se não conversou com Rob, então é possível que não esteja sabendo de nada ainda. Não sei se a imprensa do Reino Unido divulgou a matéria. — Você saiu com o Rob na sexta-feira à noite?

Ele não diz nada e praticamente consigo ouvir seu cérebro zumbindo por cima dos comentários da partida de futebol. Percebo tarde demais que meti os pés pelas mãos na conversa. E se Tom souber de Kate, Rob e o caso deles? Ele pode pensar que estou ligando para tentar arrancar alguma coisa dele. Pode estar em pânico, se perguntando se deve fornecer um álibi para Rob.

— É... — gagueja ele. No fundo, a torcida comemora e a voz do comentarista sobe uma oitava.

— Tom — eu o interrompo friamente. — Eu sei que ele estava me traindo. Sei que Rob tinha um caso com a Kate.

Ele dá um suspiro, mas não diz nada, confirmando que sabia. Desgraçado. Fico me perguntando se eu era a única que não sabia. Eu me sinto uma completa idiota.

— Orla... — começa Tom, mas eu o corto novamente. Não quero ouvir seu pedido de desculpas nem suas justificativas. E, acima de tudo, definitivamente não quero ouvir o tom de pena em sua voz.

— Só me diga se ele estava com você na sexta-feira à noite; é só isso que eu quero saber. Você não está traindo seu amigo. Foi ele quem me traiu. Eu mereço saber a verdade. Você sabe que mereço.

Ele faz uma pausa de um breve segundo, pesando sua lealdade a Rob e sua dívida de culpa comigo.

— Não, ele não estava comigo.

— Não rolou uma saída com os amigos?

— Não, isso teve, sim. Alguns de nós nos encontramos no pub. Rob ficou de ir, mas... acabou não aparecendo.

Meu coração dá uma pequena travada.

— Você sabe por quê?

— Não — responde Tom, depois acrescenta, um pouco contrito: — Eu não perguntei. — O que significa que pensou que ele estava com Kate.

— Obrigada — digo e desligo antes que ele possa falar qualquer outra coisa. Ele provavelmente já deve estar ligando para Rob a fim de avisar que eu descobri, então me adianto e eu mesma ligo para meu marido imediatamente.

O telefone dá sinal de ocupado. Merda. Eu não devia ter alertado Tom. Não que isso importe. O que importa é descobrir onde Rob estava na sexta-feira à noite.

Meus nervos estão tinindo, meu estômago se contorce como se estivesse cheio de enguias. E se Rob esteve aqui? Parece cada vez mais provável. E se ele nos seguiu até Lisboa, com medo do que Kate poderia dizer ou fazer? E se ele a atraiu para fora do apartamento naquela noite, depois que nos viu trazer Joaquim e Emanuel para cá? Ou ele pode ter enviado um e-mail, combinando de se encontrar com ela. Talvez, quando Kate teve aquela conversa com ele pelo celular, em frente ao restaurante, ele estivesse dizendo a ela que o encontrasse mais tarde, marcando a hora e o local de encontro. Porém, nesse caso, por que ela teria dormido com Emanuel? Esse não é o comportamento de uma mulher que está morrendo de vontade de se jogar nos braços do amante. É o comportamento de uma mulher rejeitada que arruma um estepe.

Tento imaginar Rob e Kate brigando. Rob nunca foi agressivo fisicamente comigo, então é difícil visualizar isso. Consigo até ver Kate talvez dando um tapa nele, gritando, implorando a ele que me deixasse. Mas talvez, com ela, ele seja uma pessoa diferente. Nunca imaginei que Rob pudesse me trair, então o quanto eu realmente o conheço? E se ele pensou que ela poderia destruir a vida dele me contando tudo, seria motivo suficiente para que a ferisse ou a silenciasse? Estou sucumbindo à ideia de que deve ter sido Rob. Tudo está fazendo sentido.

Claro que poderia ter sido um acidente. Talvez ela tenha partido para cima de Rob e ele a conteve, empurrando-a por acidente. Ela pode ter caído e batido a cabeça. Então ele viu que ela estava inconsciente ou pensou que estivesse morta e a jogou no rio para acobertar seu crime?

O problema é que não quero acreditar que foi Rob. E, no fim das contas, tudo isso é apenas uma suposição desvairada — minha imaginação tentando preencher as lacunas. Preciso descobrir a verdade!

Pense, Orla, *pense*, digo a mim mesma. Se ele veio para cá de avião, para Lisboa, na noite de sexta-feira, como posso confirmar isso? A resposta me vem como um flash. Ele não seria capaz de resistir às milhas. Rob junta milhas aéreas religiosamente. É parte de sua natureza econômica, sovina, de contador. Ele teria comprado a passagem com seu cartão de crédito e acrescentado as milhas à sua conta da Avios. E eu tenho acesso a essa conta porque é conjunta. Ele queria garantir que nós dois aproveitássemos ao máximo as milhas. No ano passado, elas pagaram um voo de volta das Canárias, onde passamos as férias de inverno.

Entro na minha conta da Avios, me esforçando para me lembrar da senha. A página carrega e a tensão me faz querer gritar. O efeito do uísque de mais cedo já passou e agora eu me sinto exausta, emocionalmente esgotada. Estou me agarrando com unhas e dentes à pontinha de sanidade. Quando a página carrega, levo alguns segundos para navegar até os extratos e lá eu vejo a prova do que não quero ver.

Três voos de ida e volta para Lisboa no total. Meu próprio voo na tarde de sexta-feira, mais outro voo para Lisboa, às seis e trinta e cinco da noite, no mesmo dia, com um retorno às seis da manhã do dia seguinte. O terceiro voo, no domingo, foi o que Rob comprou quando implorei a ele que viesse. Droga! Minhas pernas cedem e caio no chão, sem conseguir nem chegar à cama. Ele estava aqui. Ele estava em Lisboa na noite em que Kate morreu... na noite em que ela foi assassinada. O que eu faço com essa informação?

Tento ligar para ele de novo. A chamada cai direto na caixa postal. Ele provavelmente está ao telefone com Tom, que deve estar avisando que estou possessa. Resolvo mandar uma mensagem, fico pensando no que escrever. No fim, digito: EU SEI. Em seguida aperto enviar.

Ele não responde. E, quando eu ligo de novo, cinco minutos depois, chama, chama e ele não atende. O que está acontecendo? Ele deve estar me evitando, aquele covarde. Ele deve estar surtando por eu saber a verdade, tentando imaginar o quanto eu sei e como descobri. Deve estar pensando nas mentiras que pode contar para tentar se safar, agora que Kate não está por perto para contradizê-las. Gosto de imaginar o pânico dele. Espero que ele esteja experimentando um centésimo da angústia que estou sentindo, mas ainda assim preciso que ele me atenda.

Passo cinco minutos tentando definir meu próximo passo e, finalmente, digito uma mensagem. EU SEI QUE VOCÊ ESTAVA AQUI NA SEXTA-FEIRA À NOITE. ME LIGA OU VOU CONTAR PARA A POLÍCIA.

Capítulo 30

Depois que pressiono enviar, espero, sentada de pernas cruzadas no chão, segurando o celular, mal respirando. Segundos depois, o telefone pula vivo em minha mão. É Rob.

— Seu filho da puta — digo, ao atender.
— Do que você está falando? — pergunta ele.

Ele decidiu optar pela inocência. Inspiro um ar que parece ser fogo, e em seguida o deixo crepitar para fora de mim.

— Não ouse mentir para mim de novo! Não ouse negar. Eu sei! Eu li todas as mensagens. Eu vi as mensagens que você mandou para ela. Eu sei de tudo!

Há uma pausa tão longa e tão sombria que parece que mergulhei no vazio. Um abismo escancarado está se abrindo entre nós. Consigo sentir.

Finalmente, ouço-o tomar fôlego.

— Desculpa — sussurra ele, sua voz falhando.
— Não! Você não tem o direito de pedir desculpa! — grito. Comecei a chorar de raiva. Passo os dedos para enxugar minhas lágrimas e inspiro profundamente. Não vou bancar a esposa rejeitada e histérica. Preciso manter o controle. Não quero os detalhes da traição. Não agora. Não quero ouvir as desculpas de Rob nem suas justificativas. Só preciso saber de uma coisa. — Só me diga uma coisa — falo entre os dentes cerrados. — Você a matou?

Prendo a respiração, querendo que a resposta seja não. Mas, ainda que ele diga não, como vou acreditar nele depois das mentiras que me contou? Como posso acreditar em uma palavra que sai da boca de Rob?

— Orla — diz Rob, com o choque ou talvez o pânico tornando sua respiração acelerada. — De que merda você está falando?! O que a polícia está dizendo? Pensei que tivesse sido um acidente.

— Não. Eles dizem que há evidências de uma luta corporal. Ela brigou com alguém antes de morrer...

— Não fui eu! — interrompe-me Rob.

— Por que você veio para cá? Por que você estava em Lisboa na sexta-feira?! — pergunto, minha voz num sibilo gélido, pouco mais alto que um sussurro. Não quero que Sebastian me ouça.

Rob não responde.

— Rob? — sondo, me perguntando se ele desligou. O terror agarra minhas entranhas. Tem de ser ele. Faz sentido.

Um enorme soluço ecoa pela linha. Esse som me deixa fria.

— Eu precisava impedi-la — choraminga ele.

Um calafrio percorre meu corpo.

— Impedi-la de fazer o quê?

— De contar para você — gagueja ele através das lágrimas.

Meu queixo cai, pasma. O mundo se abre sob meus pés. Meu Deus do céu. Foi Rob. Ele acabou de admitir isso para mim.

— Mas você não pode achar que fui eu... eu não fiz nada! — continua ele. — Eu não matei a Kate. Juro. Eu nem a vi! Ela não queria me encontrar.

Fico apenas parcialmente aliviada, porque não tenho certeza de que ele está me contando a verdade. Claro que ele negaria.

— Como vou saber se você está dizendo a verdade? — pergunto. — Não posso confiar em você.

— Lamento muito — sussurra ele, se desculpando de novo.

— Você só lamenta que eu tenha descoberto — cuspo as palavras, novas ondas de raiva me inundando. Sei que, se estivéssemos cara a cara, eu acharia quase impossível não o esmurrar com meus punhos.

— Eu não queria magoar você — afirma ele. — Eu tinha acabado com tudo. Nós tínhamos terminado, eu e Kate. As coisas estavam bem entre mim e você. — Ele funga. — E então eu descobri que você ia viajar com ela no fim de semana e fiquei preocupado. Você conhece a Kate... Ela gostava de fazer joguinho. Ela estava com raiva porque... — ele para de repente.

— Sei por que ela estava com raiva — digo, minha voz como uma vara de aço. — Li todas as suas mensagens. E escutei as da caixa postal também.

Quase consigo ouvir o pânico de Rob arranhando sua garganta enquanto ele absorve o que acabei de dizer.

— Continua — ordeno.

— Ela estava com raiva e eu pensei que, talvez, por ela estar com muita raiva, Kate fosse te contar sobre... — ele se interrompe.

— O caso de vocês — termino por ele.

— Eu entrei em pânico. Fui idiota. Não sei o que estava pensando. Mas eu não podia ficar em casa esperando receber uma ligação sua me perguntando se era verdade. Pensei em pegar um voo até aí e tentar conversar com a Kate, convencê-la a não contar nada para você. E, se eu não conseguisse conversar com ela nem convencê-la, pelo menos eu estaria aí para conversar com você, se ela acabasse contando.

Balanço a cabeça. Ele deve ter ficado fora de si de tanto pânico para deixar Marlow com a babá e pegar um voo até aqui.

— Mas você não falou com ela? Você não a viu?

— Não. Eu... ela me prometeu que não ia contar nada. Eu acho... — Ele se interrompe de novo.

— O quê? — pressiono.

— Eu acho que era um jogo de poder para ela. Ela queria que eu fosse correndo. Sua maneira de afirmar controle. Ela estava jogando comigo. Queria minha atenção — diz Rob através de dentes cerrados, a raiva óbvia em sua voz.

— E isso deixou você furioso — concluo.

— Não! Quer dizer, sim — fala ele, confuso —, mas eu não a machuquei. Como você pôde sequer pensar numa coisa dessas?

— Você está de sacanagem comigo? — pergunto, bufando. — Como eu pude pensar numa coisa dessas? Eu não sei o que pensar. Você vem mentindo para mim há anos! Você estava dormindo com a minha melhor amiga. Você nem quer ficar comigo.

— Isso não é verdade! — protesta ele.

— Você só ficou por causa da Marlow.

— Não!

— Para de mentir para mim, Rob! — grito e, na mesma hora, controlo o tom de voz. — Eu li as mensagens. — Meus punhos estão cerrados e minhas unhas cavam meias-luas sangrentas nas minhas palmas quando eu me lembro. — Ela queria formar uma família com você. E você queria isso também.

Rob fica em silêncio.

— Olha só — digo, fechando meus olhos e inspirando profundamente. — Não consigo fazer isso agora.

— Desculpa — sussurra ele.

— Não — murmuro.

Ele se cala de novo. A tensão estala pela linha.

— Orla — diz ele finalmente. — Eu não matei a Kate. Juro por Deus.

Não digo nada. As palavras dele não significam nada.

— Provavelmente foram aqueles homens, os acompanhantes de quem você me falou. A polícia já interrogou os dois?

— Não foram eles — afirmo, sentindo o cansaço. — Sabia que ela contratou os dois porque queria que eu dormisse com um deles? Então, quando eu não fiz o que ela planejou, Kate tentou me fazer pensar que tinha transado com um deles. Ela fez isso de propósito, Rob, e, quando eu não quis dormir com o cara, ela me drogou para que eu não me lembrasse de nada no dia seguinte. Aí ela poderia dizer para você que eu tinha sido infiel.

— O quê? Por que ela faria isso? — pergunta Rob.

— Para que você tivesse um motivo para me deixar.

Ele inspira intensamente.

— Meu Deus! — sussurra ele baixinho. — Isso é muito louco.

— É. E adivinha só, Rob?

— O quê?

— Sou eu que estou deixando você.

— Não, Orla, por favor... — implora ele.

— Para de falar — digo, tentando conter o soluço que está se formando em meu peito. — Não quero ouvir nem mais uma palavra.

— E a polícia? — pergunta ele, me ignorando. — Você não vai contar para eles, vai? Sobre eu ter ido para Lisboa?

Bufo.

— Por que eu não contaria? Eles pensam que eu tenho alguma coisa a ver com o assassinato. Estão me considerando suspeita.

— Merda — diz ele alto. — É sério isso?

— Eles não me acusaram formalmente, mas, sim, dá para perceber que eles pensam que tive alguma coisa a ver com isso. Você esteve aqui; você viu como eles ficaram desconfiados. E agora, quando descobrirem sobre o caso de vocês, eles vão pensar que tive um motivo, não vão? Então, muito, muito obrigada! — acrescento sarcasticamente.

— Ai, meu Deus, Orla. O que você vai fazer?

Balanço a cabeça. De repente, estou sozinha nisso. Não há nenhuma oferta envolvendo pegar um voo e vir corrigir as coisas, nenhuma noção de que foi ele que ajudou a me pôr nessa situação.

— Se a polícia descobrir sobre a traição, nós dois estamos fodidos — diz ele. — Se descobrirem que eu estive aí, nós dois podemos acabar presos. Quer dizer, eles poderiam pensar que planejamos isso juntos, ou que nós brigamos por causa disso e uma coisa levou a outra e...

— Sua voz some.

Reflito sobre o que ele acabou de dizer. Será que a polícia pensaria isso? Ou eu estaria livre de suspeita? Eles se voltariam para Rob como principal suspeito? E eles não vão acabar descobrindo que ele estava em Lisboa?

— O que aconteceria com Marlow? — pergunta Rob, interrompendo meus pensamentos.

Ah, meu Deus. Foi como se ele tivesse entrado pela linha telefônica e me agarrado pela garganta. Eu sei o que ele está fazendo. Está usando nossa filha como peão. Se Rob for preso ou interrogado, o que aconteceria com ela? Os pais de Rob não costumam estar por perto para ajudar. Eles estão no Equador no momento, em uma viagem que vai durar um mês, e minha mãe está na Irlanda, cuidando do meu pai, que tem Parkinson. Eles não têm condições de ficar com ela, e não podemos empurrá-la para Denise. Marlow precisa de um dos pais com ela. Mas por que não poderia ser eu? Eu sou a parte inocente da história. Mas não posso ir para casa sem meu passaporte. Quero gritar diante da injustiça da situação. Rob é que deveria estar aqui no meu lugar, sob suspeita, tendo de entregar seu passaporte às autoridades. Eu é que deveria estar em casa com nossa filha.

— Só não diga nada por enquanto, está bem? — insiste Rob. — Talvez a polícia descubra quem realmente fez isso. — Ele está querendo que eu embarque em seu plano. Há uma súplica desesperada em seu tom de voz. Mas o que eu ganho com isso? Além do fato de que não quero revelar o caso deles pela possibilidade de isso gerar munição contra mim.

Suponho, porém, que, se eu segurar essa informação, poderei usá-la mais adiante, se e quando precisar.

— Ok — concordo, relutando em sentir que estou dando alguma coisa para ele. — Não vou falar nada por enquanto.

Ele deixa escapar o ar que estava prendendo.

— Mas, Rob — acrescento. — Não estou prometendo nada.

— Ok. Entendo. Desculpa. Desculpa mesmo.

Fecho os olhos ao desligar e deixo as palavras ricochetearem em vão, como uma chuva misturada com neve batendo contra uma vidraça gelada.

Capítulo 31

A campainha toca, e meu coração faz um valente esforço de pular para fora do peito. Minhas terminações nervosas estão em carne viva e expostas. Desde a conversa com Rob pelo telefone, meia hora atrás, estive andando de um lado para o outro do quarto, tentando escrever uma lista de coisas para fazer, mas estou dispersa demais, muito nervosa para escrever qualquer coisa, para processar qualquer coisa além do fato de que meu marido estava tendo um caso com minha melhor amiga e talvez a tenha matado.

Eu me sinto como uma prisioneira inocente no corredor da morte, que sabe que os segundos estão passando, mas não consegue descobrir como deter a mão do carrasco. Tentei descartar as duas pessoas com motivos além de mim — Toby e Rob — e não consegui. E há ainda a possibilidade muito real de que tenha sido um acidente, ou de que Kate tenha sido morta por um estranho. Nesse caso, nunca descobrirei o que aconteceu.

Espero, prendendo a respiração, até ouvir uma batida na porta do meu quarto. É Sebastian me dizendo que a polícia está aqui de novo. Seu olhar percorre meu rosto e meu quarto. Não sei dizer o que está se passando em sua cabeça, só que ele parece estar apreciando, de uma maneira perversa, o drama que estou lhe proporcionando. Devo ser um tipo de reality show, imagino, ou um thriller hitchcockiano se desenrolando diante dele em tempo real.

Vou até a porta da frente e encontro Nunes.

— O que aconteceu? Descobriram quem matou Kate? — pergunto.
— Temos mais algumas perguntas — rebate ele, um mestre em se abster. — Precisamos ir à delegacia.
Suspiro ruidosamente.
— De novo? Estive lá para um interrogatório faz poucas horas. O que mais vocês querem saber? — Posso estar apresentando uma calma aparente, mas por dentro estou surtando. Eles vão me prender?
Ele parece querer só me mandar entrar no carro, sem mais delongas, mas minha beligerância o detém.
— Queremos lhe fazer algumas perguntas sobre uma pessoa que é amiga sua.
— Kate? — pergunto, confusa.
— Não, o motorista de Uber. Konstandin Zeqiri.
— Konstandin?
Isso me pega desprevenida. Como diabos eles sabem sobre Konstandin? Será que foi Joaquim? Será que ele falou para a polícia do homem que bateu nele? Mas como eles teriam conseguido identificar Konstandin? Joaquim não sabia o nome dele.
— Pode vir comigo? — repete Nunes, indicando a porta da frente.
Viro-me e vejo Sebastian, que está perambulando pela sala de estar, tentando ouvir alguma coisa.
— Ok — concordo. — Tudo bem. Só vou pegar a minha bolsa.
Corro de volta para o meu quarto, perguntas voando pela minha cabeça enquanto visto um suéter. Como eles sabem de Konstandin? Por que querem fazer perguntas sobre ele? O que foi que ele disse quando lhe perguntei se já tinha matado alguém? *Que, se tivesse matado, não me contaria.*
Ah, meu Deus. E se eu tiver me enganado a respeito dele esse tempo todo?
Pego minha bolsa e corro de volta até Nunes, que está à minha espera no corredor.

Capítulo 32

Embora sejam quase nove da noite, a delegacia parece mais movimentada do que o normal. As pessoas estão trabalhando, andando de lá para cá e, quando entro junto com Nunes, noto que vários policiais param para me observar. Minha pele formiga sob o olhar deles. Eu já havia feito uma caminhada da vergonha antes, quando estava na universidade, mas a sensação aqui é dez vezes pior. Todo mundo está olhando para mim como se eu fosse culpada.

A TV aos fundos da área de recepção está ligada no noticiário, e reconheço Reza na tela. Não consigo entender o que ela está dizendo, mas dá para perceber que a policial está dando uma entrevista coletiva em um salão repleto de jornalistas, e a foto de Kate aparece no canto inferior da tela. Dou uma leve derrapada ao parar, chocada. Não tenho entrado nas redes sociais, não estava ciente de que a imprensa estava explorando esse caso.

Reza está em seu escritório, cercada por xícaras de café e parecendo estressada. Ela não sorri, nem me oferece nada para beber, só indica uma cadeira fazendo um aceno de cabeça, dando a entender que devo me sentar.

Olho em volta ao fazê-lo. Nunes permanece plantado na porta, como se estivesse preocupado com a possibilidade de eu tentar sair correndo. Minha pulsação aumenta, minha frequência cardíaca dobra. Suor escorre pelas minhas costas e pinica debaixo dos meus braços.

— Como você conheceu Konstandin Zeqiri? — pergunta Reza, sem preâmbulo.

— Hum... ele é motorista de Uber.

— Foi assim que você o conheceu?

— Foi. Ele nos levou, Kate e eu, ao bar para onde fomos na noite de sexta-feira. Tem alguma coisa...?

Reza se debruça sobre a mesa.

— Mas você o viu depois disso? — interrompe-me ela.

Engulo em seco. Não tem por que negar nada.

— Vi.

— Por quê?

— Ele é motorista de Uber — digo. — Ele tem me levado aos lugares.

— Você tem alguma nota fiscal que comprove isso?

Abro minha boca, depois a fecho. Droga. Deixei cinquenta euros no porta-luvas do carro dele, mas não peguei nenhum comprovante disso.

— Não — respondo.

— Você normalmente costuma frequentar a casa de motoristas de Uber? — pergunta Reza com um sorriso curioso.

Respiro fundo.

— Como vocês sabem disso? — pergunto. — Estão me seguindo?

— Por que você foi até lá? — questiona Nunes, ignorando minha pergunta. Seu olhar é severo, e um sorriso sarcástico o acompanha. Percebo sua inferência e fico furiosa.

— Não é nada disso que você está pensando — digo.

— Então por que você foi à casa dele? — Ele se afastou de seu posto de sentinela na porta e se sentou ao lado de Reza.

— Eu... nós... nós somos só amigos — gaguejo.

Nunes faz uma careta cética.

— Amigos? Vocês se conhecem há três dias.

— Ele tem me ajudado — gaguejo de novo —, traduzindo... Ele me trouxe até aqui para que eu pudesse registrar o desaparecimento. Estava me ajudando a procurar Kate. Só isso. Ele é um suspeito? — pergunto, retorcendo as mãos. — Vocês acham que ele matou Kate?

Reza se recosta em sua cadeira, apertando a pontas dos dedos.

— O que ele contou a você sobre a vida dele?

Balanço a cabeça, tentando entender aonde eles querem chegar.

— Não muito. Eu sei que ele é do Kosovo, que veio para cá durante a guerra como refugiado.

Nunes bufa.

— Pensei que vocês fossem amigos. Amigos não sabem tudo um sobre o outro?

Olho para Reza e percebo um flash de irritação em seu rosto. Ela está irritada porque Nunes está interferindo no interrogatório dela. É ela quem manda, não ele.

— Ele contou para você com o que trabalha? — pergunta Reza.

— Ele me falou que estava estudando para ser médico. Agora ele dirige Uber.

— O outro trabalho dele.

Faço que não com a cabeça lentamente.

— Não.

Ela se inclina para a frente, seus olhos se iluminando, decididamente felizes com sua pequena descoberta vitoriosa.

— Ele trabalha para a máfia albanesa.

Eu me pergunto por um momento se ela está tentando me enganar ou está brincando comigo.

— Como assim?

— Konstandin Zeqiri é reconhecidamente um membro da organização criminosa albanesa — diz Nunes. — A máfia.

— Máfia? — repito estupidamente. As únicas coisas em que consigo pensar são *Família Soprano*, *Os bons companheiros* e Marlon Brando em *O poderoso chefão*.

— Sim. Os albaneses são bem presentes aqui em Portugal... armas ilegais, drogas, tráfico.

Começo a rir, mas depois paro, me lembrando de como Konstandin extraiu a informação de que eu precisava do barman, do guardião da entrada do bar e de Joaquim. Ah. Não me admira que ele fosse tão bom nisso. É um profissional. O choque me silencia. *Mas ele parecia tão legal*, quero protestar. Tirando a parte da ameaça de violência. E da violência *de fato*. E a vez em que ele sugeriu de brincadeira que poderia ter matado alguém. Ai, Senhor, e se não foi brincadeira?

Orla, você é mesmo uma idiota. Aqui está você, rodando para cá e para lá pela cidade com um criminoso reconhecido. Eu sou decididamente a pessoa mais otária do planeta. Meus instintos são péssimos. Isso também explica o tratamento reverente daquele homem no restaurante turco, e por que Konstandin insistia em recusar meus pagamentos para me levar de um lugar para outro. Talvez dirigir um Uber seja apenas seu trabalho de fachada, e não como ele de fato ganha dinheiro.

— Foi ele? — pergunto, minha voz vacilando. — Ele matou Kate? É isso que vocês acham que aconteceu?

Reza balança a cabeça.

— Nós não sabemos. Mas ele de fato tem antecedentes que o põem na lista de suspeitos.

— Ok — digo, a mente saltando à frente e tentando analisar todas as informações que tenho.

A suspeita que tive sobre Toby ter contratado alguém para matar Kate foi reacesa. Konstandin poderia facilmente ser essa pessoa, se o que a polícia está me dizendo sobre ele for verdade.

— Por que acha que ele está tão interessado em você e em ajudá-la? — pergunta Reza. — Você não achou isso estranho?

— Um pouco — gaguejo. — Quer dizer, mas ele disse que queria me ajudar porque... — Como eu explico isso? Contar para eles que eu faço com que ele se lembre da esposa morta não vai ajudar. Até para meus ouvidos isso agora parece esquisito.

Reza espera que eu termine a frase.

— Eu não sei — admito finalmente com um dar de ombros. — Você verificou o álibi dele? — pergunto. — Ele estava trabalhando na noite em que Kate desapareceu. Seria bem fácil descobrir onde estava quando ela morreu. O aplicativo deve ter rastreado todas as viagens dele.

Reza franze a boca.

— Estamos investigando isso.

Eu assinto, mas meu cérebro está rodando a mil por minuto, tentando testar as teorias de acordo com o que eu sei e com o que recordo. Konstandin poderia estar envolvido nisso? Por um lado, significaria que Rob não é culpado, mas, por outro, significa que fiquei andando por aí com o assassino de Kate sem me dar conta.

— O proprietário do apartamento de vocês disse que Konstandin provocou uma discussão entre você e seu marido — diz Nunes.

Espere. Como Sebastian sabia disso? Isso aconteceu na rua, em frente ao apartamento. O único jeito de ele saber disso seria se estivesse nos espiando pela janela.

— Não, na verdade não — contorno a situação. — Não foi uma discussão.

— Ele disse que vocês tiveram uma baita briga — explica Nunes.

Sinais de alarme começam a tocar.

— Não, isso não é verdade — digo o mais tranquilamente possível, levando em conta que meu coração está sofrendo uma série de microinfartos.

Maldito Sebastian. E se ele tiver ficado escutando na porta enquanto eu estava conversando com Toby e Rob, confrontando-os com relação à traição? Eu me pergunto agora o quanto será que a polícia sabe? Preciso forçar meus dedos a parar de beliscar a pele em volta de minhas unhas. Não quero mostrar meu nervosismo. Poderia ser interpretado como culpa.

Será que eu deveria contar a eles toda a verdade agora — sobre a traição e sobre Rob ter vindo para Lisboa na noite de sexta-feira? Caso eles já saibam, podem estar blefando para ver se admito tudo. Não vou parecer mais culpada se não falar nada? Merda. Não sei o que fazer. Não quero lhes dar mais nenhuma razão para que suspeitem de mim, especialmente se ainda não souberem disso.

— Seu marido ficou chateado por você ter ido viajar no fim de semana? — pergunta Nunes.

— Não — respondo, balançando a cabeça. — Óbvio que não. Kate e eu sempre viajamos. Era uma coisa habitual. A gente deve ter feito mais de dez viagens ao longo dos anos. Fomos pra Sevilha, Valência, Marrakesh...

— Não se esqueça de Paris — zomba Nunes.

— Mas desta vez seu marido não ficou tão feliz com a sua viagem com Kate — diz Reza, assumindo o comando do interrogatório. É evidente que ela está ficando irritada com Nunes. Seus lábios continuam se crispando na direção dele.

— Ele estava de boa — respondo, sem saber exatamente por que a conversa está tomando esse rumo.

— Mesmo ele sendo amante dela? — intervém Nunes.

Eu inspiro num susto. Minha nossa. Eles sabem. Como descobriram? Deve ter sido Sebastian. Ele deve ter escutado minha conversa ao telefone.

Reza fuzila Nunes com os olhos. Ele não devia ter revelado que eles sabiam? Será que ele acabou de cometer um erro de principiante?

— Você sabia disso — afirma Nunes, com um brilho triunfante nos olhos.

Eu devia ter falado isso logo de cara. Eles me pegaram. Não respondo. Estou apavorada demais e não quero dizer nada que possa me meter em mais problemas ainda ou me incriminar de alguma forma.

— Você descobriu que sua melhor amiga e seu marido estavam tendo um caso e mesmo assim decidiu fazer uma viagem de fim de semana com ela? — pergunta Reza, com toda a calma.

— Não — solto. — Eu não sabia. Acabei de descobrir. Depois que ela morreu.

— Como? Quando, exatamente? — pressiona Reza.

— O celular dela — respondo, em pânico. — Pelas mensagens no celular dela. Eu achei.

Reza inclina a cabeça.

— O celular dela estava zerado. Não havia nada nele.

Engulo em seco. Pareço culpada pra caramba, mas o que mais posso fazer senão admitir e explicar por que fiz isso?

— Sim — deixo escapar. — Fui eu. Eu resetei o celular, apaguei tudo o que estava nele. Fiquei com medo de que, se vocês descobrissem sobre o caso, pensassem que fui eu quem a matou. E eu não a matei. Eu não fiz nada! Eu nunca faria isso. — Estou agarrando a borda da mesa, inclinada para a frente, tentando convencê-los da verdade, mas eles não parecem interessados.

— Você sabia do caso deles, veio para cá com Kate de propósito. Planejou uma maneira de se livrar dela enquanto estava aqui. Queria fazer isso parecer um acidente.

— O quê?! Não! — grito para Nunes, que agora está inclinado sobre a mesa, as mãos pressionadas contra sua superfície. A adrenalina é descarregada em minhas veias com tanta força que acho que vou desmaiar. — Isso é um absurdo — grito. — Não fui eu. Juro por Deus que não sabia do caso deles até hoje de manhã.

Nunes se inclina de tal maneira que seu rosto está pressionado contra o meu.

— Eu ainda não sei como você achou Konstandin, mas vamos descobrir. Você precisava de alguém para fazer o serviço, por isso o contratou para matar Kate.

— Do que você está falando? — sussurro, pega completamente de surpresa pela acusação. — Isso é ridículo. Não é verdade!

Nunes me ignora.

— Você foi à casa dele hoje para fazer o pagamento. Ou talvez ele a estivesse chantageando para receber mais dinheiro.

Balanço a cabeça, sem saber ao certo se estou entendendo direito. Talvez alguma coisa esteja se perdendo na tradução.

— Do que você está falando? Eu não o contratei para nada! — protesto, mas posso ouvir que estou soando fraca, patética. Estou à beira das lágrimas.

— Você pagou Konstandin para matar sua amiga — diz Nunes, cuspindo as palavras em mim.

— Não! Não paguei! — grito de novo, lágrimas brotando com a frustração de não ser compreendida, nem ouvida.

— Você não queria que seu marido a deixasse por ela — diz Reza, mais tranquilamente. — Você precisava fazer isso. Tirá-la de cena.

Balanço a cabeça, completamente muda, me dando conta de que ela também acredita nesse absurdo e nada do que eu diga vai convencê-los da minha inocência. Mas então eu me lembro de que não sou a única suspeita.

— E o marido dela? — revido. — E Toby? Ou Rob? Ele estava aqui na sexta-feira à noite. Ele veio de avião para Lisboa. Vocês precisam investigar os dois, se vão me investigar. Eles tinham tanto motivo quanto eu.

Sei que estou colocando os dois na fogueira. Mas de jeito nenhum serei condenada por algo que não fiz.

— Vocês disseram que têm uma lista de suspeitos — afirmo. — Eles deveriam estar no topo dessa lista. Não eu!

Reza parece surpresa com a informação de que Rob esteve aqui em Lisboa na sexta-feira à noite. Ela lança um olhar para Nunes, e então lhe dá uma ordem em português, e ele sai da sala, provavelmente para checar a veracidade do que eu disse. Só lamento, Rob, penso comigo mesma. Mas não lamento muito. No fim das contas, vou fazer tudo o que estiver ao meu alcance para voltar para Marlow, custe o que custar. Minha lealdade é com ela, não com Rob. Se depender de mim, ele pode ir para o inferno.

— Quero um advogado. — Ouço-me dizer.

— Por quê? — questiona Reza, balançando a cabeça, como se estivesse confusa.

— Vocês não estão me prendendo?

Ela me estuda e eu espero, prendendo a respiração.

— Ainda não — responde ela laconicamente. A policial parece incomodada com isso, como se tivesse me conduzido até ali para arrancar uma confissão. Isso quer dizer que eles não devem ter o suficiente para me acusar. Já é alguma coisa, suponho.

Exalo, tentando não demonstrar meu alívio, mas na verdade todo o meu corpo está tremendo.

— Então posso ir embora? — pergunto, rezando para que ela diga sim.

Muito incomodada, ela assente.

— Por enquanto.

Eu me levanto, esperando que ela mande eu me sentar de novo ou que coloque algemas em mim, mas Reza não faz nada disso. Tenho permissão para sair de sua sala e, assim que estou do lado de fora, corro em direção à recepção, cabeça baixa, ciente de que estou sendo observada por todos os policiais ali, de que a especulação e a fofoca estão circulando à minha volta. Todos eles pensam que sou culpada.

De pernas bambas, saio aos tropeços para a noite úmida, estendendo a mão para me apoiar na parede a fim de me equilibrar. Preciso me sentar. O céu carregado cai em cima de mim; os sons estão abafados; o tempo acelera e desacelera. Coloco a cabeça entre as pernas e me forço a fazer algumas respirações profundas, tentando controlar minha ansiedade.

Finalmente, ergo a cabeça e observo à minha volta. Eu estou do lado de fora. Estou livre.

Pelo menos por enquanto.

Capítulo 33

Enquanto um Uber me leva de volta ao apartamento, checo o perfil de Konstandin no aplicativo. A classificação dele é 4,8 e ele tem centenas de avaliações.

Será que tudo aquilo que ele me contou sobre a vida dele, que ele acabou fugindo de seu país e vindo para Lisboa, era verdade? Ele foi contratado por Toby? Está envolvido no assassinato de Kate? Se estiver, por que não o prenderam? Penso nessa teoria, mas não chego a nenhuma conclusão. Não porque eu o esteja subestimando — estou aprendendo a não fazer isso com ninguém, principalmente agora, que as pessoas em quem eu mais confiava se mostraram ser as que escondem os maiores segredos —, e também porque outra coisa está me incomodando, algo que Nunes falou. Eu não consigo identificar exatamente o que é, só tenho uma sensação, como a de quando a gente esquece alguma coisa da lista de compras e tenta se lembrar do que é, mas a resposta fica escapando da mente. Minha névoa mental é densa, e muitas coisas estão ficando perdidas nela.

Olho para a rua, pela janela do carro, meu cérebro apreendendo vagamente a vista. Estamos passando pelo grande castelo no morro. Kate e eu tínhamos planejado ir até lá, durante o passeio de bicicleta elétrica. Tento evitar olhar para a direita, para a água azul reluzente.

É isso! O que eu estava tentando me lembrar emerge da névoa. *Paris*. Nunes mencionou Paris. Ele sabia que Kate e eu tínhamos ido para lá. Mas como? Eu nunca falei para ele nem para Reza dessa viagem.

Vasculho minha memória para confirmar, mas tenho certeza de que não falei. Não tinha como a polícia saber dessa viagem. Foi há muitos anos, faz quase vinte anos, na verdade, nem existia Facebook para registrá-la. Nunes provavelmente ainda usava fraldas.

Mas eu me lembro de ter falado sobre a viagem com Kate quando estávamos deitadas na cama, no apartamento, antes de sairmos para jantar. Nós listamos todos os lugares para onde fomos juntas. Ela tinha aquele olhar — um olhar triste, como se tivesse chorado. Provavelmente tinha mesmo. Nunca vou saber exatamente por que, mas talvez estivesse pensando em Rob, ou talvez nos acompanhantes que tinha reservado, ou talvez sentindo uma pontada de culpa diante do que estava prestes a fazer com nossa amizade. Ela devia saber que causar o fim do meu casamento e depois se jogar em cima do meu marido destruiria definitivamente nossa amizade. Ela se importava com isso? Ela estava fingindo ser minha amiga esse tempo todo só para ficar perto de Rob?

Mas estou me desviando. A questão é: como Nunes sabia sobre Paris? Será que foi do mesmo jeito que eu imagino que tenham ficado sabendo da traição? Através da espionagem e das informações de Sebastian? Mas não, Sebastian mora um andar abaixo do apartamento onde fiquei com Kate. Como ele teria ouvido a conversa? Estávamos no quarto. A única maneira de Sebastian ter ouvido aquela conversa seria estando no quarto com a gente. Minha pele fica toda arrepiada, e o cabelo da minha nuca se levanta.

Fico pensando que ele está sempre à espreita, escapando sorrateiramente em segundo plano, ansioso para pescar as fofocas. Penso naquele quarto onde ele vive trancado e sou tomada por um mal-estar.

Procuro o aplicativo do Airbnb em meu celular e rapidamente digito os detalhes do apartamento e o nome de Sebastian. Seu perfil aparece e eu clico nele. O apartamento está listado abaixo, juntamente com os quatro outros que ele mencionou para mim. Mas o quarto de hóspedes em seu próprio apartamento não está na lista. Ele me disse que o alugava, então isso é estranho. Por que ele iria mentir? A menos que não costume alugá-lo, mas quisesse que eu ficasse por perto. Isso explicaria a falta de fechadura nas portas do quarto e do banheiro; mas por que ele iria querer que eu ficasse com ele? A não ser, é claro, que quisesse ficar de olho em mim, e na investigação.

Clico no apartamento onde Kate e eu ficamos e rolo para baixo, para ler as avaliações. Há quase oitocentas, e elas são todas cinco estrelas para limpeza, localização e comodidade, mas noto que duas pessoas deram a ele uma estrela só. As duas são mulheres e ambas comentam que se sentiram desconfortáveis. Uma menciona o "proprietário esquisitão com suas regras irritantes", e a outra, "uma falta de privacidade e um proprietário obsessivo espionando cada movimento meu".

Espionando.

O frio fica mais intenso e me inclino para a frente, então peço ao motorista do Uber que diminua o ar-condicionado, já que comecei a tremer incontrolavelmente. E se ele tiver feito mais do que apenas espionar?

Um minuto mais tarde paramos em frente ao apartamento e saio do carro, levantando os olhos para o prédio com suas paredes brancas. Será que Sebastian está lá em cima agora, olhando para mim aqui embaixo?

E aquele estúdio dele? Eu me pergunto isso enquanto subo os degraus que levam à porta da frente. E o comportamento esquisito dele? Ele não quis me deixar ver o que tem lá dentro. Preciso descobrir uma maneira de entrar naquele quarto. Tenho certeza de que vai me trazer algumas respostas.

Bato na porta — ainda não tenho chave — e Sebastian abre. Ele me pergunta imediatamente como vão as coisas e o que a polícia queria. Está ansioso, aposto, para saber se a polícia não o entregou por me espionar, então sorrio educadamente e respondo à sua simpatia na mesma moeda, fingindo o máximo possível para que ele não suspeite que eu sei que ele é um espião mentiroso e nojento. Sou vaga com relação aos detalhes do que a polícia queria, dizendo que era só para revisar alguns detalhes da história de Kate. Ele parece engolir o que digo.

Depois de tomar um chá com ele, peço licença e vou para meu quarto, passando pelo estúdio de gravação e observando a porta lustrosa sem maçaneta, só com um buraco de fechadura. Onde está a chave? Ele deve estar com ela.

Em meu quarto, uma sensação de claustrofobia me sufoca. A única coisa que quero fazer é pegar minhas coisas e ir embora. Estou desesperada para sumir daqui. Mas preciso entrar naquele quarto.

Sebastian entrou na minha lista de suspeitos logo de cara e, por alguma razão, deixei-o de lado — porque eu pensava que ele era fraco e patético demais para ser capaz de subjugar Kate —, mas, reavaliando isso agora, ele *estava* furioso com o barulho e com os hóspedes extras. É possível que ele tenha ido ao apartamento de cima para reclamar enquanto eu estava desmaiada depois de ter tido uma briga com Kate por causa disso. Consigo imaginar perfeitamente Kate mandando-o para aquele lugar, se ele fosse até lá para reclamar. Ela não ia gostar disso e não seguraria a língua.

— Olá?

Levo um susto. Sebastian está parado na porta do meu quarto. Tento não parecer assustada, mas não consigo evitar olhar rapidamente à minha volta, procurando alguma coisa para me defender.

— Vou sair — diz ele.

— Ok. — Meu coração está acelerado. — Pode deixar uma chave?

— Você vai sair de novo? — pergunta ele.

— Talvez — respondo, me perguntando por que ele se preocupa tanto com isso.

— É só que não tenho uma cópia — explica ele, confirmando o fato de que nunca aluga esse quarto. Ele levanta seu chaveiro, que contém um molho de uma dúzia de chaves, ao dizer isso.

— Certo — concordo. Como consigo arrancar essas chaves dele?

— Bem, talvez eu peça comida. Você recomenda algum lugar que faça entrega? — pergunto.

Ele assente, ansioso para ajudar.

— Claro, aqui. — Faz um gesto para que eu o acompanhe até a cozinha. Sigo atrás dele e mantenho os olhos nas chaves enquanto ele as coloca em cima do balcão. Ele abre uma gaveta e puxa uma pilha de cardápios de restaurantes que fazem entrega.

— Alguns estão em português — explica ele. — Você sabe o que vai querer?

Balanço a cabeça.

— Não, o que é bom? — pergunto, meu foco nas chaves.

— Tem pizza, comida tailandesa, tacos.

— Pizza — balbucio.

Ele me entrega o menu.

— Se você escolher, eu posso pedir para você.

— Obrigada — digo, pegando o cardápio. Vejo Sebastian pegar as chaves e jogá-las em sua mochila de couro. Merda. — Pode ser uma havaiana pequena — digo, devolvendo o cardápio para ele.

Ele sorri e pega seu celular para fazer o pedido, virando-se por um momento para fazê-lo. É a minha chance. Sem parar para pensar, meto a mão em sua mochila e agarro as chaves, apertando-as com força para impedir que façam barulho batendo umas nas outras, e as puxo rapidamente.

Sebastian se vira, seus olhos fuzilando sua mochila e depois a mim. Será que ele viu?

— E uma porção de pão de alho — acrescento, com um sorriso largo.

Ele deve ter notado o suor brotar em minha testa e minha veia saltando como uma isca viva em meu pescoço, mas não diz nada, só complementa o pedido e depois apaga a tela do celular.

— Chega em vinte e cinco minutos — anuncia ele.

— Maravilha. Obrigada.

Ainda estou segurando as chaves, escondidas atrás das minhas costas. Preciso sair daqui sem que ele note que elas sumiram e que estão comigo, mas seu olhar está focado em minha postura estranha, e ele está franzindo o cenho. Sebastian deve ter visto.

Estico meu outro braço para o alto, fingindo estar espreguiçando e dou um grande bocejo.

— Espero não estar dormindo até lá. Foi um dia bem cansativo. E ainda tenho que organizar o velório.

— Ah, sim. — Ele agarra sua mochila. *Por favor, não olhe aí dentro*, eu fico rezando. — É melhor eu ir — diz ele.

Eu o vejo se dirigir até a porta, tentando imaginar aonde ele vai a esta hora da noite. Já são quase dez horas. Assim que ele sai, vou para a janela da sala e olho para baixo até vê-lo sair do prédio, depois corro para o quartinho trancado e rapidamente vou testando as chaves, tentando achar a que entra. Testo quatro antes de pegar a certa, e o pequeno clique me confirma que consegui.

O cômodo é como eu vi de relance outro dia. As paredes são revestidas de material à prova de som. Há uma mesa com um monitor de computador em cima dela, e também o que parece ser uma espécie de equipamento de gravação. Há uma pilha de livros didáticos ao lado do computador, e, no monitor, vejo um arquivo de áudio aberto. É algum tipo de programa de gravação de áudio.

Estou prestes a me virar para longe quando minha atenção é atraída por um segundo monitor na mesa. Se a única coisa que Sebastian faz aqui é gravar audiolivros, por que ele precisa de tantos monitores? Estendo a mão e o ligo.

A tela é dividida em quatro retângulos iguais. Parece as telas que vemos em séries policiais, quando eles estão assistindo a gravações de câmeras de vigilância. Cada retângulo é uma imagem fixa de um cômodo.

Meu coração salta até a estratosfera. Reconheço o quarto no alto, à esquerda. É o quarto onde dormi, no apartamento do andar de cima. Reconheço os azulejos na parede. Meus olhos voam para o retângulo seguinte. É o antigo quarto de Kate. O retângulo de baixo é um enquadramento da área da sala de estar e da cozinha do apartamento de cima — a câmera deve estar escondida na luminária. E o último retângulo mostra uma transmissão do banheiro. O banheiro da suíte master. Eu estava certa o tempo todo — Sebastian tem me espionado.

Meu coração para quando me dou conta de que ele ficou me vendo tomar banho e usar o banheiro. Ele ficou me vendo tirar a roupa e dormir também. Deve ter visto Kate fazendo sexo.

Um movimento chama minha atenção pelo canto do olho. Escaneio o monitor e dou um salto para trás, apavorada quando vejo a cortina do chuveiro se abrir, no vídeo do banheiro. Uma mulher sai nua, estendendo a mão para pegar a toalha. É ao vivo! Estou assistindo à mulher do apartamento de cima enquanto ela sai do banho e começa a se enxugar.

Horrorizada, desvio os olhos, me sentindo uma voyeur, mas todo o meu corpo está tomado de raiva. Eu me sinto suja, coberta de imundície.

Sebastian se tranca neste quarto e fica assistindo às pessoas, como um pervertido, em seus momentos mais íntimos; enquanto elas tomam banho, trocam de roupa, dormem. Ele me espionou. E Kate também, e deve ter espionado inúmeras outras pessoas. Outro pensamento me ocorre: será que ele viu alguma coisa na noite em que ela desapareceu? Ele estava assistindo? Ele sabia quantas pessoas levamos para casa. Deve ter visto pela câmera. Então, o que mais ele sabe?

Pressiono a barra de espaço do teclado, imaginando se há uma maneira de navegar para uma página inicial. Não demora muito até eu descobrir dezesseis outras transmissões ao vivo, um total de quatro câmeras instaladas em cada um de seus cinco apartamentos. Todas as transmissões são muito parecidas. Vejo pessoas dormindo, comendo, vendo filmes, e fico chocada quando me deparo com uma tela e vejo duas pessoas transando. A câmera deve estar instalada bem em cima da cama.

Noto um par de headphones na mesa diante de mim e estendo a mão para pegá-los. O áudio vem em alto e bom som; suspiros, gemidos e arfadas. É o casal fazendo sexo. Arranco os headphones, tampando minha boca com a mão, em choque.

Por isso Sebastian sabia tanto. Ele não está só observando, está escutando também. Onde ele escondeu os microfones?

Clico na última imagem de câmera, reconhecendo imediatamente minha bolsa na cama e minha mala perto da porta. Ele vem me espionando inclusive no próprio apartamento! Que doente pervertido. Eu me afasto da tela, enojada. É só isso que ele faz, eu me pergunto, ver e ouvir? Ele goza com isso? Fica sentado aqui, se masturbando, enquanto assiste?

Completamente apavorada, e um tanto horrorizada, vou até a porta. Preciso sair daqui. Preciso denunciar isso à polícia. Eles precisam levar Sebastian para ser interrogado. Ele deve saber o que aconteceu com Kate na sexta-feira à noite. Inclusive, ele próprio é um suspeito.

E se Kate tiver descoberto sobre as câmeras? E se ela tiver vindo até aqui confrontar Sebastian e eles acabaram tendo uma briga? É uma teoria, como todas as minhas outras teorias, sustentada por zero evidência. Mas, se Kate tiver descoberto sobre o fetiche de Sebastian, ele ficaria aterrorizado com a possibilidade de ela o denunciar. Ele poderia ser preso por isso. Será que ele teria ficado aterrorizado o suficiente para matá-la e mantê-la em silêncio?

A campainha toca e eu levo um susto. Soa como se alguém estivesse inclinado sobre ela com todo o peso do corpo, apertando-a com raiva. Corro para atender o interfone.

— Sim? — pergunto.

— Sou eu. Esqueci a chave.

Merda. É Sebastian. Aperto o botão para abrir, meu coração batendo acelerado, e então olho para a porta do quarto sempre trancado. Está entreaberta. Merda. Corro até lá e a fecho, me esforçando para encontrar a chave certa para trancá-la. Quando ouço a porta da frente começar a abrir, corro para a cozinha e ponho as chaves em cima do balcão.

Sebastian entra no cômodo, seus olhos disparando para as chaves e para minha mão, a poucos centímetros delas. Ele viu? O nojo que eu sinto dele se alterou, se metamorfoseou em desconforto e inclusive medo. Quero sair daqui e rápido.

Sebastian agarra as chaves. Ele se vira — seus olhos estreitos de desconfiança.

— Eu jurava que as tinha colocado na minha mochila — diz ele.

Meu sorriso é tão falso que ele deve ter notado.

— Estranho — consigo murmurar. — Talvez tenham caído.

Antes que ele possa me pressionar mais, eu me afasto, voltando depressa ao meu quarto. Minha coluna se enrijece quando penso na câmera olhando para mim de cima. Eu me sento na cama, tentando não olhar em volta à procura da lente e do microfone escondidos. Vou esperar até que ele saia de novo para pegar minhas coisas e fugir.

Posso ouvi-lo andando pelo apartamento. Merda. E se ele adivinhou que estive no estúdio? Deixei a tela ligada? Vou na ponta dos pés até a porta. O que ele está fazendo? Pensei que ele já estivesse saindo. O apartamento está silencioso, então vou para o corredor. Não ouvi o barulho da porta sendo fechada. Ele ainda está aqui?

— Esqueceu alguma coisa?

Eu giro. Sebastian está bem atrás de mim, segurando meu celular. Ah, meu Deus. O mundo para de repente. Eu o deixei no quarto. Meus olhos voam para o rosto de Sebastian. Ele sabe que eu sei. Por uma fração de segundo, estou congelada de terror — então, em seguida, eu corro.

Capítulo 34

Sebastian corre atrás de mim. Eu grito e corro para a porta enquanto sua mão arranha meu ombro, tentando me puxar para trás.
— Sai! — grito.
Minha perna bate no canto da mesa do corredor e eu tropeço. Sebastian está em cima de mim, me impedindo de chegar até a porta, disparando até ela para bloquear meu caminho.
— Sai da minha frente! — grito para ele.
Ele está de pé com os braços esticados na frente da porta, como se fosse um guardião do zoológico tentando capturar um animal fugitivo.
— O que você estava fazendo no meu estúdio? — pergunta ele. — Você não tinha permissão para entrar lá. Isso é invasão de propriedade.
— Invasão?! — grito, meu sangue fervendo. — Você espiona as pessoas sem que elas saibam! Você é um doente pervertido!
O rosto de Sebastian se enruga de raiva.
— Não sou, não!
— É, sim! Eu vi a prova. Você está espionando as pessoas. Instalou câmeras em todos os lugares, em todos os apartamentos. Você é nojento! Vou à polícia.
Avanço para passar por ele. Não vou ficar neste apartamento mais nem um minuto. Luto para sair, se preciso.
— Sai da frente dessa porta! — grito enquanto o empurro para tirá-lo do caminho.

Sebastian me empurra, seus braços se debatendo enquanto ele luta comigo. Começo a gritar e nós nos digladiamos por algum tempo, enquanto eu tento passar por ele e sair pela porta e ele tenta me impedir. Meu cotovelo acerta seu rosto com força. Sangue jorra. A próxima coisa que eu vejo é ele no chão, aos meus pés, agarrado aos meus tornozelos, olhando para mim através de olhos marcados de lágrimas e soluçando.

— Por favor — implora ele, seu ódio transformado em súplica. — Não conta para a polícia.

Olho para ele no chão, chocada e confusa. Ele não é mais, de maneira nenhuma, assustador. É patético. Tento chutá-lo, me libertar de suas garras, mas ele não me solta e eu quase caio.

— Por favor. — Ele soluça de novo. — Eu não estava espionando.

— Por que instalou as câmeras, então?

— Era só para garantir que os hóspedes respeitem a propriedade.

— O quê? — bufo. — Me solta! — Frustrada, tento chutá-lo de novo, mas ele está preso a mim como uma criatura marítima viscosa de ventosas, com tentáculos serpenteando em torno das minhas pernas.

— Às vezes, as pessoas convidavam hóspedes extras e não me diziam nada — choraminga ele —, ou davam festas e acabavam fazendo muito barulho. E festas são contra as regras. Fui bem explícito. Mas as pessoas não se importam com as regras. E os vizinhos reclamam. Estou gerindo um negócio. — Ele diz tudo isso num fluxo contínuo, lágrimas escorrendo pelo seu rosto, os braços ainda agarrados às minhas pernas.

— Então você instalou câmeras para ver se todo mundo estava se comportando? — pergunto, cética.

Ele assente.

— Nos banheiros? Você queria monitorar lá também para o caso de não darem descarga?

Ele olha para o chão, e seus ombros sobem e descem.

— Você é só um pervertido — sibilo. — Você gosta de ver as pessoas fazendo sexo.

— Não! — diz Sebastian, mas ele não consegue me olhar nos olhos, e sei que estou certa.

Finalmente desvencilho meus pés dos braços dele e me afasto.

— Por favor, não conta para ninguém — soluça ele, olhando para cima, para mim, do chão onde ainda está caído. — Não conta para a polícia, não. Eles vão me prender.

— Ótimo — digo, me afastando dele ainda mais. — Você devia ir para a cadeia por isso! Espero que eles prendam você e joguem a chave fora.

Ele olha para mim assustado, balançando a cabeça, seus olhos grandes como pires.

— Não posso ir para a cadeia!

Seus gemidos e suas súplicas só me dão ainda mais repugnância. A imagem de Sebastian deitado no chão, tentando se defender, é repulsiva. Como eu pude ter sentido medo dele? Ele é um verme patético.

— Você ficou espionando a gente. Eu e a Kate.

Ele fica em silêncio.

Eu dou um passo na direção dele.

— Você ficou observando a gente, não foi?! Você sabe o que aconteceu na sexta-feira à noite.

Consigo ver, pela maneira como ele engole em seco e desvia o olhar culpado, que estou certa. Eu me agacho ao lado dele, não mais buscando distância entre nós, mas querendo, em vez disso, sacudi-lo pelos ombros e fazê-lo falar.

— O que aconteceu? Você viu o que aconteceu? — pergunto, com uma nota de desespero agora em minha voz.

Ele olha para mim, se encolhendo.

— O que você viu? — pergunto, sacudindo-o pelo colarinho. — Me diga o que você viu!

Percebo que ele está ponderando se deve ou não me contar, então torço seu colarinho com força. Ele solta uma arfada, sentindo-se estrangulado.

— Me diga o que você sabe ou vou arrancar o seu fígado pelo seu cu e fazer você comer tudo!

As palavras saem da minha boca antes que eu tenha sequer tempo de pensar no que estou dizendo. E meu punho está erguido, pairando poucos centímetros acima de sua cabeça. Ele se encolhe aterrorizado e eu sou dominada por uma sensação gratificante de satisfação, uma súbita compreensão do que é ter poder sobre alguém.

— Está bem — grita ele, as mãos levantadas para proteger o rosto. — Eu conto. Não precisa me bater!

Surpresa, e com um pouco de medo do poder que acabo de exercer, eu o solto. Ele engatinha para longe de mim, apavorado.

— Por favor, não conta à polícia — implora Sebastian de novo.

— Você a matou? — pergunto.

Ele olha para mim, horrorizado, seus olhos grandes como pires.

— Não! Eu juro. Eu não fiz nada!

Quantas vezes ouvi isso de tantos homens?

— Por que eu devia acreditar em você?

— Por que eu faria algo com ela? — soluça ele.

— Eu não sei! Mas por que você espionaria as pessoas?

— Eu não fiz mal a ela. — Ele sorri com afetação. — Eu juro. Mas vi uma coisa.

Ele está completamente louco se pensa que vou deixá-lo se safar dessa, mas eu tenho o poder aqui e todas as cartas na mão.

— Ok — digo. — Vamos fazer um trato. Você salva as gravações? — pergunto.

Ele assente.

— Por vinte e quatro horas. Depois elas são automaticamente apagadas.

O desânimo recai sobre mim. Então ele não vai ter a gravação da noite de sexta-feira.

— Mas eu salvei a de sexta-feira — acrescenta ele, percebendo minha decepção.

— Salvou? — pergunto, incapaz de disfarçar a animação em minha voz.

Ele assente, mas há uma expressão calculista em seus olhos que me deixa desconfiada e nervosa.

— Eu mostro para você, se você prometer que não vai contar à polícia.

Estreito os olhos para ele. Desgraçado nojentinho. Ele está tentando me chantagear. É claro que ele tentaria se aproveitar de algo assim.

Ele puxa o celular de seu bolso de trás e o balança diante de meu rosto.

— Promete ou vou apagar a gravação.

— Tudo bem — sibilo. — Prometo. Agora me mostra a gravação.

Capítulo 35

— Eu não sou um pervertido. — Sebastian sorri com afetação. — E não matei a sua amiga.

Olho de relance para ele.

— Obviamente temos definições diferentes para essa palavra — digo, minha pele ainda se arrepiando com a ideia de que ele me viu nua.

Estamos no quarto à prova de som, a porta escorada com um livro didático, pois eu não conseguiria suportar a ideia de ficar em um lugar tão fechado com ele. Ainda há uma chance de que ele tenha feito alguma coisa com Kate. Eu não vou confiar na palavra dele em relação a nada. Ele é tão mentiroso quanto pervertido.

Nervosa, olho para a porta. Ele poderia me trancar aqui e ninguém me ouviria gritar, por isso escorei a porta e estou em pé mais perto dela.

Sebastian está inclinado sobre o teclado, digitando, e finalmente a gravação da noite de sexta-feira e da madrugada de sábado aparece na tela. Ele avança a filmagem e então para. O registro do horário no canto da tela marca 2h12 da manhã.

É uma transmissão da sala de estar do apartamento de cima. Tudo fica imóvel por alguns segundos, então um movimento borra a tela. É Kate. Inspiro profunda e dolorosamente, a visão dela liberando um milhão de flechas de raiva, dor e luto, mas também alegria.

Nos últimos dias, a única coisa que vejo sempre que penso nela é seu rosto cinza, inchado, e seus lábios azuis. No entanto, aqui está ela, exatamente como eu queria me lembrar dela, animada e viva, cheia de energia enquanto anda a passos largos pelo enquadramento da câmera. Emanuel a segue, perambulando pelo apartamento, olhando à sua volta. Ele tira o blazer e o joga em cima de um dos sofás da sala de estar enquanto Kate vai para a cozinha. Ela é como fogos de artifício, penso comigo mesma, brilhando tão intensamente e com muita efervescência. Como não reconheci isso enquanto ela estava viva? Não me admira que Rob fosse dominado por ela. Observo enquanto ela enche um copo com água da torneira.

— Isto agora você deveria ver — diz Sebastian, pausando a gravação e depois dando zoom.

— O quê? — pergunto, sem saber ao certo o que ele está me mostrando. A imagem é um grande borrão.

Ele avança frame por frame e depois aperta o play novamente.

— Você viu isso? — pergunta ele, enquanto Kate pega o copo de água e se vira.

Balanço a cabeça.

— Não, volta um pouco.

Sebastian volta a gravação e dá play mais uma vez, em câmera lenta. Inspiro profundamente ao assistir à Kate tirar sua caixinha de comprimidos do bolso e despejar o conteúdo no copo.

— Ela pôs alguma coisa na água — diz Sebastian, apontando para a tela.

Eu já tinha deduzido que havia sido Kate quem me drogou, mas vê-la de fato fazer isso, jogar o pó no copo e misturá-lo com um leve movimento, me faz compreender o quanto eu desejava que não tivesse sido ela. É tão difícil ver isso, mais uma traição para se somar ao caso que ela estava tendo com meu marido.

Eu a vejo levar o copo para a sala de estar. Ela deve ter me drogado no bar também, quando me deu gim-tônica em vez de água, talvez tentando disfarçar o gosto do que quer que estivesse me dando, que estou supondo ser cetamina. Ela deve ter tentado me domar para que eu embarcasse em seu plano e dormisse com Joaquim. Como eu me recusei a fazer isso, ela provavelmente decidiu levar as coisas a outro nível. Se ela me drogou com cetamina suficiente, sabia que eu apagaria, e então poderia passar ao plano B — me incriminar, de modo que eu acordaria e não saberia a verdade. Aquela puta. Como ela foi capaz de armar um plano como esse. E pior, de executá-lo? Eu sou a melhor amiga dela. *Era* a melhor amiga dela. Será que era mesmo? Eu não sei e agora nunca vou poder perguntar a ela.

— Mostre a câmera do quarto — digo a Sebastian, mas ele já está trocando as transmissões das câmeras.

Agora estamos no meu quarto. E lá estou eu. É repentino, chocante e estranho me ver na tela — quase como uma experiência fora do corpo. É como se estivesse vendo uma estranha. Joaquim está me ajudando a ir até o banheiro, me segurando, seu braço em volta da minha cintura, enquanto tropeço às cegas.

Sebastian troca de câmera de novo, desta vez vemos a do banheiro. A câmera deve estar escondida na luminária em cima do espelho. Recuo diante do quão horrível eu pareço, quão bêbada e fora de mim, a maquiagem borrada no meu rosto todo. Eu me retraio quando caio no chão fazendo barulho e vomito na privada, enquanto Joaquim paira atrás de mim, parecendo enojado e um pouco constrangido. Mas ele, de fato, se ajoelha atrás de mim e segura meu cabelo enquanto desabo no assento da privada.

Sebastian lança um olhar na minha direção, mas eu o ignoro, minha atenção está voltada para o monitor.

Kate aparece, então, segurando o copo de água. Ela o entrega a Joaquim, que me ajuda a me sentar na privada. Bebo a água aos golinhos, incentivada por ele. Não me lembro dessa parte. Eu já estava fora de mim, mas Kate ainda estava me bombardeando com mais drogas. Ela poderia ter me matado com uma overdose. Será que não parou para pensar nisso?

— Você está bem? — pergunta Kate, se inclinando e me dando tapinhas nas costas. — Por que você não vai para a cama?

Ouvir sua voz é como sentir uma chicotada na pele já machucada. Eu me encolho e quero tapar os ouvidos. Parece que ela está ali, bem atrás de mim.

— Joaquim, coloque Orla na cama — ordena Kate, sua expressão assumindo uma frieza quando ela se dirige a ele.

Joaquim tem de me pôr de pé, já que eu estava caída no chão, quase inconsciente. Enquanto Kate sai do banheiro, Joaquim me levanta e me carrega para fora, de volta ao quarto. Sebastian troca a câmera e assistimos a Joaquim me deitando na cama.

Ele tira meus sapatos, desliza as cobertas para cima de mim, depois faz uma pausa, pairando sobre mim durante alguns segundos.

— Quer que eu tire a sua roupa? — pergunta ele.

Prendo a respiração, vendo meus olhos se fecharem e meu corpo afundar no colchão.

Joaquim sai do quarto, apagando a luz, e eu solto o ar que estava prendendo.

Sebastian muda de volta para a câmera da sala de estar, ansioso agora para me mostrar o resto da noite. Kate põe uma música ensurdecedora de tão alta. Não consigo escutar o que ela está dizendo, mas a vejo dançando com Emanuel, lançando seus braços em torno do pescoço dele e se esfregando nele. As mãos dele perpassam o corpo dela. Joaquim se serve de uma bebida, se senta no sofá e pega seu celular, ignorando os dois.

— Avança — digo a Sebastian. — Você gravou os dois transando?

Ele fica corado de culpa.

— Pula isso — ordeno. Não quero assistir. — Vai para a parte em que eles vão embora.

Ele o faz, dedos voando sobre os botões. Provavelmente perdemos a parte da hidromassagem e o sexo. Pulamos para 3h05 da manhã. Vejo Joaquim e Emanuel saírem do apartamento. Eles parecem apressados quando alcançam a porta, mas não estão correndo, só afobados, como se o táxi estivesse lá fora esperando. Estão carregando seus blazers e, é claro, a bolsa de Kate.

— Quando Kate sai? — pergunto.

— Espera — diz Sebastian, sucintamente.

Os segundos se passam no contador e nada acontece. Quarenta e três segundos se passam e então, justamente quando estou prestes a pedir a Sebastian que avance... bum, Kate aparece correndo em direção à porta da frente. Ela está usando um vestido soltinho que parece uma camiseta e sandálias. Ouvimos a porta bater.

— Aonde ela está indo? — murmuro para mim mesma.

Sebastian se inclina sobre o teclado e digita alguma coisa. A imagem muda para a câmera no quarto de Kate. Ele volta a gravação cerca de dez minutos. Emanuel está se vestindo. Kate está deitada de bruços, nua, esparramada na cama. Faço uma careta, grata por não ter assistido aos cinco minutos anteriores. Eles acabaram de transar; isso é óbvio. Kate rola na cama e se levanta. Tento ignorar o fato de que estou observando minha melhor amiga nua. Ela pega a camisinha usada em cima da mesa de cabeceira e a joga no lixo. Então eu a vejo fazer uma pausa. Ela se abaixa sobre a lixeira e pega a embalagem de papel de alumínio rasgada da camisinha. Eu praticamente consigo ver a ideia se formando em seu cérebro enquanto ela faz isso.

Eu a vejo pôr o vestido e depois sair do quarto, ainda segurando a embalagem de camisinha.

— Ela a coloca na sua cama — diz Sebastian, trocando para a câmera do meu quarto.

Kate e Emanuel entram no quarto. Estou dormindo profundamente, com a cabeça virada para o lado e as pernas e os braços separados como uma estrela-do-mar. Kate fica me olhando por um segundo e ouço meu pulso batucando alto em meus ouvidos, enquanto eu a vejo me observar.

Ela desliza a embalagem para baixo das cobertas.

— Pra que isso? — pergunta-lhe Emanuel.

— Não é da sua conta — responde ela, rindo.

Como ela pôde rir disso? Quem é essa pessoa? Eu nunca a conheci de verdade, penso comigo mesma.

— Vou tomar um banho — diz ela, indo em direção à porta —, não quero ver vocês aqui quando eu sair.

Emanuel a observa se afastar, balançando a cabeça para Kate, que já está de costas para ele.

Sebastian troca a câmera de volta para o quarto de Kate. Nós a vemos entrar no cômodo e seguir em direção ao banheiro, despindo-se enquanto avança.

— Eu não quero ver — falo.

— Você vai querer ver isto — argumenta ele. — Espera até ver o que eles fizeram enquanto ela estava no chuveiro.

— Eu sei. Eles roubaram a bolsa dela — digo, furiosa por ele estar omitindo toda essa informação quando a polícia poderia tê-la usado, e enquanto eu corria de um lado para o outro por aí, tentando desesperadamente descobrir o que tinha acontecido com ela.

Sebastian parece aborrecido por eu já saber e permanece em silêncio enquanto a cena se desenrola no monitor. Assistimos a Emanuel entrar sorrateiramente no quarto enquanto Kate está no chuveiro. Ele pega a bolsa dela e em seguida sai do quarto, rápido como um raio.

A câmera muda para uma outra da sala de estar, que suponho estar escondida sobre a lareira. Emanuel agarra Joaquim pelo braço, que ainda está sentado no sofá, vendo alguma coisa em seu celular. Ele lhe diz algo e os dois pegam seus blazers e seguem para a porta.

Sebastian volta para a gravação do quarto de Kate.

— Veja — diz ele.

A porta do banheiro se abre e Kate sai de lá, enrolada apenas em uma toalha. Ela para por um momento, olhando em volta, percebendo que há algo errado no quarto. Ela se dá conta de que a bolsa desapareceu. Vasculha o quarto procurando por ela, depois grita: "Filho da puta!"

O ar escapa do meu peito. Meu Deus! É isso! É a lembrança. Devo ter ouvido o grito dela. Eu estava desmaiada em meu quarto, mas a palavra "puta!" deve ter penetrado na escuridão do meu inconsciente. É por isso que eu nunca conseguia vê-la, só ouvi-la. Inspiro profundamente, o alívio me inundando. Todo esse tempo estive nutrindo um medo profundo de que talvez... não. Afasto a ideia. Era tão absurda... mas, apesar disso, durante algum tempo... eu realmente pensei que podia ter feito algo com Kate.

— Você está vendo? — pergunta Sebastian, rispidamente.

Volto minha atenção mais uma vez para a tela. Lá está Kate, saindo em disparada do quarto e seguindo para o corredor. Dentro de segundos ela está de volta, apanhando o vestido no chão do quarto, esbarrando por acidente em uma taça de vinho no caminho, ignorando o líquido derramado enquanto arremessa lençóis e travesseiros para os lados, procurando alguma coisa, talvez seu celular. Mas logo ela desiste e calça um par de sandálias. Em segundos está fora do apartamento, pondo o vestido ao sair.

— Ela foi atrás deles — concluo, sentindo de repente que preciso me sentar.

É tão óbvio, como eu não pensei nisso? É claro, Kate foi atrás deles. Ela não saiu do apartamento para comprar drogas, nem para ir a uma balada, nem para se encontrar com Rob, ou porque Konstandin a atraiu para fora a mando de Toby, nem por nenhuma outra razão misteriosa. Ela correu atrás de Joaquim e Emanuel porque eles roubaram sua bolsa Birkin de quinze mil libras e ela a queria de volta.

Sebastian congela a tela com Kate correndo porta afora às 3h06.

— Você sabia! — digo, atacando-o furiosamente. — Você sabia muito bem de tudo e não disse uma palavra! Seu escroto!

Ele abre a boca como se fosse discutir comigo, mas eu o interrompo.

— Passei dias andando de um lado para o outro me perguntando por que ela tinha ido embora, onde ela estava... você podia ter me contado. Podia ter contado à polícia, mas estava mais preocupado em se safar.

Sebastian amarra a cara para mim, suas bochechas ficam cor-de-rosa. Ele não gosta de ser confrontado com a verdade nua e crua. Vira-se de repente e clica em um botão na tela.

— O que você está fazendo? — pergunto, quando uma caixa de diálogo aparece. Ele clica em apagar.

— Não! — digo, mas é tarde demais. A tela se apaga.

Ele rapidamente navega para outra caixa e digita mais alguns comandos.

— Para com isso! — digo, puxando seu braço.

Ele se desvencilha de mim, decidido a apagar todas as provas.

— Você prometeu que não iria à polícia — grita ele. — Era mentira. Sei que vai contar para eles.

Seguro o braço dele de novo e o arrasto para longe do computador. Ele solta um ganido e se vira para mim. Tarde demais, vejo que ele está segurando, com a mão livre, um dos livros didáticos que estava em cima da mesa. Ele o acerta com força no meu rosto. Cambaleio para trás, deixando escapar um grito, me chocando contra a parede oposta. Meu rosto começa a pegar fogo. Em seguida, ele se vira de volta para o monitor e pressiona apagar numa nova caixa de diálogo que apareceu na tela.

— Você não vai ter nenhuma prova — diz ele para mim.

— Você não pode remover todas as câmeras — rebato, a mão voando para minha bochecha, que está latejando dolorosamente.

Sebastian segue em direção à porta.

— Não quero ter que fazer isso — fala ele —, mas você não está me dando escolha.

Meu sangue gela. Do que ele está falando? Antes que eu possa detê-lo, ele corre para fechar a porta na minha cara. Ele vai me trancar aqui dentro!

— Vou manter você aqui só até retirar as câmeras. Depois eu solto você.

Eu me jogo para a frente e empurro o peito dele com força, chutando a porta para abri-la e colocando meu pé no vão para que ele não consiga fechá-la na minha cara. De jeito nenhum eu vou permitir que ele me tranque aqui. Então travamos uma luta, eu o agarro e ele me estapeia e me empurra para longe. Eu o pego pelos ombros e dou uma joelhada em sua virilha. Sebastian se dobra e começa a gemer. Aproveito a vantagem e passo por cima dele, correndo para fora do quarto, seguindo em direção à porta da frente.

No meio do caminho, uma mão agarra meu ombro e me puxa para trás. Eu tropeço e Sebastian puxa meu braço com força, tentando me impedir de chegar à porta. Eu giro, levantando o cotovelo, acertando a cara dele com um estalo satisfatório. Ele me solta, cambaleando para trás, o sangue descendo pelo nariz. Sebastian escorrega e cai, sua cabeça batendo com um ruidoso *creck* na beirada da mesa.

Não paro para ver se ele está bem. Continuo correndo, me jogando na direção da porta, lutando com a fechadura antes de saltar escada abaixo, descendo três degraus de cada vez, até chegar ao térreo, na entrada, e sair para a rua, arfando e tremendo.

Uma mão se fecha em meu braço. Deixo escapar um grito e empurro a pessoa, em pânico, antes de me dar conta de que não é Sebastian. É Konstandin.

Capítulo 36

— O que foi? O que está acontecendo? — pergunta Konstandin, suas mãos segurando meus ombros.

— É ele, Sebastian — balbucio, olhando para trás, com medo, em parte esperando vê-lo sair correndo pela porta atrás de mim.

— O que tem ele? — pergunta Konstandin, acompanhando meu olhar.

— Ele estava espionando a gente. Ele e todas aquelas câmeras... eu tentei escapar...

— Foi ele que fez isso? — rosna Konstandin, apontando para o meu rosto. Toco minha face com a ponta dos dedos e me contraio de dor. Eu tinha me esquecido do golpe com o livro didático.

Assinto.

— Foi. Ele não queria me soltar...

— Ele ainda está lá dentro? — pergunta Konstandin, me interrompendo.

Faço que sim com a cabeça mais uma vez, a adrenalina sendo bombeada em mim torrencialmente, meu sangue ainda latejando alto em minha têmpora. Konstandin se dirige para a porta. Quero detê-lo, mas é tarde demais, ele já está lá dentro, subindo as escadas correndo. Olho de um lado para o outro na rua. Só quero sair correndo, dar o fora daqui, ir à polícia e contar tudo a eles antes que Sebastian retire as câmeras dos apartamentos e acabe com todas as provas, mas me dou conta de que meu celular, minha carteira e todas as minhas coisas ainda estão lá dentro, e, se eu tiver de voltar para pegá-las, é melhor fazer isso com Konstandin ao meu lado.

Corro atrás dele e o alcanço na porta, que está escancarada. Konstandin entra com cuidado e eu o sigo, incapaz de ver à frente dele. Ele dá alguns passos e se agacha, e então vejo Sebastian caído no chão do corredor, o rosto para baixo.

Konstandin pressiona os dedos no pescoço de Sebastian, procurando pulsação. Cubro a boca com ambas as mãos e deixo escapar uma arfada sufocada. Ai, meu Deus. Ele está morto. Eu o matei. Mas foi um acidente.

Konstandin rola Sebastian delicadamente e estou certa de que vou ver seus olhos vidrados na minha direção, ou o sangue escorrendo do canto de sua boca, mas, em vez disso, ouço um gemido e vejo seus lábios se moverem. Ele está vivo! Graças a Deus. Mas, merda, seu rosto está coberto de sangue e seu nariz parece estar quebrado. Deve ter sido da cotovelada que dei na cara dele.

— Ah, meu Deus, ele parece mal — digo, roendo as unhas, enquanto encaro o corpo estirado de Sebastian. Mesmo ele estando ali inconsciente, com o rosto machucado e coberto de sangue, é difícil ter alguma empatia por ele.

— Ele está respirando — diz Konstandin. — Vai ter uma concussão, mas acho que mais nada está quebrado, além do nariz. — Ele diz isso com um ar de lamentação, como se desejasse que houvesse mais dano.

— Ele estava me perseguindo — explico de novo, a ansiedade brotando em mim. — Tentou me trancar no estúdio dele. — Torço as mãos, percebendo minha voz se elevando, fazendo com que eu pareça estar à beira da histeria. — Eu corri. Ele veio atrás de mim, agarrou o meu braço. Eu o empurrei... ele deve ter caído.

— Ele bateu a cabeça — diz Konstandin, apontando para a beirada da mesa.

Há sangue ali. Meu estômago se revira quando vejo.

— Devíamos chamar uma ambulância — murmuro.

— Os paramédicos vão querer saber o que aconteceu — ressalta ele.

— A polícia provavelmente virá também.

Ele está certo. E, agora que Sebastian apagou todas as gravações, não tenho provas. A polícia já acredita que contratei Konstandin para matar Kate. Deus sabe o que eles vão pensar quando virem essa cena agora. Vão tirar conclusões precipitadas. Vão pensar que Konstandin e eu tentamos matar Sebastian para silenciá-lo ou algo assim. Podem até pensar que fui eu que apaguei os vídeos.

Sebastian geme aos nossos pés. De qualquer forma, preciso chamar uma ambulância.

— É melhor você ir embora — digo a Konstandin, pegando meu celular para chamar a emergência. — É melhor eles não encontrarem você aqui.

Konstandin assente, distraído, depois se vira para mim, seus olhos sagazes.

— O que você quis dizer quando falou que ele estava espionando? — pergunta.

Aponto para o cômodo no fim do corredor, a porta ainda aberta.

— Entrei no quarto secreto de Sebastian — conto. — Eu estava desconfiada. Ele estava agindo de um jeito estranho. Sabia de coisas que não tinha como saber, a não ser que estivesse ouvindo nossas conversas. Foi ele quem falou de você para a polícia. E que contou que Rob e Kate tinham um caso, aliás. Ele estava me espionando esse tempo todo.

Konstandin exibe um olhar furioso, mas percebo que ainda está confuso.

— Ele tem um monte de vídeos — explico. — Câmeras escondidas nos quartos e nos banheiros de todos os seus apartamentos. Estão em todo lugar! Eu vi a gravação toda da noite em que Kate desapareceu. Ele tinha tudo nos vídeos.

Os olhos de Konstandin se arregalam.

— Me mostre — ordena ele.

Balanço a cabeça.

— Não posso. Ele apagou tudo. Ele sabia que eu ia à polícia. Não queria ser preso. Estava tentando impedir que eu saísse... — Minha voz vai sumindo, enquanto olho para baixo, para Sebastian.

Konstandin esfrega o maxilar, pensativo.

— O que tinha no vídeo? Você viu alguma coisa?

— Vi. Kate correu atrás de Joaquim e Emanuel. Ela tentou recuperar a bolsa.

Konstandin absorve minhas palavras, balançando a cabeça com frustração diante da obviedade do que digo. Quero assentir e lhe contar que me senti da mesma forma quando vi isso. Eu poderia me dar um tapa na testa. A razão pela qual ela saiu do apartamento estava bem na nossa cara, e nós nunca pensamos nisso.

— Foi menos de um minuto. — Deixo escapar de repente. — Quarenta segundos entre o momento em que eles saíram e a hora em que ela foi atrás. Eu vi tudo.

— Mas ela não alcançou os dois lá fora? — pergunta Konstandin.

Dou de ombros.

— Não há câmeras do lado de fora, então não sei, mas a polícia disse que Joaquim e Emanuel pegaram um Uber de volta para casa. O motorista era o álibi deles.

Konstandin assente.

— Está bem. E se Kate tiver corrido lá para fora atrás deles e os viu entrando no Uber?

— Ela teria tentado segui-los — digo, imaginando Kate correndo atrás dos dois. Ela não teria desistido e voltado para o apartamento. Essa não é a Kate.

— Ela pode ter pegado um táxi — sugere Konstandin.

Concordo com a cabeça. Faz sentido.

— Passa táxi o tempo todo nessa rua. Digamos que ela conseguiu pegar um e seguiu os dois...

Olho para Konstandin. Ele está certo. Há dezenas de táxis na vizinhança. Eu vi vários passando devagar, tentando apanhar os turistas cansados de subir morros.

— Sim — concordo. — É possível. Mas como confirmamos isso? — Meu entusiasmo desaparece. — Seria como procurar uma agulha num palheiro.

— Vamos — chama ele, já se dirigindo para a porta.

Eu não me mexo. Dou uma olhada em Sebastian, ainda desmaiado no chão aos meus pés, sangue fazendo bolhas em seus lábios a cada respiração.

— Você pode chamar a ambulância no caminho — diz Konstandin, embora dê para notar que ele acha que não deveríamos nos incomodar em fazer isso.

— Talvez seja melhor eu ficar. Eu poderia explicar tudo para a polícia. Contar o que vi nos vídeos, talvez?

Konstandin olha para mim furioso.

— Por que não põe algemas, senta e espera a polícia vir prender você? — pergunta ele, abrindo a porta e indicando com um gesto que devo segui-lo.

Hesito.

— Mas isso não vai parecer suspeito? — pergunto. — Se eu fugir?

Konstandin exala ruidosamente.

— Eles já acham que você matou uma pessoa...

— Eles pensam que nós dois matamos — retruco. — Pensam que eu contratei você para matar Kate por mim.

Trocamos um olhar. Ele assente tristemente.

— Eu sei. Eles me levaram para interrogatório. — Ele aponta para a porta novamente. — Vamos. Precisamos descobrir o que aconteceu com Kate. A polícia não parece se importar com a verdade, então temos que descobrir tudo nós mesmos. É nossa única chance de limpar nosso nome.

Quando saímos, ligo para a emergência e dou a eles o endereço, temendo que o atendente tenha dificuldade de compreender meu sotaque irlandês.

Quando chego à metade da escada, me dou conta de que devia ter levado provas comigo; uma das câmeras escondidas, talvez, mas que utilidade teria uma câmera de segurança desconectada? Ainda assim, fico preocupada. E se Sebastian acordar e correr para desmontar as provas de seus crimes antes que eu tenha chance de contar para a polícia ou antes que a polícia possa fazer uma busca em seus apartamentos? Se ele fizer isso, será a palavra dele contra a minha. E minha palavra não vale muito.

Paro de repente.

— Espera! — grito para Konstandin e dou meia-volta, subindo as escadas correndo, passando pela porta do apartamento de Sebastian e seguindo até o andar de cima, ao apartamento onde fiquei com Kate.

Esmurro a porta com meus punhos e alguém rapidamente corre para abri-la. Um homem de sessenta e tantos anos, que parece desnorteado, atende. Ele está de pijama.

— Sim? — pergunta ele, com um forte sotaque alemão, talvez holandês. — Posso ajudar em alguma coisa?

Uma mulher, mais ou menos da mesma idade, aparece atrás dele em seu robe, parecendo ansiosa.

— O banheiro e o quarto. Há câmeras escondidas nas luminárias e atrás do espelho, eu acho.

— O quê? — pergunta o homem, franzindo o cenho.

Ele não entende, mas eu olho para a mulher atrás dele e vejo, pela expressão chocada em seu rosto, que ela entendeu. Ela agarra o braço do homem e lhe diz alguma coisa confusa em alemão. Ele se vira para mim, sem entender quem eu sou e por que estou aparecendo na sua porta à noite para dar esse recado.

— Eu estava hospedada aqui — explico. — Eu e minha amiga. O proprietário espionava a gente. Tem câmeras em tudo quanto é canto. Chamem a polícia.

Antes que eles consigam perguntar mais alguma coisa, eu me viro e desço rapidamente as escadas, ignorando-os quando gritam perguntas atrás de mim. Konstandin está me esperando no pé da escada, olhando para mim com o cenho franzido, obviamente se perguntando que raios eu estava fazendo. Dou de ombros para ele.

— Depois explico.

Ele abre a porta com o ombro e a mantém aberta para mim. Saio para a rua e dou de cara com um entregador segurando uma pizza. A pizza que eu pedi, de repente me dou conta. Ele está tocando a campainha do apartamento de Sebastian. Mantenho a cabeça baixa, mas percebo que ele dá uma olhada em Konstandin e em mim quando nos dirigimos para o carro. Merda. Ele é uma testemunha agora.

Capítulo 37

É só quando estou no carro com Konstandin que paro por um momento e penso. No meio de todo esse drama, esqueci o que a polícia tinha me contado mais cedo — sobre quem Konstandin é e para quem ele trabalha.

— O que você estava fazendo aqui? — pergunto, enquanto Konstandin dá partida no carro, meus dedos se movendo para a maçaneta da porta.

— Procurando você — responde ele, arrancando com o carro.

— Por quê? — pergunto.

— Porque a polícia me fez uma visita depois que você saiu do meu apartamento, hoje à tarde. Eles queriam saber onde eu estava na noite em que Kate desapareceu.

Inspiro profundamente e aperto os lábios.

— Eu passei para eles o nome de todas as pessoas que entraram no meu carro naquela noite. Trabalhei a noite toda, até de manhã. Tenho álibis.

Libero a respiração que estou prendendo.

— Isso é ótimo — digo, sentindo uma enorme onda de alívio, embora procure não demonstrar.

Ele balança a cabeça, ainda de cara feia.

— Não sei se os álibis serão suficientes. Eles não sabem a que horas ela morreu. Eu estava sozinho em casa no dia seguinte.

Não digo nada.

— Eles contaram para você, não foi? — pergunta ele. — Para quem eu trabalho?

Respondo com um leve dar de ombros.

— Era difícil sair de lá — diz ele, franzindo profundamente o cenho. — Todo mundo estava tentando fugir de Kosovo, mas eu não tinha documentos nem dinheiro. E, se você fosse um homem e não estivesse lutando, era difícil escapar. As pessoas questionavam.

Ele olha para mim e eu assinto para que continue.

— Eu poderia ter ficado. Talvez devesse ter ficado, mas estava cansado da matança, de tanta morte. E não era seguro. Eu conhecia um homem. Eu tinha ajudado a salvar a vida do irmão dele quando ele foi levado para o hospital onde eu trabalhava. Eu lhe dei sangue de meu próprio braço porque não restava mais nenhum no hospital. E sabia que esse homem, o irmão, era uma pessoa poderosa, rica. Antes da guerra, ele tinha sido um criminoso. Todos sabiam quem ele era. Aqui, o chamariam de mafioso. Mas, para mim, ele era uma passagem para fora daquele lugar. Para fora do inferno.

Assinto para lhe mostrar que entendo. E quem sou eu para julgar, afinal de contas?

— Eu o procurei — conta ele, sua voz calma, como a maré recuando sobre o cascalho. — Ele se lembrou de mim e do que eu tinha feito pelo irmão dele. O nome dele era Goran. Ele me deu o dinheiro e os meios para chegar à Europa. Me ajudou a chegar a Lisboa. Tinha contatos aqui. — Konstandin para e respira fundo. — Eu não tinha dinheiro nenhum, não falava português. Não conseguia arrumar emprego. Foi difícil. Eu não queria mendigar; por isso, depois de três meses procurando trabalho, e dormindo no parque e na beira do rio, procurei os amigos de Goran que moravam aqui e pedi que me arrumassem trabalho. Foi a única coisa em que consegui pensar para permanecer vivo e não morrer de fome. Um homem precisa trabalhar. — Ele faz uma pausa, balançando a cabeça, como se lamentasse a escolha que havia feito. — Eles me contrataram como motorista.

Ele olha para mim, e vejo um nervosismo em seus olhos, como se Konstandin estivesse temendo meu julgamento. Faço sinal com a cabeça para que continue, querendo ouvir o restante da história.

— Eu disse a eles que não faria nada ilegal — continua Konstandin, falando mais depressa agora. — Não queria pôr em risco meu pedido de asilo. Mas essas pessoas, é verdade, elas não são... como se diz? Flor que se cheire?

Concordo com a cabeça. Suponho que seja uma expressão para descrever a máfia.

— A princípio, eu dirigia para eles — explica ele. — Depois eles descobriram que eu tinha estudado para ser médico. Então, foi isso o que eu me tornei para eles.

Franzo o cenho, sem entender direito.

— Eles recorriam a mim quando precisavam de ajuda para consertar as coisas. Quando não queriam que a polícia viesse fazer perguntas.

Ah. Só então a ficha cai. Ele deve estar se referindo a gente espancada, ou baleada, ou apunhalada; ferimentos que despertariam desconfiança e talvez interesse da polícia.

— Eu não queria continuar trabalhando para eles, mas não há muitas alternativas para um homem como eu, e, quanto mais útil eu era para eles, mais difícil era sair. E também, para ser sincero, eu achava bom estar usando minha formação em medicina para alguma coisa. E podia ajudar as pessoas.

— Então você não é um assassino de aluguel? — pergunto, rindo meio que sem querer.

Ele faz uma careta, sem saber ao certo se estou brincando ou não, mas depois ri.

— Não. Foi isso que você pensou?

É minha vez de dar de ombros.

— Eles me disseram que você tinha parceiros criminosos. Eu supus... — eu me interrompo. Não posso confiar em nenhuma de minhas suposições ultimamente.

Konstandin balança a cabeça, levemente decepcionado.

— É a barba espetada? Ela me faz parecer criminoso? Preciso fazer a barba?

Dou um sorriso.

— Não, eu acho que é o fato de que você ameaça as pessoas como se fosse a coisa mais normal do mundo.

Ele dá um meio sorriso, mas depois sua expressão fica séria.

— Nunca matei ninguém. Nem mesmo por vingança — diz ele. — Tive a chance, ela estava nas minhas mãos... Tive a oportunidade de me vingar do vizinho que levou os soldados até a minha casa. Goran o levou para mim como um presente por ter salvado seu irmão. Mas matá-lo não iria trazer minha família nem Milla de volta. Eu queria viver o que restasse da minha vida em paz. Então, em vez disso, pedi a ele que me ajudasse a escapar do Kosovo.

— Você ainda trabalha para eles? — pergunto.

— Às vezes. Mas na maior parte do tempo sou motorista de Uber. Mas a polícia não sabe disso. É por isso que suspeitam de mim — afirma Konstandin. — E por isso é tão importante que a gente descubra a verdade sobre Kate. Não acredito que a polícia esteja muito preocupada com a verdade, sabe? Eles só querem poder dizer que apanharam alguém e o puseram na cadeia.

Concordo. Ele tem razão. Tenho a mesma impressão. Reza e Nunes não estavam interessados em encontrar Kate e agora não estão interessados em descobrir quem a matou. Querem só tirar isso da lista de afazeres e fazer parecer que cumpriram seu trabalho.

Konstandin entra em uma rua mal-iluminada e estaciona. Eu olho pela janela.

— Onde estamos? — pergunto.

— Na cooperativa de táxi.

— Que cooperativa de táxi? — pergunto.

— Há somente duas grandes cooperativas de táxi em Lisboa. Esta é a maior. Começamos aqui.

Ele salta do carro e vou atrás dele. O escritório central fica em uma rua lateral, próxima à estação ferroviária, e, embora seja tarde da noite, ainda há muita gente circulando. Estou nervosa e checo meu reflexo na janela do carro, vendo que minha bochecha está inchada, com uma linha roxa ao longo dela, do golpe que Sebastian me deu com o livro.

Não há nada que eu possa fazer quanto a isso, então corro atrás de Konstandin, que já segue em direção ao escritório da cooperativa.

Lá dentro, há um homem sentado a uma mesa lendo um jornal. Não consigo acompanhar a conversa de Konstandin com ele, mas seja lá o que Konstandin diz, funciona. Não acho que ele o tenha ameaçado, pois o homem sorri para mim, depois olha para a tela de seu computador e começa a mexer no mouse, como se procurasse alguma coisa. Depois de um minuto, ele olha de relance para Konstandin e lhe diz algo.

Konstandin assente, agradecido, e articula a palavra "obrigado" diversas vezes. Depois ele me pega pelo cotovelo e me conduz a alguns passos de distância da mesa até uma fileira de cadeiras de plástico junto à janela.

— Eu disse para ele que você perdeu um anel valioso dentro de um táxi na semana passada — explica, murmurando. — Contei que pertencia à sua falecida mãe e que você está desesperada para recuperá-lo. Dei o endereço do apartamento onde você ficou. Eles registram todas as corridas que os motoristas fazem. Cada vez que eles apanham um passageiro, o motorista tem que ligar e informar o endereço. Ele encontrou um motorista que apanhou um passageiro na esquina da rua do Paraíso pouco depois das três da manhã de sábado. É bem perto do seu apartamento.

Encaro Konstandin, espantada.

— Você acha que pode ter sido Kate a passageira?

Konstandin dá de ombros.

— O motorista está vindo para cá agora. Podemos perguntar para ele.

Eu me jogo em uma das cadeiras de plástico, a exaustão me dominando. Konstandin se senta ao meu lado. Dez minutos se passam antes que a porta faça um *plin* e um homem entre. Ele tem uma barriga de cerveja suspensa sobre o cinto e sua camisa está aberta em cima, revelando um medalhão religioso, pousado em um ninho de pelos grisalhos no peito. Ele parece estar na defensiva desde o momento em que entra, voando em nossa direção, franzindo o cenho, o peito estufado.

Sem dúvida pensa que foi intimado por alguém que o acusa de ter roubado joias.

Imediatamente, ele começa a falar com Konstandin, balançando os braços e gritando. Suponho que esteja negando tudo e leva um tempo até que Konstandin encontre uma brecha no fluxo raivoso do motorista para conseguir falar. Não sou capaz de acompanhar nada da conversa, mas, depois de alguns segundos, Konstandin se vira para mim.

— Mostra para ele uma foto da Kate — diz ele.

Pego meu celular, abro o rolo da câmera e clico na primeira foto dela que encontro — a que tiramos no aeroporto, de nós duas rindo, animadas com a viagem que íamos fazer. O taxista olha para a foto, depois para mim e finalmente para Konstandin. Sua raiva se dissipa. Seus ombros tombam.

— É garota em jornal? — pergunta ele, em um inglês estropiado.

Faço que sim com a cabeça, endireitando mais minha postura, minhas esperanças aumentando, ainda que eu tente mantê-las sob controle.

— Sim, você a reconhece? Você a pegou na noite de sexta-feira?

O homem começou a mexer no medalhão em volta do pescoço, esfregando-o entre o polegar e o indicador. Ele parece a definição clássica da palavra *espertalhão*.

— Você sabe de alguma coisa — afirmo. — Você a pegou? — Minhas esperanças aumentam, mas tento me controlar.

O homem dá uma olhada para mim, depois desvia os olhos depressa. Definitivamente, um espertalhão.

Konstandin dá um passo em direção a ele, invadindo seu espaço, e o homem recua, alarmado. Porém estou bem ali, bloqueando seu caminho. Não há a menor possibilidade de deixarmos esse homem ir embora sem nos contar o que sabe; mesmo que seja algo insignificante que não nos leve a nada, precisamos saber o que é.

— Você a pegou ou não? — pergunto. — Responda ou eu chamo a polícia agora.

O taxista olha sobre o ombro de Konstandin, para o homem à mesa, que está falando ao telefone, mas mantém um olhar curioso em nós. O motorista de táxi balança a cabeça para mim.

— Não. Não eu — responde ele, em um inglês bem ruim. — Eu não dirigi táxi naquela noite.

— Aquele homem ali nos disse que você pegou alguém perto do meu apartamento pouco depois das três da manhã...

O taxista lança um olhar furtivo para o homem ao telefone — provavelmente seu chefe.

— Meu primo dirige.

Eu não entendo o que ele quer dizer com isso e olho para Konstandin, confusa.

— Ele não tem permissão para emprestar o táxi para outra pessoa — explica ele. — É contra as regras.

— Não conta! Por favor — pede o taxista. — Eu perco licença.

— Onde está o seu primo? — pergunta Konstandin.

O homem morde o lábio e desvia o olhar, obviamente sem saber o que fazer.

— Por favor — digo, chamando a atenção dele. — Você não sabe o quanto isso é importante.

— Não fez isso, ele — diz o homem, sibilando baixinho. — Ele ruim, não. Ele tem mulher, filhos. Machuca ninguém.

— Nós só queremos saber se ele a pegou e, nesse caso, para onde a levou, mais nada.

— Não vamos envolver a polícia — assegura-lhe Konstandin.

O homem olha para nós dois, ainda ponderando.

— Ok. — Ele finalmente assente. — A gente ir falar com ele.

Capítulo 38

Trinta minutos mais tarde, já é quase meia-noite e estamos na periferia da cidade, em algum lugar perto do aeroporto, onde brotam prédios residenciais altos e densos como arbustos. Estacionamos ao lado de um prédio particularmente decrépito, e o taxista que nos guiou até aqui em seu táxi sai do carro e se dirige até o nosso. Konstandin abaixa o vidro da janela.

— Meu primo vem — diz o taxista para nós, depois pega um maço de cigarros. Ele o oferece a Konstandin, que aceita um, depois oferece o maço para mim. Pego um também, para acalmar meus ânimos.

Nós três ficamos do lado de fora do carro, fumando. Konstandin conversa em português com o taxista e eu começo a rezar em silêncio para que esse homem que vai nos encontrar — o primo dele — seja o mesmo motorista que pegou Kate na madrugada de sábado e que ele saiba nos dizer para onde a levou e nos dê outra pista do que aconteceu. Mas e se ele tiver feito alguma coisa com ela? Ele não vai nos contar isso.

O motorista de táxi checa o celular o tempo todo e finalmente o primo dele sai furtivamente do prédio, com um gorro enterrado na cabeça e as mãos enfiadas nos bolsos. Ele parece desconfiado, não para de lançar olhares sombrios para Konstandin e para mim enquanto o taxista nos apresenta. Não trocamos apertos de mão. Ele parece levar um tempo até ser convencido pelo primo a conversar com a gente, mas finalmente concorda em colaborar.

Konstandin conduz o interrogatório. Ele lhe mostra a foto de Kate em meu celular e o homem assente. Eles parecem estar falando em outra língua, não em português. Talvez árabe, ou turco?

— Ele pegou Kate! — eu digo.
Konstandin confirma.
— Sim. Ele a apanhou.
— Para onde ele a levou?
O homem começa a agitar os braços, falando rápido.
— O que ele está dizendo? — pergunto com impaciência.
Konstandin finaliza a conversa e se vira para mim.
— Ele disse que ela quis seguir um outro veículo. Um Uber.
Eu assinto.
— O de Joaquim e Emanuel.
— Ela contou para ele que os homens no Uber tinham roubado sua bolsa.
O primo do taxista começa a gesticular, com raiva.
— O quê? — pergunto, puxando o braço de Konstandin.
— Dinheiro! — diz o homem para mim. — Você dá. Mim. Deve. — O inglês é bem ruim, e eu olho para Konstandin.
— Ela não pagou a corrida.
Balanço a cabeça, sem acreditar.
— A bolsa dela tinha sido roubada! Foi por isso que ela não conseguiu pagar. — Vasculho minha bolsa e pego minha carteira, mas, antes que eu consiga abri-la, Konstandin já está tirando duas notas de dez euros da própria carteira. — Ele seguiu Emanuel e Joaquim de volta ao apartamento deles? — pergunto, ansiosa.
Konstandin traduz a pergunta e até eu entendo a resposta.
O primo balança a cabeça, depois diz mais algumas palavras.
Konstandin olha para mim.
— Ele diz que os perdeu de vista. Eles pararam em um sinal vermelho e depois ficaram presos numa via de mão única.
Franzo o cenho.
— Então para onde ele a levou depois disso?
Konstandin faz uma pausa antes de responder.
— Para a delegacia de polícia.

Capítulo 39

— Se ele deixou Kate na delegacia de polícia, então... — eu me interrompo. — Não estou entendendo — digo para Konstandin.

Estamos a alguns passos atrás do taxista e do primo dele. Os dois parecem preocupados e discutem baixinho entre si. Eles estão com medo de serem arrastados para o problema, imagino, e não posso julgá-los. Eu sou um redemoinho que draga todos que chegam perto de mim para um fim lamentável.

— O primo é imigrante ilegal — diz Konstandin, tragando fortemente outro cigarro. Todo esse caso o levou a fumar um cigarro atrás do outro, ou talvez ele sempre tenha fumado tanto assim. Minhas mãos estão coçando para tirar o cigarro de sua boca e dar uma tragada. — Foi por isso que eles não foram à polícia quando viram as notícias sobre Kate. Ele não podia estar dirigindo o táxi.

— Isso não importa — digo, frustrada. — Só quero saber o que aconteceu com Kate.

— Ele alega que ela entrou na delegacia de polícia.

Olho para Konstandin em choque.

— Sério? Ele viu isso? Ele realmente a viu entrar na delegacia?

Ele assente.

— Ele se lembra porque ficou nervoso por ter que levá-la até lá. Ele parou mais adiante na rua, mas se lembra de ter olhado no espelho retrovisor enquanto ela entrava.

Lanço um olhar para o motorista de táxi. Ele está no celular agora, falando com alguém, e o primo nos observa, roendo o polegar.

— Qual delegacia de polícia? — pergunto a Konstandin.

— A que fica no centro da cidade. A mesma aonde levei você para registrar o desaparecimento dela. É a principal quando se trata de crimes envolvendo turistas. Foi por isso que ele levou Kate até lá. Sabia que eles falavam em inglês e que estariam abertos àquela hora da madrugada.

Começo a andar de um lado para o outro, tentando desvendar o mistério.

— Mas, se ela entrou, teria registrado ocorrência, não teria?

Konstandin assente, franzindo o cenho. Ele está acompanhando meu raciocínio.

— Teria.

— Sendo assim, por que a polícia nunca mencionou isso?

Ele balança a cabeça.

— Não sei. Isso é estranho.

É muito estranho. Dou alguns passos e então paro.

— A não ser que a pessoa que ouviu a queixa dela nunca tenha relacionado Kate ao comunicado de desaparecimento dela que eu fiz um dia depois.

— Mas o nome dela teria constado nos dois — observa Konstandin.

Fazemos uma pausa, refletindo sobre isso. Konstandin está certo. É estranho, embora possível, suponho. Mas estou com uma sensação estranha, um frio na barriga, como se tivéssemos finalmente encontrado um fio nessa trama. Sinto que devemos puxá-lo, mas precisamos ser cuidadosos, porque ele pode arrebentar antes que consigamos trazer à luz o que estiver na outra extremidade dele.

— Precisamos descobrir quem estava trabalhando naquela noite. Quem estava de plantão na delegacia — digo. — Quem quer que tenha recebido a queixa dela deve lembrar para onde ela foi depois.

Konstandin assente.

Um som alto de guincho de repente preenche o ar. Eu me viro, assustada por ver uma viatura da polícia a distância, vindo na nossa direção, as sirenes estridentes tocando e as luzes piscando.

— Merda — murmuro, me perguntando por um segundo se eles estão ali por nossa causa; porque, afinal, como foi que conseguiram nos encontrar? A menos que estivessem nos seguindo!

Meu primeiro instinto é correr, então olho em volta freneticamente, à procura de uma rota de fuga. O primo do taxista desapareceu. E o taxista está pulando para dentro de seu carro, já ligando o motor. Será que ele chamou a polícia? Por quê? Penso no entregador de pizza com o qual topamos em frente ao apartamento de Sebastian. Será que ele entregou a pizza e encontrou Sebastian? Isso apareceu no jornal? Talvez tenham divulgado um alerta e alguém nos identificou.

Eu me viro para Konstandin. Ele está olhando para a viatura também, e vejo uma centelha de pânico atravessar seu rosto. Ele hesita apenas um segundo antes de se virar para mim.

— Lamento muito — diz Konstandin, e depois, antes que eu possa perguntar pelo quê, ele sai em disparada, correndo não em direção ao seu carro, mas a um beco mal-iluminado que fica ao lado do prédio residencial.

Olho para ele assombrada. Quero gritar *que merda é essa?!* Mas estou congelada como um animal assustado no meio da pista, ou melhor, um animal assustado com o pescoço preso em uma armadilha. Por um breve segundo, penso em segui-lo, mas sei que não irei longe, e, se eu fugir, só vai piorar a minha situação. Por isso me obrigo a ficar ali, minhas entranhas se contorcendo em nós e meu coração acelerado enquanto as luzes azuis e vermelhas se aproximam e a sirene estridente fica mais alta, até que a viatura da polícia finalmente dá uma guinada diante de mim e para.

As portas se abrem. Dois policiais fardados saltam do carro e correm na minha direção, gritando para mim em português. Apavorada, ergo as mãos. Eles avançam para cima de mim, puxando meus braços para trás das minhas costas e fechando com um estalo um par de algemas, gritando alguma coisa em uma língua que não entendo.

O metal rasga minha pele e eu arfo, sentindo dor, mas eles não se importam. Eles me empurram para o banco de trás da viatura e começo a hiperventilar, o mundo se distorcendo como uma galeria de espelhos enquanto olho pela janela, para o beco por onde Konstandin desapareceu, os prédios parecem ficar gigantescos, vedando o céu. Outra viatura chega e os policiais saltam dela e saem correndo no encalço de Konstandin, embora ele tenha saído bem na frente.

Quando chegamos à delegacia, cerca de vinte minutos depois, estou tão atordoada que mal consigo me concentrar no que está acontecendo comigo. Sou conduzida a lugares e forçada a me sentar em cadeiras e recebo papéis para assinar. Eu devia solicitar um advogado, mas a sensação é de que não consigo falar. Parece que estou debaixo da água. Tudo — cada palavra e cada rosto — está embaçado e distorcido. Estou afundando cada vez mais e mais, me afogando, exatamente como Kate, penso comigo mesma.

Sou revistada e meus pertences são tomados de mim. Uma mulher com cara de tédio sentada atrás de uma mesa quer que eu entregue os cadarços de meus sapatos, e eu me curvo para desamarrá-los, mas levo tanto tempo fazendo isso, com meus dedos tão duros e inúteis, que Nunes — que apareceu junto com Reza, provavelmente para desfrutar desse momento de triunfo — interrompe a cena e diz que está tudo bem, que eles não precisam se preocupar comigo. Finalmente me vejo sentada em uma sala com um espelho ao longo de uma parede e uma mesa com uma cadeira de cada lado. Reza se senta à minha frente, com uma grande pasta de documentos. Nunes se coloca em sua habitual posição de sentinela na frente da porta.

— Vocês estão me prendendo? — pergunto. Não sei o que o policial que me algemou e me trouxe para cá disse, porque ele falou em português, mas estou supondo que estou sendo presa.

— Estamos — diz Reza. — Você está sendo acusada de assassinato.

— Eu não fiz nada — digo e em seguida me controlo para não falar mais nada.

— Onde você arrumou esse machucado no rosto? — pergunta Reza.

Minhas mãos se movem instintivamente para tocar minha bochecha. Balanço a cabeça. Não posso contar.

— Por que você tentou matá-lo? — quer saber ela.

— O quê? — pergunto.

— Quem? — bufa ela, zombando da minha tentativa de me passar por boba. — Sebastian. O proprietário do apartamento. Nós o encontramos tem uma hora. Fomos até lá para prendê-la por um assassinato e o que encontramos? Você está deixando um rastro e tanto. Algum outro assassinato sobre o qual deveríamos saber?

— Ele está morto? — gaguejo, horrorizada. Não devíamos tê-lo deixado sozinho.

Reza sustenta meu olhar.

— Não. Você teve sorte. Ele foi encontrado a tempo. Sabemos que foi você quem chamou a ambulância. Temos a gravação. Portanto é inútil negar. Você tinha um motivo. Estava com raiva dele por ter contado para a gente sobre você e Konstandin. Talvez ele soubesse de mais coisa. Você quis silenciá-lo.

— Não! Foi um acidente. Eu posso explicar...

— Então você está admitindo que causou os ferimentos nele? — pergunta Reza, inclinando-se para a frente, os olhos brilhando com a vitória.

— Não! Ele caiu! — Ah, meu Deus. Estou me enrolando.

Ela se recosta na cadeira, os olhos pousados em mim, me avaliando com atenção, e eu mordo os lábios para me impedir de dizer mais alguma coisa que me incrimine.

— Temos as mensagens do Facebook de Kate e os registros telefônicos — diz ela, após um tempo. — Essas provas estão citadas no processo. Elas confirmam o caso com o seu marido, então temos um motivo. Também temos testemunhas que viram vocês duas brigando.

— Em frente ao bar? — Deixo escapar. — Isso não é verdade! Nós não estávamos brigando.

— Sabemos que você é amiga de um homem que tem relação com criminosos. — Ela continua lendo em voz alta as provas que eles têm contra mim, como se elas fossem irrefutáveis. — E que também estava lá hoje à noite na cena do crime. Temos uma testemunha.

O maldito entregador de pizza.

— Há um mandado expedido para a prisão de Konstandin Zeqiri.

— Mas não foi ele! Ele não teve nada a ver com isso.

Ela me ignora.

— Por sorte, uma testemunha reconheceu vocês dois após vê-los no jornal na TV e chamou a polícia.

Sim, penso com meus botões, muita sorte. Ela deve estar falando do taxista. A polícia deve ter corrido até Sebastian, convocada pelos paramédicos, e depois emitido um alerta nos jornais para as pessoas ficarem de olho em nós dois. O taxista deve ter chamado a polícia para nos pegar. Talvez tenha achado melhor que nós fôssemos presos do que seu primo.

— Com todas as provas que temos, você pode pegar de vinte a vinte e cinco anos pelo homicídio de Kate — me informa Reza. — E mais dez pela tentativa de homicídio do proprietário do apartamento.

Ah, meu Deus. Olho para as minhas mãos. Elas estão tremendo em meu colo.

— Que idade tem a sua filha?

Não consigo respirar. Marlow. Não posso ir para a prisão. Ela precisa de mim. Meu pé começa a bater em um ritmo de *staccato* à medida que minha ansiedade cresce, subindo pelo meu corpo como aranhas grandes e gordas. Respiro profunda e ofegantemente uma vez, e de novo, tentando não pensar em Marlow e no fato de que eu posso nunca mais vê-la de novo. Vinte e cinco anos, até mais! Serei uma mulher velha. Ela será adulta.

— Olha só — protesto, tentando desesperadamente me agarrar a alguma coisa para evitar o pânico, para deter Reza. — Sebastian estava nos espionando. Fala com as pessoas no apartamento de cima, onde fiquei com Kate. Sebastian tinha câmeras escondidas em todo lugar. Eu as encontrei. Ele gravou a gente, nós duas. Havia uma gravação dela, vídeos dela saindo do apartamento! Ele estava tentando me impedir de sair, de vir contar isso para vocês!

Reza me fulmina com os olhos, mas posso ver que eu disse algo que despertou seu interesse. Tento chamar a atenção dela, mantê-la ouvindo.

— É verdade. Eu juro. É só ir até lá e procurar nos apartamentos dele. Vocês vão encontrar as câmeras. Vão ver que estou dizendo a verdade! Talvez ele tenha até gravado a briga que tivemos.

— Precisaríamos de um mandado para revistar os apartamentos dele. E nenhum juiz vai me dar com base nas acusações malucas de uma pessoa detida por homicídio e por uma tentativa de homicídio.

— Por favor! — imploro. — Por favor. Você precisa acreditar em mim! Havia uns turistas alemães hospedados no apartamento onde ficamos. Vá até lá e conversa com eles!

Ela continua olhando para mim, e eu não consigo decifrar o que está pensando, mas finalmente Reza se levanta e vai até a porta.

— Já volto — diz Reza e sai, me deixando com Nunes, uma presença alta, sombria, no canto da sala. Ele se aproxima de mim e se senta, obviamente tirando vantagem da ausência da chefe para tentar resolver o caso.

— Você vai ser presa por isso — diz ele, inclinando-se sobre mim de forma ameaçadora. — Então é melhor confessar de uma vez.

— Mas eu não fiz nada — protesto, com raiva.

— Confessa e cumprirá pena de dez anos, talvez quinze, se pegar um juiz compreensivo. As pessoas compreenderão. Ela era sua amiga. Ela traiu você. Entregue Konstandin para nós e talvez possamos fazer um acordo. Você sairá a tempo de ver sua filha crescer.

— Ela veio aqui! — grito. — Kate veio aqui e prestou queixa! — Não acredito que esperei até agora para me lembrar disso.

— O quê? — pergunta Nunes, olhando para mim com o cenho franzido.

— Na noite em que ela morreu — digo, ansiosa para compartilhar isso agora que penso que pode ajudar a descarrilhar o trem que está vindo em minha direção. — Ela veio aqui prestar queixa do roubo da bolsa.

— Como você sabe disso? — pergunta ele. — Por que não falou isso antes?

— Acabei de descobrir — engulo em seco. — Foi por isso que eu estava com Konstandin agora à noite. Localizamos o taxista que a trouxe para cá.

— Nós saberíamos se ela tivesse vindo à delegacia — retruca ele, sarcasticamente.

— Por que você não verifica? — insisto, sentando mais para a frente, sentindo as algemas roçando meus punhos esfolados, ardendo. — Konstandin e eu estávamos tentando encontrar provas para limpar nosso nome, só isso.

Ele olha para mim, imóvel. Encontro seu olhar e suplico em silêncio. Por que ele não está indo verificar?

— Está bem — bufo. — Conto para a detetive Reza quando ela voltar. Pelo menos um de vocês está fazendo o seu trabalho.

Eu digo isso para deixá-lo irritado, pois sei que ele está louco para concluir o caso. Se eu puder cutucá-lo e fazer parecer que ele está perdendo uma oportunidade, provavelmente Nunes vai querer correr atrás. Mas ele não se move. Em vez disso, uma expressão de pânico atravessa seu rosto. É breve. Ele a disfarça na mesma hora, mas não rápido o suficiente. Meu coração explode como uma bomba em meu peito.

Meu Deus. Tudo se encaixa.

Ergo os olhos do tampo da mesa e o encaro. Foi Nunes. Ele estava de plantão naquela noite. Sei disso apenas pela expressão em seu rosto. Ele tomou o depoimento de Kate. Não preciso de confirmação porque está escrito em seus olhos. Culpa.

E agora eu me lembro de mais uma coisa, algo que sobe de repente à superfície da minha memória. Naquela primeira ida à polícia, quando lhe dei detalhes do desaparecimento de Kate, ele disse alguma coisa sobre ela ser recém-divorciada. Na época eu estava cansada e emotiva demais para perceber que eu não tinha lhe dado esse detalhe. Então como ele sabia disso? Só se Kate tiver contado a ele.

— Foi você! — afirmo. — Você tomou o depoimento dela.

Ele olha rapidamente para trás, para a porta. Lá está de novo, aquele pânico rondando seu rosto. Merda. Nessa hora me ocorre que estou sozinha aqui com ele. Onde está Reza? Puxo meus punhos, mas estou algemada à cadeira. Outra bomba explode em meu peito.

— Por que você não contou a ninguém? — pergunto. — Quando comuniquei que ela estava desaparecida? Por que você não falou nada?

Esse tempo todo ele fingiu procurar por Kate, e sabia que ela havia estado na delegacia para prestar queixa de roubo. Não faz sentido. Por que ele não falou nada? A revelação cai em mim. Só há uma razão para ele não ter dito nada.

— Ah, meu Deus — sussurro, olhando para ele em choque, enquanto as peças se encaixam. — Foi você! — grito. — Você a matou!

Ele balança a cabeça.

— Não! — sibila ele, seus olhos saltando furtivamente para a porta.

— Foi, sim — digo, porque a culpa está estampada em seu rosto. — Foi você.

— Não! Para com isso! — Ele dá um salto e fica de pé, a cabeça virando para a porta de novo, antes de ele se voltar para mim, falando num grito sussurrado. — Fica quieta! Você não sabe o que está dizendo!

— O que aconteceu? — pergunto. — Me fala o que aconteceu! — Preciso saber.

Nunes parece capaz de dar um bote em mim por cima da mesa. Eu me encolho para longe dele, mas não tenho para onde ir, porque estou algemada à cadeira.

— Fica quieta! — cospe ele furiosamente.

Eu lhe obedeço, olhando para aquele policial, imóvel e sem acreditar. Esse é o homem que matou Kate.

— Eles vão descobrir — digo. — É melhor você contar toda a verdade. Me conta o que aconteceu. Admita logo.

Seu rosto fica vermelho, sua boca se contorce em uma careta. Ele corre a mão pelo cabelo castanho, em pânico.

— Foi um erro, só isso.

Sua confissão me atinge como um tapa.

— O que foi um erro? — gaguejo.

Ele pisca para mim como se estivesse chocado por ter dito isso em alto e bom som.

— Nada. Nada! Eu não a feri. Juro!

— Então o que você quer dizer com isso? O que foi um erro? — insisto, minha voz se elevando na esperança de que alguém fora da sala consiga ouvir. Onde diabos está Reza?

— Shhhh! — diz Nunes, tentando me fazer ficar quieta.

Olho para o teto. Não há nenhuma câmera. Quando olho de volta para Nunes, suando abundantemente e agitado, percebo que ele me lembra um animal ferido pego numa armadilha. Com um horror, me dou conta do perigo que estou correndo. Preciso mantê-lo calmo até que Reza retorne.

— Me conta o que você quis dizer — peço, com toda calma. — Que erro?

— Me oferecer para levá-la para casa de carro — responde Nunes.

Ele a levou para casa! Ele admitiu que a levou!

— E, depois, o que aconteceu? — eu o pressiono. Como ele acabou matando Kate? Preciso saber. — Tenho certeza de que foi um acidente — digo gentilmente, na esperança de que ele vá se abrir comigo se pensar que estou do lado dele.

Sua testa se franze e ele parece perdido em pensamentos, provavelmente reproduzindo os acontecimentos em sua mente.

— Tenho certeza de que você não tinha intenção de matá-la — digo, embora não tenha certeza nenhuma do que estou afirmando.

Seus olhos se desviam para mim, brilhando de ódio.

— Eu não a matei! Para de dizer isso! — Ele se inclina sobre a mesa, seu rosto a centímetros do meu. A fúria que emana dele é tão intensa que minhas entranhas estremecem de medo. Parece que ele vai me bater. Será que foi assim que ele olhou para Kate? E se ele tentar me ferir?

Abro a boca e grito a plenos pulmões.

— Socorro!

Mas, antes que eu possa sequer emitir a primeira sílaba, a mão dele bate com força em minha garganta, como uma lâmina de guilhotina. A força do golpe me faz voar para o lado, mas, como a cadeira está aparafusada no chão e estou presa a ela, eu não vou a lugar nenhum, apenas sacudo violentamente, minha cabeça dando um coice com força. Tento puxar o ar, mas minha traqueia foi esmagada. É como se eu tentasse respirar através de um canudo achatado.

Minha visão escurece e ouço um som de arfada horrível, de sufocamento, que percebo estar vindo de mim. Por cima disso, ouço Nunes dizendo alguma coisa. Parece que ele está suplicando, implorando, ou talvez até chorando.

Ele está ao meu lado, ou melhor, atrás de mim. Não consigo vê-lo. Meus olhos estão cheios de lágrimas e a sala está ficando mais escura. Quero encher meus pulmões e gritar, mas é impossível. Luto contra as algemas, a dor em meu peito se expandindo. Com o pouco de ar que resta em meus pulmões, tento gritar, mas o grito sai como um gemido. Uma mão bate com força na minha boca. A mão dele. Ela é quente e pressiona com força minha boca e meu nariz.

— Fica quieta! — insiste ele. — Por favor, fica quieta! — Ele soa histérico e furioso ao mesmo tempo. Um milhão de luzes explodem em meu campo de visão. Uma exibição de fogos de artifício estoura dentro de minha cabeça, as luzes se dissipam depressa em brasas.

A escuridão desce como um capuz de veludo, envolvendo-me completamente em sua calidez e suavidade. Marlow, penso comigo mesma, enquanto lágrimas brotam de meus olhos.

Não vou conseguir vê-la crescer.

Capítulo 40

Terça-feira

— Orla, Orla, você está me ouvindo?

Alguém está me chamando lá longe, mas estou enterrada em uma escuridão intensa e não consigo descobrir de que direção está vindo o chamado. Mas então sinto um par de mãos quentes, fortes, me puxando para a frente, me conduzindo para fora da escuridão e de volta à luz.

— Orla!

É uma nova voz. Uma voz que reconheço — rouca, mas suave, como água correndo sobre cascalho. Abro os olhos. É Konstandin. Ele está debruçado sobre mim. Demoro alguns segundos para me lembrar do que aconteceu e então entro em pânico e olho em volta, mas não reconheço o lugar onde estou. Não é a cela da polícia. Parece um quarto de hospital. O que estou fazendo aqui? Ainda estou presa?

— Está tudo bem, você está bem — tranquiliza-me Konstandin, apertando minha mão. — Você está no hospital.

Meus olhos se arregalam de pânico. Konstandin não devia estar aqui! E se a polícia o vir?

Ele sorri para mim.

— Eles prenderam Nunes — diz ele.

Nunes. Agora eu me lembro do que aconteceu. Meu Deus! Ele matou Kate. Mas por quê? Tenho um milhão de perguntas que precisam de respostas. Olho para Konstandin na esperança de que ele possa ler todas as perguntas em meus olhos, porque não consigo expressá-las em voz alta, minha garganta está dolorida demais, e, quando tento falar, tudo o que consigo fazer é grasnar.

— Usei meus contatos — explica Konstandin. — Meus parceiros. Eles conhecem pessoas na polícia. Pediram que investigassem isso. E descobriram que Nunes estava de plantão naquela noite. Levantei a suspeita.

Dou um fraco sorriso de agradecimento.

— Desculpa por ter fugido — diz Konstandin. — Pensei que era melhor eu permanecer livre e continuar tentando descobrir o que aconteceu.

Faço que sim com a cabeça. As palavras não vêm; minha garganta está severamente fechada. Minhas mãos voam ao meu pescoço, que sinto inchado e dolorido.

Konstandin mostra preocupação em seu rosto ao ver que me contraio de dor.

— Ele bateu com força — diz ele. — Vai levar um tempo até que os hematomas sumam.

Fecho os olhos, minha memória da agressão florescendo no fundo de minhas pálpebras. A mão de Nunes abafando minha boca. O terror desesperador que senti ao não conseguir respirar. A percepção de que eu ia morrer e nunca mais ver Marlow de novo. Quem me salvou?

— Uma detetive, chamada Reza, voltou à sala bem a tempo. Você teve sorte. Ele quase te matou.

Lágrimas descem pelas minhas bochechas. Isso significa que Konstandin e eu estamos ambos livres de suspeita? E Rob também? E quanto a Sebastian?, penso. Estou livre das acusações? Ou ainda posso ter problemas com isso? Eu me pergunto se eles encontraram as câmeras no apartamento dele, se Reza agora acredita que ele estava espionando os hóspedes. Sou levada a crer que sim, e que não serei acusada de nada, já que não estou algemada na cama e Konstandin está sentado aqui ao meu lado, como um homem livre.

Mas isso não explica por que Nunes matou Kate. Olho para Konstandin com o cenho franzido, ele entende o que quero perguntar e dá de ombros.

— Ele não quer dizer, se recusa a falar. E chamou um advogado na mesma hora. Mas meus contatos o investigaram. Eles falaram que Nunes tinha uma acusação anterior por corrupção arquivada. Ele supostamente obrigou duas prostitutas a fazerem sexo oral nele em troca de serem liberadas de uma acusação de lenocínio. A comissão de assuntos internos investigou o caso, mas as mulheres não quiseram depor. Provavelmente estavam com medo. Então, no fim das contas, tiveram que deixar Nunes voltar ao trabalho. Ele admitiu que se ofereceu para levar Kate para casa, depois que tomou seu depoimento sobre o furto da bolsa. Mas só admitiu isso quando o confrontaram com as provas. Até então ele estava negando.

— Como eles sabiam que Nunes estava mentindo?

— Uma câmera de tráfego captou seu carro perto das docas na noite em que Kate morreu. Eles têm uma imagem de Nunes dirigindo o carro e Kate no assento do carona.

Minha visão está turva e, mesmo estando deitada, tenho a impressão de que vou desmaiar.

— O plantão dele estava terminando quando Kate chegou para prestar queixa de furto, e então ele lhe ofereceu uma carona para casa. Ela aceitou porque não tinha dinheiro para pegar um táxi. Ele diz que a levou para a doca, perto do apartamento de vocês. Lá é meio vazio à noite. E ele admite que propôs que ela fizesse... — A voz de Konstandin vai sumindo.

Consigo preencher as lacunas sozinha. Nunes deu uma cantada em Kate. Sugeriu que ela pagasse seu favor com outro.

— Quando Kate percebeu o que ele queria, saiu do carro — digo, imaginando isso em detalhes vívidos. — Ele a seguiu e eles começaram a brigar.

Konstandin assente.

— É isso que a polícia acha.

Fecho os olhos e continuo imaginando: Nunes fazendo a proposta indecente. Kate ameaçando denunciá-lo e saindo do carro. Nunes vendo sua carreira ameaçada. Se ela o denunciar, talvez *desta vez* ele seja processado, por isso ele corre atrás dela. Nunes a alcança e avança sobre Kate. Ela bate nele. Ele levanta a mão e dá um tapa nela, da mesma maneira que me golpeou na garganta. Ela tropeça, os braços girando no ar. Sua cabeça bate com força na doca e em seguida ela desaparece sob a superfície da água.

Abro os olhos.

— No interrogatório, Nunes admitiu que eles brigaram e que Kate ficou com raiva — conta Konstandin. — Apesar disso, ele afirma que não a matou.

— Mas ele disse que cometeu um erro. Admitiu isso para mim!

— Ele diz que o erro foi lhe fazer uma proposta.

Minha boca se escancara.

— O quê?

Konstandin sacode um único ombro.

— Ele diz que não sabe como Kate acabou caindo no rio nem como ela se afogou, muito menos como bateu a cabeça. Diz que a deixou lá e que foi embora de carro.

Olho para Konstandin por um longo tempo, tentando imaginar a cena, me esforçando para revisar as imagens de como tudo aconteceu em minha mente. Como Kate caiu no rio, então? Foi um acidente, no fim das contas?

— Nunes está mentindo — afirma Konstandin. — Ele vai encarar uma acusação de homicídio. Sabe que, se quiser ter alguma chance perante um júri, precisa semear dúvida. E não há nenhuma maneira de confirmar se ele a matou mesmo, nem se foi algo deliberado. Por tudo o que sabemos, pode ter sido homicídio culposo.

— Então ele vai se safar dessa? — pergunto, meu corpo todo começando a tremer.

Konstandin balança a cabeça.

— Mesmo que ele consiga, ainda vai para a cadeia por ter tentado matar você.

Eu assinto, embora quase não esteja mais conseguindo me concentrar. Por um momento, pareceu que a verdade estava tão iluminada quanto o sol, mas, agora, uma sombra parou na frente dela e tudo está turvo novamente, encoberto de mistério. Não sabemos o que aconteceu. E provavelmente nunca saberemos.

Olho para a janela. Ainda está escuro lá fora, e, quando viro um pouco a cabeça, vejo um relógio na parede do corredor lá fora. Konstandin vira a cabeça também para ver para onde estou olhando.

— São quatro horas na manhã — diz ele.

Estendo a mão sobre o lençol engomado e Konstandin escorrega sua palma áspera e quente para junto da minha. Aperto a mão dele e ele aperta a minha em resposta.

Ficamos assim por não sei quanto tempo, pelo menos até eu adormecer; e acho que até enquanto durmo, porque, quando acordo, horas depois, com o sol se derramando pelo quarto, ele ainda está ali, e ainda está segurando minha mão.

Capítulo 41

Duas semanas depois

Escolho um cachecol de um roxo brilhante porque não quero usar preto, e, embora o tempo esteja quente e não peça um cachecol, preciso de alguma coisa para esconder o hematoma verde amarelado medonho em meu pescoço. O médico me disse que o hematoma vai desaparecer, assim como aconteceu com a rouquidão em minha garganta. No entanto, não estou boa o suficiente para fazer um discurso fúnebre. Pelo menos, essa foi a desculpa que dei para a mãe de Kate quando ela me perguntou se eu o faria.

Eu me sento num banco de madeira, em frente ao local onde o memorial está sendo realizado, com Marlow dormindo no carrinho ao meu lado. Toby escolheu uma antiga igreja huguenote em Spitalfields que foi transformada em um espaço para eventos, mas eu não vou entrar.

Há centenas de pessoas lá dentro. Kate conhecia muitas delas, sem dúvida, mas estou supondo que a maioria está aqui pela fofoca; conhecidos ou desconhecidos que querem apenas estar perto do drama, se apropriar de parte da fama de Kate. Mas é a despedida de Kate e não quero atrapalhar. Sei que, se eu puser o pé lá dentro, vou virar o centro das atenções.

A história ainda não esfriou totalmente. Foi manchete nos jornais e eu ainda estou recebendo pedidos de entrevistas de programas de TV e dos tabloides do mais baixo nível. Decidi não responder a nenhum, na esperança de que o interesse diminua. É muito cruel. E um dia Marlow terá idade suficiente para ler.

Enquanto balanço suavemente o carrinho com uma das mãos, pego meu celular e vejo que Konstandin me mandou uma nova mensagem. Ele está obtendo muitas informações de suas fontes internas na polícia de Lisboa. Ele me mantém informada sobre tudo.

Reza, apesar de ter trabalhado lado a lado com um assassino, e de nunca ter feito seu trabalho direito, recebeu uma medalha de honra por ter salvado a minha vida.

Sebastian foi acusado de sequestro e agressão. A princípio pensei que sequestro era meio que um exagero, mas Reza me explicou que era a acusação que se aplicava ao caso. Afinal de contas, ele tentou me trancar em seu apartamento e impedir que eu saísse. Tendo visto o filme *O quarto de Jack*, todos nós sabemos como isso poderia ter acabado.

Ele foi acusado também de ocultação de provas por não contar à polícia o que sabia sobre os passos de Kate na noite em que ela desapareceu. Isso poderia ter poupado a todos nós muito tempo. Embora, em última análise, o resultado não teria mudado. Ela ainda estaria morta.

Ele foi, é claro, excluído do Airbnb, porque eles têm regras sobre coisas como câmeras escondidas e anfitriões pervertidos. Não tenho certeza se Sebastian está preocupado com isso, porém, levando em consideração o tempo que ele ficará preso. Estou achando difícil sentir alguma empatia por ele ou por Nunes. Pelo menos Sebastian confessou, esperançoso de conseguir misericórdia do juiz, o que significa que não tenho de ir ao tribunal testemunhar sobre o que aconteceu, pelo menos nesse caso.

Nunes, entretanto, é outra história. Ele está se declarando inocente tanto da tentativa de homicídio contra mim quanto do homicídio de Kate, embora eles tenham lhe oferecido reduzir a acusação para homicídio culposo com relação a ela. Sendo assim, o caso vai a julgamento.

Imagino que ele esteja imaginando que corre risco de vida na prisão, e sei que não pegam leve com policiais lá dentro. Mas, ainda assim, é meio difícil compreender como Nunes espera se declarar inocente com relação à tentativa de homicídio, já que estava a um triz de me matar quando eles o puxaram para longe de mim, na sala de interrogatório. Ele afirma que entrou em pânico e que estava apenas tentando me impedir de gritar. Não pretendia me ferir, diz ele. Fico me perguntando se ele disse a mesma coisa quando matou Kate. Tive tempo de pensar sobre isso e não consigo tirar da cabeça a expressão em seus olhos quando ele me atacou. Tendo-o visto perder a cabeça comigo, tendo eu mesma quase sido morta por ele, não acredito em sua alegação de inocência com relação à morte de Kate. Sei que ele a matou.

Em se tratando do caso no tribunal, eu serei chamada como testemunha e farei o melhor possível para garantir que ele pague pelo que fez. Quando eu testemunhar, vou poder relatar que Nunes recebeu com indiferença meu comunicado sobre o desaparecimento de Kate, que ele tentou me afastar das pistas e, quando isso não funcionou, que tentou me transformar em suspeita. Seus antecedentes e as manchas em seu histórico como policial apontam que ele terá dificuldade para convencer um júri de que é inocente. Pelo menos é o que Konstandin acha.

Abro a mensagem de Konstandin. Ele enviou um link para um vídeo. É dos amigos de seus parceiros, no corpo de polícia de Lisboa. Eles finalmente conseguiram localizar uma gravação de segurança da doca.

"Isso confirma que Nunes matou Kate", Konstandin escreve.

Suspiro. É isso, então. Eles têm todas as provas de que precisam para condená-lo. Ele pode até ser obrigado a se declarar culpado. Isso significa que Nunes vai ficar na prisão por tanto tempo que não preciso temer que ele saia depois de alguns anos e tente me encontrar.

Leio o restante da mensagem. Konstandin diz que eles só conseguiram a gravação hoje; aparentemente, levaram um tempo para localizá-la porque houve uma confusão envolvendo a propriedade da câmera, sobre qual empresa de segurança a administrava. As imagens ainda não foram liberadas para o público, ele acrescenta.

Minha mão treme quando dou play no vídeo. Não sei se quero assistir. Mas me forço a ver, ainda que apenas para que o mistério seja finalmente solucionado e as lacunas que restam na história sejam preenchidas.

Por vários segundos depois que aperto play, me pergunto se o vídeo ainda está carregando, pois está tudo embaçado. Mas, quando olho com mais atenção, começo a ver contornos se formando na escuridão. Eu estava esperando algo nítido e em alta definição que me desse provas irrefutáveis, mas isso aqui parece apenas a gravação da estática da TV.

Mas então o que parecem ser duas figuras indistintas surgem na tela. A imagem é em preto e branco, é difícil distinguir as pessoas, e elas estão longe da câmera, provavelmente a uma distância de uns quinze metros. Porém, se você olhar bem de perto, é possível vê-las na escuridão. Reconheço Kate pela sua postura, bem cheia de atitude. Eu a vi fazer essa pose uma centena de vezes, uma das mãos no quadril, o queixo empinado.

Nunes fica a maior parte do tempo de costas para a câmera. Estremeço ao vê-lo, minha garganta pulsando, o machucado ganhando vida, enquanto o vejo se mover em direção a Kate. Ela está gesticulando freneticamente, mas os movimentos são espasmódicos e indistintos. É como ver pessoas através de uma nevasca. E então acontece, tão depressa que eu pisco e quase o perco. Ele ataca, agarrando o braço dela. Ela tenta se defender, e ele dá um soco no rosto dela. Kate tropeça e cai para trás, batendo a cabeça no que parece ser um poste de amarração de concreto.

Assisto à cena, horrorizada. Kate ainda está se mexendo. Ela levanta a mão. Nunes se abaixa e agacha diante dela. Parece que ele vai ajudá-la a se levantar. Parece até pressionar a cabeça dela com as mãos, como se estivesse lhe dando uma bênção.

Meus olhos permanecem colados na imagem, meu nariz quase pressionado à tela enquanto me esforço para enxergar o que está acontecendo, e também para assistir à cena e testemunhar o horror dos últimos momentos de Kate. Ela dá a impressão de estar tentando rastejar para longe dele, e posso quase sentir seu terror saindo da tela e me agarrando. Quero entrar ali e fazer alguma coisa, impedi-lo de continuar ferindo Kate. Quero pausar o vídeo, como se isso fosse mudar o fim da história, mas, em vez disso, apenas assisto em um inútil, completo e paralisado horror.

Após alguns segundos, Nunes se levanta, mas não vai embora. Ele parece estar pensando no que fazer. Então se decide. Ele se agacha de novo e começa a puxar Kate em direção à doca, suas mãos debaixo dos braços dela, arrastando-a pelo chão antes de finalmente empurrá-la para dentro do rio. Depois que faz isso, que a joga no rio como se ela fosse um saco de lixo, ele permanece de pé lá na beira da doca, apenas olhando. Ele estava esperando para ver se ela ia afundar ou nadar? Estava vendo-a se afogar? Ela tentou sair do rio? Chegou até a superfície? Lutou para permanecer viva?

Após mais um minuto ali de pé, parecendo um fantasma no vídeo, ele se vira e desaparece na vastidão pixelada, e não há nada exceto um borrão vazio enchendo a tela, como se alguém tivesse apertado o botão de pausar no mundo.

Olho para meu celular, chocada demais para me mexer ou até mesmo para respirar. Pelo menos agora sei o que aconteceu. Pelo menos não vou ter mais de ficar controlando minha imaginação para parar de fornecer os detalhes. Em vez disso, agora só terei de viver com essa realidade muito pior. Fico ali sentada por um bom tempo, tentando banir as imagens, tentando evitar pensar sobre aqueles últimos momentos de vida de Kate. Eu a odeio pelo que fez comigo, mas não desejaria isso a ninguém. Finalmente, os balbucios sonolentos de Marlow me instigam a checar a hora. Nossa, estou atrasada.

Eu me levanto do banco e sigo para a Liverpool Street, decidindo ir pelo sul, por Bishopsgate, em direção ao rio, refazendo antigos passos à medida que avanço.

Kate e eu costumávamos fazer este caminho ao voltar para casa depois da balada. Um dos pesares inesperados com relação ao que aconteceu é que quase todas as melhores lembranças dos meus vinte e trinta anos estão agora arruinadas. Eu me pergunto se algum dia serei capaz de resgatar alguma coisa dos destroços, ou se algum dia serei capaz de pensar em Kate sem experimentar uma mistura tão grande de sentimentos: traição e perda, amor e ódio, raiva e tristeza. E, apesar disso, ainda carinho.

Na London Bridge eu paro e, ignorando o fluxo de pedestres e ônibus enormes, contemplo a agitada água marrom cor de esgoto. Penso em Kate. É claro que penso nela. Vou sempre pensar em Kate quando olhar para o rio.

— Espero que você esteja em paz — sussurro, baixinho.

Assim que me viro para ir embora, uma borboleta amarela pousa em meu cachecol roxo. Vejo-a abrir as asas translúcidas e douradas, agitá-las algumas vezes e depois levantar voo, flutuando no vento como uma folha de outono ao cair de uma árvore.

— Adeus, Kate — sussurro, imaginando que foi ela que veio para uma última despedida.

Enquanto a vejo desaparecer, sinto um estranho alívio, como se o vício do luto que vinha apertando minha caixa torácica tivesse sido ligeiramente afrouxado. Talvez seja assim que aconteça, um afrouxamento gradual até que eu finalmente consiga respirar livremente de novo.

Capítulo 42

— E aí?

Eu me viro. É Rob, vindo pela ponte em minha direção. Ele se agacha para beijar a bochecha de Marlow e passar a mão em seus cachos castanhos esvoaçantes. Ela continua dormindo profundamente, agarrando sua manta com a mão bem fechada.

— Desculpa o atraso — diz Rob ao se levantar. Ele parece constrangido e excessivamente ansioso para agradar, como tem sido desde que eu descobri sobre ele e Kate. — Como você está? — pergunta ele, acenando para o cachecol que esconde meus hematomas.

— Estou bem — respondo, decidindo não mencionar o vídeo da morte de Kate, pelo menos não agora. — E você, como está? — pergunto.

Ele engole em seco, como se houvesse um caroço duro e espinhoso preso em sua garganta. Seus olhos cintilam com lágrimas.

— Você sabe... — começa ele, forçando um sorriso vacilante.

Minha mãe acha que eu devia aceitar Rob de volta. Eu ri quando ela sugeriu isso. Eu pedi a ele que fosse embora assim que voltei, e ele o fez. Foi morar na casa dos pais. Acho que ele tem esperança de que eu vá mudar de ideia, mas estou seguindo em frente com o divórcio. Já tive uma reunião com um advogado, recomendado por Toby.

Talvez um dia eu seja capaz de perdoar Rob, mas, mesmo que o faça, nunca serei capaz de confiar nele de novo. De agora em diante, somos Marlow e eu, ainda que minha vida pareça destruída, como se meus órgãos internos tivessem sido rearranjados e agora estejam faltando alguns, parece também que sobrevivi ao pior, então eu sei que vou sobreviver a isso também. Estou determinada a seguir em frente e, sabendo que a vida pode ser curta, estou também tentando seguir o conselho de Konstandin e vivê-la plenamente.

— Bem, é melhor eu ir andando — digo, olhando para Marlow.

Concordei em deixá-la passar a noite com Rob, até chegarmos a um acordo de custódia mais formal com a ajuda dos advogados. Mas agora fico com o coração partido com a ideia de ficar longe dela. Eu estava tão desesperada para voltar para ela, tão feliz por segurá-la no colo de novo, que jurei que nunca mais a deixaria sair da minha vista. E aqui estou eu, entregando minha filha. Mas é para o pai dela, lembro a mim mesma. E eu não vou sair do país. Duvido que algum dia saia de novo.

Entrego a Rob uma bolsa cheia de lanches, e algumas roupas e fraldas, e também com alguns brinquedos extras porque não acho que ele tenha muitos na casa dos pais. Eu me seguro para não lhe dar uma lista do que ela pode e não pode comer. Um dos resultados de tudo isso é que eu aprendi a me libertar das pequenas coisas.

— Desculpa — balbucia Rob olhando para o chão ao pegar a sacola das minhas mãos.

Ele já se desculpou mil vezes, mas não sei o que fazer com suas desculpas. Bem, eu sei o que quero fazer com elas: quero pegá-las e enfiá-las no rabo dele, mas, infelizmente, não posso fazer isso, então eu só ignoro.

Eu me abaixo para beijar minha filha adormecida de novo no alto de sua cabeça. Ela respira profundamente; uma viciada tomando uma dose.

— Até amanhã — digo para Rob. — Traz Marlow de volta em segurança.

Rob ergue a mão e eu penso que ele vai acenar, mas ele não acena. Está apenas passando a mão pelo cabelo, que o vento está despenteando. Noto que ele ainda está usando a aliança de casamento, enquanto eu tirei a minha no dia em que voltei para Londres. Também não uso mais meu anel de noivado. Ele está junto com a aliança em uma gaveta desde então. Gostaria que ele tirasse a dele. Ela parece uma espécie de censura, ou algum sinal triste da esperança que Rob continua alimentando.

— Tchau — digo, me virando para que ele não me veja ficar com os olhos marejados por deixar Marlow e pense que estou triste pela separação, ou em dúvida sobre minha decisão.

Continuo andando. Não tenho nenhuma ideia de para onde estou indo; talvez eu ande todo o caminho da London Bridge até Waterloo, beirando o rio, deixando a brisa levar as teias de aranha. É bom não ter nenhum plano, só estar fora ao ar livre, desfrutando da liberdade que cheguei tão perto de perder, e que logo será reduzida, quando eu voltar ao trabalho.

Uma parte de mim se sente intimidada pela ideia de voltar a trabalhar e deixar Marlow com a babá, mas outra parte, maior, está empolgada com a ideia de pegar novamente o ritmo das coisas. Embora eu não esteja ansiosa para me despedir dela todos os dias, terei a emoção de vê-la de novo toda noite, depois de um longo dia de trabalho.

Ah, meu Deus. Congelo no meio de um passo. Um turista esbarra em mim por trás e murmura alguma coisa em japonês. Ignoro isso e a multidão que precisa me contornar enquanto eu fico ali parada, como uma estátua, no meio de um rio que se avoluma.

Arranco o celular do meu bolso e busco freneticamente minhas mensagens, clicando no vídeo de Konstandin.

Aperto o play, ampliando a imagem.

Desta vez, ao assistir, não olho para Kate, gesticulando frenética e quase hipnoticamente. Não vejo a luta. Interrompo a gravação antes de ver Kate ser agredida.

Eu me concentro no homem do vídeo, o braço esticado, a uma fração de segundo de fechar a mão num punho. Amplio mais ainda a imagem. Por ele ficar mais na sombra durante quase toda a duração da gravação, que dura pouco mais de dois minutos, há somente um lampejo de suas costas. A imagem está escura e borrada demais para se enxergar qualquer detalhe.

Consigo notar por que qualquer pessoa pensaria que é Nunes. Quem mais poderia ser, afinal de contas? Quer dizer, Nunes admitiu que fez uma proposta indecente para Kate e que eles brigaram. A câmera de tráfego o localizou nas docas com Kate. A negação do crime pareceu o ato desesperado de um homem culpado tentando reduzir seu tempo de prisão. Mas não foi ele quem a matou.

Dou play, e o vídeo continua. O assassino se agacha junto de Kate. Meu Deus. Volta à minha mente a memória de um minuto atrás: Rob se abaixando para dizer oi a Marlow. Suas pernas se esticaram exatamente na mesma pose, balançando para trás nos calcanhares, na frente do carrinho. Ele até tocou no alto da cabeça de Marlow, passou a mão em seu cabelo, de seu jeito habitual. Ele faz o mesmo com Kate agora no vídeo, dá a ela o que se parece com uma bênção, antes de arrastá-la para a doca e empurrá-la ainda consciente para o rio.

Eles são da mesma altura, têm o mesmo porte físico. Têm até o mesmo tom castanho de cabelo, comprido o suficiente para que ambos tenham de passar a mão nele quando fica despenteado pelo vento.

Observo fixamente a figura do homem desaparecendo na escuridão.

Meu Deus.

Rob.

Você estava esperando no apartamento quando Kate voltou? Ela sugeriu que vocês dessem uma volta e conversassem em algum lugar privado? Ela o levou de volta para as docas, ao lugar onde tinha acabado de estar com Nunes? Quando vocês chegaram, você implorou a ela de novo que não me contasse sobre o caso? Ela pediu a você que me deixasse? Ela falou da ideia de comprar uma casa num bairro residencial com você e ela brincando de família feliz com Marlow?

Minha mão voa para minha boca. Ai, meu Deus! Marlow!

Eu me viro, vasculhando desesperadamente a multidão, com o coração na boca, antes de começar a abrir caminho aos empurrões através do mar de gente que corre ao longo da ponte em direção à estação.

Onde está Rob? Onde está a minha filha? Não consigo vê-los em lugar nenhum. Desapareceram.

Agradecimentos

Os agradecimentos, como sempre, vão para as seguintes pessoas:

Nichola, por ser a melhor amiga que todas as mulheres deveriam ter a sorte de ter. Obrigada por ir a Lisboa comigo, e por todas as outras viagens de fim de semana. Eu te amo.

John e Alula, por trazerem tanto sol e amor para minha vida.

Minha maravilhosa, inteligente e supersagaz agente Amanda, e para Phoebe Morgan, na Avon, por suas estelares habilidades de edição.

A equipe na Avon, incluindo Helena, Caroline, Andrew, Ellie, Sanjana, Sabah e Bethany, que foram fundamentais para trazer este livro ao mundo.

Este livro foi composto na tipologia Minion Pro,
em corpo 11,5/15,5, e impresso em papel offwhite,
no Sistema Cameron da Divisão Gráfica
da Distribuidora Record.